风起胶济

李玉梅 著

山东文艺出版社

图书在版编目（CIP）数据

风起胶济 / 李玉梅著 . -- 济南：山东文艺出版社，2024.4

ISBN 978-7-5329-7044-5

Ⅰ . ①风… Ⅱ . ①李… Ⅲ . ①报告文学—中国—当代 Ⅳ . ① 125

中国国家版本馆 CIP 数据核字（2023）第 233038 号

风起胶济

FENG QI JIAOJI

李玉梅　著

主管单位	山东出版传媒股份有限公司
出版发行	山东文艺出版社
社　　址	山东省济南市英雄山路 189 号
邮　　编	250002
网　　址	www.sdwypress.com
读者服务	0531-82098776（总编室）
	0531-82098775（市场营销部）
电子邮箱	sdwy@sdpress.com.cn
印　　刷	山东临沂新华印刷物流集团有限责任公司
开　　本	710 毫米 ×1000 毫米　1/16
印　　张	20.5
字　　数	300 千
版　　次	2024 年 4 月第 1 版
印　　次	2024 年 4 月第 1 次印刷
书　　号	ISBN 978-7-5329-7044-5
定　　价	68.00 元

版权专有，侵权必究。如有图书质量问题，请与出版社联系调换。

目　录

楔子：一位经纬仪测绘员的百年找寻 /001

第一章：如砥如矢，至鲁至齐 /001

三面钟时间：1898年3月6日，胶州湾

第一节　"中国大陆沦陷之天使" /003

第二节　锚固胶州湾 /011

第三节　洋门客在中国 /019

第四节　沁了鲜血的路基 /025

第五节　花体德语秘档 /030

第二章：济水之南 /037

北京时间：济南西站 10∶25

第一节　千里海岱六时环 /039

第二节　从拧下第一颗螺丝开始 /046

第三节　夜空中的星 /051

第四节　赵侦峰的会客厅 /056

第三章：风劲角弓鸣 /061

三面钟时间：1904年6月1日，济南
  第一节 雨中的杨家庄站台 /063
  第二节 中山公园更名记 /067
  第三节 风雨小广寒 /075
  第四节 青蚨飞去复飞来 /081

第四章：美战泱泱齐风 /087

北京时间：淄博站 11：26
  第一节 吕云祥的态度 /089
  第二节 木兰花开 /095
  第三节 遇见周村 /102
  第四节 瓷都有光 /108
  第五节 黑与红的交响 /123

第五章：风雷激荡齐鲁 /137

三面钟时间：1919年5月4日，青岛
  第一节 齐鲁的星火 /139
  第二节 喋血的"菊与刀" /144
  第三节 夏日雨夜话华工 /149

第六章：风筝扶摇 /153

北京时间：潍坊站 12：03
  第一节 等待被活化的坊子站 /155

目 录

  第二节 不结果的百年银杏 /160
  第三节 志在蓝擎 /166
  第四节 胶济烟云 /172

第七章：忽如一夜春风来 /179

三面钟时间：1952 年 8 月 1 日，四方
  第一节 百年信物："八一"号 /181
  第二节 大鲍岛的几张旧影 /186
  第三节 没有机杼声的纺织谷 /190

第八章：海天一色 /197

北京时间：青岛机场站 12：45
  第一节 青史字不泯 /199
  第二节 穿梭在海星的心脏里 /205
  第三节 胶州湾的早晨 /211
  第四节 海港的夜晚静悄悄 /217
  第五节 干杯！TSINGTAO1903 /222

第九章：复线复兴 /229

三面钟时间：1990 年 12 月 28 日，东风站
  第一节 一项持续近 32 年的工程 /231
  第二节 不老的东风站 /235
  第三节 家在铁石 /239

第十章：谁不说俺家乡好 /243

北京时间：临沂北站 14:35
  第一节 还缺一本驾驶证 /245
  第二节 老家临沂 /251
  第三节 我手画我心 /256

第十一章：济青高铁 /261

三面钟时间：2018 年 12 月 26 日，"复兴号" G9217/G9218
  第一节 2 小时交通圈 /263
  第二节 人生配速 /270
  第三节 恋爱通勤 /276

第十二章：有朋自远方来 /281

北京时间：曲阜东站 15:13
  第一节 有山有水有圣人 /283
  第二节 当时明月在 /288
  第三节 在曲阜 /301
  第四节 风乎舞雩，咏而归 /307

终章：风起胶济 /313

楔子：
一位经纬仪测绘员的百年找寻

他被定格在一张照片里。一张没有明确年份日期的黑白照片。

即便是第一次看这张照片，也很难不注意到他。何况我是在不同的场馆、不同的报纸杂志与画册上多次看到他。每次都是第一眼就看到他微微佝偻着身子，站在照片的中心位置，头戴毡帽，棉袄棉裤上满是尘土。是刚从工地上赶回来吗？一根长长的旱烟杆别在腰间，露出白色的烟嘴，让人忍不住联想到底是玉石材质，还是胶济铁路途经的博山所特有的琉璃材质。要知道在一百多年前，博山烧制的各种成色的琉璃烟嘴可是风靡华夏神州的物什。

等比放大的照片里的他只比我略高一点，站在他面前，与他对视毫不费力。只不过，这样的两两相望是隔着一百多年的时空。有那么一刻，时间于我而言已经停滞，参观者的窃窃私语与讲解员字正腔圆的解说哑然失声，时间低垂下眼帘，保持着静默。只有他的面孔在我面前愈发凸显，一张黝黑的国字脸，两道紧锁的浓眉。或许是那天的阳光很耀眼，他皱着眉头，眯起眼睛，隐匿下眼中的光芒。

恍惚间，我似乎看到他的嘴角轻轻动了一下。定定神，凝神再看时，发现他嘴角略微上扬。也许那天他本来要在镜头前露齿微笑，但骨子里中国式的内敛无时无刻不在提醒他，于是在摄影师按下快门的瞬间，他收敛了笑容，只留了唇角一丝轻浅的笑意。他万分小心地扶着面前三脚架上的游标经纬仪。想必他的雇主——身后那个骑着白马、肤色白净的外国人，一定叮嘱过他这台仪器是多么精密，价格多么昂贵，且对工程又是多么重要，不容许出现任何的闪失。所以他才会那么用力、那么用心地呵护着那台仪器，唯恐出现哪怕一丁点的意外。或许是过于纤悉不苟，他看上去有些用力过猛，手背上的青筋凸起。科学早已证明，手是人类的第二张脸。他那白皙修长的手指，一点也不像常年劳作的农人的手。

他是谁？姓甚名谁？来自哪里？

经纬仪是用来测量角度的基础性的测绘工具，无论是前期勘测还是中期施工都会用到。即便是施工建设完成进入竣工验收阶段，也要用它来核准建筑物是否符合工程的设计标准。种种迹象和证据链条表明，胶济铁路博物馆里的这张照片的拍摄时间，要么在1898年4月至6月胶济铁路考察选线阶段，要么在1899年8月至1904年6月胶济铁路开工修筑至全线贯通期间。

这张照片是依据人物的身高等比放大后复制的，复制了两张，一张陈设在胶济铁路博物馆济南馆内，另一张则陈列在胶济铁路0公里处——胶济铁路青岛博物馆。百年胶济的行走之旅始于2022年的晚秋十月，结束在2023年的明媚四月。我徘徊流连在胶济铁路一东一西两个博物馆，不止一次地站在这张巨幅照片前与照片中的人物对话。冥冥中有种感觉，每一次对话，都让我离他们更近一些。我莫名地坚信自己一定能够从浩渺的史海中将他们钩沉还原。只有当历史有了名字，无论幸福还是疼痛，才会变得具体而深刻。

念兹在兹，无日或忘。终于，我的念念不忘有了回响。这张照片在青岛《半岛都市报》上刊登后，有人给报社打来电话，自称是手扶经纬仪的测绘员的后人。

癸卯年的清明节，一如往年，又是个细雨纷纷的日子。没有伞，细细密密的雨针，尖锐而锋利，瞬间刺穿衣衫。春衫薄，醍醐灌顶般的寒凉提醒着行色匆匆的旅人，当然也包括我，即便当下是春回大地，冬天磅礴的身影依然隐约可见。

　　第一次坐最早的一班高铁出行，始发站济南，目的地青岛。没想到居然有这么多搭乘早班车出行的人。有行李精简的，只有一个挎包或双肩背包，更多的则是拖着行李箱，有的甚至左右手各拖一个，或三五成群，或踽踽独行。每个人都怀揣着自己的轨迹地图，向着预定的目标方向进发。

　　高铁缓缓启动，轨道路基的石子，起初是清晰可辨的一粒粒，到一条线，再到一个模糊的平面。列车一路向东，载着我从泉水叮咚直达海天一色。在胶济铁路青岛博物馆，我即将见到今天的被采访对象，那位经纬仪测绘员的后人……

第一章：

如砥如矢，至鲁至齐

于建勇 供图

三面钟时间：1898年3月6日，胶州湾

三面钟声：1898年3月6日（农历二月十四），清政府与德国签订《胶澳租界条约》。

第一节
"中国大陆沦陷之天使"

1

细雨蒙蒙，是适合读书的天气。一本旧书——人民文学出版社于1993年出版的鲁迅的《集外集拾遗补编》平铺在眼前。旧书当真是最适合在下雨天读的。在这样的日子里，泛黄发脆的书页吸饱了空中氤氲的水汽，柔软了腰肢，让纸张平添几分时间的厚重。那一两三钱剂量适中的潮与湿，将掩埋在故纸堆里深深浅浅的秘密气息统统释放出来，深吸一口，鼻端萦绕的便是时光的味道。

中国者，中国人之中国。可容外族之研究，不容外族之探捡；可容外族之赞叹，不容外族之觊觎者也。然彼不惮重茧，入吾内地，狼顾而鹰睨，将胡为者？诗曰："子有钟鼓，弗鼓弗考。宛其死矣，他人是保。"则未来之圣主人，以将惠临，先稽帐目，夫何怪焉。左举诸子，皆最著名。其他幻形旅人，变相侦探，更不知其几许。虽曰跋涉山川，探索秘密，世界学人，皆尔尔矣；然吾知之，恒为毛戴血涌，吾不知何祥也。

千八百七十一年，德人利忒何芬Richthofen者，受上海商业会议所之嘱托，由香港入广东，湖南（衡阳、岳州），湖北（襄阳）遂达四川（重庆，叙州，雅州，成都，昭化）；入陕西（凤翔，西安，潼关），山西（平阳，太原）而之直隶（正定，保定，北京）。复下湖北（汉口，襄阳），往来山西间（泽州，南阳，平阳，太原），经河南之怀庆，以至上海，入杭州，登宁波之舟山岛，遍勘全浙。复溯江至芜湖，掄江西北部，折而之江苏（镇江，扬州，淮安），遂入山东（沂州，泰安，济南，莱州，芝罘）。碧眼炯炯，击节大诧若所悟。然其志未熄也；三涉山西（太原，大同），再至直隶（宣化，北京，三河，丰润），徘徊于开平炭山，入盛京（奉天，锦州），始由凤凰城而出营口。历时三年，其旅行线强于二万里，作报告书三册，于是世界第一石炭国之名，乃大噪于世。其意曰：支那大陆均蓄石炭，而山西尤盛；然矿业盛衰，首关输运，惟扼胶州，则足制山西之矿业，故分割支那，以先得胶州为第一着。呜呼，今竟何如？毋曰一文弱之地质家，而眼光足迹间，实涵有无量刚劲善战之军队。盖自利氏游历以来，胶州早非我有矣。今也森林民族，复往来山西间，是皆利忒何芬之化身，而中国大陆沦陷之天使也，吾同胞其奈何。

……

这段文字摘录自鲁迅先生的《中国地质略论》，发表于 1903 年。在此文开头，先生直抒胸臆，哀叹道："无一幅自制之精密地形图，非文明国。无一幅自制之精密地质图（并地文土性等图），非文明国。"

即便隔着一百多年的时空，那股愤懑与怫郁依然充溢在字里行间，未曾散去。彼时，胶州湾早已沦陷，胶济铁路即将通车，"中国大陆沦陷之天使"最初的野心亦早已图穷匕见。

鲁迅先生笔下的"中国大陆沦陷之天使"利忒何芬，正是大众熟知的德国著名地质地理学家费迪南德·冯·李希霍芬。他生于 1833 年，卒于 1905 年，曾担任波恩大学、莱比锡大学和柏林大学的教授，晚年多次任德国地理协会会长。1868 年至 1872 年，李希霍芬对中国进行了 7 次地质考察，足迹遍布当时 18 个行省中的 13 个，对中国的山脉、气候、人口、经济、交通、矿产等进行深入探察。回到德国的李希霍芬焚膏继晷，完成了他的传世巨著《中国——亲身旅行和据此所作研究的成果》，受到德皇的嘉奖和赏识，烜赫一时。李希霍芬提出了著名的黄土成因说，指出了罗布泊的位置，首创了"丝绸之路"一词。多年来，李希霍芬的地质地理研究成果被国内各个领域的专家、学者、作家、媒体人碎片化地翻译引用。

1905年10月，在生命的最后阶段，李希霍芬依然伏案冥思，在脑海中一遍又一遍反刍他的中国旅行。在那难忘的中国考察旅途中，他拥有一项隐秘的特权，可以直接给德皇或首相发送密函。他是一个学者，为了学术远走他国；他也是一个肩负特殊使命的德国人，要为他的母国搜罗情报，在已经被西方列强瓜分的神州大地上开辟一块德意志帝国的殖民统治地。

2

1868年9月20日这一天，对李希霍芬来说非比寻常。这一天，他在上海驶往天津的"满洲号"上第一次遥望山东半岛。前一天海上还是风高浪急，逆风逆浪毫无规律地晃动着船体，船舱里的人痛苦不堪。20号早上忽然迎来了转机，风势渐弱，大海静谧得如同镜面一样平滑。东北风轻轻吹拂，驱散了旅人心中的烦闷和胃部的不适，一切向好，众人心情明媚宛若海上初升的朝阳。这份惬意舒缓地流淌在李希霍芬的笔端：

> 山东的东海岸，向外突出的部分有一些岛屿，当我第一眼看到它们的时候，不禁有些惊奇地想到加利福尼亚的海岸，二者有不少相似之处。这里的山看起来光秃秃的，其中一些有着锯齿状的山脊和较大的坡度，但是没有陡峭的岩壁。平坦的地方遍布村庄，围绕着村子延伸出平台一样的田地直到山脚下，山上则只能看得见一些零星的树丛。

这天晚上，李希霍芬乘坐的船泊在芝罘。弯月在海面降落，散碎作一汪繁星。九月的海风基调温暖，鼓荡着旅人的衣衫。站在甲板上，凭栏远眺，远山在月下勾勒出模糊的轮廓，城市幻化为一幅剪影。明天登岸的行程里有拜访威廉森牧师的计划，李希霍芬希望能获得这位牧师的帮助。威廉森牧师几乎走遍了山东、直隶、山西和东北地区，最重要的是威廉森牧师每到一地都会绘制地图，并且在图上勾画出煤、各类金属的矿藏地和丝绸、棉花外运的路线。正是这一点吸引了李希霍芬，因为考察伊始，他手头并没有一张正式的地图，有的仅仅是传教士的一张传教图。

康熙皇帝于1692年3月22日发布敕令，感念传教士对传播西学的贡献，准许天主教在中国自由传教，敕令指出：天主教的教义大致与中国礼教相符。清政府既容许百姓信奉佛教、伊斯兰教等诸外来宗教，自无禁绝基督信仰的理由。但"康熙容教令"如昙花一现般短暂，原因是教会内部关于中国祭祖祀孔礼仪与天主教教义存在冲突，罗马教廷对清朝皇室和民间传统礼仪的指责与干预惹怒了康熙。恼羞之际，康熙皇帝愤然颁布了一道与之前的诏令内容截然相反的谕旨。从此，未领有朝廷印票的传教士被驱逐出境，教堂、教产被剥夺，传教士行动受到监视，发展教徒受阻，中国人不能自由出入教堂。这道诏令直到第二次鸦片战争结束，在1858年《中俄天津条约》《中美天津条约》《中英天津条约》《中法天津条约》签订之后才被废止。壁垒坍塌溃不成军，外国传教士在中国境内自由传教的大门被重新彻底打开。

行文至此，思及鲁迅先生对李希霍芬的断言："盖自利氏游历以来，胶州早非我有矣。"当用拉片的方式审视这段历史时，我看到了泊船上倚栏听风、期盼着与威廉森牧师会面的李希霍芬，也看到了遍布全国各地或繁华都市或偏远小镇的传教网络，还看到了奔走在通衢大道抑或山野边陲的传教士……一个不容忽视的事实呼之欲出：李希霍芬之所以能顺利完成考察，与当时西方在华传教士的协助与指引是分不开的。在《李希霍芬中国旅行日记》中处处可见传教士的身影，他们是李希霍芬中国旅行途中强有力的依傍。将《天津条约》签订后多地层出不穷的教案一一复盘，最醒目的赫然就是那授人以柄从而直接导致胶州湾被侵占的"巨野教案"，所以，今天的我们完全有理由把"胶州早非我有矣"的时间，从李希霍芬踏足山东半岛的1868年再上溯十年光景。对于传教士对自己的照拂与善意，李希霍芬心知肚明：

> 中国人其实并不清楚，中国向外国开放的步伐是多么艰难。在我看来，第一批殖民地的开放是这个拥有四万万人口的国家在物质和精神转变的第一步而已。中国由此向世界打开了大门，外国人的殖民地会进一步扩大，欧洲的工业被引进，铁路和电话都建起来了。中国开始面对世界文明的冲击，开放的程度会一步步加深，而精神上的转变也将通过迷信的破除来实现。因此那些精明的传教士们，虽然数量并不多，对于我的事业还是相当欢迎的，并且乐于为我提供支持和建议。

3

对山东半岛惊鸿一瞥之后，李希霍芬听从他人建议更改了自己的行程，11月至翌年2月考察长江沿岸，3月和4月再进入山东，这样可以完美避开北方冬季的风雪严寒。1869年3月28日，在长江流域行走了半年之后，李希霍芬终于进入山东境内。在沂州府，他终于亲眼见到了威廉森地图上标注的位于山谷中的煤矿。李希霍芬徒步15里路，遇到了数不清的拉着煤块和焦炭的车子。他根据矿坑的情况，计算、辨别着煤层的位置、开采的程度，然后做出了判断：

> 综合我的观察所得，这片地方储煤量不小，但是现在没有得到很好的勘探。我只看见个别地方有钻孔，而且很浅。总体来说没有遭到较大的破坏，个别地方坍塌的角度也不大，也没有被覆盖。这个地方现在就差外国挖掘队的介入和建一条铁路，如果二者齐备，必定取得巨大的成果。而这现成的铁矿石也十分适合用来建铁路。

"铁路"一词，在李希霍芬的日记中出现多次。而在山东境内的考察中，另一个频繁出现的词便是"煤矿"。李希霍芬在蒲台煤矿考察时，他普鲁士人的典型长相引来了众多的围观者，从几个人，到一簇人，再到百余人。即便围观的人没有恶意，但骚动的人群也足以让身处异国的李希霍芬心生不安。这突然出现的状况，打乱了李希霍芬的考察节奏。在蒲台煤矿，他没能按照预定计划察看矿井。这让李希霍芬很不舒服，直到他走到周村被人误认作威廉森后，胸中的郁闷才有所缓解。他意识到自己的出现之所以会引发旁观与轰动，完全是因为他是纯粹意义上的"外国人"。沿着长江行走时，他经常会听到"洋鬼子"的叫喊声，但进入山东境内之后，这个称谓几乎没有出现过，其原因并非外国人在山东被完全接纳，而是外国人出现得太少，当地人没有概念。李希霍芬猜测，至少在周村，除了威廉森牧师之外还没有其他的外国人到过这里，否则就不会被误认，而他自认为与威廉森牧师长得并不十分相像。

在所有与胶济铁路有关的资料中，下面这段文字当属《李希霍芬中国旅行日记》中被引用最多的一段：

> 两边的山越来越靠近，在它们即将合拢在一起的时候，我们到了博山县，或者说烟囱镇，这是我在中国见过的最大的工业城镇。在路上的时候就遇到了长长的推车队伍，装载着煤、焦炭、铁器、陶器、烟草、谷物和一些包裹严实的货物（看来是玻璃）。我数了数，一个小时内就有65辆装烟煤的车经过。现在道路已经离开砂岩地区，进入了孝妇河谷。这是一条清澈的山溪，河床很宽。离博山还有20里就看到村子里的人都在从事工业生产，房屋都是用石头垒成的，还有高高的石墙围绕，那是一些有钱的工场主家的屋子。

1868年的博山县让李希霍芬大吃一惊，他觉得博山县看起来就像一座黑色的工厂。目力所及，所有人都在干活，整个县在不停地运转。他甚至在空气中嗅到了久违的工业气息——一种对呼吸道极具刺激性的酸味。煤层中的黄铁矿石在空气中氧化之后再被浸析，液体在坩埚中蒸发掉水分，黄铁矿石在太阳底下晶化后制成氧化铁。除了氧化铁，他还看到作坊制作绿矾的工艺，中国人熟练的提取技术，让李希霍芬叹为观止。彼时，博山煤矿的年产量已达 15 万吨，但他依据在沂州府和蒲台考察的数据，在这两地产量明显低于博山煤矿时，就预言了它们未来必然会后来者居上。

山东带给李希霍芬的惊喜还在后面。他到了潍县，目睹了从海上运输的货物经芝罘运抵这里，各地的大小商号云集此地挑选心仪的物品，再分销到内地。眼前的繁华与热闹让李希霍芬将潍县定义为"山东最大也是最富有的贸易城市之一"。每到一地，他最不能错过的就是对煤矿的探寻，并且一定要将煤与铁路捆绑在一起思考：

> 虽然潍县煤矿的名气不如博山大，但是我认为潍县的煤矿更值得关注。这里煤层广阔，储量丰富，目前只有一部分被发现，而且它们当中只有较厚煤层的最上层被开采。当然具体情况还需要试钻才知道。无论如何，单是附近有金家港这一项，就足以说明潍县煤矿的价值了。据我打听得知，从潍县去往平度的道路很平坦，就算不以芝罘为起点，而以金家港为起点建造铁路的话，也将足以把以潍县为中心的山东内部巨大的贸易市场连接起来。从煤量蕴藏和煤层分布来看，我认为潍县的煤矿可以和沂州府的煤矿媲美，而且潍县所处的地理位置更为优越，更适合外国资本投入。

铁路！李希霍芬再一次提及了铁路，而且这一次他谋划的还是海铁联运的模式。

身在异国他乡的李希霍芬每天都写详尽的日记，一天也不懈怠。新发现、灵光乍现的新奇想法，他都会立即记下来。行走，记录，他不仅仅用文字记录，还严谨地绘制地图草图。此外，他还定期给远在德国的父母写信。看来"家书抵万金"，古今同，中外通。离开山东前，他在给父母的家信中坦陈对这方土地与生活在那里的人们的印象：

> 我对山东人的印象不错，当然这来自我接触过的不多的山东人，

他们比长江流域的人要好。这些人性格大多比较温和，人又聪明能干，当然他们也有缺点，那就是比较听话和羸弱。这大概是长期受到异族统治者的驯化导致的吧。就如同在重压下长大的孩子，往往缺少男性气概，其实这个问题在整个中华民族都存在。除了上述原因，我想应该还有其他原因。看起来或许是因为，这个民族在不断的退步中，他们的力气已经耗尽，就像中国的土地一样，被世世代代攫取，现在已经贫瘠不堪，只能通过人工的手段和精心的照顾才能产出果实一样。

"人工的手段"无非就是西方列强对中国肆意侵占与瓜分，而后按照他们的意图与蓝图恣意规划，给予这片土地上原本的主人以精神与现实的双重"精心的照顾"。其野心昭然若揭。

1905年10月6日，李希霍芬，这位"最先明了中国地文之伟大科学家""中国大陆沦陷之天使"，永远地闭上了眼睛。此时，他梦想中的铁路已经通车一年了。为了纪念李希霍芬所做出的贡献，德国人将第一辆从胶州湾开出的火车命名为"李希霍芬"号。这辆德国制造的蒸汽机火车，正喷吐着浓烟与火舌，不可一世地穿行在齐鲁大地上。工业时代巨大的轰鸣声，终于警醒了这块土地上沉睡的人们。

第二节
锚固胶州湾

1

纵观世界大湾区，北纬 36°是一条绕不开的纬度线。在这条纬度线上分布着美国旧金山湾与纽约长岛湾、日本东京湾、韩国釜山湾，以及中国青岛胶州湾。

胶州湾，像化学家手中圆圆的烧瓶，里面灌满了黄海忧郁的蓝色溶液。

这里原本是一方平静的海域，直到中国的大门从南海被攻破，从南至北，中国的海域里便有了迎风招展的万国旗帜。胶州湾不再平静，这座天然的不冻良港，一年四季都会有大大小小的各国舰船进港停泊，有邮轮，有货轮，亦有军舰。

19 世纪中后期，资本主义列强掀起了瓜分殖民地的热潮。在东亚，两次鸦片战争使得泱泱中华沦为半殖民地半封建社会。彼时，英国在香港、葡萄牙在澳门、俄国在满洲里、日本在台湾均获得了既得利益。在人们的印象中，传统欧洲强国德国和意大利似乎缺席了，事实上，不是他们不想，而是当时这两个国家正在经历国家资本主义原始积累，正走在统一和变革的路上，经济实力与军事实力均不允许他们将贪婪的触手伸得那么远。1871 年，德意志帝国诞生，首任宰相奥托·冯·俾斯麦宣称德国是一个"满足的帝国"，并没有称霸的野心。直到 1888 年德皇威廉二世登基之后，与德皇意见相左的俾斯麦大势已去，遂请辞。俾斯麦时代就此结束，德国再也按捺不住，寻找海外殖民地已是势在必行，箭在弦上，一触即发。

机会终于来了。中日甲午海战后，一败涂地的中国成为日本主要的侵略目标，但此举触犯了有同样图谋的其他几国的利益。俄国、法国、德国联合干涉，强迫日本放弃了辽东半岛。在这场政治博弈中，日本对德国怀恨在心，中国对德、俄、法三国好感倍增，以为终于遇到了肯为中国仗义执言的西方友人。

感激之余，投桃报李。1895年10月3日，清政府与德国签订《汉口德国租界条约》。汉口德租界是德国在中国的第一个租界。10月30日，清政府与德国又签订了《天津条约港租界协定》，德国在天津设立了租界。

在中国看来，以条约的方式给德国划定租界是友善之举，是出于感激的仁义之举。你帮助了我，我以你最中意的方式回馈于你，之后大家桥归桥路归路，互不相欠。然而，东方的逻辑与西方的思维截然不同。两块小小的租界哪能填满一只饕餮的胃囊？在德国看来，汉口与天津的租界只是一个不错的开始罢了，勉强算作一道开胃菜。他真正想要的正餐还在后面。

2

1897年1月，一个阳光明媚的冬日，北德意志劳伊德船运公司一条轮船的甲板上，倚靠着一老一少两位衣着考究的绅士，他们用审视的目光打量着同行的旅人，若有所思，不时彼此交换一下眼神，心照不宣地耸耸肩。老者是乔治·弗朗鸠斯，一名德国港口建筑工程师，年轻人是他的侄子兼助手——弗朗茨·弗朗鸠斯。此时，距离费迪南德·冯·李希霍芬环游中国已经29年，关于在东亚攫取一块军事基地以保障德意志利益的计划也已经酝酿了大约30年。事实上，被李希霍芬浓墨重彩渲染的胶州湾只是德国人的备选项之一，其他备选项还包括舟山群岛、厦门港和三沙湾。早已被英国人侵占并苦心经营的香港，虽然已经不可能再染指，但英国人的建设经验在德国人眼中也是颇有研究与借鉴价值的。弗朗鸠斯叔侄这趟中国之旅肩负的使命就是在上述备选项中找到一个最优解。

最先被放弃的就是舟山群岛，虽然它有着天然的地理优势，毗邻中国最主要的交通动脉长江，紧邻京杭大运河，但英国人早已对外宣称其对舟山群岛享有优先购买权。以德国当时的实力尚不能与"日不落帝国"交恶，只得作罢。

香港在1842年时还是一片荒无人烟、贫瘠多山的不毛之地，五十多年后已经成为颇负盛名的港口。此情此景，深深刺激着乔治·弗朗鸠斯的神经。在人行道上大步行走时，他已经在脑海中勾勒着仿照香港模式建设的德国殖民地蓝图：森林、池塘、林荫大道、赛马场……即便艳羡着香港，但由于"酸葡萄心理"作祟，乔治·弗朗鸠斯还是质疑香港的气候，毕竟1874年的"甲戌风灾"阴云并未散去。那一场九月的风暴，摧毁了1000多栋房屋，造成2000多人丧命。风灾过后，英国人在香港设立天文台，对气象、地磁变化进行观测，根据天文观测发出热带气旋警告，以应对台风对香港的侵扰。德国占领青岛之后，出于同样的需求也设立了气象天文测量所，1905年改称皇家青岛观象台。

在汉口，乔治·弗朗鸠斯见到了昔日的同事，如今在中国工作的锡乐巴，他们是彼此欣赏的莫逆之交，一朝重逢在异国他乡，自然倍感亲切。彼时，锡乐巴正接受湖广总督张之洞的委托，负责一条运矿铁路的设计与施工。锡乐巴用一组翔实的数据向乔治·弗朗鸠斯展示着自己的专业与精明。锡乐巴说："目前中国工人的工资情况是这样的，一个小工一天的工资是30到50分尼，泥瓦匠、木匠、细木工、木桶匠是40分尼，铁匠、铜匠、锁匠和石匠是50分尼。工作时间从日出到日落，中间可以有2个小时的休息。如果教导有方、监控得力，一个小工大抵与欧洲小工的水平相当。手工艺人大概需要一二个月的培训才能达到欧洲手工艺人一半的水平。如果和蔼待人、薪酬丰厚，完全可以将这里的工人培训成为勤劳的锁匠、司炉和火车司机。"

锡乐巴的这番话刚好印证了乔治·弗朗鸠斯一路走来对中国人的观察。最初，中国人在他眼中简直长得一模一样，在与中国人进行深入接触后，乔治·弗朗鸠斯觉得他们不像欧洲人臆想中的丑陋不堪，反而是迷人的，有的中国人甚至身材健美，唯一的遗憾就是不够优雅。乔治·弗朗鸠斯遇到的中国人，大都勤劳朴实且安贫知足，他们几乎每时每刻都在劳作，一天中只睡几个小时，一觉醒来后会继续干活，甚至不分昼夜。当乔治·弗朗鸠斯目睹一位手艺人在灯下一直工作到深夜，当他在东方既白的清晨亲眼见到一个农民扛着锄头去下田，他便得出了这样的推论：休息似乎对于中国人而言是极其奢侈的，甚至是不需要的。

因为锡乐巴的缘故，弗朗鸠斯叔侄在汉口逗留的时间略微久一点。除了锡乐巴，乔治·弗朗鸠斯还拜访了另外一些生活在汉口的德国人。在闲聊时，他们众口一词，对德国资本进入中国市场的保守态度嗤之以鼻。在听完锡乐巴的感慨后，乔治·弗朗鸠斯对他说："如果我是一个资本家，我将会尽我最大能力支持深谋远虑且为了德国的利益而孜孜以求的你！"

挥别同胞，弗朗鸠斯叔侄的考察之旅继续。

厦门岛与鼓浪屿之间有一条深深的海沟，航道内礁石密布，从技术角度分析，在清理礁石后基本能满足建造一个优良港口的必备条件。但是，乔治·弗朗鸠斯对厦门的气候给了一个差评。他觉得这里虽然冬季舒适宜人，但夏季的燠热会有损健康。更重要的一点是，因《南京条约》而被设为通商口岸的厦门，与同时开放的广州、福州、宁波、上海相较，贸易量少得可怜。德国如果是谋取一个单纯的海军基地，厦门倒也算是不错的选择，但综合考虑气候因素、清理航道礁石的财力投入以及未来的经贸价值，厦门更像是一块食之无味弃之可惜的鸡肋。乔治·弗朗鸠斯毫不犹豫地放弃了厦门这一选项。不仅如此，秉持着同样的取舍原则，在对三沙湾的水域环境进行过周密的观测之后，乔治·弗朗鸠斯同样做出了弃选的决定。

只剩下最后一个选项了！费迪南德·冯·李希霍芬男爵对胶州湾的溢美之词不时闪现在乔治·弗朗鸠斯的脑海中。事实上，男爵本人并未实地考察过胶州湾，被他寄予厚望的胶州湾会是此行的最优解吗？

3

从李希霍芬踏足山东，到弗朗鸠斯叔侄踏上这片土地，烟台依然是山东重要的港口，与李希霍芬一样，乔治·弗朗鸠斯对烟台也做出了同样的评价：坐落在山东半岛最外端的地理位置将港口与工业区完全隔断。至于威海卫，则因为吃水线的限制而完全丧失了作为良港开发的潜质。

"皇帝"号巡洋舰离此次考察的最后一个目的地越来越近了。在一点点接近胶州湾的旅途中，乔治·弗朗鸠斯密切观测着水流与潮汐，一路上没有监测到特别湍急不利于航行的水流，他沉郁的心情开始变得雀跃起来，没想到世界上居然有如此完美的港湾。

胶州湾潮汐的水流落差在三米与四米之间，与德国北部的亚德湾有几分相似，却比亚德湾更为辽阔，当初那些反对的声音早就说过胶州湾海面过宽。当乔治·弗朗鸠斯真正置身其间时，他觉得那样的评价真是滑稽与荒谬。胶州湾的纬度与西西里岛大致相同，是典型的温带季风气候，一年四季被东北季风和西南季风主宰。春季气温回升缓慢，夏季湿热多雨无酷暑，秋季天高气爽降水少，冬季风大温度略低，港湾浅滩处会有冰冻，但不影响航行，堪称完美。

乔治·弗朗鸠斯难掩心中的窃喜，在胶州湾逗留的时间里，除了齐伯山和阴岛两处，他走遍了胶州湾周边的山脉、河流，并写下详尽的考察笔记。他尽可能多地去结识当地人，近距离观察他们的生活，了解穷人与富裕人家的生活差异；胶州湾的植被绿化、天空的飞鸟、海里的游鱼、田野里的庄稼、集市的交易都在乔治·弗朗鸠斯的考察范围内。他甚至留心观察军营里的士兵，仅凭他们的穿衣戴帽以及外在的精气神，就敏锐地判断出这群身材结实、精壮的中国兵勇骨子里并不好战。

胶州湾的地貌也给了乔治·弗朗鸠斯另一种惊喜，他依稀看到未来在广袤的平原上呼啸奔驰的小火车。有了港口，还要有铁路！他甚至乐观地预判，为了修建铁路要迁移那些散落在原野山丘的坟墓是件很容易的事。彼时，乔治·弗朗鸠斯没有想到，这一乐观的预见会在未来给他造成巨大的困扰。

如果说在启程之前，内心还或多或少对费迪南德·冯·李希霍芬的胶州湾预言存疑，那么此时此刻的乔治·弗朗鸠斯早已对男爵佩服得五体投地。他相信自己在香港街头的"白日梦"在不久的将来会在胶州湾变成触手可及的现实。白天外出，夜晚他奋笔疾书，关于港口、关于码头、关于船坞、关于船运公司、关于铁路、关于人工运河、关于种植松树、关于桥梁、关于水泥厂、关于石灰窑、关于石料仓库、关于石油仓库、关于住宅、关于街道、关于交通、关于学校、关于教堂、关于军事基地……甚至在公众场合畅谈时，乔治·弗朗鸠斯已经开始使用"我们的殖民地"这样的称呼，他，以及他的听众也都不以为忤。他高调地宣布："此次考察让我坚信，无论是从经济还是技术角度考虑，胶州湾远远领先于其他任何一座值得考虑的港口。"

这场1897年德国人的东亚考察之旅，正式开启了中国丧失胶州湾主权的倒计时。蓄谋已久的德国人，耐着性子等待着师出有名的那一刻的到来。

4

1897年11月1日的雨夜，山东菏泽巨野县麒麟镇磨盘张庄发生了一起命案。

死者是两名德国传教士——韩·理加略神父和能方济神父。当天，在菏泽郓城传教的韩·理加略与在聊城阳谷传教的能方济赴济宁兖州参加"诸圣瞻礼"，返程时路过张庄教堂，适逢下雨，夜路难行，遂于此地借宿一夜。张庄教堂的神父薛田资出于尊重，把他舒适的寝室让给了二位访客，自己则去了看门人的耳房安歇。

鲁西南这片土地历史悠久，文化底蕴深厚，从古至今，此地的民众有尚武的传统，民风彪悍，这里又是儒家思想传承的核心区域，宗族观念深入人心。传教士在这里传教的直接体验是"冰火两重天"，信教的民众虔诚有礼，不信教的则视他们若仇寇。

1890年，德国取得了在鲁西南的传教权。德国派驻鲁西南的主教是德国人安治泰，副主教是奥地利人福若瑟。1893年，清政府授安治泰三品顶戴，翌年又赐二品顶戴。要知道巡抚是二品顶戴，臬台才三品顶戴，安治泰相当于取得了近乎山东地方官的政治地位。但官方的许可并不等同于民意。在已经解密的《德国外交文件》第1卷第3662号档案文件中，安治泰就上报了德国传教士在山东西南部的真实处境，他说"我们在山东已经不受中国官厅和人民的尊敬了"，他希望德意志帝国能"采取积极行动，俾使华人重新尊敬德人"。在1890年8月，安治泰即将远赴中国上任时，德皇威廉二世就曾当面对他承诺："将给予主教的教团以完全而充分的保护。德国将在传教士遭到不法迫害时，出面保护山东南部教团的合法利益，保障其生命与财产的安全。"

正是因为背靠强大的帝国，哪怕远涉重洋置身异国他乡，哪怕周遭的人文环境并不那么友好，这些来自德国的传教士依然有底气夜不闭户。在他们的认知里，德意志帝国的威慑力足以保证他们在世界每一个角落的人身安全。自信、傲慢的他们，或许压根都不知道中国的一句谚语："兔子急了敢咬人。"

夜半时分，杀戮开始。

犬吠声，叫骂声，门窗破碎的声音。冬日的枯树枝在摇曳的火把映照下像魔鬼的利爪，人头攒动，听声音似乎有几十人之多。

薛田资刚要从耳房里出来一探究竟，忽然听到有人在大声说话："找到那个长胡子，杀了他！"

"扒了他的皮！"立刻有人在高声附和。

这时的薛田资才明白，留着长长胡须的他才是今晚人们要诛杀的目标人物。能方济神父高大英俊，韩·理加略神父长相斯文，鼻梁上还架着一副眼镜。薛田资蜷缩在角落里，努力控制着不发出一丁点声音。好在没有人进来查看，谁也不会想到堂堂神父会屈尊睡在看门人简陋的耳房里面。

耳边传来阵阵惨叫。即便发现屋里不是他们要找的长胡子神父，但愤怒使人丧失理智，盛怒之下宁可误杀，也绝不放过。薛田资知道他的两位教友此刻已是凶多吉少，而他阴差阳错捡了一条命。这一夜的经历成了薛田资终生挥之不去的梦魇，这就是血淋淋的巨野教案。

没有人料到事情发生得如此之快，无论是德国人还是中国人。前者蓄谋已久，在突如其来的巨野神父被杀事件面前打了一个愣神，然后迅速做出反应；后者反应迟缓，只因他们还在沉睡，在清王朝昏沉沉的梦里。

1897年11月13日，"皇帝"号、"威廉公主"号和"科莫兰"号巡洋舰停泊在胶州湾。在遥远的海域里，"阿尔科娜"号巡洋舰正在一路疾驶而来。

驻防的清兵面对上岸的德军满不在乎，这些年他们对胶州湾来来往往的外国舰船与外国兵已经习以为常。就连胶澳总兵章高元也不以为然，不久前他还接到过朝廷要求他对德国过往船只多加关照的信函，甚至为展现"有朋自远方来不亦乐乎"的天朝气度，章高元安排自己的亲兵前去询问德军是否需要补充给养，如需要则全力配合。

德国舰队司令棣利斯微笑着谢绝了章高元的美意。可惜，无人读懂当时棣利斯嘴角那一抹诡异的微笑。

次日，11月14日凌晨，荷枪实弹的德军控制了总兵衙门，失去反击机会的章高元只得退守四方。这位曾保卫台湾抗击法军、驰援辽东抗击日军的英勇将军，在青岛与德军对阵时却受尽屈辱，败走麦城。

德军宣布占领胶州湾。

第三节
洋门客在中国

1

德国侵占胶州湾的消息传来,一个脚踩在中国大地上的德国人难掩内心激动,笑出了声。

巨野教案发生后,山东官场最初的反应非常迟钝。直到德国驻华公使埃德蒙多·冯·海靖在游览长江途中从汉口发来一封措辞狠戾的电文,清政府才慌了神。会错了意的国家机器迅速运转,以超乎寻常的速度缉拿真凶并斩首示众。然而德国人并不买账。

德国实现了侵占胶州湾的既定目标,稳操胜券,已经吃到嘴里的肥肉是不可能再吐出来的。在事发之前,德皇威廉二世已经与英国、俄国达成了共识,请他们置身事外。是故,当晚清重臣、四朝元老李鸿章恳请俄国出面斡旋时,与虎谋皮的结局不难想象。倡导了多年"以夷制夷"策略的李鸿章,终落得竹篮打水一场空,一败涂地。

几个回合下来,再也没有任何指望的清政府被逼到了谈判桌上。在持续了三个月之久的谈判拉锯后,1898年3月6日,清政府万般无奈签署了《胶澳租界条约》,同意将胶州湾及湾内各岛租借给德国99年,租期未完,租借之地,中国不得治理,均归德国管辖;将胶州湾沿岸100里内划为中立区,德国官兵有权自由通行,而清政府在中立区派驻兵营等则须先与德国会商办理;德国有权在山东境内建造铁路,并有权开采铁路沿线30里内的矿产资源;清政府在山东境内任何工程所需外国人员、资本及技术,都应先与德国商办。根据此条约，不仅胶州湾成为德国的殖民统治地区，整个山东实际上也划入德国的势力范围，因为铁路通达之处，德国人的掌控之地则随之蔓延。4月27日，德国政府向世界宣布，把德国占有的胶州湾内的地域作为帝国的法定保护地。

那个发出得意笑声的人名叫海因里希·希尔德勃兰德。除了这个略显生僻的名字之外，他还有一个根据他的姓氏取的中文名字：锡乐巴。中德谈判还在胶着状态时，1898年1月17日，亚洲业务财团已经向德国政府申请铁路的修建和采矿许可权，山东辛迪加也提出了同样的申请诉求。锡乐巴受雇于亚洲业务财团，山东辛迪加则聘请了普鲁士皇家土木技监、高级工程师盖德兹。那厢的谈判如火如荼，这边胶州湾港口与铁路的设计与建设已然紧锣密鼓地启动了。

囿于传统的农耕文明，中国人对铁路的认识不足，上至庙堂之高，下到江湖之远，不外如是。1865年，英国商人杜兰德在北京宣武门外修了一条长约0.5公里的展览铁路，试图以实物的方式向东方古老帝国展示西方的工业革命成就。孰料，这条令中国人骇然的铁路建成不久即遭拆除。1876年1月20日，不死心的英国人砸下了吴淞铁路的第一颗道钉。当年12月1日，吴淞铁路全线通车，但第二年就被清政府赎回拆除。然而，就在这建建拆拆的过程中，中国人尤其是乘坐过火车的中国人慢慢改变了最初的想法，从反对变为默许甚至拥护。这些人中不乏手握绝对权势的王公大臣、达官显贵以及接受了西方思想的有识之士。李鸿章、张之洞、刘铭传、徐继畬均在此列。

②

清朝一丁点儿的思想松动便会引来众多有心人的关注与揣测。1891年9月，锡乐巴作为铁路专家被德国外交部派到德国驻华使馆工作。根据德国外交部的要求，锡乐巴至少要在中国工作5年。在这期间，锡乐巴需要学习中文，以外交译员的身份开展工作，真实任务是观察中国在铁路技术上的动向。此外，外交部还特别要求在学习期间，锡乐巴以及其他几位工程师必须对自己肩负的任务严格保密。时年 36 岁的锡乐巴为何能有资格承担这样的国家重任呢？

关于锡乐巴，目前国内正式出版的各种专著中，对其出生地、学习、成长等信息表述略有出入。本书采信的是中国科学院自然科学史研究所副研究员王斌博士的观点。王斌博士专注于中国近代铁路史的研究，出版专著《近代铁路技术向中国的转移——以胶济铁路为例（1898—1914）》。2016 年，王斌作为德国马普科学史研究所访问学者在德国生活了一年，其间曾亲自前往锡乐巴的家乡德国莱茵兰-普法尔茨州比特堡进行了实地探访。

锡乐巴出生于 1855 年，从小性格刚毅，无论学习还是做事都有耐心，有韧劲。他在柏林高等技术学院学习了工程学、建筑学和经济学，完成学业后的第一份工作便是参与柏林城市铁路建设，因工作表现优异脱颖而出，很快便成为一名政府工程师，主持了德国西部艾菲等地区的支线铁路建设。在参与科隆中央车站大型改建工程时，锡乐巴负责科隆及其周边的铁路桥梁建设，积累了丰富的铁路设计与施工经验。锡乐巴卓越的能力引起了德国政府高层的注意。科隆中央车站临时候车大厅与车站大楼工程刚刚完工，锡乐巴就告别同事进入德国外交部接受新的工作任务。

在知道自己的新工作是去往那个遥远、神秘的东方国度时，锡乐巴第一时间不是没有犹豫过，但他略加思忖就应允了。毕竟德国外交部承诺的高年薪还是极具吸引力的，年薪 6000 马克，旅费津贴 2000 马克，并且提供免费住房，要知道当年比特堡郡长的年薪也才只有 4000 马克。很快，锡乐巴就同另外几名同样被秘密甄选的工程师一道踏上了前往中国的旅程。善于学习的锡乐巴对中国的语言、历史和文化甚至建筑艺术产生了浓厚的兴趣，不久就在同去中国的工程师中崭露头角，被推荐为晚清名臣、洋务派代表人物之一的张之洞工作。

曾国藩、左宗棠、李鸿章、张之洞史称"晚清中兴四大名臣"。左宗棠、李鸿章称呼曾国藩为"老师"，他们三人关系相对亲厚。张之洞主张"中学为体，西学为用"，有学者认为，他是晚清引进海外人才的第一人，"知人善任，用人不疑"在张之洞身上得到充分体现。他曾上书清廷《请缓造津通铁路改建腹省干路折》，详细阐明自己的主张：

> 窃惟泰西创行铁路将及百年，实为驯致富强之一大端。其初各国开建干路，以通孔道，迨后物力日裕，辟路日多，支脉贯注，都邑相属。百货由是而灌输，军屯由是而联络。上下公私，交受其益。初费巨资，后享大利，其功效次第，实在于此。今中国方汲汲讲求安攘之略，自不得不采彼长技以为自强之助。伏查总理海军事务衙门覆奏所陈迅海防、省重兵、便转运、通货物、兴矿产、利行旅、速邮传、捷赈济诸条，铁路之利，亦已详明确实，包举无遗。且欲推之南北各省，广安铁路，以振全局，在王大臣谋画阀远，本非专为津通之一隅。

张之洞对"铁路专家"锡乐巴极为赏识，对国人讳莫如深的铁路充满了好奇。在中国知音面前，锡乐巴则知无不言，言无不尽，竭尽所能向张之洞介绍铁路是怎样的一种新技术和新基础设施，如果大规模推广又将会产生怎样的影响。一番游说之下，张之洞决定让锡乐巴先修筑一条运矿铁路，看看运行实效。结果，不出锡乐巴所料，汉阳到湖北大冶铁矿26公里的运矿铁路，让张之洞大为震撼。

奏请朝廷之后，张之洞嘱锡乐巴规划以汉口为核心的中国铁路网。锡乐巴随即设计了三条路线：一条从汉口直达北京的线路，即京汉铁路，又称卢汉铁路；一条直线贯穿南北的从汉口至广东的线路，即粤汉铁路；一条由汉口最大的贸易街往东经南京至上海的线路，即沪宁铁路。无论实地考察还是规划设计，锡乐巴都完成得非常出色。然而，规划一经推出，便引来了英国、美国、俄国以及比利时等多国的觊觎，而这些国家的竞争实力明显都在德国之上。在比利时驻华领事的极力游说下，1898年6月，清政府与比利时签订《卢汉铁路比国借款续订详细合同》和《卢汉铁路行车合同》，清政府向比利时借款450万英镑，年息四厘，九折付款，期限30年。锡乐巴一番苦心经营，却为他国做了嫁衣裳。

中日甲午海战后，张之洞向清政府督办铁路公司事务大臣盛宣怀推荐锡乐巴主持修建淞沪铁路,并盛赞一番:"铁路学以德为最精,凡英、法大工程多借助德人,凡大工师多出身德学,故无论何国人造路,锡乐巴均可用。其人学术精到,心地光明,甚为难得。"

在淞沪铁路开工之前,根据盛宣怀的要求,锡乐巴将普鲁士的铁路法规翻译成汉语,铁路建设的所有施工细则完全依照普鲁士的《铁路管理条例》来进行。盛宣怀对锡乐巴的工作成效与态度赞赏有加。正当锡乐巴全情投入淞沪铁路建设时,他隶属的德国外交部又给他安排了一项新任命。

3

"一战"前的德国殖民地,要么是其他西方列强不要的,要么是德国从他国的牙缝中抠出来的。彼时除了中国,德国在亚洲的其他地方没有殖民统治地。天津、汉口的德国租界与辽阔的胶州湾相比简直不值一提。虽相距万里之遥,德国政府却对他们的"新生地"胶州湾充满了热切的期待。他们对标的是被英国人占据的香港,在德国人描绘的理想蓝图中,未来的胶州湾是比维多利亚港更美更好的地方,那将会成为一个典范、一个"模范殖民地"。在众多备选的名字中,德皇威廉二世为他们的"新家园"选择了"青岛"这个名字。所以,彼时德国但凡有经济实力的企业与机构都希望自己能参与青岛的建设,分得一杯羹。在铁路建设领域,德国于1899年6月14日在柏林成立了一个由14家企业联合组成的山东铁路公司。山东铁路公司德国总部高层有已退休的皇家副国务秘书、枢密大臣菲舍尔,总工程师盖德兹,以及贴现公司经理埃里希。山东铁路公司青岛经营管理处经理的职位便落在了在中国居住多年,参与过中国铁路规划建设且与中国官员关系匪浅的锡乐巴身上。

山东铁路公司总部在德国,具体负责实施工作的经营管理处在青岛,发号施令的"头部大脑"与负责执行命令以及应对突发状况的"末梢神经"相隔万里之遥,运转半年之后,各种弊端层出不穷。无奈之下,1899年12月22日,山东铁路公司迁至青岛。德占时期的山东铁路建设全面进入了锡乐巴时间。

相较于盖德兹,锡乐巴显然更了解中国。即便前者比锡乐巴率先完成了山东铁路的路线勘探与规划，但在后续事关铁路修筑事宜的几次交锋中，均以盖德兹败北、锡乐巴胜出而告终。

盖德兹设计的山东铁路线路由青岛至德州，全长545公里，青岛—沧口—女姑口—棘洪滩—大沽河—潍河桥—潍县—昌乐—弥河桥—青州府—淄河桥—张店（支线张店—淄川—博山）—周村—王村—明水—济南府—禹城—平原—德州。其中，干线500公里，张店至博山支线45公里。对比一下今天的胶济铁路，盖德兹的选线不经停胶州与高密，终点亦非济南。作为山东铁路公司的总工程师，盖德兹完成的《山东省考察旅行报告》对这条铁路的建设是具有决定性意义的，其中确定了铁路走向，匡算出了整个工程所需土方总量，桥梁、涵洞的设置，机车工厂的建设，车站的位置等。盖德兹的报告虽尽善，却非尽美，在更了解中国的锡乐巴眼中，这份报告的缺憾也不容忽视。首先是终点站，盖德兹的规划是德州站，但彼时德国建设跨黄河大桥的技术并不完备，是一项几乎不可能完成的工程；其次，线路舍弃了胶州与高密，此举在锡乐巴看来是极大的败笔；再次，青岛火车站设置在栈桥附近也不尽如人意；最后就是机车工厂放在潍县，锡乐巴亦不赞同。

沿着盖德兹的线路，锡乐巴重走了一遍，之后他提出了自己的方案：将铁路终点改在济南。这样就无须跨越黄河，不仅节约建设成本，还能缩短建设工期，确保实现山东铁路公司预期的五年通车；更改线路，将胶州与高密纳入规划；否定原先机车工厂的潍县选址，在青岛重新规划；改变青岛火车站栈桥选址，将其西移。不仅如此，当锡乐巴对这条铁路建设有了充分的话语权之后，在青岛火车站的设计上，锡乐巴别出心裁，仿照自己家乡比特堡的教堂设计了一座融德国文艺复兴风格和中国建筑风格于一体的站房。中国是锡乐巴的福地，他的人生价值在这条起点为胶州湾、终点为济南府的胶济铁路上最大化地实现着。

抛开以胜负论英雄的常规思路，我们必须承认盖德兹同样是一位成就卓著的工程师，他对于山东铁路公司的贡献亦不容忽视。只不过当盖德兹的对手是锡乐巴时，两个德国人在中国的土地上重演了一场"既生瑜何生亮"的千古戏码。

第四节
沁了鲜血的路基

当锡乐巴执着地修改山东铁路的线路，当"高密"作为一个站点标注在图纸上的那一刻，"高密事件"这副多米诺骨牌的第一张就已经被推倒了。

1899年6月1日，德国颁布了《特许山东铁路公司建筑铁路及营业条款》，从德国利益出发对施工时间、工程进度、建筑材料采购以及通车后经营利润分配诸多事宜进行了明文规定。随即，基于施工的铁路勘测丈量工作在即墨、胶州、高密多地同时迅速展开。山东铁路公司把胶济铁路的建设分成了六个标段，分别是：青岛至胶州段、胶州至丈岭段、丈岭至昌乐段、昌乐至青州段、青州至临淄段、临淄至博山段。分段施工是铁路建设常见的施工组织方式，尤其是迫切希望五年内将胶济铁路全线贯通的山东铁路公司，在工程进展面前，甚至急切到人挡杀人、佛挡杀佛的程度。

对于山东的时局以及山东人的性格，德国人锡乐巴的预判过于乐观。当然，无论是三十多年前在山东境内长驱直入考察的费迪南德·冯·李希霍芬，还是乔治·弗朗鸠斯，甚至刚刚完成考察的盖德兹，也包括在中国生活多年的锡乐巴，他们只看到了山东人表面上的怯懦与温良。列强对中国人的群体判断更多的是基于清政府的步步退让，软弱可欺，没有血性可言。乔治·弗朗鸠斯甚至在他呈给德皇关于胶州湾的报告中写下了这样的文字："对于建造铁路而言，另一项十分便利的条件就是在中国举足轻重的墓地问题在这里几乎没有任何影响。"德国人对这一点深信不疑。毕竟铁路在中华大地虽不是常见之物，却也不是罕见之事，别的国家也在修筑铁路，小的纷争与冲突虽有，但并未上升到骚乱的程度进而影响工程进展。

中国人讲究逝者入土为安，根深蒂固的祖宗崇拜观念以及中国人独有的土地情结，加之山东地域对儒家伦常的尊崇与愈演愈烈的义和团运动，种种原因相继发力，共同成为胶济铁路筑路冲突的根源。

工程建设离不开工人。胶济铁路吸引了众多的山东本地人与外省人前来寻找工作机会。资料表明，正式开工建设之前，山东铁路公司雇佣的中国员工与劳工已逾千人，到1902年，胶济铁路全线工作的工人达两万多人。国籍不同、省份不同、地域不同，工地上的工人素质良莠不齐，他们的收入与消费能力均远远高于铁路沿线的农民。财富，从古至今都是可以让人理智失控的因素之一。

1899年6月18日，在高密大吕庄，山东铁路公司雇佣的工人在集市上公然调戏良家妇女，激起民愤招致殴打。愤懑的村民迁怒于工人刚刚埋设好的路标，愤而毁之。锡乐巴要求高密知县严惩破坏之人，高密知县不予理睬。锡乐巴情急之下前往青岛胶澳总督府搬来援兵。6月24日，德国士兵袭击了高密县城及周边村庄，放火烧毁高密书院，村民有死有伤。山东巡抚毓贤不但没有为中国人伸张正义，一番无力抗争之下，反而赔偿了山东铁路公司的工程损失和德国军队的军费。从冲突发生到逐渐平息历时半个多月，工程进度受到影响，德国海军部对这次贸然采取的军事行动表示不满，他们不希望节外生枝，与中国产生不必要的争端。如果因此引来他国觊觎胶州湾这块来之不易的地方便得不偿失了。

工人调戏妇女事件刚刚平息，胶济铁路更大范围且更加严重的争端又来了。

1899年12月，胶济铁路路基工程修筑到高密阚家镇官亭村一带。这里是一片涝洼地，五龙河、柳沟河、胶河等多条雨源性季节河的河水汇聚于此。官亭村地势低洼，尤其是村子的东北角，雨季牛蹄子踩出一汪水，水里就会有活蹦乱跳的小鱼儿。当地流传有这样的民谣："眼望西壕里，苍茫一片洼。无处不生碱，无处不养蛙。等到旱年景，也学种地瓜。"当地人在五龙河西岸修了一道堤坝封堵雨季暴涨的水面，借以保护官亭村、坊岭村等周边村庄的安全。

胶济铁路最初的选址在官亭村南300米的一个地势相对高的地方，同时这也是通往坊岭村的必经之路。如果铁路修在这里就会破坏之前修筑的堤坝，一旦到了雨季，没有遮挡的河水将会肆无忌惮地侵袭村庄。

最初，村民也怀揣希冀，尝试着与山东铁路公司沟通，希望他们要么改道，要么修建必要的桥梁涵洞以防止雨季洪涝灾害。然而，山东铁路公司对村民的正当要求不予理会。万般无奈之下，官亭村一个叫孙文的村民站了出来。

孙文的后人，72岁的孙金庆老人说，除了对水患的担忧之外，当年孙家祖先以及大多数村民都对火车心存恐惧，尤其是听说火车上烧煤的烟是有毒的，又听说烟呛之后周遭40里不长庄稼。如果赖以生存的土地从此不长庄稼了，哪还有什么活路可言？人逼到没有活路的份儿上就只能反了！一传十，十传百……周围村庄的一百多个青壮年都被发动起来，唯孙文马首是瞻，有了领头人，大家拧成了一股绳。德国人白天施工，他们晚上就趁夜色进行破坏，再加上与高密农民遥相呼应的义和团力量，胶济铁路建设被迫中断停滞。情绪高涨的当地民众和义和团、山东官府、德国势力，各方诉求不一，斗争过程异常艰难，每一次的对峙与报复都有死伤，最终这件事以站在明处振臂高呼的带头人孙文被公开处决而暂告一段落。

1900年冬，紧张的山东局势渐趋缓和。暗中支持义和团的山东巡抚毓贤被新一任山东巡抚袁世凯替代。袁世凯摸准了山东铁路公司的脉，扼住了胶济铁路建设进程与德国人在青岛建设"模范殖民地"之间的必然联系，在与锡乐巴商讨签订《胶济铁路章程》的过程中始终保持着主动。袁世凯深知胶济铁路建设势在必行，是大势所趋，德国人在山东的势力也将会随着这条铁路的贯通水涨船高，与日俱增。他改变不了时局，这盘棋大局已定。作为一方的主政大员，袁世凯能做的就是尽可能地让自己的棋面不至于太难看。高密民众也罢，义和团也罢，在袁世凯眼中都是用来挟制德国人的工具，眼看目的达成，工具人被袁世凯弃之如敝屣。同理，德国人出于本国的利益考量，与袁世凯相继把钢刀与枪口对准了民众，于是刀光血影，枪膛喋血。1901年，山东官府与山东铁路公司达成协议，胶济铁路建设重新回到正轨。唯一可以告慰牺牲者的是，经过斗争，德国人做出了让步，将胶济铁路北移。

1902年夏季，高密大雨，河水暴涨，地势低洼之处全部被淹。积水泡酥了地基，无数土坯房轰然倒塌，瘫软成一摊泥水；积水淹没了农田，沤烂了庄稼。生活在这块土地上的人们无家可归、无米可食。一份花体德文秘档如实记录了当时的情状，这是密切关注胶济铁路建设进程的德国海军部派遣一位工程师实地巡视大雨对胶济铁路路基影响后写下的：

> 高密背后低洼的濠里地区，除了连续的下沉和下滑，铁路路基不会出现重大损害。但是，该地区房屋的大片坍塌和土壤的大面积流失清楚表明，这里的桥梁还是太狭小了，铁路铺设严重地破坏了洪水疏导系统。

此时距离孙文在高密县城东门外大石桥被杀已经过去了两年。孙文死后，官府不准其家人殓尸。高密籍同治年间的举人单昭瑾义薄云天，置个人生死于度外，用自己的棺椁安葬了孙文。单昭瑾含泪为孙文作祭文，一腔悲愤凝聚笔端：

> ……我朝廷与德人订约修筑胶济铁路，兵连祸结，民遭蹂躏。先生身为农民，性朴少文，怀义自奋，不忍坐视。念及杜水为患，有害民生，纠合群众，冒昧拒抗。拔橛木，烧窝铺，汹涌之气，声振一时。
> 上宪派员劝阻，先生英气勃勃，愤然弗顾。其爱国热忱，充塞于天地之间，彪炳于宇宙之内。无如外交有关，碍难宥免，将先生处于

极刑，与世长辞。

噫！是不能不为先生惜，更不能不为先生痛。古之所谓杀身成仁，舍生取义，一死而重于泰山者，先生其人也！

"官亭街中一座坟，一堆黄土埋英魂。"孙文的坟茔就在今天的官亭村文化广场向西一百米的南北街上。这里原本是孙家的祖坟，如今除了孙文的坟茔，其他孙氏族人都迁去了村里的公墓。2023年元宵节刚过，孙金庆老人带我们去孙文的坟茔前拜谒。枯草断茎，一片凋敝之景。没有高大的墓碑，墓志铭更无从谈起，只有一块市级文物的标志牌，被水泥简陋地封固在初春的暖阳下，闪着不甘的光。

锡乐巴依旧戴着洁白的手套，气定神闲地穿梭在胶济铁路的各个标段。袁世凯则加官晋爵，由山东巡抚升任直隶总督。

第五节
花体德语秘档

  周兆利是个非常有耐心的人。作为青岛市档案馆编研处处长，像我们这样慕名前来且目的性明确的来访者，他一年要接待上百次。每一次他都像是第一次，谦逊地笑着，轻言慢语，他会根据来访者的目标给出关键词和大致的查询方向。如果让他用一袭长衫替换下身上的深色夹克，这位毕业于北京大学历史系的专家，顷刻之间就会蜕变为颇具风范与气质的学者。周兆利说话从不拖泥带水，总是有的放矢，言简意赅。虽已年过半百，但他的声音依然保留着独属少年人的清脆。比如今天，他微笑着倾听完我们的诉求，带我们进入一楼的查询大厅，指导我们用各自的身份证登录查询电脑，在搜索栏上输入关键词："胶济铁路"和"袁世凯"。

  电脑有点老化，运算速度有点慢。等待了约有两分钟，系统给出了冗长的检索结果：

  1899年12月8日，关于袁世凯被任命为新山东巡抚一事致外交部的电报；

  1900年2月28日，关于袁世凯的品行情况的报告记录；

  1900年7月5日，德国驻伦敦武官，德国海军总参谋部关于袁世凯定购国外火炮保卫中国等事宜致海军部国务秘书的函；

  1900年12月1日，德国东亚军队最高司令部，将叶世克报告袁世凯欲与俄国保持良好关系的电报抄送公使馆；

1900年12月1日，德国远东军队高级指挥部，关于袁世凯的兵力分布情况致德国驻北京大使 Mumm 的函；

……

1911年11月10日，关于袁世凯就任中华民国临时大总统等事宜的电报；

1911年11月10日，Mueller，李将军谢绝参加袁世凯成为临时国家总统仪式的第26号电报；

1911年11月13日，德国驻北京公使馆，关于袁世凯将成为北京周围军队的总司令一事给外交部的报告；

……

1912年1月17日，德国外交部，关于袁世凯被护送离开皇宫时遇刺事件致德国海军部国务秘书的函；

1912年2月19日，德意志皇家公使馆（北京），关于袁世凯1912年2月14日就革命后北京政府的形势等事宜所发的电报致德国总理 Bethmann Hollweg 的函；

1912年2月23日，德国海军总参谋部，关于巡洋舰队司令报告的袁世凯将于月底到南京一事给德皇的电；

1912年3月6日，胶澳总督府，关于南京政府和袁世凯政府争夺山东地区势力范围的活动致德国海军部国务秘书的函；

1912年3月9日，德国外交部，关于袁世凯担任北京政府的总统以及成立新内阁事宜致德国海军部国务秘书的函；

1912年7月22日，胶澳总督府，关于袁世凯秘密请求云贵总督出兵援助的事宜致德国海军部国务秘书的函；

……

档案资料显示，自从袁世凯上任伊始，直到日德战争爆发德国自顾不暇，袁世凯所有的行踪都在德国海军部的监控之中。德国人对袁世凯的了解程度甚至远超那些与袁世凯同朝为臣的官员对他的了解，其中既有他的同道，也包括他的政敌。德国人不仅仅关注袁世凯，接替袁世凯任山东巡抚的周馥以及周馥的继任杨士骧都在德国人的视野之内。

就在我欣喜若狂，以为能拨云见日无限靠近历史时，周兆利微微一笑，说："你点开看看！"

敲击鼠标，点开这些令人期待的内文目录，看到的内文却是德文，而且是手写的花体德文，一个汉字也没有。周兆利这时才揭开谜底，他说这部分档案资料是德国移交给青岛市档案馆的，当初录入的时候邀请了国内研究古德文的老专家，在他们的协助下将目录翻译了出来，但也只限于目录部分，内文的内容太多，工作量太大，单靠几位老专家的力量没十年八年完不成全部翻译任务。目前数字化的仅仅是其中一部分档案，库房里还存有大量的胶济铁路档案，同样是手写花体德文。据周兆利了解，花体德文在20世纪40年代就已不再应用了，目前很多德国年轻人也都不认识花体德文。

"2022年，我们面向社会招标，启动了花体德文档案抢救保护翻译开发项目。"这项工作主要是借用德国专家的力量翻译、开发德文档案遗产，促进中外人文交流，是多年来青岛市与德国全面合作的内容之一。参与翻译工作的两位德国古德文专家，一位是德国贵族后代琳达教授，一位是她的丈夫马先生——中国改革开放初期就踏出国门的先行者。两位老人都已近八十岁高龄，身体抱恙，翻译工作不得不暂时停滞，这让远在青岛的周兆利担心不已。所有人都在期盼着项目如期进行，让更多的历史谜团迎来云开雾释的那一天。

虽然知道内文无法阅读，我还是耐着性子一条条看完了所有与胶济铁路相关的几千条目录。

"你发现了什么？"

"我在想，德国人的情报网如此发达，那当时潍县、周村、济南自开商埠是如何瞒天过海的？"

"那只能说道高一尺魔高一丈！袁世凯的军事才能和政治手腕在当时是完全可以与德国人一较高下的。"

大历史中的袁世凯是个复杂多面的存在，不能简单化、概念化地看待，即便当年袁世凯的军事才能、政治手腕与他的德国对手不分伯仲，但显然彼时的运势没有站在他那一边。

李鸿章说："环顾宇内，人才无出袁世凯右者。"

曾担任过袁世凯英文秘书的著名外交家顾维钧，在他的回忆录中写道：

> 袁世凯军人出身，完全属于旧派。和顽固的保守派相比，他似乎相当维新，甚至有些自由主义的思想，但对事物的看法则是旧派人物的那一套。他以创练新军和任直隶总督知名，是个实干家、卓越的行政官吏、领袖人物。但不知为何他却不喜欢旅行，从未到过长江以南。他为人精明，长于应付各种人物，但从未想过把才能应用在治理国家、使之走上民主化道路这一方面。袁的政治智能多半离不开司马光的《资治通鉴》，武昌起义使他有机会东山再起后，袁的政治方略就是养敌、逼宫和摊牌。这种手段的确逼退了清室，使中国成为亚洲第一个共和国。但是，两千年的帝王专制政治传统，绝然不能转变于旦夕之间。因此他纵想做个真正的共和大总统，不但他本人无此智能，他所处的时代也没有这样的社会基础。他再回头搞帝王专制，甚或进行君主立宪，这样的形式又在当时的中国已失去了生存土壤。

始于1898年6月11日、终于1898年9月21日的戊戌变法统共维持了103天，这场百日维新的失败经常被人归咎于袁世凯，但只要稍微理性地思考就能冲破迷障看到本质。这是没有实权的光绪皇帝与大权在握的慈禧太后的比拼，是狂飙冒进且缺乏权力基础的维新派与日薄崦嵫但仍然根深蒂固的保守派之间的较量。在中华民族的转弯处，历史选择了保守派，百日维新失败了，但从另一个维度来看历史的真相，熄灭的只是变法的烈焰，燃烧时迸溅的火花在许多不为人知的角落里留存了变革的火种。

近代中国的商埠开放有两种类型。一类是约开商埠。1840年第一次鸦片战争后，外国强迫中国履行不平等条约而开的商埠基本都是这一类。约开商埠意味着中国政府在任何情况下都不得停止开放,而且根据利益均沾的原则,中国与一国签订条约开放商埠,则其他国家自动取得在相应商埠地的一切权利。还有一类则是自开商埠。自开商埠的主权在我,行政管理权独立自主,司法独立,征税权独立。百日维新之前,湖南岳州、福建三都澳、直隶秦皇岛自开商埠,将商埠地的主权牢牢掌握在自己手中。百日维新期间,光绪皇帝颁布的新政中即有关于推广口岸商埠的阐述:"欧洲通例,凡通商口岸,各国均不得侵占。现当海禁洞开,强邻环伺,欲图商务流通,隐杜觊觎,惟有广开口岸之一法。"

虽然袁世凯在戊戌变法中选边站队保守派,但他骨子里并非真的抵触维新,排斥变革。在任山东巡抚期间,他与山东铁路公司屡屡交锋。势不可挡的胶济铁路像条贪吃蛇从黄海之滨一点点游走至黄河岸边,起点的青岛已经是德国人的囊中之物,那终点的济南呢?沿路已经繁华兴盛了百年的潍县与周村呢?它们将在这股强健的海风吹拂下迎来怎样的明天?对策只有一个,那就是"现当海禁洞开,强邻环伺,欲图商务流通,隐杜觊觎,惟有广开口岸之一法"。

时任山东巡抚的周馥对被德国人侵占的胶州湾进行了一番详细考察,他试乘了胶济铁路青岛至昌乐段,这位懂经济的巡抚坚定了自己的信念。

1904年5月1日,周馥与已升任直隶总督的袁世凯联名上奏折:

> 查得山东沿海通商口岸,向只烟台一处。自光绪二十四年德国议租胶澳以后,青岛建筑码头,兴造铁路,现已通至济南省城,转瞬开办津镇铁路,将与胶济之路相接。济南本为黄河小清河码头,现在又为两路枢纽,地势扼要,商货转输较为便利,亟应援照直隶秦皇岛、福建三都澳、湖南岳州府开埠成案,在于济南城外自开通商口岸,以期中外商民咸受利益。
>
> 至省城迤东之潍县及长山县所属之周村,皆为商贾荟萃之区。该两处又为胶济铁路必经之道,胶关进口洋货,济南出口土货,必皆经由于此。拟将潍县、周村一并开作商埠,作为济南分关,更于商情称

便，统归济南商埠案内办理。相应请旨敕下外务部核议具奏。俟议准后，先行照会各国驻京使臣查照，再由臣等将划界设关及一切应办事宜，督饬山东司道并东海关、胶海关各监督税司等，妥议章程，酌定开办日期，分别奏咨办理。

5月4日，奏折转至外务部奏议；5月15日，外务部上折具奏支持；5月19日，清政府正式批准山东同时开放济南、周村、潍县三处商埠。1906年1月10日，三地同时举行开埠典礼，正式开放为"华洋公共通商之埠"。

其实，德国人也并非毫无觉察。在一份花体德文秘档中，时任胶澳总督的特鲁泊与德国驻京公使有这样的通信记录：

> 开放商埠初看起来好像是迎合德国人而采取的措施，正如我从一开始就猜测的那样，也如从海关官员施图尔曼博士发表的言论反映出来的意念那样；而按照周馥的意见，这种意义并不存在。施图尔曼博士曾经就此事与周馥进行过详细交谈。这些商埠之所以要开放主要是为了吸引别国商人前来贸易，以便削弱德国人过大的势力，因为德国的扩张已成为不可避免的现实。

"华洋公共通商之埠"从动议到尘埃落定成为不可逆转的既定事实，速度之快远超德国人的反应与应对速度。自开商埠一个月后，胶济铁路全线贯通，自此，山东经济带和城市中心结构化变化拉开帷幕，这一影响一直持续到今天。在联合国分类的41个工业大类中，中国是唯一一个41个大类齐全的国家，而山东省则是全国唯一一个拥有全部41个工业大类的省份。

第二章：

济水之南

王峰 摄

北京时间：济南西站 10∶25

孔祥配：一个朋友跟我说过，山东有四个雅称，除了世人皆知的齐鲁之外，还有东鲁、海右和海岱。这几个别称中我最喜欢的是"海岱"。大海与泰山是山东最雄伟壮丽的自然景观。北京时间 10∶25，我缓解列车制动，推动主控手柄，列车向着大海的方向缓缓启动。

第二章：济水之南

第一节
千里海岱六时环

　　2023年3月15日晚上9点半，孔祥配早早洗漱完睡下，这是他多年来养成的习惯。第二天执行出车任务时，他不会超过10点睡觉。明天孔祥配即将驾驶"行走百年胶济·高铁环游齐鲁"冠名列车，载着有幸乘坐这趟首发列车的乘客在胶济铁路上体验6个小时的山东高铁环线之旅。这趟特殊的列车编组了16节的"复兴号"动车组，按照"一市一车厢"的原则，山东16个地市在各自的车厢内布置了文旅精品展览。孔祥配最想去枣庄车厢看一看，但作为本趟动车的司机，他也只能是想一想。

　　孔祥配拿起一本《中医基础理论》，翻到书签间隔的那一页，接着上一次的阅读进度继续往下看。去年他囫囵吞枣地读完了《黄帝内经》和《伤寒论》，今年在网上买了全国中医药行业高等教育"十四五"规划教材，按照大纲循序渐进地学习。有时候看得过于认真，妻子喊他好几声都听不见，她就故意打趣他，高声大喊："孔大夫！"这时的孔祥配才如梦方醒，把沉浸在博大精深中医药文化中的自己抽离出来。对自己"孔大夫"的新称谓，他只能莞尔一笑。他对中医文化仅是兴趣，随着深入的学习，愈发对"上医治未病，中医治欲病，下医治已病"有了更加深刻的理解。不仅如此，在对中医文化研读的过程中，孔祥配发现中医文化让他对工作的理解都大有长进，实在是意外之喜。但这也只是孔祥配的兴趣而已，他不会改行了，当一名火车司机是他从小到大的梦想，一朝圆梦，怎会轻言放弃？看看手机，该休息了，明天还得执行任务呢。

3月中旬的济南春色已浓，每到这个季节，镶嵌在骨头里关于故乡的记忆就会像趵突泉的泉水一样翻滚涌动，甚至很多时候还会悄悄地潜入梦境……

孔祥配的老家在枣庄滕州界河镇的北闫楼村。界河北岸是济宁的邹城，南岸就是枣庄的滕州。农村长大的孩子，没有一个能在夏天拒绝下河游泳的诱惑。大人管得严，被发现了少不了受一顿骂，屡教不改的时候还会挨打。夏天的太阳毒辣得很，水里一泡，泥里一滚，再在太阳底下一晒，再粉嫩的娃娃也变得漆黑油亮。记忆里水性好的小伙伴一个猛子扎进河里，眨眼之间就到了界河对岸，踩着水，露出小脑袋，伸着精壮的小胳膊大喊："我到济宁了！"

孔祥配的父亲是"凡"字辈，爷爷是"庆"字辈。爷爷在兖州工务段的线路车间工作，据说爷爷的拿手绝活是换长轨。1981年，父亲从部队复员接替爷爷进入工务段工作。孔祥配对爷爷的印象不算深刻，他读初中一年级的时候爷爷就去世了。小时候他跟姥爷接触比较多，也更亲近一些。倒不是跟爷爷不亲，而是爷爷寡言相对严肃，姥爷则是个性情温和的人，说话不紧不慢，是深得小孩子喜欢的那种老人家。小祥配也不例外。说起来，爷爷与姥爷本就是同事，你家有姑娘，我家有儿子，老哥俩虽然性格有差别，但都是忠厚老实的本分人，感情越处越深，一来二去便结成了儿女亲家。

上小学的时候，有一年暑假，父亲当时正在更换胶济铁路明水站的铁轨。那一年，孔祥配记得自己考试成绩特别好，父亲为了奖励他，专门回家接他到工地上玩。能在暑假跟在父亲身边成了孔祥配和妹妹暗地里较劲竞争的动力，因为父亲的条件就是"谁考试考得好谁就有资格去"。

父亲工作很忙，在家的时间不多。母亲是一个典型的中国式母亲，勤劳，忍耐，包揽了家里所有的活计。父亲稳定的收入抚慰着母亲日复一日的辛勤付出。界河镇紧挨着中国铁路网南北大动脉之一的京沪线。母亲带着孔祥配从北闫楼村出发，穿过京沪铁路的涵洞去界河镇赶集。涵洞里面冬暖夏凉，黑黢黢的，外面的阳光再夺目，涵洞里面也是黯然一片。涵洞的进口、中间和出口对声音的反射是不一样的，这甚至一度是孔祥配与小伙伴们乐此不疲的游戏。追逐，大喊，然后是大人的叱责声，呵斥里夹带着包容。那时候的集市纷乱，热闹，在孔祥配的记忆里，好玩程度不亚于现在孩子们向往的迪士尼乐园。

在过涵洞的时候，头顶上方恰巧有火车经过，轰隆隆的巨响在涵洞的水泥壁上来回反弹，一股无形的声波刚好弹在了孔祥配少年的心脏上，有那么几次居然同频共振。火车呼啸而过，脚下的地在颤抖，合着涵洞里声波的节拍，孔祥配既难受又兴奋。京沪线是忙碌的，南来北往，川流不息。幼时的孔祥配内心有一个简单的逻辑，沿着铁路走就能找到爸爸干活的地方，当然了，如果能坐着火车去看爸爸就更幸福了。那会不会还有更幸福的事情呢？比如说，开火车，开着火车去看爸爸。小小少年在落日的余晖里，牵着母亲的手，回望一眼静寂的铁路，心里想着将来要在这条铁路上开着火车去远方。那一年，孔祥配9岁。

作为铁路职工子女，孔祥配初中毕业那年没有考高中，直接报考了济南铁路司机学校。那一年，孔祥配16岁。

济南铁路司机学校学制三年，孔祥配拿了三年奖学金。他的每门专业课都在九十分以上，学得最好的一门功课是《铁路行车规章》，成绩九十九分，接近满分。兴趣是最好的老师。在学校学习了三年专业理论，走出校门走上工作岗位，孔祥配一直保持着对铁路最新相关理论的敏感度，直到今天，铁路专业书籍依然是他阅读的重点。2002年毕业时，孔祥配报名参加了学校的技术比武，勇夺机车检查第一名。

2002年8月，19岁的孔祥配成为济南机务段的一名内燃机学习副司机，半年后转为副司机，跟着师傅奔驰在京沪线的济南至徐州段。2005年，在取得了内燃机车司机上岗证后，他进入了全国青年文明号——"共青团号"0039机车组。2006年济南铁路局电气化改造期间，孔祥配迅速转型考取了电力机车司机证书，参与试验电力机车性能。五年间，在同批进入济南铁路局的同事中，他创造了多个第一：第一个考上内燃机车副司机，第一个考上内燃机车正司机，第一批电力机车司机，济南局集团公司电力机车牵引任务第一人。

　　2007年初的一天夜里，正驾驶着电力机车行驶在徐州至北京线路上的孔祥配，发现迎面开来一辆从未见过的火车。司空见惯的列车是三个灯，中间一个大灯，两侧两盏小灯，但对面驶来的火车只有一盏灯，而且特别亮。还没等孔祥配反应过来，"唰"，一道白色的影子飞过去了！孔祥配顿觉自己的心率瞬间快了许多，莫非刚才那辆就是传说中的动车组？

　　两个月后，心中的猜测得到了验证。这一年的3月，孔祥配报名参加了济南局动车组司机岗位的招聘，以第二名的成绩获得了去西南交通大学参加动车组培训的机会。这已经是济南铁路局选拔培训的第三批动车组司机了。

　　初夏时节，孔祥配与其他一起通过选拔的同事启程到成都西南交大开始了紧张的学习。在济南生活多年，原本孔祥配觉得济南的夏天很难挨，谁知到了成都才发现济南的干热在成都的湿热面前都要甘拜下风。早上去上课，艳阳高照。10点钟看看窗外，太阳像抽水机一样抽取着地面的水分，空气湿漉漉、沉甸甸的。下课铃声响了，午饭时间到！像是卡着点一样，一阵急雨从天而降，好在雨伞是所有人的标配。吃罢午饭，走出餐厅，雨已歇。太阳继续升温加热，双脚像是踏在笼屉上一般，热气沿着脚后跟往身上爬，走不了几步远，衣服已然湿答答地贴在皮肤上。被捂住毛孔的皮肤不能呼吸，难受程度不亚于被人捂住鼻孔不能喘息，全身上下被窒息感包裹。学习之余，大家凑在一起时不时感怀一下济南。

　　结业考试时，孔祥配参加面试。面试官翻着桌上的资料问："你多大？"

　　"24岁。"

　　"我还没见过年龄小于30岁的动车组司机呢，你才24岁，是我面试的司机中最年轻的。你给我说一下你是怎么取得电力机车正司机证的吧。"面试官笑得意味深长。

　　孔祥配言简意赅地陈述了自己的学习和工作经历，最后他说："我有能力驾驶中国最快的火车。"

　　24岁的孔祥配顺利通过了铁道部第十批动车组司机考试，成为当时全路最年轻的动车组司机。这又是孔祥配人生中的一个第一！

彼时，胶济线上已经开始运行动车组。济南铁路局储备了像孔祥配这样一大批优秀的动车组司机。第一批已经上岗，第二批、第三批结束培训后，哪儿来回哪儿去，依然从事以前的工作。就这样，孔祥配回到了之前的工作岗位，继续驾驶电力机车。直到2008年奥运会开幕前夕，青岛作为比赛承办城市之一，承接奥帆赛、残奥帆赛帆船帆板项目的所有比赛，胶济线加开了多列动车组，变得比以往繁忙了许多。2008年6月，在取得动车组司机证一年之后，孔祥配如愿以偿地开上了中国最快的火车。

从内燃机车到电力机车，再到动车组，孔祥配的驾驶感受越来越好。内燃机车开起来笨重一些，像台小排量汽车，光吼不走，最快也就每小时120公里。电力机车比内燃机车速度快了许多，能达到时速160公里，甚至在牵引电机的控制下基本能达到准恒速模式。动车组在列车运行时，不仅能实现恒速，还能高速巡航，复兴号动车组最高时速350公里。随着车型的变化，工作环境噪音在下降，气味越来越清新。成为动车组司机之后，孔祥配脱下了标志性的铁路职工蓝衬衣，换上了白衬衣。妻子更是觉得孔祥配的衣服没有以前那么脏那么难洗了。

妻子名叫杜丽娜，是孔祥配的中学校友。与妻子的缘分也与火车有关。杜丽娜在济南铁路运输学校读书，假期从济南坐火车回枣庄，两个人恰好坐同一趟车，还是同一个车厢的邻座。"我觉得你很面熟，我们以前是不是见过？"非常老套的搭讪，却很有效。一番攀谈下来才知道彼此曾经在同一所中学读书。相较孔祥配的怦然心动，杜丽娜的反应则平淡得多。毕业后，杜丽娜也留在了济南。两个人保持着老乡、校友的关系，不疏远也不热络，直到2007年两个人才确定了恋爱关系。两年后，二人结婚，又过了两年，儿子出生。杜丽娜承担了大部分的家务，孔祥配越来越忙，他经常出差，有时候十天半个月才回家一次。这时的孔祥配，已经入选中国第一支正式定义的联调联试试验队伍——京沪高铁联调联试试验小组。这一年他才27岁。

所谓联调联试，就是联合所有部门和工种，在铁路开通运营前对沿线轨道、接触网、通信、信号等各项设备逐步进行测试，并依据测试结果对发现的缺陷进行调整，直至各个系统以及整体系统满足符合高速运行及动态验收要求的过程。正常运营时列控系统开启工作，列车在一个安全速度范围内运行，但联调联试时则需要把安全装备全部隔离关闭，所有运行数据都由人工控制。联调联试工作风险非常大，要在整个作业中完成高出列车设计线路速度10%的安全冗余试验，且没有任何列控系统的保护，只能靠人的技术经验达到对线路和整个动车组列车的性能掌控。就如同飞机有试飞员一样，新线路上的动车组也需要有人试驾。只有顶级的飞行员，才能成为试飞员。同样的道理，联调联试也需要王牌驾驶员。很多时候，孔祥配就是那个试驾的不二人选。

孔祥配很少跟家里人聊关于工作的话题，尤其是存在一定危险系数的联调联试。偶尔问起来，他就说："差不多类似于买新车的试乘试驾吧！""那是普通的车吗？那是高铁！"妻子对孔祥配的工作知道一些，既然丈夫不想多说，她也就一笑了之。

胶济客专、京沪高铁、济青高铁、鲁南高铁、潍莱高铁、黄东联络线、济莱高铁、青荣城际、青连铁路、日兰高铁……每一次联调联试，孔祥配都累得像是脱了一层皮，但同时他也亲眼见证着一条条孤立的高铁线路神奇地变成了纵横交错的高铁立交网。累并快乐着，累并自豪着，累并幸福着。2019年11月26日，日兰高铁日照至曲阜段正式开通运营。沂蒙革命老区首次接入全国高铁网，山东省内高铁实现了环形贯通。

工作21年了，40岁的孔祥配成为大多人眼中的人生大赢家，不但被授予"全路技术能手""全路青年岗位能手""铁路工匠""集团公司劳动模范"等荣誉称号，还荣获了铁路青年五四奖章、山东省五一劳动奖章、全国五一劳动奖章。但他对自己的定位就像他的微信名"米粒"一样，普通、平常。现在孔祥配的日常工作包括讲课、参与劳模创新工作活动、参加新线开通的联调联试、值乘以及专列服务。虽说每一项工作他都会全情投入，但孔祥配最喜欢的还是他的动车组司机岗位，在那块略显逼仄的空间里，他把安全与舒适双手奉上，送给那些不知名的上上下下、来来往往的乘客，而他则独享贴地飞行的愉悦与欢喜。他是自由自在的王。

10点了，该睡了。明天还要值乘"行走百年胶济·高铁环游齐鲁"的首发列车。胶济铁路从1904年通车至今，见证了中国近代百年历史的艰辛，也承载着中华民族的光荣与梦想。百年风雨，胶济铁路沿途留下了诸多文化遗产，成为一条重要的山东文化廊道。明天孔祥配不仅作为一名动车组司机上岗，他还兼任"行走百年胶济·高铁环游齐鲁"的宣传大使呢。孔祥配的人生履历中又多了一个第一。

放下书，关灯。窗外济南城的夜色依然喧闹。

第二节
从拧下第一颗螺丝开始

昨天晚上刘泉龙睡得并不好,虽然上台领奖已经事先彩排过了,但他一想到明天山东会堂热烈的气氛,内心还是有些激动。明天穿的制服,妻子已经帮他熨烫好了,板板正正的,没有一丝褶皱。

2023年4月27日一早,刘泉龙一改骑自行车上班的习惯,打车提前来到了山东会堂。9点钟,山东省庆祝五一国际劳动节暨省劳动模范和先进工作者表彰大会将在这里举行。按照惯例,会议开始前会先拍照留念。根据工作人员的指引,刘泉龙领到了属于他的大红花与印有"山东省劳动模范"字样的绶带。在集体大合照之前,刘泉龙掏出手机让相熟的人帮自己以山东会堂为背景拍了一张照片。待会儿他要发到家人群里,与家人们一起分享这份喜悦。

"刘泉龙"的名字是父亲取的,颇有深意。第一个"刘"字是姓氏,第二个"泉"字是他的出生地点——泉城济南,第三个"龙"字是他的生肖属相。1988年9月,刘泉龙出生在"四面荷花三面柳,一城山色半城湖"的济南。父亲在山东省建设厅工作,母亲是山东省立医院检验科的医生。刘泉龙小的时候,正值父母事业的上升期,所以他比大多数同龄人早上幼儿园。一到寒暑假,无人看管的刘泉龙会被父母反锁在家里。如果中午赶不回来做饭,母亲就会提前为他准备好便捷的食物,免得小泉龙饿着。

"啪嗒",门锁上了。从第一次被反锁在家的惶恐不安到听到锁门声无动于衷,刘泉龙适应了一周的时间。虽然是独生子,但父母对他并不宠溺,反倒是对他管理严格、要求甚高。母亲没有给小时候的刘泉龙买过价格昂贵的衣服、鞋子，也没有给他买特别多的玩具，有限的玩具也大都是益智类的。记忆里一辆四驱玩具车，还是刘泉龙央求了妈妈很长一段时间，用语文、数学的双百分换来的。玩具总有玩够的时候，玩够了就拆，拆开再装起来。第一次动手拆自己心爱的玩具车时，刘泉龙的心怦怦直跳，两只小手都有点发抖。他一个组件一个组件地拆卸开来，从演草本上撕下一张没用过的白纸，将零件分类摆放好。拆不是目的，拆是为了再完好无损地装起来。然而事与愿违，拆容易，拼装却比想象中要难一些。反反复复试验了好几次，他也没能把四驱玩具车恢复如初。眼瞅着父母下班时间到了，刘泉龙把玩具车大致安装好摆放在一边，那些一时拼不回去的插件，他用纸包好暂时放在大人看不到的角落里。小孩子的眼神骗不了人，刘泉龙飘忽的小眼神被母亲捕捉到了。无须盘问，自动招供。妈妈没有责怪孩子，反而鼓励他："没事，明天再试一试，说不定就能拼好了呢！"

第二天，房门再次"啪嗒"关上。无须任何人催促，刘泉龙迅速进入"工作状态"。他比昨天更认真更仔细，不放过任何一个细节。终于，心爱的四驱玩具车在装上电池、按下启动键后，重新在地板上欢快地跑起来。那一刻，小泉龙流泪了。他想给妈妈打个电话，却发现自己其实没记住妈妈的电话号码。等母亲下班回来时，刘泉龙已经很淡定了，他只是在妈妈面前演示了一遍已经恢复如常的玩具车。母亲比他还淡定，拆零散的时候淡定，拼装好依然很淡定。多年之后，遇大事不慌乱的刘泉龙才明白，有一个情绪稳定的妈妈对孩子性格的养成来说是多么重要。

玩具玩够了之后，刘泉龙的目光就被家里的书橱吸引了。那里面有父亲的书，也有母亲的书。刘泉龙认字比较早，母亲送给刘泉龙的第一本书是《新华字典》。有了工具书的帮衬，小学、初中、高中，从最简单的自然科学书籍，到人物传记，再到纪传体通史《史记》，刘泉龙把家里的藏书一网打尽。哪怕是学习最紧张的高三，他都没有停止过课外阅读。对于刘泉龙的学习，父母并没有过多干涉，他们相信自己儿子的能力。2008年，刘泉龙不负家人期望，被西南交通大学机械设计制造及其自动化专业录取。

成都，蜀都大地、天府之国。在这座"来了就不想走的城市"，刘泉龙一待就是七年。他在西南交通大学读完本科之后，继续攻读本校车辆工程的研究生。2014 年，他参加济南铁路局的校园招聘，成功入职。2015 年 7 月毕业季，刘泉龙告别锦官城，回到了泉城。

刘泉龙入职的是济南车辆段检修车间，通俗地讲，就是火车车厢的 4S 维修店。

第一次踏进济南车辆段检修车间，说实话个人体验并不好。20 世纪 80 年代的老车间，比刘泉龙的年龄还要大。车间没有安装空调，夏天热得像个蒸笼，检修人员在工作时必须穿着长袖工作服，纯棉质地的工作服很快就被汗水浸湿，湿了干，干了又湿。师傅对刘泉龙说："夏天热一点还好，充其量就是出汗，多喝水，实在扛不住就歇一会儿。冬天才要命，身上冷，衣服穿多了笨重不灵活，穿少了一会儿就冻透了。这些还能克服，关键是手，戴太厚的棉手套没法干活，戴薄一点的手套又压不住风，手很快就被冻僵了！"

以前在学校时，刘泉龙也实习过。实习阶段积累的经验在实际工作中遇到的问题面前相形见绌，甚至根本不值一提。不仅如此，刘泉龙还意识到另一个更严峻的现实，那就是自己在学校学到的知识与老师傅丰富的经验相比更像是纸上谈兵，课堂上涉及的知识要么太超前无法落地，要么太滞后没有什么实际的意义。

摆在刘泉龙眼前的不再是童年的四驱玩具车，而是一节 25 米长的火车车厢。他要做的事跟小时候拆装玩具本质上没什么不同，只不过更长更大，前者是游戏，而后者则事关无数乘客的人身安全。

墨绿色的车厢静静地停在车间的工位上，窗户像一只只大眼睛，一动不动，也不眨眼睛，就静默在那里。离开了铁轨的车厢仿佛失去了一半的灵魂，它们不吵不闹，安静地等待着检修人员将它们恢复如初。只有经过检修人员的许可，它们才能回到铁路上继续欢畅地行驶。

拿起扳手，拧下第一颗螺丝……刘泉龙开始了他作为检修员的职业生涯。

真正进入工作状态之后，刘泉龙发现自己的领悟能力与融会贯通的能力时刻在线，师傅稍加点拨，他就知道症结所在。带他的师傅更是对他刮目相看，逢人便夸："研究生就是不一样啊！"

第二章：济水之南

在刘泉龙的认知里，千差万别的电气配件故障，就是一道道数学题，区别只在于有的题是简单的一元一次方程，有的题则是烧脑的高等数学微积分。每一道数学题可以有许多种解题方法，但正确答案只有一个。西南交通大学七年的理论积累，其实就是一个对正确答案甚至是标准答案强化认知的过程。问题并不可怕，正解就在那里，就看如何通过最有效的途径抢滩登陆，抵达彼岸。

每次拿起扳手拧螺丝的时候，刘泉龙都会想起旁观陈康肃公射箭"释担而立，睨之，久而不去。见其发矢十中八九，但微颔之"的卖油翁，而卖油翁的心得则是"我亦无他，惟手熟尔"，翻译成马克思主义哲学唯物主义论观点就是"实践出真知"。

半年后，刘泉龙就熟练掌握了客车电路原理和元器件型号类型，判断各类电气故障得心应手，技术业务可以比肩师傅。他思维敏锐，语言概括综述能力出类拔萃，三言两语就能把问题阐释得明明白白，很快成了同事们心目中的"万事通"。2017年，刘泉龙参加了济南铁路局举办的技术比武大赛，获得了车辆电工第二名的成绩。

2022年，刘泉龙受聘为中国铁路济南局集团有限公司济南车辆段首席工程师。从一个检修新人到首席工程师，刘泉龙又用了七年的时间。

目前，济南车辆段有两位首席工程师，除了刘泉龙，还有比他大22岁，同样毕业于西南交通大学的陈学景师傅。2022年3月，"泉景"创新工作室开始筹建，"泉"是刘泉龙，"景"是陈学景，是以两个人的名字命名的。5月，"泉景"创新工作室正式启用，旨在带领检修车间在工作中开展创新实践。

站在"泉景"创新工作室亮闪闪的铜制标识牌前，刘泉龙最欣慰的不是这个工作室的名字中有"泉"字，而是有"创新"二字。纵观人类发展历史，创新始终是推动一个国家、一个民族向前发展的重要力量，也是推动整个人类社会向前发展的重要力量。他知道，尊重与保护创新是当下的社会共识，在创新的领域里，永远不会开历史的倒车。

目前济南车辆段的检车员有1500人左右，研究生、本科生、专科生、技校高中和复转军人的占比分别是10%、10%、30%和50%。虽然学历、经历大相径庭，但大家在实际工作中，尤其是在检修现场，面对的困难是一样的，都是花样百出、无穷无尽。刘泉龙从上班第一天就发现很多老师傅都有各自的绝活，他们甚至还会自创一些方便实用的工具。年轻一代的检车员虽然经验略显不足，但新生代有新生代的思维与逻辑，"乱拳打死老师傅"的情形也是有的。

创新往小里说是小发明、小创造，往大里延伸就是引领发展的第一动力。刘泉龙与陈学景的"泉景"创新工作室实行课题制，一线检车员在工作中发现的问题，可以向工作室申报课题。"泉景"创新工作室经过评估，有价值的会准予立项，最多时一个月能立30项课题，最少时也有6项。每个月工作室会针对完成的课题进行评审，最高奖励2000元，最低奖励200元。课题化解决问题的方式，成功调动起年轻人的积极性，燃起了他们内心对速度与效率的追求。2022年共发动创新课题240项，解决了过渡式车钩加装后下垂难以连挂、轴温现车模拟操作困难等实际难题，完成客车端门锁、梅花套筒头等创新成果推广12项600余件，组建合理化建议节支降耗和自主检修技术攻关，节约成本近107万元。

从拧下第一颗螺丝开始，到当选山东省劳动模范，在刘泉龙的意识里似乎只是一瞬间的事情。就像孔祥配说的"祖国以什么速度前进，咱就考什么速度的驾照。既然选择这个职业，就做到最好，要开就开最快的火车"一样，刘泉龙也有自己的小目标，他也希望在自己的职业生涯中修遍各种型号的列车。电力机车车厢已经被刘泉龙解剖了千百遍，他现在的目光瞄准了动集动车组列车。有一次他外出，站在站台上等待列车进站，远远地看到一个绿色的身影逶迤驶来，光影变幻，加上车体的色彩渐变与纹理，他才意识到原来这就是业内人士口中的"绿巨人"！什么时候自己能上手拆解检修这个车型呢？目前济南铁路局的线路上已经有动集动车组在运行，离亲手触摸它的距离应该也就不远了吧。

1988年出生的刘泉龙已经白了双鬓，好在面庞依然年轻，再配上像晨阳一样明媚的笑容，刘泉龙浑身上下的活力值依然不亚于刚走出校门时的那个翩翩美少年。看了一眼朋友帮自己拍的照片，胸前的大红花光彩夺目，刘泉龙觉得很满意。时间差不多了，他该进会场了！

第二章：济水之南

第三节
夜空中的星

2022年8月，刚从济南电务段济南东客专信号车间调整到信息管理中心济南CTC工区那段时间，李舒傲，这位2021年刚入职一年的"95后"职场新人的心态近乎崩溃。新岗位CTC工区的设备与之前她已经熟悉的现场设备截然不同，虽说现在的工作岗位更接近于自己的专业，但要想真正融入工作，必须重新学起。

同事们其实都很和善，偶尔也会有年长的同事调侃李舒傲："你是个研究生怎么能不会呢！"说实话，这句话李舒傲不知道该怎么往下接。她只能紧缩双肩，一再地降低自己的存在感。除了必要的问与答，刚到CTC工区的李舒傲，有两周的时间统共没说到一百句话。负责带李舒傲的米师傅是一个温柔、细致的人，说话语速慢，和蔼，稳重，而且业务能力出挑，据说曾经在集团的技术比武中拿过名次。她给李舒傲布置工作时能详细到每一个细枝末节，只要李舒傲的眉头不舒展，米师傅就一遍又一遍地讲解，直到李舒傲心领神会才作罢。两周之后，李舒傲初步适应了CTC工区的节奏。这个时候她才意识到自己置身的这个集体中，每一个人的业务能力都很强，换言之，这是一只没有短板的木桶。在外人看来已经非常优秀的李舒傲，居然是CTC工区这只超级木桶里当下最短的那根板材。这怎么能行？

从小到大，李舒傲一直是父母的骄傲。2014年参加高考，被曲阜师范大学（日照校区）自动化专业录取。离开从小生活的泉城济南，去往山东半岛洒下第一缕阳光的日照。黄河穿城而过的济南与大海之滨的日照,两者的气候截然不同。济南干燥,日照潮湿。李舒傲就读的学校位于日照东港区大学城,骑辆共享单车十分钟就能到海边。初到日照时,她水土不服,皮肤还起过一段时间的湿疹。日照的空气质量明显优于济南,等到李舒傲适应了日照的气候之后,每年寒暑假回家,身体反倒开始排斥出生地济南,不是感冒发烧就是久咳不止。父亲戏谑李舒傲:"看来你这日照人以后不适合在我大济南生活了!"

从父亲的玩笑话里,李舒傲听出了弦外之音。2018年考研时,她遵从父母的意见报考了山东大学,却止步于面试环节,被调剂到济南大学自动化与电气工程学院的控制工程专业。虽然学校没有达到预期目标,却实现了父母希望李舒傲回到身边的夙愿。

毕业时,李舒傲的就业方向相对宽泛,她可以应聘高校的专业教师,也可以投身通信行业,当然还有一个选择,就是参加铁路系统的招聘。

李舒傲的父亲是铁路人,在以前的济南东站、现在的大明湖站的车务系统工作,母亲是一名小学教师。在她的记忆里,父亲的工作是四班倒。母亲的工作相对稳定,却很忙碌。母亲像一支燃烧的蜡烛,光与热全部无私地奉献给了自己的学生。李舒傲并没有就读母亲任教的学校,她上的是铁路四小,一直是父亲接送她上学、放学。小时候李舒傲只知道父亲爱她、迁就她,却对父亲的工作知之甚少。多年之后,当李舒傲也成为一名铁路人时,才意识到父亲为了能够接送她上学、陪伴她成长,在工作与生活之间寻得一个平衡点是多么辛苦。

2021年8月,夏末初秋,李舒傲成为济南电务段济南东客专信号车间的一名信号工。

济南东站对李舒傲来说一点也不陌生,那是父亲以前工作单位的名称,新济南东站投入运营后,老济南东站更名为大明湖站。新济南东站远离市区,主站房造型像太阳,裙房如浪花,造型寓意"日出东方"。

新济南东站一切重新开始,新建站、新功能,是集石济高速铁路、济青高速铁路、济莱高速铁路、济滨高速铁路、济枣高速铁路、济南轨道交通 3 号线等多种交通于一体的综合交通枢纽。

济南东信号工区四分之一的信号工是女性，大部分都是"90 后"。在这里，尤其是在工作的时候，没有性别之分。不会因为你是女性减轻工作强度，也不会因为你是女性放低工作要求。工长姓郑，也是一名女性，只比李舒傲大 5 岁，成为李舒傲步入职场的第一位授业师傅。在李舒傲眼中，郑工长业务能力强，文笔好，口才好，既有技术技能又有管理能力。李舒傲暗下决心，要尽快成长为像郑工长一样优秀的信号工。

信号工的日常是与大多数人的作息时间相反的。虽然内心早有准备，但最初的一段时间，李舒傲还是不太能适应。

工作日的晚上 9 点钟，李舒傲必须到岗，开始做准备工作。10 点钟是雷打不动的工作会议，确保每个人对自己当日的工作任务了然于心。12 点，所有人准时等待在作业门。

济南电务段济南东客专信号车间的室外设备主要集中在咽喉区。正常情况下，李舒傲他们要从西咽喉区进入，一直工作到东咽喉区结束。

近年来济南的城市规划一直以老城区为中心，不断向东、向西、向南、向北延展生长，像投入大明湖的石子激起的涟漪，由圆心向周边一圈圈荡漾。"日出东方"的济南东站在济南的东郊，站场周围都是庄稼地。以前对农耕稼穑一无所知的李舒傲，却在工作之余一点点见证了春生发、夏生长、秋收获、冬收藏。咽喉区没有路灯，唯一的人工光源来自他们工作时的照明。换句话讲，这里是一片远离城市没有被光污染的区域。

也许是从小就没有仰望星空的习惯，也许是城市里的霓虹灯比天空的星星璀璨太多，在李舒傲的记忆里，童年、少年乃至成年，她从未在济南市区看到过皎洁的月亮与点点繁星。即便是在大学四年的日照，那时候的她更多的是融入热闹的烟火红尘中，无暇抬头探索浩渺的苍穹。

参加工作一个月后，李舒傲在工作岗位上度过了一个难忘的中秋节。那是 2021 年 9 月 21 日，农历八月十五。三天假期的最后一天，适逢李舒傲上班。这一天，李舒傲补上了她的人生一课：关于星空。

"这个世界上唯有两样东西让我们感到震撼，一个是我们头顶上灿烂的星空，另一个是我们内心崇高的道德准则。"康德的这句话，李舒傲曾经无数次在不同的场合看到，彼时她内心是有疑惑的，睿智的康德先生为何要把星空与道德准则相提并论，而且还要把星空放在道德准则之前？震撼！康德先生居然用了"震撼"一词，为什么呢？学工科的人，内心天然存疑。

秋日的午夜，凉意袭人，白天蒸腾的水分均匀地弥漫在空气中。白露已过，还有两天就是秋分，正是天高云淡的时节。

初升的月亮硕大无朋，李舒傲无端想起了小学学过的一篇文言文《两小儿辩日》，"日初出大如车盖，及日中则如盘盂"。"车盖""盘盂"可以用来形容太阳，单就形状而言，借过来形容一下月亮也未尝不可吧。城区的月亮是黄月亮，而济南东站的月亮却是货真价实的银月亮。星空的华美要如何形容呢？李舒傲觉得自己心拙口夯，一时之间词穷，脑筋转了好几圈也没想到合适的词汇。

"注意脚下安全！"师傅发现了李舒傲的异样，"是不是觉得星空很美，以前没见过？"

"嗯。"李舒傲赶紧收起小心思，心无旁骛地工作。"你们没想过拍摄一下星空吗？"按捺不住内心的震撼，李舒傲问了一句。

这个问题激起一片笑声："怎么会没想过呢？这里的每一个人都想过！可是拍照得有工具，手机统一上交保管，照相机又不能带，怎么拍？"

"多看两眼吧！美景留在心里，比放在手机相册里有价值！"

"觉得累的时候，抬头看看星空，就不累了。不信你试试！"

清晨5点，打卡下班。第一时间去领手机，冬天的清晨5点，天空依然黑漆漆的，星星一如夜晚闪耀。在它们还没有打卡下班之前，李舒傲快速按下手机相机的快门。唯一可惜的是不够专业，不能把那震撼之美全部囊括。夏天的5点钟，东方既白，朝霞满天，有时是红色，有时偏暖黄色，有时也会是橘红色，紫色则相对少见，偶尔出现一次便会引得下班的同事驻足，举着手机"咔嚓咔嚓"拍个不停。工作是累的，当然乐趣也是有的。

作为不是铁路专业的信号工，李舒傲更希望自己从起步阶段不仅能打

第二章：济水之南

好基础，还能有更好的表现。她一遍又一遍地咨询师傅，如何更快速地发现故障，如何更快速地排除隐患。师傅言笑晏晏，说："没有捷径，只有累积，只能一步步来，从量变到质变。所有的经验与心得都藏在每一次常规的标准化的检修与保养里。"

除尘、添加润滑油、调试……这些都是师傅说的常规保养。他们在室外工作的时候，室内的监测人员会给他们提供精准的指向性操作命令。就这样，李舒傲一步步从夏天走到秋天。秋天的蚊子猛如虎，隔着厚厚的工衣依然能叮一身包。倘若叮在脸上，痒到骨头里不说，又红又肿，好几天都消不下去。师傅却说："知足吧！冬天才难熬呢。"

果然，冬天的寒冷比秋天的蚊虫更加凶残，那温和无害的《济南的冬天》仅仅停留在老舍先生的文集里。几个夜班下来，李舒傲便彻底被夜晚的寒凉打败了。她学着师傅的模样，在防寒服里套上羽绒服，特别怕冷的部位隔着秋衣秋裤贴上暖宝宝。一般的棉袜是不行的，要穿脚底板加厚的毛巾袜，隔着袜子贴上暖脚贴，再穿上厚重的棉鞋，步履虽笨了点，防寒保暖效果却十足地好。

任四时变换，唯一不变的是头顶的星空。冬天的夜晚，星空更加灿烂、奇丽。北斗七星的杓柄春夏秋冬四季方向不同，古籍《鹖冠子》记载："斗杓东指，天下皆春；斗杓南指，天下皆夏；斗杓西指，天下皆秋；斗杓北指，天下皆冬。"李舒傲爱上了夜晚的星空。当启明星成为最闪耀的那一颗时，一天的工作也已接近尾声。负责室内监测分析的工种看上去相对安逸一些，但他们的精神压力要比户外的信号工大得多。别人都能做得来，李舒傲觉得自己也没问题，何况还与清风、明月和星空为伴。

调离济南电务段济南东客专信号车间，去信息管理中心济南CTC工区报到前，最后一个夜班，李舒傲仰头挥别浩瀚绮丽的夜空。她即将再次以职场素人的状态投入另一个新领域，说不忐忑是假的，但内心装满星辰的人，无论前路是顺畅通达抑或是荆天棘地，都无所畏惧。

第四节
赵侦峰的会客厅

采访赵侦峰时,我晚到了几分钟。当走进采访地点——山东文艺出版社的会议室时,他已经从书架上找了一本《工作是最好的投资》在读。我忙不迭地向他致歉。对我的歉意,赵侦峰微笑着接受。他扬了扬手中的书,给我一个贴心的抚慰:"没事的,李老师,我还要感谢您给我留出了阅读的时间呢。工作是最好的投资,你我都是如此。对我而言,服务他人是最好的投资。"

工农兵学商中,除了没有经过商,工、农、兵、学的人生状态,赵侦峰统统经历过。1973年,赵侦峰出生在山东省泰安市宁阳县葛石镇乱石崖村。村如其名,到处乱石成堆。向北望是皋山,海拔只有两百米,山脚下的大汶河缓缓流淌。向东还有一座神童山,山上有千年的枣树和百年的梨树。每年中秋前后,红彤彤的大枣、黄澄澄的梨子是赵侦峰乡村记忆里最甜美的章节。

山村里的孩子心思单纯,这一点在赵侦峰身上尤其明显。他从小听话,听父母的话。在本村读小学,父母让他好好学习,他就心无旁骛地好好学习。中学去了离家远一点的山前村联中,在面临考高中还是考中专的选择时,他又听从父母的建议选择了中专——宁阳县职业中专。一年后,父母觉得当兵可能是一种更好的选择,于是在1991年12月,赵侦峰应征入伍,成为北京卫戍区警卫一师五团五连的一名新兵。

新兵乘坐火车进京。赵侦峰在京沪铁路的磁窑站上车,经停济南站。

第二章：济水之南

在短暂的休整间隙，他在济南老火车站转了一圈，听说这座建筑马上就要拆了。钟楼高耸，整点报时。济南老火车站即"津浦铁路济南站"，是19世纪末20世纪初德国著名建筑师赫尔曼·菲舍尔设计的一座典型的德国风格日耳曼式车站建筑。它曾是亚洲最大的火车站，登上清华、同济的建筑类教科书，并曾被战后德意志联邦共和国出版的《远东旅行》列为远东第一站。当年的津浦铁路济南站与德国人20世纪初设计的胶济铁路火车站相距仅二百余米。

在用青春守卫了首都北京五年之后，赵侦峰以志愿兵的身份转战东北，来到了黑龙江嫩江县的空军副食品生产基地。虽然从小生活在农村，对于土地、庄稼不陌生，但赵侦峰在嫩江生产基地工作时，刷新了他对农业的认知。

老家乱石崖村没有嫩江县这样广袤得一眼望不到边的土地，老家的土地是贫瘠、瘦弱的，而嫩江的土壤是丰腴、肥沃的。离开家乡时，拖拉机是稀罕物，而生产基地从种到收早已实现机械化作业。三十多人管理着三万亩土地的春耕、夏播和秋收。

在嫩江，中秋刚过就开始下雪。这里的雪是干干的雪花，一层一层地摞起来，像母亲做棉被时絮的棉花，一层又一层。来年五月，冰雪才会融化。等土层融化至三厘米多，休憩了一年的播种机才能开始新一季的欢腾劳作。大豆、玉米、小麦，赵侦峰与战友们在大地上往返穿梭，播撒粒粒良种，期待秋天的收获。春种秋收了六个春秋之后，志愿兵赵侦峰转业回家，被安置在济南铁路局济南客运段的乌鲁木齐车队，成为一名铁路工人。至此，赵侦峰的人生履历表中已集齐独属于他的农、学、兵、工。

在济南客运段，赵侦峰的第一个岗位是列车员，站在车门口检票。第一次近距离地接触那么多上上下下的旅客，约莫一个月，赵侦峰才适应了闹嚷嚷、乱哄哄的站台。济南开往乌鲁木齐的列车，单程需要两天两夜。刚开始是一列25G型客车。25G型空调车是相对舒适的车型，可惜三个月后，便调换为25B型客车，密封性变差，保暖性也变差。以前的25G型是用电暖气取暖，现在的25B型则用燃煤取暖。每三个车厢设一个茶水炉，每个车厢设一个烧煤的取暖锅炉。硬座的旅客自己去保温桶那里打水喝，卧铺就需要乘务员拎着20公斤的壶去一一送水。

无论是25G型客车，还是25B型客车，它们都脱胎于25A型客车。25A型是中国铁路空调客车大量普及的首批车型，因此被视为中国车长25.5米新型集中供电空调客车生产发展的里程碑。25B的"B"代表标准，25G的"G"代表改进。25A型客车成功后，25B型、25G型相继开始生产。25A型部分设备是进口的，等到了25G型基本实现了国产化。

济南到乌鲁木齐的列车，一路穿过山东、江苏、河南、陕西、甘肃、新疆。山东、江苏、河南的景致差别并不太大，陕西是个分水岭。列车进入甘肃境内，山水、植被随之陡然变化，颜色开始变得丰富、生动。有人说，观赏雅丹地貌是极致的视觉享受。不错，这里的山在流动，如波浪一样，追着火车奔跑。天水与伏羲传说由来已久，这一站下车的乘客比较多。

黄河在兰州自西向东穿城而过，龙山与凤山比肩而立送黄河远行。火车过兰州境时，工作之余的赵侦峰总是有意无意地透过车窗寻找黄河的影子。车过盛夏飞雪、寒气砭骨的乌鞘岭，赵侦峰总觉得火车气喘吁吁的。2006年，乌鞘岭隧道双线工程的完成，彻底打破了亚欧大陆桥的运输瓶颈，火车牵引量提高了2000吨，济南至乌鲁木齐全程缩短了四个小时。

出"天下第一雄关"嘉峪关，再向前就是新疆。植被愈发低矮，目力所及是连绵不绝的萧瑟与荒寂。沙漠里有绿洲，有盛产哈密瓜的城市哈密市。哈密是古"丝绸之路"上的重镇，也是新疆维吾尔自治区的"东大门"，素有"西域咽喉，东西孔道"之称。吃罢哈密瓜，再品尝一串吐鲁番的葡萄，车过哈密站、吐鲁番站，就是终点站乌鲁木齐站。2004年至2015年，赵侦峰一直往返于济南和乌鲁木齐之间，自西向东的上行列车，自东向西的下行列车，每次列车会在乌鲁木齐停靠十多个小时。十多年，十多个小时，赵侦峰不是在列车上工作，就是在行车公寓休息，他没有去逛过一次乌鲁木齐的市区。

在部队当兵时，赵侦峰曾被评为学雷锋标兵。雷锋小故事中有一则是"出差一千里，好事做了一火车"。当自己成为一名列车员之后，"做好事"

便成了赵侦峰对自己最起码的要求。他把自己负责的火车车厢当成自己家的客厅,在这里,他是主人,乘客是客人。

客人每天上上下下,来来去去,在赵侦峰的客厅里留下深深浅浅的痕迹。

济南发往乌鲁木齐的车上,一位母亲带着一双儿女在兰州站上车。女孩年幼,男孩看上去只有十一二岁,腿脚不便。赵侦峰在问询之后才得知,这位母亲刚带着孩子去兰州看了病。车到乌鲁木齐站,赵侦峰把行动不便的小男孩背起来,将母子三人送下火车。后来那个小男孩幸运地康复了,大学毕业后当上了人民警察。

每年的采棉季,大批的采棉工就像候鸟一样准时赶赴新疆采摘棉花。客厅里的采棉大军男女老少都有,年逾六十的不在少数。一位菏泽口音的老大爷上厕所排队过长,实在憋不住拉在了裤子里。正在值乘的赵侦峰把老大爷领进厕所,帮老人做了清理。一晃十年过去,已升任列车长的赵侦峰在经停菏泽站时,竟然再次巧遇了这位大爷。赵侦峰早已不记得他,但老大爷牢牢记住了这位曾经在他最尴尬无助时帮过他的列车员。

客厅里来了一位身着灰色海青的比丘尼,她要去往乌鲁木齐参加法会。瘦弱的比丘尼看上去面色疲惫,她随身携带了大量的书籍,她向赵侦峰求助,希望列车到站后能帮助她把行李运送到居士来接她的地点。赵侦峰知道列车到站后自己是无法离开的,却一口答应下来。他在车上自己掏钱找了一个年轻人,拜托他帮助那位出家人搬运行李。后来那位年轻人在与比丘尼的攀谈中得知了真相,专门回到列车上找到赵侦峰,把赵侦峰付给他的钱悉数退还。"帮助别人,是别人给我机会累积福报。"在这一点上,那位年轻人与赵侦峰不谋而合。

从一名列车员成长为列车长,二十多年一直奋斗在服务一线,为形形色色、性格各异的乘客服务的赵侦峰,奇迹般没有收到过一次投诉。他曾连续三年被评为济南客运段优秀共产党员,也曾连续三年被评为济南铁路局优秀共产党员,被中华全国铁路总工会授予火车头奖章,被评为济南铁路局劳动模范、全国铁路劳动模范,2016年被选送到中国劳动关系学院脱产学习两年。

在中国劳动关系学院，全国劳动模范、全国先进工作者和全国五一劳动奖章获得者由所在省级工会推荐，免试入学。在北京，赵侦峰结识了来自全国各行各业的先进模范，英雄来自人民，模范出自群众。能免试入学来到中国劳动关系学院劳模班就读的每个人都了不起，其中当然也包括赵侦峰自己，虽然他时时觉得自己与其他人尚有差距。在认真学习完劳动经济学课程之后，趁着假期回家之际，他好好地称赞了一番自己的爱人。他用劳动经济学的概念替妻子算了一笔账，原来妻子除了工作所得之外，再加上在家庭当中承担的养育孩子、照顾老人、洗衣煮饭、打扫卫生等其他社会角色的收入，每月累计可达1.8万元。自己并未真正付出如此高昂的费用，却享受着妻子数年如一日提供的高附加值服务。这天，赵侦峰让妻子好好休息一日，也享受一下他为妻子提供的等价服务。一个和美的家庭，就是夫妻双方能看得见彼此的付出。

50岁的赵侦峰还有十年的职业生涯。未来十年，他的客厅里依然会人声鼎沸，一派繁忙。以前作为列车员，他只有一个客厅；现在是列车长，整列车厢都是他的客厅、他的天地。即便旅客千万种，但在赵侦峰眼中，他们有一个共同的名字叫"旅客"。旅客的目的就是实现从A点到B点的位移，赵侦峰能做的就是在旅客位移的途中给予他们安全、舒心的陪伴，小到回答一个提问，大到为他们排忧解难。自媒体时代，人人都生活在他人的镜头里，服务行业更是前所未有地被放大、被显微。赵侦峰从不觉得被监督是压力，服务的两端，施与受都是透明的。总有人说人性经不起考验，赵侦峰想的是："考验它干吗？人性难道不是用来尊重的吗？尊重人性，理解人性。"

妻子曾经跟赵侦峰开玩笑说："在你眼里没有坏人！"

"我的确没有遇到过坏人。"这是赵侦峰认真思考后得出的结论。

耳畔听到赵侦峰的答案，忽忆起千古文豪苏东坡先生亦云："吾上可陪玉皇大帝，下可陪卑田院乞儿。眼前见天下无一个不好人。"

第三章：
风劲角弓鸣

李建军　摄

三面钟时间：1904年6月1日，济南

三面钟声：1904年6月1日，东起青岛、西至济南，干线全长395.2公里的胶济铁路全线贯通。

第一节
雨中的杨家庄站台

2023年2月12日，小雨。

根据导航指引，按图索骥，一点点接近目的地——杨家庄。120年前，山东省内东西运输大动脉胶济铁路修到了这里，并在此地设四等小站杨家庄站。轰鸣的蒸汽机车汽笛响彻千里，每一列经停的火车都在提醒着周遭浑浑噩噩的草木，一个全新的时代来临了。1903年2月，这座小站迎来了一位名叫庄承岳的站长。

青岛胶济铁路博物馆的橱窗里有庄承岳的简短介绍：庄承岳，字镇五，号景山，生于1876年，山东省即墨县女姑口人。除此之外，还有一部分实物：1920年庄景山签名的新西兰考察报告、光绪二十五年学习德语小册子、光绪二十六年正月学习德语小册子、华丰招股简章及预算书、记账册页、庄景山之子庄选元名片、清朝官帽、山东铁路公司纽扣一枚，以及1936年包括胶济铁路在内的全国主要铁路沿线站名的皇历等。

这些文物的捐赠者是庄承岳的曾孙庄上士。120年的时光可以轻松地掩埋、湮灭一个人存在过的痕迹。庄承岳的故事，正在被他的曾孙庄上士一点点发掘、还原、丰富着。

庄上士兄弟姐妹五个，如今他住的地方，青岛城阳区流亭街道港东村五间房的小院，正是当初的庄家老宅。老宅最初并非今天的样貌，庄上士的父亲重新翻盖过。也正是那一次的原址重建，发现了许多尘封的旧物。除了已经捐赠给博物馆的一部分，家中还有几大箱清末和民国的书籍。

在庄上士的记忆里，庄氏族人每每提及曾祖父，总会称呼他老人家为"景山大人"。

庄景山育有四子，长子钧基，二子铭基，三子锡基，四子铨基（即庄选元）。长子钧基与二子铭基在家务农。四子铨基去济南府求学久久不归，庄景山的妻子思儿心切，差三子锡基前往济南府打探消息。孰料锡基在去济南的途中被抓了壮丁，被迫参军，因其读过私塾，算得上能文能武，颇得一位姓彭的营长赏识，委任他为自己的书记官。等锡基顺利找到四弟铨基后却不幸感染了肺结核。出门寻找弟弟的锡基，却被弟弟铨基护送回家，回到港东村不久，锡基就病逝了。

庄铭基也育有四子。英年早逝的庄锡基没有后人，便将铭基的第二子庄纶传出嗣在锡基名下。又因庄铨基只有一女，没有儿子，铭基的第四子庄统传便出嗣给庄铨基名下。这第四子庄统传，即庄上士的父亲。庄上士的亲生祖父庄铭基在父亲庄统传 10 岁时就去世了，是祖母独自一人将四个儿子抚养成人。而出嗣祖父 1900 年生人的庄铨基，则寿终正寝，82 岁离世。

亲生祖父庄铭基和曾祖父庄景山的故事都是庄上士断断续续、隔三岔五听族人讲的。他们说景山大人每次从外面回村都会有四个马弁随行。这一点不仅仅庄氏家族的老人有记忆，港东村一些上了年纪的老人家也是这样说的。村里人还说，那个时候景山大人家有二百多亩良田，现在的庄家老宅仅仅是当时庄家大院的一隅。族人说景山大人一直尽心尽力工作，直到德国人撤离青岛。德国人在撤退之前，曾经托付给庄景山十个箱子，嘱他代为保管，并对他说："你不要为日本人工作，用不了多久我们就会回来的，到时候我们再一起共事。"后来那十个箱子在"破四旧"的时候烧的烧、砸的砸，无一留存至今。德国人走了，日本人来了。庄景山拒绝了日本人的工作邀请，执意回家，不久便在家病逝。多年之后，家族迁坟，庄上士的父亲庄统传为先人捡骨时，意外发现庄景山的骸骨是黑色的，据此怀疑祖上真正的死因是被人下毒。奈何年代久远无法查证，便成了庄统传心头的一桩悬案。2007 年，庄统传带着未了的心事去世。

庄上士的母亲曾经给庄上士讲过一段她与父亲的往事。母亲是即墨人，母亲的亲姑妈嫁到了城阳，与庄家是邻居。庄统传到了适婚年龄后，是母亲的姑妈主动上门为自己的侄女做媒。母亲记得她的姑妈亲口对她说："嫚，你去吧！那家人祖上家里是竖过旗杆的，是个好人家。"

"竖旗杆"指的是科举时秀才成为贡生后，在宗祠或家宅前面竖根旗杆，以示荣耀。

翻阅庄氏族谱，庄景山的祖父庄凤仪为恩荣忠翊校尉，庄景山的父亲庄启佩为太学生。

父亲庄统传告诉庄上士，他小时候，他们庄家是港东村里最早用煤取暖的，生活的富足与家世的显赫都得益于景山大人在胶济铁路上的任职。至于景山大人是凭着怎样的机缘进入当时的山东铁路公司的，至今还是一个谜。庄氏后人猜测，一种可能是庄景山曾经就读于德国基督教同善会传教士卫礼贤创办的青岛最早的教会学校礼贤中学，之后进入山东铁路公司工作；另外一种可能则是庄景山读过私塾，有一定的文化基础，从而有机会在山东铁路公司招收员工时被录用。

济南胶济铁路博物馆 2012 年始建，2014 年扩建，2016 年 11 月 18 日正式建成开放。直到 2019 年的下半年，庄上士才有机会到济南胶济铁路博物馆参观。当他在展馆里看到曾祖父庄景山签发的路单时，泪水瞬间湿了眼眶。2020 年 3 月，胶济铁路青岛博物馆筹建时面向社会征集文物，在取得庄氏族人的许可后，庄上士代表家族向胶济铁路青岛博物馆捐赠了曾祖父庄景山的部分遗物。这些东西如果继续留在庄家，仅仅是家人对先祖的追忆。当它被赋予文物的属性，作为展品放置于博物馆的空间中，它就成为那段历史的留存，是无声的历史见证者。

因为曾祖父的缘故，庄上士对胶济铁路的前世今生格外关注。他买了大量胶济铁路的相关书籍：王帅的《胶济铁路风物史》，于建勇的《图说胶济铁路故事》，王斌的《近代铁路技术向中国的转移——以胶济铁路为例（1898—1914）》《被动的开放——清末胶济铁路建设史》等。尤其是在读到王斌女士考证的"山东铁路公司第一批招收了13名中国职员"后，庄上士很想向王斌女士当面请教，自己的曾祖父庄景山是否就在这13人当中？"胶济铁路"已经成为庄上士生活中最重要的关键词。他的女儿留学韩国世宗大学，学习电影理论编导，在父亲庄上士的影响下立志要拍摄一部关于胶济铁路的纪录片。父女二人有着共同的心愿：去德国，去锡乐巴的老家德国莱茵兰-普法尔茨州比特堡，看一看在锡乐巴带回德国的档案资料中，是否会有关于胶济铁路杨家庄站站长庄景山的片言只语。

胶济线上的杨家庄站早已停运，站房、站台也早已拆除，只余一片瓦砾。不仔细搜寻，几乎不见存在过的痕迹。唯有不远处那一座残破却高耸的水塔和一幢幢大英烟草公司杨家庄分公司仓储库房，证明着此处曾经的繁华过往。一辆电力机车呼啸着驶过，是一列上行列车。原来这条百年铁路依然年轻，活力十足。

雨势渐大，打湿了厚重的衣衫。今天是癸卯年立春后的第八日，这场雨已经算是春雨了吧。好雨知时节，当春乃发生。一个美好的季节。

第二节
中山公园更名记

胶济铁路的起点站青岛与终点站济南，各有一座公园。两座公园风格迥异，只名字相同，都是为了纪念同一个人。

① 【济南】

1912年1月1日，他在南京宣誓就职，中华民国临时政府成立，中国形成了南京与北京的南北对峙政治格局。

三个月后，他正式卸任中华民国临时大总统。临时政府北迁，南北统一初步告成。北京成为民国初年各派政治势力角逐斗争的中心。

1912年8月24日，他应邀北上，会见继任的中华民国临时大总统袁世凯。在北京，他与袁世凯长谈共计13次，多数会谈只限他、袁世凯以及总统府秘书长梁士诒三人，内容皆为国家大政、中外情形，包括内阁、土地、实业、军队、外交、迁都、党争、对外借款等。谈话时间多为自下午4点至晚上10点或12点，有时甚至延长至翌日凌晨2点。对于会谈结果，他是满意的。此时，铁路和实业才是他关心的问题。他的《建国方略》是近代中国谋求现代化的第一份蓝图，尤其是《实业计划》，包括六大计划33个部分。在这一庞大的总体构思中，发展交通和通讯是重点。他提出：修建10万英里的铁路，以五大铁路系统把中国的沿海、内地和边疆连接起来；修建遍布全国的公路网，修建100万英里的公路；开凿、整修全国的水道和运河，大力发展内河交通和水力、电力事业；在中国北部、中部及南部沿海各修建一个"如纽约港"那样的世界水平的大海港。开发三峡水力资源、开挖平陆运河都在他提出的建设构想之内。

1912年9月9日，袁世凯颁布临时大总统令，特授他"筹划全国铁路全权"，规定：借款方面，纯然输入商家资本，不涉及政治意味；权限方面，未动工之铁路归他经营，已修未成之路线，其管理权限需要与交通部商定；公司方面，择地修建，尚未觅妥；经费方面，暂由交通部每月拟拨款三万两以资开办，日后再行续筹；用人方面，一切以他为准，政府不加干涉。

他对自己"全国铁路督办"的身份也是满意的，实业救国一直是他的梦想。他迅速着手实施的第一个计划是铁路建设。在视察了北京、太原、石家庄、唐山和天津后，1912年9月26日他抵达济南，济南军、政、党、学、报各界一万多人在车站迎接。

在大明湖南岸，山东省议会大厅，他登台发表了演说，"其大致以人民为民国主人，既为主人，应有为主人之资格，为主人之度量。政府为人民公仆，既为公仆，必须主人信任，然后可以有为，否则进退失据。要之，政府既为人民所建设，即不可不信任政府。次言开放门户，建筑铁路，为建设之要端"。

② 【青岛】

9月28日，胶济铁路专列徐徐启动。穿着旧洋服的他临窗而坐，窗外的风景与他匆匆对视便迅速退却。时而他没有看清楚风景的面容，时而风景没有看清楚他的脸庞。

他启程前往青岛的消息传来，青岛万众欢腾，扎戏台，做彩旗，糊灯笼，贴标语，都在热烈欢迎他这位革命先行者。

途中，他的专列在胶济铁路的青州站、高密站短暂停留，傍晚火车到达青岛火车站。彼时，海面风平浪静，晚霞瑰丽，海天一色。车站如沸腾的海洋，人的声浪高过海浪。万头攒动，彩旗的海洋更是此起彼伏。他知道人民是爱戴自己的，他的实业救国之梦离不开人民的支持，他的眼眶有点湿润。

随后的两天里，他很忙。拜会海关，到三江会馆演讲，出席广东会馆为他举行的晚宴，参加群众大会，演讲、宴请，觥筹交错，酒酣耳热，群情振奋。他还以私人身份到胶澳总督府拜会了麦尔瓦德克。当天傍晚，麦尔瓦德克到他下榻的沙滩宾馆礼节性回拜了他，宾主尽欢。

当他听说中德合办的德华学堂的学生为了见他正在与校方抗争罢课时，他嘱咐随行人员临时增加参观德华学堂的日程。在德华学堂，他做了一场寓意深长的演讲：

现在，中国的政府形式已经发生了根本变化。然而年轻的共和国还处在发展的初始阶段，这就意味着必须动员所有的力量，使之得到完善。共和国的宪法以自由和平等的原则为基本思想。但是，人们要警惕对这一思想的滥用。自由和平等绝非没有限制，它们对官员、士兵和学生就不适用。后者在当今时代担负着十分艰巨的任务和责任。他们必须竭尽全力，为人民、为人类做出重大贡献。就学生而言，必须用极大的勤奋、热情和忘我的精神投入学习之中，以便完成学业之后能走向生活，以其所学的知识为人民大众谋幸福。这就是说，要创造一个幸福的中国，要通过发明创造或组织工作等，在公众生活的所有领域，为中国人民谋福利。中国的发展、进步和未来依藉于此……

在来青岛的两天时间里，我看到中国尽管有数千年的古老文化，却没有创造出可与德国在短短十年间所做出的相媲美的业绩。街道、房屋、海港、卫生设施等，所有这一切都显示出德国人的超常勤奋和努力精神。你们在这里所看到的东西应该成为鞭策自己的动力，使自己树立这样的目标，就是把这个范例推广到全中国，把祖国建设得同样完美。这是莘莘学子义不容辞的责任！

10月1日傍晚，他乘船离开青岛。

1925年3月12日,他在北京逝世,直到四年后,他的灵榇才被迁往南京。1929年5月27日,他的灵榇专列在济南火车站做短暂停留,最后一次驻足齐鲁大地。他是中国民主革命的伟大先驱——孙中山。

③【青岛中山公园】

青岛的中山公园,原址是会前村,三百多户渔民生于斯长于斯。德国人占领胶州湾之后,在规划城市时看中了这里,1902年、1905年分两次全部收购了会前村,村民整体迁移。德国人废村拆房,将会前村的土地辟为植物试验场。

德国人在植物试验场种下了各地的花草树木170多种、23万余株,其中最富特色的是从日本移植的2万株樱花。植物试验场取名"森林公园"。日本的樱花比日本侵略者先一步在青岛生根发芽。

"一战"期间,日本向德国宣战,日本趁德国无暇东顾之际,侵占青岛,继而强占胶济铁路。日本人在德国人的基础上继续扩种樱花,形成了一条长近一公里、贯通公园南北的樱花长廊。最初日本人把"森林公园"更名为"会前公园",不久,又根据日本国旗日章旗的含义更名为"旭公园"。

1922年,中国政府收回对青岛的管辖权后,将"旭公园"改名为"第一公园"。1929年5月,"第一公园"更名为"中山公园",一直沿用至今。

1934年7月,老舍接到国立山东大学的聘书,来到了青岛。他笔下的《五月的青岛》中山公园的樱花是这样的:

> 因为青岛的节气晚,所以樱花照例是在四月下旬才能盛开。樱花一开,青岛的风雾也挡不住草木的生长了。海棠、丁香、桃、梨、苹果、藤萝、杜鹃,都争着开放,墙角路边也都有了嫩绿的叶儿。五月的岛上,到处花香,一清早便听见卖花声。

民国女作家苏雪林曾短暂寓居青岛,她写过一篇《中山公园》,开篇是:

青岛有九个公园,第一公园最大,自从北伐以后,青天白日的旗子飞扬到了东海之滨,它也就荣膺了"中山公园"的名号。这座公园离我们临时寓所最近,我们每天总要散步一回或两回,所以园中的一花一木,一亭一榭,无不像一部读得烂熟的书一般,了然于心目。倘使有人提起我关于青岛的回忆,第一个浮上我脑海的印象,定然是这个中山公园。

漫步公园,园里的花卉、果树布局也会让苏雪林浮想联翩:

再过去便是植物场,木牌标明什么"樱花路""紫荆路""银杏路""桃杏路",每一路辄植以同类树木千百株。譬如说是"樱花路"吧,这几百方丈的土地便压满了娇艳妩媚的日本女儿花,而"紫荆路"则又弥望燃烧着红焰焰的春之火了。其他松柏槐柳类推。以我国旧式园林家的眼光看来,也许要认为过于单调,西洋人的园圃规制则大都如此。这种规制前文已表白过,与我个人脾胃非常相合。我以为树木天然是成林的东西,正如人天然是合群的动物一样。一株两株零星栽种的树,叫人看了,觉得怪孤单可怜,它们自己也像寂寥无趣似的。至于树一成了林,则纷披动摇,翻金弄碧,分外有一种欣欣向荣的气象。树木是有树木的灵魂的,它们也有喜怒哀乐,它们也有相互间的友谊和情爱,它们也会互相谈心,互相慰藉。当它们在轻风中细语,在晨曦中微笑,在轰雷闪电、狂飙大雨中叫喊呼啸,有了气类相同的伴侣在一起,便觉得声威更壮,也更显得快乐活泼。

游园惊梦,广阔无边的中山公园让作家顾影自怜:

本园原分植树植果两个部分，果园里种了无数苹果桃梨，这时枝头已结实累累，好像秋神倒提着"丰饶之角"，将整个大地的"富庶"和"肥沃"，在这些黄红紫白的绚烂色彩里倾泻出来。昔人畜木奴二百头，一家衣食自足，我自顾教书半生，依然青毡一领，对此能不发生恨未为老圃之叹？

4 【济南中山公园】

被老舍先生视作第二故乡的济南亦有中山公园，也经过数次改名，最终才定名。

胶济铁路即将通车之际，清政府在济南、周村、潍县三处自开商埠，挽回国家利权，抗衡德国扩张。与武力胁迫开埠不同，济南商埠具有行政管理、市政建设和司法等独立主权。

清政府在济南老城以西规划了商埠区，这是中国近代史上第一座自开商埠建造的外城。商埠区道路网格状、棋盘式，以东西为经、南北为纬，经一路、纬一路……以此类推，但商埠区的道路经纬方向与地球的经纬是相反的。民间颇有影响的一种说辞是济南的经纬是织布机的经纬。因为纺织业是当时济南最为发达的支柱产业，而在织布机上，长线为经，短线为纬，与方向无关。当时的商埠东西长约五公里，南北长约三公里，故以东西为经，南北为纬。

《济南日报》记者赵晓林是一个考证派的民俗专家，著作等身。他认为济南的经纬路绝对不是根据织布机起名的，这是民间的想象。一个国家级工程，所有的规划、设计、起名等都是从历史文化中来的。在商埠落成之初，山东当局在设计道路时就确定了名称。以经纬路起名出自《周礼·考工记》："匠人营国，方九里，旁三门。国中九经九纬，经涂九轨，左祖右社，面朝后市，市朝一夫。"商埠区内的经纬路名并没有被同时使用，当时的济南人对纬路叫"纬一路""纬二路""纬三路"，但对经路的称呼则是"大马路""二马路""三马路"。直到1923年之后，经纬路才同时出现在当时的济南地图上。

济南自开商埠蕴含着无限的商机，多个国家相继在济南设立领事馆和领事代办处，外国商业资本纷至沓来，如德华银行、德国礼和洋行、亨得利钟表、小广寒电影院。民族资本也望风而动，瑞蚨祥、宏济堂、北洋大戏院、山东邮务管理局等在商埠区扎堆。中外建筑林立，无数个"第一"在济南诞生：济南第一座专业电影院"小广寒电影院"、济南第一家民族资本工业"济南电灯公司"、全国第一座铁路公路桥"济南天桥"、济南第一家自然博物馆"广智院"、济南第一座邮政局"山东邮务管理局"、济南第一家戏院"兴华茶园（北洋大戏院）"、济南第一所洋行"礼和洋行"、济南第一家外国银行"德华银行"……一夜之间，济南的工商业在国内的地位扶摇直上。火车一响黄金万两，济南因胶济铁路而兴。

在济南商埠区的规划中，预留了8公顷的面积用于公园建设。这是当时国内在商埠区最早设立的公园，名字取得简单，直抒胸臆：商埠公园。

商埠公园初建时，植花种树，建亭凿池，堆假山，造曲径，间中佐以生篱花圃、动物笼舍，借鉴自然之势筑人造之景。园内一步一景，移步换景，"四照亭""登啸亭""董凤阁""云洞岭"相映成趣。"云洞岭"北有石刻"峰回路转"，岭东月牙水池植荷花，夏日盛开，芳香四溢。"四面荷花三面柳，一城山色半城湖"，济南怎么能少了荷花的倩影？倘若苏雪林来参观一下济南商埠公园的景致，断然会判定此处是典型的中国式园林。

民国时期的商埠公园在清幽、葱茏中掩映着一抹激荡人心的红色。1920年10月20日，中国共产党创始人之一王尽美在"四照亭"召开了励新学会成立大会，这是党的外围组织。1924年9月8日，王尽美等发动领导的理发、印刷工会联合会等十三团体参加的反帝大同盟在商埠公园举行万人大会，揭露帝国主义侵略中国的罪行，把济南的反帝爱国运动推向新高潮。1925年5月30日，新城兵工厂、铁路津浦大厂、鲁丰纱厂的工人在公园集会，声援发生在上海的"五卅惨案"。6月15日，济南总商会、商埠商会、商业工会、银行工会等团体在"四照亭"成立商界沪案后援会。6月29日，商界沪案后援会在公园举行追悼大会，悼念"五卅惨案"中的死难同胞。1925年3月12日，孙中山先生逝世。4月4日，商埠公园举行公祭大会，鲜花与挽联挂满了公园的角角落落。此后，"商埠公园"更名为"中山公园"。

日占时期，中山公园虽被日本人把持，但他们并未在名字上大做文章。1948年9月，济南解放，中山公园回到人民怀抱，"中山公园"成为"人民公园"。1986年11月12日，在孙中山先生诞辰120周年之际，它又恢复了"中山公园"的名称。

中山公园的"中山书苑"是济南最负盛名的旧物市场，如今连英雄山的旧书市场也合并于此。清晨6点，无论春夏秋冬时间不变，夏日时已经天光大亮，冬日里还是漆黑一团。想淘一件与自己有缘的旧物、旧书，就得赶早去找寻。

赵晓林是这里的常客，哪个摊位有些什么东西他一清二楚。家中那些价值不菲的老书、老地图都是他在这片泥沙俱下、鱼龙混杂的旧货堆里一本本、一张张淘出来的，已经攒了一屋子加好几箱子。他跟这里所有的旧货摊主和旧书商都能搭上话，特别相熟的那几个，早上顾客多得忙不过来的时候会直接喊他过来搭把手。最近，赵晓林刚完成了《济南商埠旧日芳华》一书，配了200多张老照片，其中大多数是首次现世。而这些旧时光、旧日记忆都是他在中山书苑一次次淘漉的硕果。

第三节
风雨小广寒

推开小广寒电影艺术餐厅的门，服务员看到从雨雾里冲进来的李建军，连忙给他找来毛巾擦拭。作为老板，他很少会在上午这么早的时间到小广寒，除非是约人过来谈事情，就像今天这样。李建军在一楼坐下来，服务员端上一杯热茶，茶香氤氲。窗外雨势不减，沿着玻璃奔涌而下，冲刷着这座百年建筑的外墙。外墙虽然不是原装的石头，但那也是与原装外墙同时代的石材，只不过是从别的被拆除的老建筑上移植过来的，都与今天隔着一百多年的时光。毕竟当初李建军与合作伙伴承接下小广寒保护修复与活化利用项目时，其中的一项承诺就是修旧如旧。

从 2000 年第一次来到济南，李建军已经在这座城市生活了二十多个年头。虽然这期间，他也曾离开，但都很短暂，济南总有一股力量把他再拽回来。此心安处是吾乡。的确，哪怕曾经寓居丽江，四时的鲜花与高山流水都没能让他心生定意。那年启程回济南，他跟友人辞行的时候说的就是"回济南"。其实大多数人去某个不是家乡的城市会用"去"，而不是"回"，除非目的地是一个有归属感的地方。是的，济南会让李建军有归属感，这种感觉不知所起，一往而深。济南很多条老街巷，李建军闭着眼睛也能熟练地穿梭其中。对于故乡，他倒是会有些许陌生感。

李建军的家乡在内蒙古乌兰察布市的察哈尔右翼中旗的一个小村落，周围有山有水，唯独没有草原。李建军自嘲是一个从小没见过草原的内蒙古人。1988 年，10 岁的李建军跟随进城务工的父母踏上了迁徙的旅途。那一天凌晨4点钟，天还是黑的，父母就把三个孩子喊起来出门去等车。前一天晚上父母很可能没有睡觉，他们收拾了一夜的行李。即便是夏天，清晨也寒气逼人，父母给孩子们准备了厚实的衣裳。在等车时，李建军又冷又困，睡眼惺忪地依偎在母亲怀里，直到被大家开心的欢呼声惊醒："车来了！"

远处的一个亮点，慢吞吞地向他们移动。刚开始只是一个昏黄的点，离得近了，那一个亮点才延长成为光束。路上的记忆早已模糊，只记得自己上车就睡，睡醒了就吃。司机慢悠悠地开车，招手即停，车子磨磨蹭蹭，走走停停，在夜幕中，不紧不慢地抵达了终点站——呼和浩特。

父亲是个木工，母亲刚到呼和浩特时做家政服务，当过月嫂，干过保姆。照顾了别人，就照顾不到家人，父母一合计，决定弄个小菜摊，由母亲来卖菜。虽然卖菜收入不高，但能维持一家人日常生活开销就行。

到呼和浩特的时候，李建军刚上三年级，说实话，无论是小学还是中学，借读的经历都不算美好。虽然在呼和浩特生活了多年，但李建军没有融入那座城市，或许那座城市压根就没有张开双臂拥抱、接纳他。童年的经历会左右人一生的选择，许多年后，李建军才真正意识到这个问题。离开自己的生养之地，抛开经济和情感原因，潜意识里他想寻找的理想的栖身之所必须是在尊重的前提下完全接纳他的城市。济南刚好就是这座城市。

李建军的姐姐和妹妹都要比他懂事一些，她们不用扬鞭自奋蹄，生活在异乡，唯有认真学习才有可能改变自己的命运。姐姐考上大学去了济南读书。作为三个孩子中唯一的男孩，李建军是最受宠爱的那一个，没有人严厉地督促他学习。初中毕业后，李建军上了呼和浩特第一职业高中，学习烹饪，基本与大学无缘了。父母觉得这样也挺好，儿子能学门手艺，将来踏踏实实工作就好。1997年，职高毕业的李建军在烟台、北京实习结束后进入内蒙古新城宾馆工作，一边工作一边参加自学考试，用三年的时间给自己搭建了一个深度、广度兼具的烹饪学架构。他对自己的人生进行了明确的规划，跟国家规划一样都是五年一个小目标：第一个五年完成厨工到厨师的进阶；第二个五年烹饪业务的白案、红案全通关；第三个五年离开内蒙古去看外面的世界；第四个五年创业，创业无止境。

第三章：风劲角弓鸣

计划赶不上变化，李建军没想到自己只用了三年就完成了自己的两个"五年计划"，不仅红案、白案技艺在手，还完成了从一个厨工到行政总厨助理的进阶。他的自我评价是性格中有几分深入骨髓的不安分，尤其是看到年长的老师傅日复一日的生活节奏，单调，几十年如一日，几乎没有什么变化。刚刚工作三年就能够预见十年甚至二十年以后的状态，李建军的心有点躁动。

姐姐与妹妹先后到了济南求学、工作。2000年4月，济南乍暖还寒，迎春花初绽的时节，姐姐在济南发现了一家比内蒙古新城宾馆更适合李建军的餐饮企业。纯粹抱着试试看的心态，李建军来济南探望姐姐顺便去参加了面试，没想到一试即中。考虑两个月之后，他放弃了内蒙古的一切来到了济南，直到现在。

既然一切按下了快进键，李建军的"五年计划"也开始二倍速地向前推进。他只在餐饮企业工作了两年就开始离职创业。他没有继续留在济南，而是沿着胶济铁路东行到了青岛。丰满的理想被骨感的现实打得落花流水，一年后李建军又回到了济南养精蓄锐。元气大伤的李建军回到职业经理人的角色中，再次干得风生水起。一个问题长久地徘徊在他的心中：选择行业重要还是平台重要？人既不能轻视自己，也不能高估自己。虽然平台很重要，但李建军依然想离开当时那个"心有多大，舞台就有多大"的平台。他不知道自己要什么，但他清楚自己不想要什么。

那个时候姐姐已经去了深圳，妹妹则继续留在济南。思虑再三，李建军去了深圳，那里机会很多，却都不是他想要的。他踟躇在深圳华强北的街头，不停地有人越过他向前，步履匆匆，每个人都是路人甲，没有主角。站在深圳街头，即便这座城市悦纳每个愿意驻足的人，但李建军不愿意。

两个月后，李建军辞别姐姐去了云南的丽江，找了一家民宿住下来。有一天晚上出去闲逛时弄丢了手机，他也没着急去补。民宿的老板是个性情淡然的人，民宿是他的生活内容，有一搭没一搭地经营着。李建军每天用民宿的厨房自己煮饭吃，老板吃过之后磨了他两天，想把民宿转让给他经营，李建军坚辞不受。直到看腻了蓝天白云，李建军重新去买了手机补了卡，才知道身在济南的妹妹已经为找他快急疯了。妹妹盘下了一个餐馆铺面，让哥哥李建军帮他经营。

"我要回济南了！"启程前，李建军跟在丽江萍水相逢却非常投契的朋友辞行。他不自觉地用了"回"字。妹妹的电话像一根冬夜里的火柴，"刺啦"照亮了他内心的路。那是2005年底。这一次回到济南是真正的回。人只要是心能安定下来，脚下的路就会通达许多。这一次回到济南的李建军遇到了他为之奋斗一生的方向——济南老建筑。

妹妹租下的餐馆在经八路66号，是一幢民国老建筑，中西融合的建筑风格，原先是山东民国实业家族苗家的产业。这个苗家正是一度热播的电视剧《大染坊》里苗家的原型。一查资料，李建军对这片建筑有了兴趣。他找到《苗氏民族资本的兴起》一书，认真研读老建筑背后的历史。

现实中的苗家祖籍是淄博桓台索镇。在20世纪初期，也就是胶济铁路通车、济南开埠之际，苗氏兄弟从桓台索镇来到济南经商。山东苗氏民族资本集团分"大苗""小苗"两个支系。"大苗"为苗世厚、苗世远兄弟。苗世远在民国时期曾任山东省参议员、济南商埠商会会长、济南商埠粮业公会会长、山东商界的国大代表。"小苗"为苗世德、苗世循（字海南）兄弟。苗海南曾远赴英国皇家第六纺织学院学习，是济南留学归国创办工业第一人。中华人民共和国成立后，苗海南作为山东苗氏民族资本集团的代表人物，出任山东省副省长、省工商联主委等要职。苗氏兄弟最初都从事粮栈贸易，1921年，苗氏兄弟合资创办了成丰面粉厂。苗世远出任董事长兼总经理，苗世德任董事兼经理。苗家开始由商业向工业转型，生产规模曾为济南面粉行业之首。随着苗海南学成归国，苗氏兄弟的实业版图扩展到纺织业，又创办了济南成通纺织纱厂。苗氏民族资本的兴起，起起落落，被时局左右，是动荡的中国近代史上令人唏嘘的一个音符。

经八路66号私房菜馆，是李建军投入了大量的精力与心血做的一个特色餐饮，将饮食与历史无缝衔接完美融合在一起。然而好景不长，随着济南进入城市更新的高速发展期，一大批承载着城市记忆的老街巷与老建筑一夜之间被拆除，成为一片废墟。经八路66号便在其中。院子里有一株百年金银花，李建军希望能给他留一点将金银花移植到他处的时间，奈何拆迁的推土机马达一旦发动，就不会因杂乱的呼声而终止。那天，李建军从建筑垃圾中把金银花的枝干捡拾出来，后来做成一尊木雕摆件放在书桌醒目的位置，提醒自己在一个特定的时间节点曾经与一株百年之树一起呼吸过。一个修行的朋友对李建军说："百年之树，必有佛道。历经数年旱雨寒暑，看遍几多沧桑变故，或荣或衰，不亢不卑，不移不动，至淳至朴，至强至韧，荫于世人，明道无声。"百年之树尚且如此，那些与人生息与共的百年建筑呢？

2009年，济南市政府邀请李建军参与市中区老建筑保护修缮与活化利用，第一座试点建筑就是小广寒。这个邀约再次点燃了李建军灵魂深处对老建筑不可名状的情愫，他几乎没有考虑就应允了。

李建军用最短的时间交了承租金，邀请了与自己志趣相投的青年建筑设计师王建宁合作。他们接手时，小广寒原本的样貌尽失，外墙贴满了马赛克瓷砖，破损的屋顶摇摇欲坠，楼梯一脚踩上去就吱呀作响，一副不堪重负的羸弱之姿。两个人在对小广寒的设想上达成了一致：修复后的小广寒要具备工作室功能、美食餐厅功能及电影文化展示功能。二人分头行动，查阅一切与小广寒相关的历史资料，原来这座他们无数次走过路过却熟视无睹的建筑，竟然是中国第二家、济南第一家专业电影院，它甚至比中国电影还要早一年诞生。《老商埠区近现代重要史迹及代表性建筑名录》中便有小广寒：

> 小广寒位于经三路纬二路口，坐南面北，是济南第一家电影院，1904年由德国人出资兴建。该影院规模很小，只能容纳不到500人，是各种风格和手法拼凑而成的一个"四不像"，也是以集仿手法为主的娱乐建筑。最初的电影只能在晚上放映两三个小时，因为电业局白天不供电。大约1920年以后，小广寒有了自己的发电机，才开始全天候放映电影。据说，当时一张票的价格为1块大洋，并不便宜，而且当时主要是放映外国无声片，只有外文字幕，没有译成中文，所以观众中绝大部分是知识分子。但是，当时济南的专业电影院唯有小广寒一家，所以，上座率始终很高。然而，后来的小广寒却几经变迁，因年久失修，楼顶塌坏，建筑已处于废弃闲置状态。

这里是一座比经八路 66 号更富庶的宝藏。

无论是李建军还是王建宁，他们都不是土生土长的济南人，一个从遥远的北方内蒙古来到这里，一个从胶济铁路的起点城市青岛来到这里，身边也有很多来自四面八方的朋友，他们都在这里找到了各自的归属。作为一个内陆城市，济南缘何有这么强大的兼容并蓄能力？是路，铁路，是始于 20 世纪之初的胶济铁路，它像一条河，将海纳百川、有容乃大的胸襟引渡到这里。前有胶济铁路的修筑之因，后有济南自开商埠，铁路的开通取代了运河的部分通达功能，在一定程度上改变了山东的政治经济布局。站在一百年后的历史坐标前，既不能美化、弱化甚至改变胶济铁路殖民铁路的属性，也不能背着历史的包袱，置发展的眼光于不顾，忽视这条铁路对山东乃至全国积极的现实意义。

在 2009 年之前，济南乃至整个山东，老建筑修复和活化利用的成功案例几乎没有。李建军与王建宁的小广寒修复工程投资一再增加，工期一再延后，无数的"贵人"们从建筑、文化、资金多个方面出手襄助这两个明知山有虎偏向虎山行的年轻人。2011 年 6 月 1 日，投资近千万、历时两年多才修复完成的小广寒终于对外开放。小广寒迅速成为媒体关注的焦点、市民热议的话题。李建军、王建宁也因此而名噪一时：前者作为小广寒的守护人当选市中区政协委员，他牵头成立了济南市老建筑文化旅游促进会，并担任会长；后者则凭借小广寒成功案例，在老建筑保护修复与活化利用业界确立了自己的地位。

2013 年，济南纬二路近现代建筑群入选全国第七批重点文物保护单位。消息传来，最初的喜悦过后，李建军定定地看着桌上的金银花枝干摆件，内心五味杂陈。至少作为文物的小广寒不会重复这株百年之树的命运，但建筑毕竟是有寿命的，追求恒久远是人类的短视与执念吗？2017 年，小广寒正式跻身民办电影博物馆行列，它将与馆藏的几百部电影胶片一样传世、不朽。

风停雨霁，李建军看看时间，要等的作家客人马上就到了。据说作家正在写一本关于百年胶济的书。那今天就把自己所知道的小广寒与胶济铁路的关联故事讲给作家听听；除此之外，李建军还想跟作家说一下自己与小广寒、与济南的故事，至于怎么写，就是作家的事情了。

第四节
青蚨飞去复飞来

胶济铁路即将通车前夜，山东的济南、周村、潍县三地同时自开商埠——华洋公共通商之埠。举国哗然，环伺中国的列强哗然。

火车，喷云吐雾，燃烧着、沸腾着，裹挟着从海上吹来的风，以磅礴之势一路向西。青岛启程，经潍县、周村，直达济南。火车一响，黄金万两。淄博的孟家沿着胶济铁路去了济南，济南章丘刁镇旧军村的孟家则去了周村。由济南、周村、潍县组成的华洋公共通商之埠，在商人眼中这三地中哪一个地方都有机会。

最初的周村真的是一个村庄，在南北东西交通的十字路口，交通方便就有了店铺——周村店。有了常设的店铺，后来也就有了逢四逢九的集市。集市再大一点就成了大街，然后就有了阡陌相通、街巷纵横的周村镇。在明清两代，周村均隶属于济南府长山县。明代时的周村是一个普通的小村镇，到康熙年间，东西大道改线，经章丘转道，行经周村镇。周村镇就代替长山县成为东西干道上的重要交通枢纽。

孝妇河绕周村蜿蜒流淌，流入马踏湖滋养出脆生生的白莲藕。孝妇河上的永济桥连通长山县与周村镇；向东可达临淄县，再转向东南可抵青州府益都县；向西行可达章丘县，再行百余里可达济南府历城；沿孝妇河南行可到达淄川，再向南出青州府博山青石关即可进入沂蒙山区；沿孝妇河北行可达小清河沿岸的高苑、博兴二县，再北行可到达大清河沿岸的武定府青城、蒲台诸县，从高苑县向西则可到达齐东县。一条路改了周村的气运,以周村为中心,北达武定府,南到泰安府、沂州府,东抵青州府,西至济南府,一张四通八达的交通运输网被一把梭用一根根丝线织成了。

周村自古就有植桑养蚕的传统,户户织绸缎,家家机杼声。改道后形成的这张交通网涵盖的区域,恰好是山东最重要的桑蚕产区与棉花主产区。明中叶以后,棉纺织品与丝织品成为山东重要的手工业产品,也是商业贸易的大宗商品之一。另外,淄博本地的淄川煤矿、博山陶瓷与琉璃物美价廉,周围沿海临河的利津、蒲台、乐安、寿光诸县,鱼、虾、蟹、盐甚多。这些丰富的物产商品逐渐在周村集散交易、运输流通,通达南北、连通东西的周村便成了一座"旱码头"。大街、丝市街、银子市街、绸市街纵横交错,店铺招子迎风摇曳,南北客商云集此地,泱泱齐风孕育出了一大批鲁商。1775年,清乾隆皇帝到访周村,赐名"天下第一村"。

周村的商业繁华并非凭空而来,天时、地利、人和三因俱全。

生意红火之处,相应地,政府的赋税收益就高。做生意就要交税,此乃天经地义,正常的赋税是商家应该交纳的,怕的就是官府或者地头蛇打着各种旗号巧立名目乱收税。有的商家不堪重税,选择离开周村,直到一个叫李化熙的人出现,才彻底改变了这个局面。

李化熙,字五弦,号长白山樵,祖居济南府长山县古城村,后迁居周村傅家庄。崇祯七年考中进士,曾一度官至三边总督。崇祯帝自缢于煤山后,李化熙统领军队回到老家周村蛰伏等待时机。顺治元年九月,授工部右侍郎,后仕途顺遂一路升迁,擢升刑部尚书。顺治十年五月,以孝亲为由告老还乡,回到老家周村颐养天年。

在刑部尚书任上时,李化熙曾经回周村探亲,闲来无事在周村大街体察民情,将客商为税所累一事尽收眼底。回京后,李化熙便向顺治皇帝建言减免周村市税,让商人们可以在周村安心做生意。顺治帝听完之后,随后说:"那就免一天的市税吧。"

皇帝既然开了口表态,李化熙也就不能再僭越。但仅免除一日之税并不能从根本上改善周村商户之窘境。他连夜修书一封送往周村,嘱族人在周村大街的街市上立五尺石碑,上书"今日无税",并言明是皇帝旨意。

自此，周村街上大小商户无须再为市税担忧。如此利好之消息更是随着周村四通八达的运输网广而告之，吸引来更多的外地商人在周村设立铺号，贸易越发兴盛。待到李化熙告老还乡，亲眼实证"今日无税"对周村的影响后感慨万千，认为此举虽藏富于民，但毕竟有损朝廷税收，随即做出了代替商家纳税的决定。李化熙家族"代完市税"之举一直持续了七代人，大约二百年之久。

自开商埠更是周村这块土地被上天格外垂青的机缘。自开商埠，胶济铁路通车，原先货物运输需肩挑、车推、马拉的局面被打破，火车的运力、运量是以前的运输方式所无法企及的。近处的青岛、济南，远处的北京、天津、上海、广州的商号，都来周村设点经商。不仅国内客商云集周村，英美烟公司也进驻周村做起了生意。当时民间有顺口溜说"大街不大，日进斗金"，周村由此得名"金周村"，与东边的"银潍县"遥相呼应。

从明朝起，山东章丘县孟家便开始从事商贾贸易，也是最早到周村做生意的外地客商之一，孟家的万蚨祥主营铁锅、丝绸和棉布。孟洛川出生时，孟家已是巨商之家。他自小聪慧，性情仁厚。13岁的孟洛川离家到周村大街自家的铺子万蚨祥学习生意之道。

"青蚨"在商人眼中是吉利祥瑞之征兆，"青蚨还钱"的典故被津津乐道。据晋书《搜神记》记载，青蚨的幼虫无论被藏在何处，母虫都能将它找到。如用母虫和幼虫的血分别涂在两枚钱币上，即使这两枚钱币分开使用，最终也能够重聚。古画里的人物就有佩戴青蚨压襟的造型，清代刻绘有"青蚨飞去复飞来"字样的铜钱，青蚨小把件也是古玩市场上备受追捧的藏品。

孟洛川有感于"青蚨"的吉祥寓意，在万蚨祥去济南开设分号时，取名"瑞蚨祥"。学徒五年后，18岁的孟洛川掌管了孟氏的祥字号。光绪初年开设天津瑞蚨祥，后在北京开设瑞蚨祥，经营绸缎、洋货、皮货、百货。1904年胶济铁路通车，孟洛川瞅准商机，在青岛设立瑞蚨祥缎店。

孟洛川善于结交权贵，与袁世凯过从甚密。袁父去世，孟洛川准备佛手、桃、石榴、九只如意做成的"三多九如"贡席，亲自前往设路祭；袁母出殡时，孟洛川担任治丧总管，不吝钱财，诸事以袁世凯满意为考量。

凭借与袁世凯的深度交往，孟洛川在1908年担任了济南商务总会协理，还曾入僚参政院任参政。孟洛川掌管瑞蚨祥大权长达60年，鼎盛时期的瑞蚨祥商号遍布北京、天津、济南、青岛、烟台、上海等地。其中，上海、北京、济南这三个城市的瑞蚨祥分号着过三场大火，每一场都有着孟洛川痛彻心扉的记忆。1869年，苏伊士运河贯通，缩短了从欧洲到东方的航路。马六甲海峡的通航船只急剧增多，过往海峡的船只每年达10万多艘，成为世界最繁忙的海峡之一。当时，从海上运抵中国的洋纱供给量足足超过了上一年进口总量的五倍之多，这导致上海纱价狂跌，就在纱行面临崩市的千钧之际，孟洛川召集纱行商人，在他们的见证下，他亲手点燃了自己的五万担洋纱，以此彰显自己的救市之心。1900年，八国联军入侵北京，瑞蚨祥被付之一炬。一年后重建，1903年，北京瑞蚨祥新营业楼落成，后又在北京增设瑞蚨祥鸿记绸缎店、西鸿记茶店、东鸿记茶店、鸿记新衣庄。1929年，军阀孙殿英借剿匪之名进驻章丘旧军，将孟家老宅劫掠一空后放火烧掉了孟洛川在旧军的宅院。祖宅被烧让时年77岁的孟洛川备受打击，富甲一方又如何？柜里的金银抵不过军阀手中的枪炮。孟洛川带着全部家眷离开济南，定居天津，至死再没踏入山东一步。1937年，日本全面侵华，在日本人的打压下，瑞蚨祥总号及各地分号逐渐衰落。1939年，88岁的孟洛川在天津郁郁而终。

1949年10月1日，开国大典上，一面黄缎红绸缝制的五星红旗在天安门广场冉冉升起。这面由毛主席亲手升起的中华人民共和国第一面国旗的制作布料，就来自北京瑞蚨祥。

2018年，北京瑞蚨祥绸布店有限责任公司与孟洛川第五代长孙孟钢因"瑞蚨祥创始人"商标使用对簿公堂。

北京瑞蚨祥公司于2015年9月15日分别在"服装、围巾、婚纱等"商品和"定做材料装配（替他人）、服装制作；服装定制等"服务上申请注册了"瑞蚨祥创始人"商标，并于2018年4月7日经异议程序审查后获准注册。孟钢作为瑞蚨祥后人认为瑞蚨祥的创始人应为孟传珊，北京瑞蚨祥由孟洛川创办，"瑞蚨祥创始人"与北京瑞蚨祥公司没有任何关系，北京瑞蚨祥公司只是众多瑞蚨祥分号之一。孟钢针对诉争商标"瑞蚨祥创始人"向国家知识产权局提出无效宣告请求。国家知识产权局经审查做出无效宣告请求裁定认定：诉争商标已构成2014年《中华人民共和国商标法》第十条第一款第（七）项所指的情形，诉争商标予以无效宣告。

北京瑞蚨祥公司不服该裁定，遂向北京知识产权法院提起诉讼。2021年9月，北京市高级人民法院做出最终裁决：驳回上诉，维持原判。法院的判决书这样写道：北京瑞蚨祥公司作为瑞蚨祥商号、商标的使用者欲使"创始人"与"使用者"归一于自身，必然将损害创始人后人基于血脉传承的利益和情感，亦不利于双方在各自的权利边界范围内包容发展、善意共存，以及"瑞蚨祥"老字号的保护与传承。

小小一只青蚨，飞过了百年。果然还是应了老祖宗那句话："青蚨飞去复飞来。"

第四章：
美哉泱泱齐风

唐元庆 摄

北京时间：淄博站11：26

孔祥配：淄水汤汤，齐风泱泱。一小时零一分，前方是淄博站。淄博陶瓷名满天下，小时候吃饭喝粥用的就是博山陶瓷厂的兰三大碗，碗口画着"一粗二细"三条蓝色的线。看上去粗糙，却实用。比淄博陶瓷名气更大的当属周村烧饼。不过，淄博今年又多了一张名片——淄博烧烤。

第一节
吕云祥的态度

第一次在公园里看晨练的人挥舞九节鞭，吕云祥立刻就喜欢上了这件可收可放的武术软器械。对于武术，那是他从小的热爱。作为与李连杰差不多岁数的人，当年吕云祥对《少林寺》的狂热一点也不亚于如今的追星少年。

"嗖嗖嗖……"九节鞭在空气中产生的冲击波制造出了声爆。吕云祥可不像一般的玩家那样，只是把九节鞭当成运动和娱乐，他是用科学的态度在玩，就像对待他热爱的工作和痴迷的发明一样。

吕云祥的老家在淄川寨里镇南佛村。村子虽不大，却占尽了地利，离煤矿近，离胶济铁路的张博支线也不远。村里的壮劳力一大半在煤矿讨生活，地下的煤炭在这里没通铁路之前就已经开始采掘了。铁路通了之后，村里另一半劳力便靠着铁路生活。吕云祥的父亲本来在胶济铁路上干临时工，后来赶上正式招工的机会，机缘巧合下端上了铁饭碗。干的还是又苦又累养路工的活，只是身份变了，成了淄博工务段的正式职工。

吕云祥6岁的时候，生平第一次坐火车。火车的声音很响，"叮叮哐哐"，坐在上面一摇三晃，小云祥牢牢抓着父亲的胳膊才能勉强维持身体的平衡。那年春节，父亲值班，就把儿子带在了身边。父亲不放心把6岁的孩子一个人关在集体宿舍里，跟工友们外出干活的时候，就带着吕云祥一起去。南佛村虽然离铁路近，但以前小云祥并没有真正地靠近过铁路。那时候的铁路两侧没有围栏，是全敞开式的。铁轨铮亮，左边一根，右边一根，6岁的小人儿，短胳膊短腿，即便是一大步也不能从这边这根迈到那边那根。枕木上的味道不好闻，油腻腻的，还泛着一股尿骚和屎臭。最好玩的是石子，一抓一大把，颗粒均匀。看着好看的就捡一块放在口袋里，鼓鼓囊囊的，实在装不下就掏出来全扔了，再捡更好看的。

父亲50岁退休那年，16岁的吕云祥还在念初中二年级。他上面有两个哥哥，长他9岁的大哥已经结婚，大他3岁的二哥也找了对象订了婚。父母给老大老二在村里各自盖了新房。吕家并不富裕，盖两处新房还借了几百块的外债。根据当时的子女顶替制度，吕云祥的年纪刚好合适。父母也暗自高兴，吕云祥接班顶替之后就不用再给他在农村盖房子了。不仅工作有了着落，还给家里省了一大笔开支。

子女顶替，又称接班顶替，是指父母退休、退职后，由其子女办理手续，顶替空下来的名额，进入父母原工作单位上班。这种方式是中华人民共和国历史上，尤其是20世纪七八十年代全民所有制和集体所有制单位招工的一种重要方式。虽然顶替制度在当时解决了很多人的就业问题，但随着社会的发展和经济的市场化，这种制度显然是不合时宜的。随着劳动就业体制改革的深化和公平、竞争、择优就业观念的深入人心，80年代末期，这一历史性的就业制度退出历史舞台。如今的"铁二代""铁三代"家庭大都有一代人是接班顶替进入铁路系统的。

刚工作那会儿，吕云祥被分配到了济南铁路局的张店工务段桥梁车间。他那时年龄小，身量没长开，身高还不足一米六，像个又瘦又小的小萝卜头。置身于一群伯伯辈、叔叔辈的工友中，这些看着他长大的长辈对吕云祥倍加照顾。

一上班，车间就给吕云祥指定了一位传帮带的师傅王玉增。王师傅一身好本领，无论锻工、铆工、白铁、架子工还是钢筋工，都能拿得起放得下，就是脾气不大好，嗓门特别大。小徒弟吕云祥每犯一丁点错，都会招致师傅的一顿数落。骂得狠了，吕云祥还会委屈地掉眼泪，惹得工友们又是一顿哄笑。工休的时候，吕云祥回家跟父亲告状。父亲说："王师傅是最好的师傅，他管你、骂你，那是为你好，是真心实意要教你手艺。"

第四章：美哉泱泱齐风

听大人说教的吕云祥踏踏实实地跟在王师傅的屁股后面，有模有样地跟着师傅学技术。工务段的活对于一个身体尚未完全发育成熟的少年而言，异常繁重、劳累。年轻时的吕云祥甚至累到尿床的程度。那时候，工区生活条件艰苦，一个班组甚至两个班组挤在一间集体宿舍里，床铺也是那种上下铺的硬床板。年轻的腿脚利索住上铺，年龄稍大点的老工人、老师傅睡下铺。彼时吕云祥当然住上铺。

一天晚上，吕云祥正打着呼噜酣睡，突然，睡在他下铺的老师傅一个鱼跃起身，拽着吕云祥的胳膊就把他从上铺拖了下来。吕云祥迷迷瞪瞪的，不知道发生了什么。老师傅朝着他屁股就来了一脚，差点把他踢倒在地。他伸手一摸被踢得生疼的屁股，这才发现裤子湿答答的。

"你看看！这跟水帘洞似的，你让我咋睡觉？"老师傅的鼻子都快气歪了。

老师傅这么一嗓子，把大半个集体宿舍的人都吵醒了。打开灯，大家伙也就明白怎么一回事了。

"您消消气，小吕他还是个半大孩子呢。咱年轻那会儿，白天干活累着了，晚上睡觉不也常这样嘛！"

"吕云祥，赶紧去睡觉，以后睡觉灵醒着点！"

第二天太阳一升起，这事也就翻篇了。吕云祥还是那个跟在师傅身后亦步亦趋的小徒弟。的确，王玉增师傅对吕云祥这个徒弟毫无保留，将一身的技艺倾囊相授。上班的时候，吕云祥跟着师傅学手艺，晚上读夜大，读完夜大又参加成人高考上函授，把心里没上过大学的缺憾补了个七七八八。没过几年，师傅的一身好武艺就复制、粘贴到了吕云祥的身上。锻工、铆工、白铁、架子工、钢筋工样样上手，五个工种的业务考核都曾经拿过第一名，他成了王玉增师傅最出色的徒弟。王师傅之所以对吕云祥如此看重，除了他认真好学，更重要的是因为这个徒弟还有一个跟自己一模一样的特质，那就是喜欢自制工具，而且还青出于蓝而胜于蓝，甚至比自己这个师傅的奇思妙想更多一些。王玉增知道自己这个徒弟迟早会成为工程师，只不过是时间早晚的问题。

果然，时间证实了王增玉师傅的预判。继成为中国铁路济南局集团公司桥梁专业首席工程师之后，吕云祥又获得了全国五一劳动奖章。当他第一时间把好信息亲口告诉师傅时，八十多岁的老人开心得老泪纵横。

其实这一切都是有迹可循的。那些工作中不断重复出现的问题与毛病，在别人眼里是司空见惯的存在。就像"打地鼠"游戏一样，冒头，打压；再冒头，再打压。如此循环往复，一遍又一遍，偏偏就没有人觉得奇怪。但在吕云祥眼中，频繁出现的问题要么是设备的原设计有缺陷，要么是工人的使用存在问题。钢轨上的老式楔形扣件特别容易松动，每驶过一趟列车都会造成松动，必须及时复紧才能确保行车安全。

在一次又一次的重复维修中，吕云祥无数次与问题频出的老式楔形扣件对话，他翻来覆去地琢磨，总觉得哪里不对，这个问题一定有解。吕云祥在纸上画了无数张图，自己用一些废旧材料做了缩小版的模型，这样弄一下，那样改一下，终于有一天，一个全面超越老式楔形扣件的新型后顶式平板扣件被吕云祥做出来了。新型扣件完美克服了老式扣件的弊端，使用了新型扣件的钢轨不会再那么容易出现松动，也无须每驶过一趟列车就实施复紧，这极大地减轻了工作量。

2014年，"吕云祥创新工作室"创立。爱琢磨、爱观察、爱思考三个标签像是焊在了吕云祥身上一样。

一天，在马路上散步的吕云祥被顶管施工作业拦住了路。就在转身返回的时候，路边摆放的看上去像塑料一样的乳白色管道吸引了他的目光。他按捺不住好奇心，三步并作两步迈过去，敲一敲，听一听，脑中灵光乍现，这不就是自己这段时间苦苦寻找的挡砟板材料嘛！

挡砟板是搭在桥面上的钢板，用于防止石砟坠落，但钢铁材料的挡砟板容易锈蚀，更换一次作业量巨大。意识到这个问题之后，寻找可以替换的材料这件事便挂在了吕云祥的心上。吕云祥围着那堆乳白色类似塑料材质的管道转了三圈，心里琢磨着这种管道在公路上能承受各种压力不会变形，说明它强度够大，但到底能不能用它来制作挡砟板呢？吕云祥心里没底。他通过施工负责人，辗转要来了生产这种材料的厂家联系方式，一问方知这是一种强度大且耐腐蚀的玻璃纤维材料。在厂家的协助下，与原来的挡砟板钢板进行了比对测试。测试证明，这种材料的强度、韧度都优于钢板，且不易被腐蚀。就这样，淄博工务段第一个玻璃纤维挡砟板在吕云祥的指导下被研制生产出来。

淄博工务段桥梁车间承担着管理辖区内575座桥梁、1614座桥涵、16座隧道、565座限高架的维修养护任务。

用来保护铁路的限高架几乎每年都会发生事故，有时甚至是车毁人亡的大事故。工务段不大的场地里堆满了被撞得七歪八扭的限高架，上面深浅不一红褐色或棕褐色的锈痕，经常让吕云祥联想到干涸的血痕。哪一次的事故不流血、不受伤？流血受伤还算小事，重则丧失生命。吕云祥暗下决心，一定要设计发明一种新式的限高架，既能保护铁路与列车安全，又能最大限度地确保经行车辆不受到致命的损害。

第一次在公园里看晨练的人挥舞九节鞭，吕云祥就对这件可收可放的武术软器械产生了浓厚的兴趣。本质上也是一个铁家伙，但一旦有人上手耍起来就变得弹性十足。

弹性！对，就是弹性！

以往对限高架的改进就是一而再，再而三地增加它的重量和硬度，让它在刚的基础上变得更刚，直到至刚，然而刚的尽头是两败俱伤。这就是限高架一旦发生事故便会两败俱伤的症结所在。中国智慧中解决"刚"的方案就是"柔"，至刚至柔，刚柔并济，在柔软与刚硬之间寻找到一个平衡点。

有了思路就干，吕云祥带着他的团队甩开膀子干起来，查资料，做模型，把原来限高架的横梁改造成可以来回滑动的横梁，在地上加装一个水泥坠砣，把横梁拉到起始位置，当车辆撞到限高架时，限高架会有五六米的缓冲空间，再加上坠砣的阻力和司机刹车的摩擦力，车辆和限高架之间的碰撞力就会抵消。这个"刚中寓柔、柔中寓刚"的设计完美诠释了中国哲学智慧。新式的限高架被应用到淄博工务段桥梁车间管辖的立交桥上，这大大降低了限高架的撞坏概率，既保护了铁路行车安全，也保护了来往汽车司机的生命安全，实现了双赢。2016 年 11 月，"坠砣式限高架"发明获得了国家实用新型专利。中央电视台的《我爱发明》邀请吕云祥团队带着他的"坠砣式限高架"设计参加节目，向全国人民展示他们的发明创造。

在"吕云祥创新工作室"里，展台上摆放着大小不一、形状不同的桥梁用品样品。加固路基的滑杆锤和电动冲击锤、"螺母种植术"尼龙套管道钉……随便拿起一件，吕云祥都能详细讲述它是怎样从概念到模具再到研发成型的。一花不是春，独木不成林。当初王增玉师傅怎么带吕云祥，吕云祥就怎么带徒弟，工作室有 10 名工人获得"技术能手"称号，11 名职工考取工人技师，2 名职工考取高级工人技师，5 名班组骨干获得车间"首席桥梁工"称号。而吕云祥自己也从未停止过学习，即便他拥有 14 项实用新型专利和 1 项发明专利，就像他年近半百忽然要学武术一样。九节鞭，吕云祥只练习了一年，就在淄博市演武大会 C 组的比赛中拿了冠军。

工作中的桥梁专业首席工程师不是终点，全国铁路劳动模范不是终点，全国五一劳动奖章也不是终点，业余爱好的九节鞭冠军更不是终点，这一切，仅仅是吕云祥的态度，而态度是最能决定人生的不二因素。

"嗖嗖嗖……"耳畔又响起了九节鞭的舞动声。既然已经拿了一个冠军，再争取一个又何妨？吕云祥追求的就是这样一种状态。

第二节
木兰花开

在《济铁故事》没有给自己拍摄纪录片《木兰姑娘》之前，孙滢其实很少关注身边的花花草草，即便是春花灼灼，也很少能入她的眼，她永远步履匆匆，对工作要尽心尽力，对孩子要尽职尽责。反正家里有一个爱花人就够了，他可是花鸟鱼虫无一不爱，最近又迷上了盆景。本来看着挺宽敞的阳台这里一盆，那里一株，被侵占得满满当当。

春天的第一朵花是迎春，还有跟迎春模样差不多的连翘，紧接着就是玉兰，之后才是樱花、桃李、西府海棠的天下。春天的花有个共同点，那就是一簇簇地绽放，一窝蜂不要命地扎堆开。木兰比玉兰开得晚，春末夏初时才轮到它上场。花时不同，另一个显著的不同是玉兰是高大的乔木，而木兰是矮小的灌木。至于花型与叶片的差异只有植物学家才分得清、讲得明。

"哎哟！花木兰来了！"

"嗨！木兰姑娘！"

当每天抬头不见低头见的同事都这样称呼自己时，孙滢明白他们没有恶意，也不是调侃自己，作为胶济客专第一个女车站值班员，同时也是济南铁路局历史上第一个女车站值班员，"花木兰"这个称谓自己当之无愧。她也愈发喜欢俏也不争春的木兰花，它花期晚，植株矮小，真的是像极了自己。虽然是土生土长的北方姑娘，但孙滢长得娇小玲珑，还是个怎么吃都不发胖的清瘦体质。她觉得自己的花季也来得晚，是一个晚熟的人。

孙滢的父亲退休前担任淄博矿务局南定煤矿职工医院的院长。他是一个极度自律的人，一年365天几乎不休息。有时候医院的工作忙，父亲就直接住在医院里。孙滢5岁的时候，有一次特别想爸爸，便哭着闹着要去南定找父亲。母亲退休前是淄博塑料二厂幼儿园的保育员，只有周末才有空。好不容易盼到周末，母亲便带着孙滢坐火车从淄博到南定一路颠簸着去看父亲。

即便是周末，父亲也不会因为孙滢母女的到来而停歇。病人生病又不分时间，头疼脑热不会因为是晚上或者是周末就消停下来。父亲忙碌的身影，深深刻印在小孙滢的心中。"原来上班工作是这样子的！"孙滢站在门诊室的门口看父亲轻言慢语地问诊，拿着听诊器在病人的前胸后背反复检查，那副严谨、专注的神情与平时在自己面前笑眯眯的样子判若两人。

"爸爸是医生，不能看错啊，看错了就是人命关天的大事！"父亲轻轻抚摸孙滢的麻花辫，说着女儿听不懂的话。多年之后，当孙滢坐在自己的工位上，父亲的话蓦地回响在耳边。父母是孩子的镜子，孩子是父母的影子。多年之后，揽镜自照，孩子会活成父母的模样，无论内心是尊崇还是排斥。

2010年，孙滢考入山东职业学院铁道工程技术专业。当时填报专业时，一家人都没想太多，只是听人讲这个专业好就业。开学报到后，孙滢才发现自己是班级五十人中唯一的女生。这个时候说后悔也已经来不及了，父亲安慰她："既来之，则安之，先把学业完成。"

三年的大学时光，孙滢没有虚度，书本上的知识学得明明白白，就是实习的时候不太顺利。铁道工程技术专业的学生毕业去向大都是工务段。实习时接触的绝大多数作业工具重量远超孙滢自己的体重，别说是熟练使用，有些拿起来都费劲。哪怕是一把最普通的榔头，只在手里握一小会儿，孙滢纤细的手腕都会累得发抖，肌肉痉挛要过好一阵子才能缓解。

虽然没有过强的体力体能，但孙滢有超强大脑。凭借优异的学习成绩，2013年8月，孙滢顺利被济南铁路局淄博车务段录用。这个岗位拼的不是体力，而是脑力与心力。

在淄博车务段，孙滢的第一个岗位是车站信号员。车务段的工作包括车辆调度、燃料加注、车辆清洗以及管理车站设备。其中，车辆调度是车务段最重要的工作之一，主要保证铁路运输的顺畅和安全，负责对车辆进行分类、编组、换装和清点，在保证车辆数量和载荷的同时，还要保证车辆的运转时间和路线。调度是一个复杂的工作，需要对车辆的性能、装载量、运输需求等进行综合考虑。调度工作通常需要车站值班员与信号员合作完成。信号员与车站值班员的关系，有点类似于手与大脑的关系，信号员是车站值班员的手，车站值班员是信号员的大脑，大脑负责思考、判断、下达指令，而手则需要领会、服从、执行大脑的命令。

一个人大脑中想到什么，手就可以立刻去执行。就像读书一样，宋代朱熹提出"三到"，即"心到""眼到""口到"。到了民国，胡适增加了一个"手到"，与胡适针锋相对的鲁迅又加了一个"脑到"，成了"五到"。

无论是"三到""四到"还是"五到"，本质还是手与脑的关系。信号员与车站值班员是两个人，两个独立的个体之间要达到像一个人的手与脑那样无缝衔接的默契，合作难度可想而知。

因为大学学的专业与工作后从事的职业之间几乎没有什么关联，孙滢拼尽全力让自己快速进入状态。她收起了所有的玩心，上班的时候跟着师傅学，下班之后哪里也不去，就在宿舍里捧着车务段的《技规》《行规》，斟字酌句，一行行地读，一段段地背。书里那些不懂的存疑的地方，孙滢就用红笔做上标注，等到了班上再向年长的同事请教。休假回家，父母发现闺女比上学的时候还热爱学习，有时甚至学到夜里十一二点还不关灯睡觉，便打趣她："你要是早有这个学习劲头，都能考上清华了！"

手把手带孙滢的师傅姓李。上班第一天，李师傅告诉孙滢："我们的工作要做到零误差，一点失误就是事故。"

"我记住了！"孙滢眨巴着大眼睛，将师傅的话默默刻在了心里。李师傅的"零误差"与父亲当年说的"不能看错病"在这一刻重叠在一起，也就是从这一天开始，对"零误差、不出错"的追求成为孙滢的工作信条。

车站信号员有一年的实习期。这期间，孙滢不懂就问，随身揣着一个袖珍的问题本，一个问题通常要询问好几个人才能得到理想的答案。李师傅惊喜地发现，自己这个脑袋里装着十万个为什么的女徒弟不一般，信号员的工作两个月就能上手，且真正做到了零误差。李师傅觉得这个女娃娃是个可造之才。于是，在师傅的鼓励下，孙滢一边在信号员的岗位上工作，一边学习车站值班员的业务。日积月累，孙滢的技术业务能力一点点提高着，并开始崭露头角。淄博车务段的练功考试、季度考试以及年度考试，她连续三年名列第一。偶尔考个第一名可能是运气，但连续三年都名列前茅可就不仅仅是运气了，而是实打实的能力。

作为信号员，要给在淄博停靠的列车准备进路开信号，并与司机进行联系，同时还要完成车站值班员安排下来的一些工作。信号员与值班员是倒班制，早8点到下午6点的大白班，还有两个小夜班，分别是晚6点至凌晨2点与凌晨2点至第二天早8点。24小时循环下来，要接几百趟列车，完成几千道程序，说口令，手势确认，还要接打电话，每一分钟甚至每一秒钟，目光都要牢牢锁定在眼前的电脑显示屏上，这就是业内人士津津乐道的盯盘制度。盯盘时，不能有丝毫的分心，要专心、专注，注意力高度集中，没有人知道下一秒钟会发生什么。"必须做到零误差，失误就是事故。"师傅这句话，在孙滢内心重复了无数遍。她把操作模拟系统直接安装在自己的笔记本电脑上，工作时实操，休班时在家模拟测试各种设备故障，然后快速判断，快速处置。

2015年底，孙滢考取了车站值班员上岗证，却迟迟未拿到见习令。当时的济南铁路局没有女性车站值班员，这个岗位一直是男人的天下。车站值班员岗位，不仅需要业务能力过硬，还要遵从大白班、小夜班的倒班制，特别消耗体力、精力。孙滢是女性，同等条件下与男性相比没有任何体能上的优势，而且结婚后还要面临怀孕、生子、休假等一系列不可回避的现实问题。

孙滢的提职报告递交了两次才获得批准。

第一次申请被退回时，孙滢心里特别委屈。自己的优秀是有目共睹的，为何不能被平等地对待？她想不通。

那段时间，孙滢暴瘦，本就不胖的她体重直接跌破了九十斤。整个人蔫蔫的，工作的时候不能带个人情绪，回到家就一个人闷闷不乐，把自己关在房间里。母亲变着花样给她做好吃的，父亲保持着一贯的冷静，心平气和地帮女儿分析事情的原委。

"为什么这么多年济南铁路局没有女车站值班员？难道就没有一个能胜任的吗？事实肯定不是这样的。优秀的女性不是今天才有，以前也有，往后会更多。之所以以前没有女车站值班员，恰恰说明这个岗位的重要性。决策者考虑问题不会带有主观色彩，不批准，不是因为你不够优秀，而是因为从长远角度来看，这个领域一旦有女性参与，未来就会发生一些变化……"父亲的话让孙滢落寞的心重燃希望。她积极争取，为自己争取到了第二次递交提职报告的机会。

2016年，孙滢得偿所愿，成为济南铁路局第一位女车站值班员。在她参加工作的第三个年头，她实现了信号员之手向车站值班员之脑的华丽转变。

车站值班员的工作之一就是列车通过车站时，与火车驾驶员进行站车联控。上岗第一天，第一个电话接通的瞬间，孙滢明显感觉到对方停顿了一下，虽然看不到对方，但她能想象得到对方脸上的讶异。

"估计他是第一次听到女车站值班员的声音吧。"孙滢不动声色，高标准地完成了站车联控。除了应对火车司机对女车站值班员的质疑，还要面对列车调度员的不信任。孙滢同样不动声色，有条不紊地一一应对，在工作标准上一点不逊色于男车站值班员。

在业务能力上，孙滢绝对是得心应手的，最大的挑战还是体力与精力。中医上讲究多言则气乏，发指令、接打电话，一位车站值班员一天要说上千句话，而且是在精神高度集中和紧张的前提下说话。一天下来，真的是精疲力竭。接发车作业需要长时间盯着屏幕不能离开，去厕所只能是见缝插针。孙滢上班之前就开始不喝水，一个班下来，嘴唇干得爆皮。上夜班，熬大夜，身体一下子适应不了，头疼恶心。时间长了，皮肤发干，脸上起痘，甚至波及生理周期，紊乱没有规律。男车站值班员上夜班可以抽烟提神，孙滢只能靠喝浓茶和咖啡保持清醒。冬天，屋里太暖和人会犯困，她就把窗户打开一条缝，让凛冽的寒风襄助自己神志清醒。

没过多久，胶济客专线上的火车司机就习惯了孙滢的存在，那个甜美的声音成了他们行车途中的一抹亮色。

2017年，孙滢与同在淄博车务段的货运车站值班员周子龙喜结连理。他们一个在淄博站货楼行车室，一个在淄博站客楼行车室；一个在东，一个在西，两座楼相距不足百米。两个人是在新学员培训考试时认识的。虽然是培训，却也带有一定的比赛性质，笔试、背规，两个环节比下来，周子龙排在第三名，孙滢紧随其后是第四名。

周子龙比孙滢大3岁，他大学是在俄罗斯读的，同样不是铁路专业。看似散漫的一个人，考试成绩却那么出色，比自己认认真真地准备考得还要好。孙滢禁不住多看了周子龙两眼。早在孙滢关注周子龙之前，周子龙已经看到了她。目光交会的刹那，一切尽在不言中。

同样都是车站值班员，同样都是倒班制。恋爱的时候，孙滢与周子龙的休班能重合一天。结婚之后，车务段给小夫妻调整了值班时间，让他们上同样的班次，一起上班，一起下班，休班时能重合两天。但计划总赶不上变化，同事有事跟他们中的任何一个人换个班，或者再有个突发紧急情况，两个人能一起休班的时间就不多了。最长的时候，他们十天没见上一面。上班时间没有私人通信工具，再算上强制休息时间，两个严守工作纪律的人一起感叹："这婚结的，还不如谈恋爱的时候在一起的时间多呢！"

"8点57分，客车5001预告，去杜科方向。"每次孙滢说出这句指令时，总是比下达其他指令时要声线柔和、情感充沛。因为她知道，在话筒的另一端，接听的那个人是自己心心念念的他。

每次白班早上接发5001次列车，货运与客运之间会有一次场间联系。自从孙滢与周子龙两人明确了恋爱关系后，只要是他们俩当班，这个场间联系的机会，同事们就会自觉地留给他们。虽然只有短短的几秒通话时间，还是不掺杂任何个人话题的纯工作通话，却依然有一份别样的甜蜜在二人心头荡漾。如果行车室的操作台上允许摆放一面镜子的话，孙滢就会看到自己的表情，眼角含情，嘴角含笑。

2018年，孙滢代表淄博车务段参加了济南铁路局的技术比武，一路过关斩将，从30人中脱颖而出获得第一名。此时，她已经有孕在身四个月了。这年的年底，孙滢暂别车站值班员岗位。在她身后，新一批的女性车站值班员也已成长起来，跟随她走上了岗位。

2023年初春时节，我在淄博见到了孙滢。孙滢现在的工作岗位是淄博车务段技术科的助理工程师。她说儿子满月的时候，刚好有一个考干的机会，丈夫周子龙鼓励她参加，没想到居然顺利通过了。休完产假，2019年10月她就彻底告别了车站值班员的岗位。那时，孙滢对自己当年车站值班员提职报告被拒有了全新的认识，也理解了上级主管部门在批复时的诸多犹豫与考量。她，以及后来的几位女性用亲身经历实证了"车站值班员"这个职业并非男性的专属，女性在这一领域同样可以大有作为。女人如花，是这个世界不可或缺的一道风景。然，花开花落，花开终有期，花落终有时，这同样是不可否认的一点。女车站值班员的职场花期，正是一道困扰她们职业生涯连续性的难以逾越的障碍。

春始于鹅黄。迎春花摇曳，蜡梅花暗香袭人，沿河柳临水自照。玉兰花苞鼓鼓的，眼瞅着下一秒就"嘭"的一声蓬勃而开。木兰花还在蛰伏中。孙滢的笑容淡淡的："在年轻的时候逼自己一下，等老了才不会后悔。"

第三节
遇见周村

这几天王春花有点头疼，毕竟是已经接近退休的年纪，快 50 岁的人，骨骼、关节早已不是年轻态，一到刮风下雨连阴天，总有一处疼痛在提醒着自己。不过，王春花有灵丹妙药，无论头疼、腿疼还是胳膊疼，都能一药见效。这味药香喷喷的，却不是香水的香，而是食物的香。这股脉脉流动的香气中有阳光下小麦花穗的草香，有小麦粉烘烤时的麦香，有芝麻随着温度的升高迸发出的芳香油香，还有白糖遇热后的焦糖甜香。深吸一口，层次丰富的香气涌入鼻腔，充满每一个肺泡，一呼一吸间，烦心事、小毛病也就一扫而空了。

其实这些年，王春花已经很少站在烤炉前亲自上阵做烧饼了，但她从来没有离开过被烧饼香气充溢的环境，无论是周村烧饼博物馆，还是烧饼产业园。作为周村烧饼制作技艺非遗传承人，那一片薄薄的，满月一般的酥、香、脆的烧饼，已经成为王春花生命中不能割舍的一部分。

关于周村烧饼的历史，其源头可追溯至汉代，但最终定型还得从清光绪六年（1880 年）说起。山东桓台县人郭云龙来到周村创办了烧饼店"聚合斋"，当时烤制的就是普通的面食饼子。后来，郭云龙借鉴了周村当地香脆的"焦饼"制作，改造工艺，烤制出香、脆、酥的烧饼。儿子郭海亭在父亲创新的基础上继续改进配方和技术，做出来的烧饼如纸片一般轻薄，又薄又脆，又香又酥，成为一代又一代周村人的味道记忆。

1973 年出生的王春花是地地道道的周村人，南郊镇王家村人。她出生时，身边便萦绕着一股烧饼的香气，那是从母亲身上散发出来的。那时，打烧饼是王家村生产队的副业之一，母亲被分派在王家村食品组打烧饼。烧饼的香气沾染在母亲的头发上、衣服上，甚至王春花吃到的第一口奶水里也隐约有烧饼的香甜味道。

王春花刚记事的时候，母亲就跟她说他们村里打出来的烧饼会集中在周村火车站，然后被运上火车，向东到大海边的青岛，或者向西到济南，又或者被火车带到更远的地方去。很快，生产队打烧饼就成了历史。但王家村的烧饼香气并未散去，一部分掌握了打烧饼技艺的村民开始单干，做起了打烧饼的小本生意。其中就有王春花的母亲高生美。

母亲是勤劳的。一炉，一人，一双巧手，母亲一个人可以完成打烧饼的所有工序。姐姐很早就成为母亲的得力帮手。哥哥是家中唯一的男孩，不干活也受宠。妹妹年纪小，不干活也没人要求她什么。但作为二女儿的王春花，不但父母对她有要求，从小就像个小大人的王春花，自己对自己也有更高的要求。成年后的王春花觉得自己性格里有母亲勤劳的影子，但更多的是奶奶对她潜移默化的影响。

奶奶是个小脚老太太，察言观色的能力一流，口才好，社交能力强。没上过一天学的奶奶却会算账，而且从不出错。母亲做完的烧饼，大部分品相好的被父亲赶着驴车送到了国营厂，剩下的那部分再在集市上卖出去。奶奶也会挎上柳条筐，以物易物，换回来黄澄澄的麦子和白花花的芝麻。大字不识一箩筐的奶奶却能如数家珍地讲关于周村烧饼的民谣：

吃烧饼，喝凉水，心里有数。
喝凉水，吃烧饼，心里有底。
南京到北京，烧饼果子轻。

讲完一段再来一段，嬉笑间，奶奶筐里的烧饼就卖完了。母亲的烧饼炉子开一段又关一段，一张薄薄的烧饼支撑着一家人熬过了最困顿的日子。1984 年，王春花 16 岁的姐姐到周村国营食品厂当了临时工。

新中国成立前，周村烧饼是私人经营、作坊式生产，即便是新中国成立之后，在很长的一段时间内依然沿袭着老式的运营模式。直到1958年，聚合斋老店传人携祖传工艺配方与周村国营食品厂公私合营，带动了其他私营店铺纷纷加入公私合营。1961年2月，周村烧饼以"周村"作为商标进行注册，正式定名为"周村"牌烧饼。1983年后，国家就不再允许用地名注册商标了。计划经济时代，在国家包产包销计划的保护下，周村烧饼红火一时。尤其是胶济铁路的周村火车站，车来车往，人潮汹涌，把美味的周村烧饼带到了中国的四面八方。

烧饼在周村食品厂进入了标准化的制作流程，选料、配料、混炼、分坯、揉剂、延展、着麻、烘烤、质检、包装，10道工序下来，一张薄如秋叶、形似满月的烧饼就热乎乎地躺在簸箩里了。

食品厂的烤炉前通常有两个师傅。一个是和面的师傅，负责选料、配料、混炼、分坯。一个手脚麻利的和面师傅20分钟可以分坯200个剂子。手掌微弓，虎口相对，轻轻揉搓，一个个大小相等的圆溜溜的剂子就被摆布在案板上。无须上秤，和面师傅的手就是一杆秤。那双手不仅仅有技艺，还有记忆，日复一日累积出的肌肉记忆。圆润饱满、整齐划一的剂子仅仅是一张完美的周村烧饼的雏形基础，烤炉前打烧饼的师傅才是关键。这一点从和面师傅与打烧饼师傅的工资收入差距上就能看出来，打烧饼师傅的收入是和面师傅的一倍还要多。姐姐在家练就的技艺，让她顺利地成为一位打烧饼的师傅。

初中毕业后，王春花去当织毛衣的学徒，前三个月没有工资。学成出徒可以独当一面后，早、中、晚三班倒的王春花一个月能挣三百块钱，工资跟姐姐差不了多少。一年后，周村国营食品厂再次招临时工，家里人觉得打烧饼比织毛衣更像个技术活。于是，王春花也来到了周村食品厂上班，不过她基础没有姐姐好，在家的时候王春花看得多、上手少，只能被分派在辅助工的岗位上。

延展，是周村烧饼独有的塑形方式。以水润滑，手腕手掌均匀用力层层打圈，面剂子像水波纹一样在案子上荡漾开来。烧饼是否浑圆，是否厚薄一致，全在指间的力道，既不能不用力，也不能太用力。不用力，面剂子是死的，延展不开无法成形；太用力或者用力偏了，要么延展破了，要么延展得厚薄不匀。这是个急不得的活，得沉住气、静下来，心无旁骛，心里、眼里、手里只剩下这张饼。在一次次的尝试中感受、调整，找到刚柔并济的完美手感，再重复千次万次，直到再也无法忘记。王春花在辅助岗上奋斗了两年，才成为一名打烧饼的师傅。

在五行八作的手艺人行当里，有一个词让从业者很是头疼，几乎是谈之色变，那便是"倒作"。"倒作"的说辞最初是单就酿酒业而言的，本意是酒被酿坏了，后来便泛指手艺人裹足不前甚至退步。既然是门手艺，打烧饼师傅也就不会例外。当然，也不是每一个手艺人都会历经倒作的折磨。王春花的姐姐就没有，她平稳地工作着，直到结婚生子才离开视为生计的烧饼炉。王春花就没姐姐顺遂，从业两年倒作开始了，而且程度还非常严重，严重到王春花甚至想从此离开打烧饼这个行当。

王春花的入门师傅姓梁，梁师傅一开始就看好自己这个徒弟。脑筋活络，不轴，懂得变通。看上去像只猫，干起来活来劲头像只大老虎，快慢相宜，刚柔并济，是个好苗子。只是梁师傅没想到自己的徒弟倒作的程度会那么严重。车间里评比是家常便饭，厂领导、技术员、老师傅走一圈，挨着装成品烧饼的簸箩里看一下，等次就评出来了。一周一次是常规检查，一周两三次也不稀奇。王春花刚站在烤炉前时，回回都是一级，满簸箩里找不出一张低于一级的烧饼。倒作后可不得了，满簸箩里找不出一张一级烧饼，二级的也不多，就算是统统归为三级也还有几分勉强。别人做的烧饼是圆的，王春花手里延展出来的烧饼却成了一张张鞋底子。心里越急，烧饼越不圆。有时候一边干活一边掉眼泪，自己难受，师傅看着也难受。

"春花，倒作这个坎啊，跨过去你就是真正的大师傅！可要是过不去的话，那这一行你怕是干到头了。"

彼时的王春花气性高，心里想的是干不成这一行，别的行当不见得不行啊！周村的丝绸印染厂、纺纱织布厂、制丝厂林林总总，还能找不到一份工作？实在不行回去干老本行，再织毛衣去！彼时，王春花的确有非常多的就业选择。

"桑植满田园，户户皆养蚕；步步闻机声，家家织绸缎。"这首民谣便是周村丝绸业繁荣的真实写照。近代以来，周村丝绸业也经历了数次阵痛，但改革开放后便迅速恢复了元气，曾一度占到周村经济总量的近70%，成为区域支柱产业。在周村，成为一名纺织女工也是不错的选择。

被倒作折磨得快要崩溃时，王春花心生退意。有一天，她趁着休班去了离家最近的一个织布厂报了名。她提出要去车间参观一下，织布厂负责招工的人觉得也不是什么过分的要求，就带着王春花去车间走了一趟。在这之前，王春花只在织毛衣的作坊与食品厂待过，织毛衣的车间有声音，但不大。第一次进到织布车间，织布机的轰鸣声瞬间让王春花不知所措，梭子"咔嗒咔嗒"，仿佛不是在织布，而是在敲击王春花的太阳穴。最重要的是，这里的空气中没有香气。夏末秋初，秋老虎余威尚存。从车间出来，王春花出了一身汗，她要回了自己的报名表，撕得粉碎。

鲁中的秋天，天高云淡，王春花彻底收了心，她不想改行了。一场秋雨一场寒，两三场秋雨过后，就有冬天的味道了。第一场雪落的时候，王春花终于迈过了倒作的坎。以后的种种境遇，果真如同梁师傅说的那样，王春花成了真正的周村烧饼大师傅。尤其是在公司改制后，伴随着公司的快速发展，王春花也在与时俱进。她从周村区级非物质文化遗产代表性项目代表性传承人起步，到淄博市级、山东省级，直到入选国家级非物质文化遗产代表性项目周村烧饼制作技艺的代表性传承人。

2018年的外交部山东全球推介活动定在了9月，周村烧饼成为山东非遗面点的候选产品。王春花专门去山东财经大学、山东女子学院和山东职业技术学院做社会调查，征求年轻人对传统食品的意见与建议。目前市场上的周村烧饼大都是直径在10厘米到13厘米之间、厚度1.6毫米的产品，作为茶点，在喝茶时，一个人最多吃三片，那就意味着一次最多只能品尝三种口味。王春花觉得周村烧饼的尺寸可以缩小一些，至于能缩到多小，她心里没底。

很快，外交部山东全球推介活动进入倒计时。全省十七座城市的特色面点、水果、蔬菜齐聚山东大厦，优中选优，优中选强。王春花带上她的新品烧饼，沿着胶济铁路来到了济南。直径5厘米、薄0.4毫米的超薄小烧饼甫一亮相便艳压全场，毫无悬念地顺利入选了外交部山东全球推介会的冷餐会名单。

9月20日，"新时代的中国：新动能 新山东 与世界共赢"外交部第十五场省区市全球推介活动在外交部蓝厅举行。在茶歇处，周村烧饼暗香浮动。

"烧饼传奇""周村记忆""遇见周村"……"延展"不再仅仅是制作周村烧饼的一道工序，一张薄薄的生坯在延展，一股来自大地的香气在延展，延展的是周村烧饼一圈又一圈的年轮，一个又一个的传奇。

2022年，是王春花的大年，收获之年。这一年的3月，王春花成为淄博市首席技师；5月，获得全国五一劳动奖章；12月，当选第十四届山东省人大代表。

王春花50岁了，离退休的年纪越来越近了。五十知天命，吾其达此生。对于退休后的生活，王春花已经开始布局。先生韩新的老家毗邻文昌湖，春天樱花绚烂、鼠尾草馥郁，石佛寺的梨树跨越千年依然繁花似锦；秋天的粉黛乱子草如梦如幻；孔子文化创意园的白墙灰瓦，一派江南秀丽清雅之气。在王春花的设想里，她理想中的沉浸体验式非遗生活馆将会成为文昌湖畔一道别样的景致。

这些年，王春花愈发觉得自己出生、成长、生活、奋斗的周村无比可亲可爱。有时候她也会突发奇想，如果这辈子遇见的不是周村，自己的人生该会是一种怎样的境况？好在人生没有如果，命运也不能假设。周村是一个神奇的地方，此生值得。

第四节
瓷都有光

①

　　他面前放着一只碗,那是中央电视总台2023年春节联欢晚会的"瑞兔春碗",一只红色的碗,红是纯正的中国红。碗的造型是明正德皇家用碗"正德碗"器型,高足,撇口,深腹,虽是明代的器型,却完全符合现代人的人体工程学,高足与撇口不容易烫手,深腹可以盛装更多的食物。一只正在种花的种花兔——"中华兔",正以中国传统的年画加剪纸形象贴合在碗的外壁,眨巴着灵动俏丽的大眼睛与他对视。

　　"瑞兔春碗"是华光国瓷2023年的开年陶瓷作品,是中国陶瓷艺术大师、华光国瓷设计艺术总监何岩带着他的团队完成的。

　　2023年,何岩69岁。他已经在淄博生活了68个春秋冬夏,自从1岁那年跟着父母从济南迁徙至此,虽辗转博山、淄川、张店三地,但再也没有离开过淄博,几乎可以肯定自己这一把老骨头将来也会埋在淄博,与淄博的山、淄博的水、淄博的云以及淄博的大地融为一体。

　　过去的三年,中断了何岩出国的行程。许多年了,每次出国参加展会或者参观访问,他都会随身携带自己最满意的陶瓷作品,与伟大的建筑和伟大的雕塑同时空对话。在法国卢浮宫博物馆,何岩拿着自己的作品中华光华青瓷柳叶艺术瓶,无比虔诚地让它们分别与卢浮宫三件镇馆之宝——《断臂维纳斯》《胜利女神像》《蒙娜丽莎》一一对话。在罗丹艺术馆,在《思想者》面前,经过管理人员特许之后,何岩伸出因为激动而颤动的手与思想者的手有了短暂的接触。那短短的三秒钟对何岩来说,是天地为之变色的时间,刹那永恒。在罗马梵蒂冈圣彼得大教堂,在米开朗琪罗的《哀悼基督》和《大卫》雕像前,何岩的陶瓷与大师的圆雕艺术进行东西对话。在悉尼歌剧院,何岩寻找到一个绝佳的位置与角度,他用手托举着自己设计的华青瓷,让它与悉尼歌剧院同框留影。

"东方来了!陶瓷来了!"每次与这些恢宏的建筑、经典的艺术品对话时,何岩都会在内心默念这两句话。在他的意识里,东方的陶瓷完全具备与西方雕塑对话的能力与实力,无论是过去还是现在。

1970年,16岁的何岩初中毕业,在考高中与参加工作两个选项中,他选了后者。何岩回忆了一下,当年淄川区北关中学六八级的同学当中,只有几个人选择继续读书,大部分人选择了就业。就业的人中,一半去了煤矿,其余的一半则去了陶瓷厂。何岩遵照父亲的意愿进入国营淄川陶瓷厂,师从司书勤做起了当时最畅销的用粗陶泥做的尺寸不一、形状各异的大缸。这些用今天的眼光看上去粗糙、笨重的大缸,却是20世纪七八十年代无论城市还是乡村许多家庭的必需品,用于盛水、存粮。国营淄川陶瓷厂出产的粗陶大缸沿着胶济铁路西到黄河东到海,有的还辗转北上去了东三省。远途靠火车,近处则靠的是汽车或马车,一货难求,完全是卖方市场。

当时父亲对何岩说的原话是:"你先去厂里看看,如果喜欢就干下去。如果不喜欢,就再等其他招工的机会。"

何岩骑着自行车,一路颠簸走了三十里路,到了位于淄川渭头河的国营淄川陶瓷厂。工厂很大,工人很多,地碾、沉浮池、晾泥池、坯屋,每个工种都在忙碌,一派热火朝天的景象。馒头窑前,有红彤彤的炉火熊熊燃烧。何岩来之前,父亲已经跟厂里打了招呼,他畅行无阻地在厂里转了一圈,最后他决定留在这里工作。原因很简单,他希望能塑造世界,泥巴至柔至刚,可以听从手的安排与调配,可以依照个人意愿塑造出一个全新的世界。何岩喜欢这种创造的感觉。于是，从那一天起，何岩便与泥巴为伍，一辈子只做了这一件事，从粗陶一直做到国宴用瓷。

其实，何岩选择的国营淄川陶瓷厂大有来头。

清代中叶，淄川的陶瓷生产业逐渐集中到渭头河一带，成为淄博地区陶瓷生产的中心。清雍正元年（1723年），渭头河人孙氏建圆窑生产黑碗。清雍正十三年（1735年），渭头河窑在生产碗、盆的基础上，开始生产大瓮，后规模逐步扩大。新中国成立后，渭头河窑厂进行设备改造和工艺革新，安装了大碾粉碎机、真空练泥机，开始涉足工业陶瓷生产。最初生产陶管、耐酸管、硅酸坛等，后研制出了硅酸缸、硅酸槽、硅酸塔、用于工业的坩埚、自带法兰水线槽的陶瓷管、过滤器、耐酸陶瓷泵、泵叶轮、工业分配器等系列耐酸耐碱耐腐蚀的工业产品，成为名副其实的"中国工业陶瓷发源地之一"。1965年，建成了第一条隧道窑，烧制缸类产品。20世纪70年代，渭头河大缸达到了鼎盛时期，一度成为战备物资，扩大到了三条隧道窑生产。同时配合政府决策全力以赴，从资金、技术到人员扩大建立起了洪山陶瓷厂，大缸产量大幅增加，大缸按计划覆盖了东三省、河北、山西、江苏等北方大部分地区。

何岩幸运地经历了粗陶发展的辉煌时期。

新中国成立前，渭头河窑多为粗瓷鱼缸、盆、钵等。20世纪60年代中期，陶瓷艺人朱秀清开始研制指贴工艺装饰龙花缸，生产出第一代指贴龙缸。1973年，陶瓷艺人司书勤、司继修组建设计团队研制陶瓷桌、陶瓷大花瓶等系列园林陈设瓷种。何岩有幸成为其中一员。用粗陶原料做陶瓷桌、凳，难度在桌面的平整。光滑的桌面，就像女人的脸面，锦上添花的敷粉一定要均匀，所以在平整的桌面上做图案的前提一定是不能使其扭曲。何岩在司师傅的指引下，做陶手艺一天一个样。

大龙瓶制作试验从一米尺寸开始试制。最初用泥板一块块拼接成型，后来发展到用石膏模具贴坯一次成型。不过那已是后话了。

"龙"是中国神话中的经典元素，关于龙瓶上的"龙"造型，司书勤师傅综合了许多传统形象，又加入了自己的创新理解。何岩自小喜欢美术，画什么像什么，从小学到中学一直是班级里画黑板报的主力。多年的练习使得他完全有能力根据司师傅的口头描述画出一张张草图，画到师傅满意为止。马头、鹿角、鹰爪、蛇身、穿山甲的鳞片、狮子的鼻骨、麒麟的胸腹……这就是被誉为"陶瓷巨人"的三米高浮雕双龙陶瓷大花瓶上的龙造型。

龙瓶烧制成功后，国营淄川陶瓷厂乘胜追击，相继推出了80多个大型园林陈设瓷花色，形成了园林陶瓷品种的系列化，被轻工业部列为陶瓷行业新类别，淄博的淄川名扬九州，成为"中国园林陶瓷发源地"。

1984年的夏天，何岩正在厂里做大龙瓶，中央美术学院的张得蒂教授带学生到淄川陶瓷厂进行暑期实践，当她看到三米多高的陶瓷大瓶和瓶上的高浮雕龙装饰时，大为惊叹，当即萌生了收何岩为徒的想法，并建议他去北京进行系统学习。

就在何岩犹豫不决的时候，师傅司书勤说："小何，你不能老是跟我学，就是学成了，充其量也是成为我。但天外有天，人外有人，你得抓住这个机会，去北京，跟着更好的老师去学习。"

一年后，在张得蒂教授的帮助下，何岩踏进了中央美术学院的大门，进入雕塑创作研究室，师从中国第一代女雕塑家张得蒂以及一众大师学习雕塑艺术。在这里，他得以与中外经典艺术对话，被米开朗琪罗、罗丹、卡诺瓦、贝尼尼、阿历山德罗斯一众大师的作品深深吸引。假期里的何岩也没闲着，他与友人结伴而行，去甘肃敦煌莫高窟、天水麦积山石窟，去山西大同云冈石窟，去河南洛阳龙门石窟……两年的时间很长，也很短。去北京之前的何岩与学成归来的何岩，身高、体重没有任何变化，但所有的人都觉得他变了，至于哪里变了，却又说不清楚。

幸运地经历了粗陶发展辉煌时期的何岩，在市场经济大潮来临时，又不得不眼睁睁地看着与自己休戚相关的国营厂一点点被淹没，直到失去最后的一丝生机。1997年，国营淄川陶瓷厂宣布破产。

何岩是幸运的，他的雕塑艺术生命没有止息于此。他是一个晚熟的人，他的收获期相较大多数人滞后了一个季节。"只有辛勤的耕耘才能换来丰收的喜悦，在这一点上，艺术家和农民是一样的。"中央美院雕塑家李守仁写给何岩的毕业寄语，更像是一句预言。

当华光陶瓷集团的聘书放在何岩面前时，他知道，自己在漫长的等待之后终于等来了雨过天晴。

雨过天青云破处，这般颜色做将来。

2

殷书建63岁了，职业生涯的终点遥遥在望。大多数人走到这样的节点，会不由自主地回望。殷书建也不例外。

1977年10月21日，《人民日报》头版头条《高等学校招生进行重大改革》，宣布中断了十余年的高考将恢复考试，这一消息迅速传遍了全国各地。

由于时间仓促，1977年的高考时间推迟到了12月。这也是迄今为止唯一一次在冬季举行的高考。自1978年起，高考时间重新调整到了7月。

1977年冬天，全国570万工人、农民、知青、复员军人、干部和应届毕业生走上了考场，部分实践经验比较丰富或确有专长的，年龄可放宽到30周岁，婚否不限。殷书建第一次走进了高考考场。这一届考生只录取了27万多人，录取率约4.8%，是历届高考中录取率最低的一届。殷书建高考失利，被大学拒之门外。

哥哥去当兵，姐姐上技校，父母觉得殷书建也应该尽快招工，先上班有个工作安定下来。殷书建不愿意，距离1978年高考还有不到半年的时间，他要再试一次才能死心。

学要上，家里的活还得干。挑水、掏粪、打猪草，倍感压力的殷书建终于爆发了。这一天，他挎着满满一篮子给家养的猪挖来的野菜回到家，平息了一会儿，非常认真地对母亲说："别再让我挖猪菜了，我要学习，我想上大学。"

正在洗地瓜做晚饭的母亲抬头定定地看了儿子一会儿，点头同意，低头继续洗地瓜。俄而，母亲抬起头来，半开玩笑地对儿子说："你好好学习吧！将来考上大学，出息了，让妈吃一碗红烧肉。"母亲吸了吸鼻子，仿佛在呼吸那遥远的红烧肉的香气。日子太苦了，顿顿不是地瓜就是煎饼。母亲认命，殷书建不认，他一心想着要离开农村去城市，那里有他想象中的美好生活。

殷书建学的理科，成绩稳居上游。因为他有过一次高考经历，是复读生，老师觉得他有经验，就安排他当了班长。高考是龙门，跳过去就是另一片天。每个人都很用功。

距离高考还有五天。同学拉着殷书建去拉单杠，好巧不巧，平时在单杠上玩惯各种花样的殷书建，这一天出师不利，刚上去就一不留神摔了下来，导致右手手腕骨折。还有五天啊！

临时抱佛脚，殷书建想练习用左手写字，但写字哪是一日之功，可右手已经疼得握不了笔。天要亡我！殷书建放弃了。不考了！不考了！就这么着吧，这辈子就这么着了。

高考当天，带他去玩单杠的同学执意把殷书建带到了考场。死马当作活马医！他决定还是先把试考了。

第一门考语文，字多，既来之则安之，考吧。殷书建忍着痛答题、写作文。手疼麻木了，思维却开阔了，下笔如有神助，渐入佳境，一门比一门考得好。殷书建能参加考试，已经是在用意志力挑战体力的极限。每考完一场，同学们看到的都是殷书建疼得龇牙咧嘴的表情，除了同情还有佩服，没有人关心他考得怎么样。校长和老师也都不看好殷书建。没受伤之前，他们对他寄予厚望；受伤之后，他们对他的成绩已经不抱任何希望。

填报志愿的时候，他们让殷书建随便填填。殷书建自己心里有数，根据自己的判断选定了学校和方向。

高考放榜，威海荣成县桥头高中78级的6个班考上了5个本科。殷书建便是其中之一。他被山东轻工业学院陶瓷专业录取了。当初报这个专业还是母亲给他的灵感，母亲指着家里的青瓷大碗和盛水的陶缸说："造这些吃饭的家伙什，一辈子都有饭吃！那都是泥烧出来的，烟熏火燎的，城里人肯定不愿意干这个活，你报这个专业，没准就能上大学。"

虽然生活在威海的荣成，但殷书建直到高中毕业才真正见到大海。他的家桥头镇离海有点远，交通不便，去海边还是要费点工夫的。再说了，物资匮乏吃不饱的年代，大海不是风景，而是食物的来源。那天风大浪急，像极了他的心情。

1978年10月，殷书建第一次出远门，他要去上大学了！先从桥头镇到荣成县城，再坐汽车去烟台火车站。那是他第一次坐火车。晚上8点半的火车，还没有座，他依偎着自己的铺盖卷一路半梦半醒，胶济铁路一路蜿蜒，早上6点把他送到了济南黄台站。

济南的气候对殷书建一点也不友好，干燥得让他无所适从。从鼻腔进入身体的空气都像是被干燥剂处理过的一样，不残留一丁点水分，无形的空气变成了有形的匕首，每一次呼吸都会重重地划伤殷书建的鼻腔。他开始频繁地流鼻血，一天流好几次。有时候睡着觉，鼻血会淌在枕巾上，殷书建甚至怀疑自己得了鼻咽癌。到学校医务室问诊，头发花白的老校医安慰他："没事，你这是典型的水土不服。习惯就好了！"

这一习惯就是三个月。天冷了，空气越发干燥。殷书建发现自己浑身掉皮，奇痒无比，挠得狠了皮肤就溃破，一碰就疼。皮肤的问题只有在冬天特别严重，其他三个季节状况相对好一些。

1980年，实习生殷书建与同学们一起坐着火车，沿着胶济铁路来到了淄博博山。博山是中国重要的陶瓷产区，素有"陶琉之乡"的美誉，制陶历史可追溯至新石器时代中期。博山比想象的繁华，1963年之前淄博市委、市政府以及相关部门单位都在这里，从1961年开始迁移到张店，耗时三年。实习带队老师是个有心人，为了让学生们了解博山这方土地的前世今生，带队老师带他们去看了博山的内画、博山的琉璃，吃了聚乐村的博山菜，当然最重要的还是参观了当时八千人的大厂——博山陶瓷厂。

1949年新中国成立，博山制陶业开始恢复。1950年，淄博专署机关行政科筹建建华窑厂。1952年，26家地方性窑厂并入建华窑厂，成立地方国营淄博专区实业公司窑业总厂。随后，43家窑厂、釉厂、碱厂等私营企业先后并入，于1957年4月成立山东淄博窑厂，后改称山东博山陶瓷厂。

博山陶瓷厂在20世纪90年代初达到鼎盛时期，成为亚洲规模最大的陶瓷生产企业，享誉海内外。90年代后期，体量庞大且早已习惯计划经济的山东博山陶瓷厂，在市场经济的惊涛骇浪中搁浅了，效益逐渐下滑，最终因资不抵债，于1999年6月宣布破产。

当然，1980年的实习生殷书建是无法预见这一切的。两年后，他从山东轻工业学院陶瓷专业毕业，被分配到了山东淄博硅酸盐研究所。这一年一共来了8个大学生，山东轻工业学院5个，其余3人分别来自山东大学、无锡轻工业学院和西北轻工业学院。对于人才的引进与重视，一直是研究所以科研为中心的办所方向的具体实践。在真正入职之前，殷书建就听到了许多关于老所长沈惠基的故事。硅酸盐研究所和其他几个陶瓷厂的科研技术人员都很尊重沈惠基所长，不少科技人员是他在淄博工专时教过的学生，他领着科技人员一起攻关，了解世界陶瓷最前沿的科技动向并加以应用。硅元陶瓷的滑石质瓷（镁质强化瓷）、高长石质瓷（鲁玉瓷）、高石英瓷先后斩获国家发明奖。1983年，滑石质日用细瓷、高长石质精细瓷获国家发明三等奖。1987年，高石英质日用细瓷获得国家发明三等奖，并在南斯拉夫萨格勒布第15届国际创造发明博览会上获得金牌奖。这是中国日用瓷在国际上摘得的第一枚创造发明金牌。

山东淄博硅酸盐研究所研究室众多，有陶瓷研究室、琉璃研究室、陶瓷工艺研究室、陶瓷颜料研究室等，殷书建被分在陶瓷颜料研究室。同科室的夏侯聘卿老师傅说，殷书建是他们部门有史以来第一个本科生。夏侯师傅对殷书建的到来充满了希望，见面第一句就问："你英语水平怎么样？"

陶瓷颜料研究室的师傅个个身怀绝技，一块玻璃板、一个用于研磨的玻璃瓶盖调配、一个手持放大镜以及几台电炉，就在如此这般的科研条件下，夏侯师傅和团队开发出的A型丝网颜料解决了中国陶瓷的出口问题，获得了很高的经济效益和社会效益，引起了国外竞争者的关注。

其实，陶瓷颜料这门课，殷书建在学校里学得一知半解。但既然干了这一行，那就得认头啊。他又把课本找出来，挑灯夜读学了一遍。夏侯师傅也把自己珍藏多年仅有的一本苏联马尔登诺夫等人合著的《陶瓷颜料生产工艺学》交到殷书建手中。看上去交到殷书建手中的是一本书,但更多的是一种象征意义,是传承,是接力,是站在前人肩膀上的腾飞。殷书建开始搜集国外关于颜料的原文资料,一点点翻译、研究,发现国外同行已经开始研制无铅无镉的颜料。于是,山东淄博硅酸盐研究所率先在国内开始了无铅无镉陶瓷颜料的研究。1989年,山东淄博硅酸盐研究所更名为山东省硅酸盐研究设计院。

1992年,十年磨一剑的殷书建完成了无铅无镉陶瓷颜料的研发。两年后,34岁的殷书建担任了山东省硅酸盐研究设计院副院长。不久,殷书建代表研究院与找上门来洽谈成立合资公司的德国企业和美国企业谈判。在霸道的美国人与严谨的德国人之间,山东省硅酸盐研究设计院选择了与德国企业合作。谈判,磋商,一轮又一轮,整整十二轮,研究院拿出颜料和金水两个研究室、颜料和金水两个车间与德国德固赛公司成立中德合资企业——淄博赛德克陶瓷颜料有限公司,也就是现在的淄博福禄公司。合资公司成为亚太地区规模与影响力俱佳的陶瓷装饰材料生产经营体。

2001年,山东省硅酸盐研究设计院在全省97个科研院所中率先由事业单位整体改制为企业。山东硅元新型材料股份有限公司成立后,山东硅酸盐研究设计院的牌子仍保留,殷书建任董事长。

山东省硅酸盐研究设计院准备整体改制的1999年,恰逢中华人民共和国成立50周年大庆,同时也是钓鱼台国宾馆建馆40周年,山东省硅酸盐研究设计院接到了一项特殊任务——三个月内设计制造出具有中国气派、雍容华贵的国宴用瓷。

殷书建将这个设计任务全权托付给时年67岁的陈贻谟大师。

陈贻谟大师出生于陶瓷世家,祖父被赐黄马褂,父亲是新中国的陶瓷老艺人。陈贻谟是中国工艺美术大师,受到过党和国家领导人的接见。最终,一套兼具中华气质、民族风度、泱泱齐风、硅元特色的中华龙瓷器亮相钓鱼台国宾馆养源斋、18号楼、12号楼,成为接待外国元首、政要的主要用瓷。

2023年，淄博烧烤火出圈，外地游客到淄博吃烧烤的同时，也会打卡山东省硅酸盐研究设计院展厅，一睹中华龙国宴瓷器风范。只可惜，陈大师82岁高龄仙逝，无法亲眼看到年轻一代对中华龙瓷器的热爱。只有民族的，才是世界的，才能经得起时间的淘漉。

除了中华龙国瓷系列，硅元还有一个爆款产品——陶瓷刀。稻和盛夫的京都陶瓷株式会社（后改名为"京瓷株式会社"）在1984年发明了陶瓷刀，一直是陶瓷刀领域的老大，在材料技术上领先于其他品牌。陶瓷刀是用精密陶瓷高压研制的刀具，材质是氧化锆。氧化锆粉末要先经过几百吨高压在模具中压制，再将刀坯在上千摄氏度的高温中烧结，之后进行精密加工，经过前后多达十几道程序，最后才得以诞生。陶瓷刀硬度极高，仅次于金刚石。山东省硅酸盐研究设计院是国内最早研发出陶瓷刀的厂家，遥遥领先，一直被模仿，从未被超越。

改制后的山东硅元新型材料股份有限公司也走过一段漆黑的路，迷雾重重，最艰难时负债率高达70%，现在仅为20%，没有银行贷款，虽然发展势头相对保守，但步履稳健。这样守成的决策与抉择也算符合殷书建这个年龄的心态。在交接接力棒的节骨眼上，任何冒进都存在不可控、不可预估的风险。

老院长退休时种的竹子有礼有节，竹深树密虫鸣处，时有微凉不是风。殷书建种下的广玉兰也已经高大葳蕤，绿道蔽荫。前人栽树，后人乘凉，就是硅元接力创业的故事内核。

3

苏同强与殷书建是朋友，与何岩是知己。

苏同强属虎，去年刚过完本命年。一个朋友跟他说："六十一甲子，九转一轮回。上能达于庙堂，下能安于草莽。"苏同强不苟同亦不反驳。61岁的他还是始终如一地做着自己最想做的那一件事——制瓷。

苏同强的办公室里放着三种乐器——笛子、二胡和小提琴，久不摆弄，它们早已蒙了尘。脑海里的旋律却是鲜活的，一天也未停止过弹奏。这三种乐器，没有最爱，每一个都是心头好。

苏同强小的时候，他所在的山东淄博博山山头镇河南东村，有六十多座馒头窑。父亲说，更早以前，河南东村有几百座窑。村边的孝妇河水无声流淌，河水浑浊，映照不出一个7岁孩子的心事。

父亲是博山陶瓷厂的工人，每天下班后，把泥料担回家。柔韧的扁担，一头是泥料，一头是模具。三公里的青石路，扁担被父亲左肩倒右肩，脚下不停歇，他要在天黑前赶回家。晚饭后是一家人的劳作时间。夫妻二人并五个孩子，各司其职，有协作亦有分工。皮带"吱呀吱呀"，单调的旋律如同催眠曲，小帮手苏同强很快就歪在一边进入了梦乡。第二天一早，父亲又挑着担子，把模具和半成品担回工厂交货。不这样劳作不行啊，父亲一个人的工资要养活七张嘴呢。

7岁的男孩已经有心事了。苏同强喜欢去爬家附近的小山，尤其是在雨后，空气清新得让人恨不得多吸两口。身临其境的机会多了，像王摩诘一样独喜"空山新雨后"。那样的情境，除了清越的笛声，再也没有第二个合适的乐器可以再现空山与新雨的绝美。吹笛子没有人教，苏同强无师自通。小学四年级时，哥哥给他两块钱零花钱，他买了一把简易、廉价的笛子，收音机里听了几首曲子，试着吹了几下，曲调居然就大差不差了。笛子是少年的浩然正气，连通天地。

从小到大，苏同强都有一副好身板。这一点他要从心底感谢母亲的赐予。初中毕业后，苏同强曾经在山头陶瓷厂干过一年的临时工。有身有力的他经常要推着小推车跟工友一起去七八里地之外的八陡镇的火车站推煤。八陡火车站是胶济铁路支线张八线（张店—博山—八陡）的终点站。德国人当初设置八陡火车站的目的很简单，就是掠夺博山的煤炭资源。有路则兴，张八线给当时的八陡小镇带来了繁荣。

一小推车煤大概250公斤，来回都是一个人推，只有在上坡时，工友之间才彼此搭把手协助一下。在山头陶瓷厂，滤泥、炼泥、定型、注浆、滚压、烧制、出装，除了贴花没干过，其他所有的工种，苏同强都做了一遍。临时工收入不高，每个月工资20块钱，苏同强攒了两个月，给自己买了一把二胡，还不是新的，是在博山大街的一家旧货铺里买的，音色醇厚，是把好琴。二胡是他跟着初中音乐老师学的，一经点拨便能很快上手，老师都听得啧啧称奇。

有一次出窑，上面的工友手没拿稳，把苏同强砸得满头鲜血，从窑上下来就晕倒了。在失去意识之前，耳畔是苍凉、忧伤的二胡声，袅袅不绝。苏同强心中涌起一个念头：难道这就是我的人生吗？

17岁的苏同强向往外面的世界，学业的路已然走不通，他决定去当兵。三年军营生涯，打开了苏同强的心扉与视野，他原本可以继续留在部队，但母亲身体每况愈下，他实在是放心不下。心有挂牵，什么事情都做不好。

退伍后的苏同强被安置在博山陶瓷厂二车间二组当组长。彼时博山陶瓷厂的兰三大碗依然是畅销货，厂里也想着未雨绸缪，推陈出新，把内销的兰三大碗改成出口的西瓷碗，试了一次没成功，劳民又伤财，就偃旗息鼓了。

半年后，厂长觉得苏同强是把好手，兰三大碗改产的小火苗重新燃起。厂长说："苏同强，这次你牵头吧！"

苏同强没拒绝，不过他提了一个条件："让我牵头干可以，我的条件是参与改产的人员由我自己选！"

厂领导点头同意了。

一支17人的改产攻关小队很快组建完毕。苏同强立下军令状："如果三个月能干成，把浮动工资改为固定工资；如果三个月干不成，浮动工资不要了！"

三个月，九十天，苏同强长在了厂子里。从下午3点干到凌晨3点，一天工作12个小时。他自掏腰包，让人骑着自行车每天给攻关小分队送馄饨和博山火烧改善伙食。即便如此，才干了一个月，就有人打退堂鼓，要退出不干了。苏同强不说同意也不说不同意，只是让他们想清楚，将来别后悔，真正想清楚了再跟他说。一天、两天、三天……三个月，不多也不少，兰三大碗出口细瓷达到了标准。

当时苏同强抽人的时候，特别抽调了 5 个复员退伍军人，他知道他们身上蕴含的力量有多大，他要把这股子力量尽可能地发挥出来。聚是一团火，散是满天星。5 个复员工人分别负责一条生产线，二车间改产成功。苏同强立了头功。

从那之后，苏同强的人生如同开了挂一样，顺风顺水。1990 年，只有 28 岁的苏同强成为博山陶瓷厂的副厂长，当时的博山陶瓷厂是一个五千多人的大厂。

1992 年，苏同强从博山陶瓷厂副厂长调到淄博工业陶瓷厂任党委书记、第一副厂长。1995 年，苏同强被淄博市委任命为张店陶瓷厂厂长。

张店陶瓷厂成立于 1961 年，最初以烧制盛放豆腐乳的坛子为主。1989 年，张店陶瓷厂重组为淄博华光陶瓷（集团）股份有限公司。"华光"寓意"中华陶瓷之光"。规模最大的时候职工有 14000 人，24 条窑炉，是世界最大的马克杯生产企业。六百多种颜色，几千个品种，家喻户晓的雀巢红杯子，宜家、星巴克的许多咖啡杯，都是华光生产的。华光一年出口美国的马克杯 8000 万只，平均三个美国人一年要用一只华光的马克杯。

无论是苏同强，还是何岩，他们进入华光的时候，并不是这家企业的高光时刻，反而那时暗涌处处，举步维艰。但苏同强依然会忙中偷闲地拉拉二胡，何岩是他为数不多的听众之一。二胡音质幽静悠长，可以慷慨激越，亦能沉吟低回。谁的中年不是在起起伏伏中蜿蜒、螺旋着向前？

最大规模并没有带来最佳的效益，一只杯子从七块多美金一直降到五块多美金，再到两三块美金。低层次、无品牌的发展，导致了华光集团在 2000 年前后将近八年的时间里生产经营异常困难。

2001 年，苏同强与何岩到欧洲考察，在法国的一个高档商场看到欧洲品牌的瓷器占据了一半，价格卖得都很高。他们试图靠近，想近距离观察一下时，服务员走过来，眼神鄙夷，语气冰冷地说："No！No！No！不要动！"

苏同强忍住心底的愤怒，把自己与何岩还有其他同行者身上所有的钱都掏出来，一共七千多欧元。

"留下一千欧元备用，拿出六千欧元，你们喜欢哪一件就买哪一件，他们不让我们摸，那我们就买！"

六千欧元买回了116件瓷器，完好无损地带回了淄博。苏同强安排人把这些瓷器放在华光骨质瓷生产车间的最显眼处。

苏同强在全体职工大会上说："什么是目前世界上最好的瓷器？就是摆在我们车间那116件瓷器，我们华光人的使命就是要超过他们！我们不能走回我们的老路子，不在低端抢市场，要面向世界争高低，加快速度创名牌，在高端市场争第一。我们要怎么做才能实现我们的目标？要'三个坚定不移'，坚定不移走品牌经营之路，坚定不移走自主创新之路，坚定不移走精细管理之路，由靠数量、靠规模、靠低价竞争，转变到走高质、高端、高效发展之路。"

口号喊喊容易，要做世界最好的瓷器，第一步从哪里开始？

中国在东汉时期才烧制出真正意义上的瓷器，当时的高白瓷、青瓷工艺水平领先于世界，至今还在使用。瓷器传到欧洲后，英国人另辟蹊径，发明了以动物骨粉为主要原料的骨质瓷，后来迅速流行，成为世界陶瓷市场主流的产品。谁在材质创新上领先一步，谁就有引领行业发展的主动权。

华光用三年多的时间研制成功了天然矿物骨质瓷，完全摒弃了用动物骨粉作为主要原料的工艺，采用天然的矿物质，不含任何杂质。华光骨质瓷的各项指标都优于欧洲国家的骨质瓷，像热稳定性，国际标准是140度，华光达到了180度。

"欧洲人发明了骨瓷，华光人能不能发明新的瓷种呢？"这个问题，苏同强无数次问自己。

历代名瓷都以青瓷为最高荣耀。宋代的五大名窑，有四个窑均出产青瓷，即汝窑、官窑、哥窑、钧窑，这些青瓷的青是来自陶瓷的釉面。"能不能研制出一种浑然天成的青？"苏同强再一次问自己。

又是一个三年，经过几百次的试验，华光烧制出了一种青，与传统青瓷最大的区别就是它不是来自釉面，而是坯体在窑炉烧成过程中自然形成的青，它由里及外散发，清澈、通透、晶莹、朗润，遂定名"华青瓷"。古陶瓷专家耿宝昌老先生第一次看到华青瓷，兴奋不已，欣然题词：雨过天晴。

2015年，华光国瓷受邀参加在法国卢浮宫举办的第21届世界非遗展，法国艺术家联合会的会长、卢浮宫专家对华青瓷的瓷色叹为观止，带去参展的四件华青瓷全部被法国卢浮宫收藏。2018年青岛上合峰会，华青瓷入选全系列接待用瓷，成为峰会一道风景。国家重大的外交场合和世界重大的文化交流中，中国陶瓷总是不可或缺的元素。中国陶瓷的复兴，本质是文化的复兴。具有鲜明文化内涵，反映时代精神和主流价值的陶瓷作品，才是中国陶瓷的灵魂。

华光陶瓷的微信公众号上会定期推送视频动态，苏同强特别叮嘱宣发部门，配乐时多找一些小提琴乐曲。现阶段多元的华光陶瓷，与它最适配的莫过于富有表现力的小提琴乐曲，明亮的、柔和的、甜蜜的、英气的……皆可对号入座。宣发人员初期不以为然，觉得充其量是苏同强的个人喜好，但几番对比之后才发现，果然还是小提琴音乐更妥帖一些。有时候实在是找不到合适的音乐，宣发人员就指着苏同强办公室的小提琴开玩笑："苏总，要不您现场演奏一首？"苏同强甩一下留了多年的长发，笑容魅惑，留给宣发人员一个洒脱的背影。

何岩、殷书建、苏同强，他们是淄博这座陶瓷之都的舵手，他们老骥伏枥，却不坠青云之志，用他们的生命之光辉映陶瓷之光。每一件陶瓷都不是冰冷的，它经历了高温，自带温度。人亦然。

第五节
黑与红的交响

①

80岁的翟慎德一肚子故事，只要有人愿意听，他就会一直讲下去。这些故事，有的是父母的亲身经历，有的是父母听来再转述给他的，也有他自己搜集整理资料积累的。一个又一个故事叠加在一起，就有了些别样的味道。80岁了，虽说身体很硬朗，但自从老伴脑梗卧床需要他24小时照顾之后，翟慎德就想着找个机会，找个合适的人，把他积攒的故事整理出来。

2023年3月6日，惊蛰日，我敲开了淄川洪山镇北工村翟慎德老人家的大门。北工村正在拆迁，不是这里有路障，就是那里不通车，七拐八绕，一路与翟大爷通着电话，在他"左转，再右转"的指导下才找上门来。

"淄博啥最有名？"

翟慎德老人劈头一个问题就把我难住了。胶济铁路沿途调研，我从2月12日行走至淄博以来，这段时间一直马不停蹄地奔波在淄博大地上，张店区、周村、博山、淄川、铁路、厂矿、作坊、旱码头、胶济沿线的老火车站……煤炭、石油、陶瓷、琉璃、丝绸都是淄博的重要物产，泱泱齐风，浩浩汤汤。每一天采访结束整理笔记时，面对厚重的历史，我总会为自己知识的苍白与浅薄汗颜。

看出我的窘态，翟慎德老人不紧不慢地给出了他的答案，或许这压根就是一道自问自答题："是煤！"

仔细想想，翟慎德老人的答案也不无道理。如果不是觊觎胶济铁路沿线的矿产资源，德国人怎么会费尽心力修建这条铁路呢？

听翟慎德老人讲故事，像小时候看露天电影。在正片开始之前，老人还插播了一个加演片。

"淄博现在是五区三县，张店区、淄川区、博山区、周村区、临淄区、桓台县、高青县和沂源县。以前可不是啊！咱不管那么多，调来调去的淄博还是这么大。我是想说，淄博的'淄'是我们'淄川'，淄博的'博'是博山。你知道吧？不是临淄的'淄'！"

听到这里，我在心里一笔一画地写了一遍临淄与淄川，忍不住提醒道："翟大爷，临淄的'淄'和淄川的'淄'是一个字。"

"我就是那么个意思！你知道吧。我们临淄和博山都产煤啊！德国人为啥修胶济铁路还得修一条张博支线？就是为了运博山的煤方便。"

关于淄博的煤田，在参观淄博煤矿展览馆时，曾看到一张淄博矿务局的地质资料图，我已经有了一个大概的了解。淄博的煤田南倚沂蒙山脉边缘，北邻渤海平原，西自禹王山大断层，东至奥陶纪石灰岩山与煤系地层接界处。

"老辈子上说，淄博的煤田从唐朝就开始采了！采了几百年，到了清朝同治八年，那个德国人李希霍芬来到咱淄博，他估摸着那个时候咱这里每年能产煤 15 万吨。后来德国人就来了，人家那个李希霍芬早就看好了，直接就奔着咱淄博的煤来了。咱淄博的煤比坊子的煤好。德国人先在潍坊那边打矿井，铁路修到哪里，他们的井就打到哪里。等铁路通到咱淄博，德国人一看，哎哟，还是这里的煤好。"

淄川煤矿于 1904 年 6 月正式开办，直到 1914 年 11 月日本侵华之前，在这长达十年的时间内，德国德华矿务公司牢牢把控着胶济铁路沿线矿区的开采。虽然山东绅民也曾奋起抗争，掀起过收回矿权运动，但收效甚微。德华矿务公司在山东侵占的矿区面积共有 1229 平方公里，其中坊子矿区 528 公里，淄川矿区 418 平方公里，金岭镇矿区 283 平方公里。1911 年，德国迫于山东人民的抗争压力，签署了《收回山东省各路矿权合同》，但仔细分析之后，其实德国人并没有实质性的让步。

"日本人把德国人赶跑了，那煤矿也没回到咱中国人自己手里，煤矿不姓'德'，改姓了'日'。没啥变化！要说有，那就是日本鬼子比德国人更坏，更没好心眼。"接下来的故事里，翟慎德老人的祖父、父亲就隆重登场了。"原来我们这个地方叫'大荒地'。德国人开煤矿成立簧山炭矿局，胶济铁路有个簧山站，大荒地不荒了，到处是矿工的窝棚，还有来这里做买卖的小商贩，'簧山'这个名就叫开了。'簧'字很多人会说不会写，后来就用了个简单的字'洪'，就成了洪山镇。人越聚越多就成了村子，以簧山炭矿局为中心，东、西、南、北四个村，东工厂、西工厂、南工厂、北工厂。我们北工厂村正对着簧山炭矿局的北大门。我爷爷就在村头开了一个饭庄，叫玉来饭庄。"

翟慎德的祖父名叫翟作桂，生于光绪十九年（1893年）。祖父的玉来饭庄就开在日本人的眼皮子底下。彼时，日本全面侵华战争已经开始，祖父的饭庄就是卖卖蒸包、炸个油条、烤点肉火烧，小本生意，每天做得提心吊胆。

1943年的一天，一个年轻人来到玉来饭庄，要了两个火烧，一边吃一边跟翟作桂攀谈。

"掌柜的，您生意怎么样啊？我也想在北工厂赁个门面房做点小生意。"

翟作桂看了年轻人一眼："大兄弟，你真有这个打算？"

"没错，是真的。"

"唉！买卖不好做啊。正好我不想做了，要不你租我这个饭庄吧！你想继续干，我的家伙什就都留给你，你要是改行干别的，我就收拾收拾给你腾地方。"

"那倒不用，我还干饭庄。您老人家要是不嫌弃，就继续在这里干活，给我当伙计！我叫陈守法，以后您喊我陈掌柜吧！"

玉来饭庄易主，掌柜成了陈守法。翟作桂依然在饭庄做工，买菜、择菜、做菜，只单纯做工不再操心管理。他隐隐觉得陈掌柜不是一般人，虽然迎来送往滴水不漏，但眼神太深邃，看不透。

1939年春，中共淄博特委职工部选派党员，在日军统治矿区的大本营——淄川炭矿所在地洪山镇东工厂村建立了中共洪山矿区地下特别党支部，秘密向工人进行宣传教育，提高他们的阶级觉悟，振奋他们的抗日信心。1941年下半年，环境恶化，洪山特别党支部遭到严重破坏，停止了活动。

1942年4月，刘少奇在临沭朱樊村秘密会见淄博工运领导人时指示说，淄博矿区很重要，要依靠矿区人民群众，坚持斗争，争取最后的胜利。

陈守法的真实身份是中共特派员，他的任务是落实刘少奇同志的指示，联络矿工、收集情报、发展党员、重建党组织。

翟慎德的父亲翟所柱是玉来饭庄的常客，以前是自己家的饭庄，现在虽然易主但是跑顺了腿，还是没事就过来。他上过私塾。德国人把持淄川煤矿时，翟所柱在矿上做车工。日本人来了，见他识文断字还有技术，就继续留用他在鲁大公司干车工。翟所柱每天进出鲁大公司，总能发现一些日本人的动向。陈守法观察了翟所柱一段时间后，将他发展为地下党员。

三间草房的玉来饭庄，每天人来人往，生意兴隆，成为一把插入敌人心脏的隐形尖刀，直到抗日战争胜利。

1948年3月，解放军攻克了盘踞在淄博的国民党军队指挥所，淄博解放。十万矿工欢庆，淄博矿区回到了人民的怀抱。

翟慎德19岁那年参军入伍，在部队待了六年。他经常会骄傲地跟战友讲起自己祖父与父亲的故事，虽然大历史中不会留下他们的名字。

翟家有几本关于淄博煤矿历史的书，纸张泛黄，已经被他翻阅得卷了边。"德国帝国主义利用德华矿务公司对淄博矿区猖狂侵占，德国人攫取矿税特权，对民窑的封禁、对矿工的剥削与奴役；日本帝国主义对淄川煤矿进行掠夺、对博山矿区进行经济渗透，为鲁大公司与博东公司工作的矿工劳动境遇悲惨到今天的人无法想象；1928年淄川煤矿大罢工斗争之后，淄博矿工在革命低潮时坚持斗争；抗日战争胜利前夕，日本帝国主义在淄博实行法西斯统治，他们采取种种手段榨干矿工血汗，尤其是敲骨吸髓的包工制，空前野蛮的残酷剥削使得广大矿工挣扎在死亡线上；淄博矿区积极恢复党组织引领矿工英勇斗争,迎来了抗日战争的胜利,但淄博煤矿又陷入国民党反动派的疯狂盘剥中,官僚资本、地方军政争相来分一杯羹,对淄博私营煤矿造成了极大的破坏,矿工在中国共产党的领导下坚持斗争,终于迎来了一唱雄鸡天下白的新中国。"

煤是北方冬季取暖、日常烧水煮饭的必备,翟慎德点燃炉中煤,黑色的煤块慢慢变得火红,演奏一曲黑与红的交响乐。

2000年,翟慎德的二儿子结婚,陈守法携夫人前来参加婚礼。翟慎德家的院子里种着几丛翠竹,多年生长,早就长到做蚊帐杆的身量,翟慎德一直不舍得砍。翠竹旁,摆了淄博本地产的陶桌与陶凳。与当年的英雄面对面,一壶茶、一碗酒,话当年风云,不胜唏嘘。

2

"玉来饭庄"的线索是我在参观淄博煤矿展览馆的时候发现的。这是让我产生深究冲动的第一个线索,第二个线索则是"北大井事故",1935年5月13日,震惊中外的北大井透水惨案,夺去了536名矿工的生命。

德国人是在胶济铁路张博支线通车时才着手开凿淄川煤矿的,先在淄川县城东北七里大荒地开凿了第一座竖井,命名"淄川竖井"。其后又开凿了两个竖井、一个通风井,其中最深的一个被命名为"海特尔井"。之所以用这个名字,是因为海特尔是当时德华矿务公司的柏林首席董事。海特尔井就是北大井,最高日产量可达3000吨。但井下的生产方法落后,手镐刨煤,人力拉筐,自然通风,工人劳动强度大,生产环境和生产条件恶劣。矿方不是没有条件改善,而是不想改善。

通往地下的甬道之门打开,阴冷、凄寒的风扑面而来。死难矿工纪念墙上,黑色的花岗岩刻着"1935年北大井透水死难矿工名单",一个名字对应一个曾经鲜活的生命,一场事故让他们成为一堆森然白骨。他们此刻就蜷缩在我的脚下,以各种痛苦的姿势,向天质问:"为什么会这样?"这不是天灾,而是赤裸裸的人祸。透水事故发生后,矿方只顾抢时间撤机器，却置矿工的生死于不顾。在他们眼中，采煤设备是真金白银，而矿工的生命不值分文。

有三个名字并排在一起，首尾相连：陈相北、陈相大、陈相井。他们应该是血脉相连的三兄弟吧！父母为儿子们用"北大井"取名时，可曾想过有朝一日，北大井便是他们的埋骨之地？

我落泪了，为那一墙的生命。

我不是唯一站在这面墙前落泪的人，在我认识的人当中，还有一位——淄矿集团矿山救护大队的大队长李刚业。

李刚业就出生在发生矿难的北大井向南一百米的小红卫村。1976年大规模打捞1935年北大井透水死难矿工遗骸时，村里一个姓刘的矿工的骨殖被找到，家人痛不欲生。那一年李刚业13岁，已经懂得人间疾苦。

小红卫村的男人们大都在煤矿上班，父亲李先茂也不例外。从记事起，从事维修的父亲就经常受伤，手、脚、脖子、腰、腿……深深的煤井既是一个聚宝盆，也是一只咬人的怪兽。李刚业7岁那年，父亲受了一次大伤，在生死边缘捡回了一条命。那年，父亲下井维修，小矿车的钢丝绳断了，当时父亲正在巷道里干活，小矿车脱缰野马一样地从上面冲下来，父亲左手无名指被削去一截，左耳被生生撕下来，受伤最严重的是腰椎，一周之后父亲才醒过来。父亲醒来第一句话说的是："谢谢救护队的弟兄们！"正是因为井下救护队的及时救援，父亲才幸免于难。李刚业第一次知道了这个职业。

1980年，李刚业考入淄博矿务局技工学校，学习井下采掘，毕业分配到石谷煤矿。干了两年采掘工后，他选择继续深造，在淄博矿务局职工中专脱产学习了三年。1987年毕业那年，恰逢当时的淄博矿务局救护大队招聘，李刚业毫不犹豫地报了名。这是他从7岁就立志要从事的职业。

山东能源淄矿集团矿山救护大队成立于1953年，是山东煤矿系统组建的第一支矿山救护队，也是全国最早成立的九支矿山救护队之一。唐山大地震当天下午，淄矿救援队是最早到达唐山灾区的抢险队之一，被原煤炭部授予"特别能战斗的队伍"光荣称号。

每次抢险救灾都很危险，每一次救援工作所面临的环境都是无法预测的。地球的腹部是神秘多变的，再精密精准的仪器也无法全部判断与分析准确。毒气、火焰、洪水、碎石，哪一个都能让救护队员有来无回。1993年，30岁的李刚业已经是救援队的中队长。在淄川罗村煤矿透水事故中，李刚业由于在缺氧区说话太多而晕了过去，队友反应及时，迅速把他带至有氧区，他这才恢复知觉。

以前，李刚业一直对自己的体能颇有信心。这一次救援现场的晕厥着实给他提了个醒。下井救援每个人需要负重三十斤，氧气瓶能供给四个小时，防爆头灯能持续供电八个小时。此后，每天慢跑五公里成了李刚业的生活日常，即便退休后也从未间断。良好的体能不仅是好好工作的基础，也是好好生活的基础。

救援大队每年都会招一批新队员，每一批都会有人熬不住离职。新队员进来都需要进行三个月的理论和实践培训，然后再经过三个月的编队实习，考核合格才能参加抢险救援任务。平时的训练，一次做对，不留遗憾。矿山救援随时面临生死考验，只有具备高超的技能，才有可能最大限度地挽救生命和避免自身的伤亡。

2003年11月14日，淄川区页岩矿井下发生严重透水事故，22名矿工被困井下，情况危急。李刚业率领45名救护队员，经过26个小时的井下排水抢险，最终将22名矿工安全救出，被国家安全生产监督管理局、全国总工会、共青团中央授予矿山救援特别奖。

救护大队的值班训练基地与家属院仅有一墙之隔，李刚业与大多数队友住在这里。即便没有实战任务，他们也只在每周轮休日才能回家。如有救援任务则根据任务完成的进度而定，最长的一次，李刚业曾经连续五个月没回过家。家属院的每个救援队员家里都安装了一个电铃，出任务的时候，无论是在家还是在救援队，都要求一分钟上车。每当家里的电铃声响起，爱人王爱蔚的心一下子就提到嗓子眼，每次李刚业全须全尾回到家，她的心才会安定下来。她虽然担心丈夫，但从来不说，说了也不会改变什么，徒增家庭烦恼。每次李刚业外出执行任务，爱人就在家里的窗户旁静静地目送他们的车队。那闪烁的警灯、那尖利的警笛像钝刀子戳心口窝，没有一滴血，却疼得要命。直到什么也看不见，只留一缕尘埃，爱人还会呆呆地在窗前再站一会儿。救援队执行任务期间，所有人必须关掉手机，只有完成任务以后，才可以给家里打电话报平安。这一条规矩，每一个救援队员的家人都心知肚明，没有一个家人会在亲人外出救援时主动打电话找他们。不分心，才能专心。

担任大队长后，李刚业就成了"一号队员"。这就意味着在救援中第一个进入灾难现场的是李刚业，现场侦察并指挥救援，任务完成后，李刚业必须是最后一个撤离的队员。这就是"一号队员"：第一个进入，最后一个退出。如果大队长不在，救援现场救护大队职务最高的人就是"一号队员"。到退休离岗时，李刚业整整担任"一号队员"17年。作为一名一线战斗员，值班期间不能饮酒，接班之前不能过量饮酒。李刚业对自己的要求是不抽烟、不喝酒。因为意外多是偶发的，不会因为你是否值班或接班而改变，要想永远保持状态，只能对自己高标准、严要求。

2010年7月6日18时46分，山东枣庄防备煤矿井下一台压风机突然着火，当时井下共有91人。险情发生后，跟班矿领导组织撤人和自救，63人安全升井，28人被困井下。

7月10日凌晨，枣矿集团救护队下井救护时，沿着250平巷突进到2500下山第二道联络巷。返回途中，三名队员因高温中暑引起热痉挛，导致热衰竭，救治无效不幸牺牲。伤亡发生在凌晨4点。无奈之下，枣矿集团救护队请求淄矿救护队的支援。

李刚业带队赶到防备煤矿时是中午1点钟。在刻不容缓的火情面前没有休息，只有迅速投入战斗。

"一号队员"李刚业带领淄矿11名救护队员下井了。他们的任务是封闭火区，搭风障阻风封闭火区。11人分为两组，浑身浇上水确保湿透，每组坚持5分钟就替换，终于成功搭起风障阻燃，控制住了火情。

井下救援的顺序是"先活后死、先重后轻、先易后难"，包括遇难者遗体在内，必须全部营救上地面，克服对尸体的恐惧是救护队员必须面对的问题。人往生之后身体会变得沉重无比，李刚业最初也是心存畏惧，但当真正面对时，发现其实也没有那么悚惧。万千骇意在内心默念一句"兄弟，我带你回家"后便荡然无存。

2010年，山东淄矿集团救护大队接到了第七届国际矿山救援技术竞赛的邀请函。山东淄矿集团救护大队和山西焦煤集团汾西矿山救护大队代表中国单独组队参赛，这也是中国第一次以一个单位为主自行组建队伍。比赛共有来自中国、美国、俄罗斯、乌克兰、波兰、印度、哈萨克斯坦、英国、越南和东道主澳大利亚10个国家的16支矿山救援队参加。

竞赛在真实的煤矿井下进行，全程按照澳大利亚的矿山救援规章进行，只有零失误的队伍才能走到最后。经过4天的紧张角逐，中国淄矿代表队获得团体总分第一名，获得此次竞赛的最高奖，同时也创造了自2002年以来中国参加历届国际矿山救援技术竞赛的最好成绩。

李刚业做过一个统计，2000年之前全国矿难事故比较多，集中在1996年前后，2003年之后虽开始呈逐年递减之势，但并不意味着没有。

2019年11月19日，位于嘉祥县的山东能源肥矿集团梁宝寺能源公司，井下3306掘进工作面突发火灾，11人被困。20日凌晨，山东省委、省政府第一时间启动应急救援预案，从全省范围迅速调集矿山救援、消防、医疗队伍以及救援专家驰援。

20日早上6点半，正在雷打不动晨跑五公里的李刚业接到电话："紧急命令，梁宝寺煤矿火灾。"二话不说，带上设备集结，登车出发。天还未亮，山东4个矿山救护大队的12支小队分别鸣笛出动，从四面八方赶赴济宁嘉祥。

现场情况很复杂，巷道里充斥着有害气体，烟雾弥漫，越往里走能见度越低。往前一步是什么，没有人知道，但必须向前。灭火、降温、通风，李刚业打了一套组合拳。高温下体能会断崖式下降，在40℃的环境中，人坚持25分钟已是极限。李刚业与他的队员却做了极限挑战，凭着意志力，能多干一会儿是一会儿。他们不是不知道多待一分钟就意味着自己多一分危险，只是救援当前，心中已然无我。在被困 30 多个小时之后，井下的 11 人全部安全获救。

其实在 2021 年，山东能源集团按照"一个区域一个管理主体、一个投资主体"原则，整合了旗下淄矿集团、龙矿集团、新矿集团、肥城煤业、临矿集团 5 家非上市公司单位区域产业资源，12 月在西安注册成立了西北矿业。彼时，山东能源的 6 个矿山应急救援救护大队、省内外 28 个救护中队也面临着整合。领导也征求过李刚业本人的意愿，问他是否愿意去西北矿业任职。他思忖良久，做出了选择。他觉得自己已经接近"船到码头车到站"的年纪，整合后的山东能源集团矿山救护大队应该把更多的机会留给年轻人去发展、去开拓。

如今，李刚业已经赋闲在家含饴弄孙。他主动请缨担起了大半照顾小孙女的责任，不仅管上学接送，平时也会带着她出去玩耍，只为给老伴留出更多的自由时间，以此弥补年轻时对爱人的亏欠。从 1987 年从业到 2023 年 60 岁退休，李刚业参与了 342 起安全救援，带领的救护队员无一伤亡，这位"感动中国矿工十大杰出人物"给自己的职业生涯画了一个圆满的句号。

3

按照李刚业的逻辑思维，张全就是那不折不扣的年轻人。

2019 年，37 岁的淄博矿务集团技术中心主任张全调任亭南煤矿担任党委书记的同时，淄矿多年培养的一大批年轻干部迎来了他们新的发展机遇。

亭南煤矿是淄矿集团响应国家西部大开发号召，走出山东开发建设的第一对现代化矿井。现代化的矿井需要与之相匹配的现代化管理，充满活力的年轻人是最佳选择。

与翟慎德、李刚业一样，张全也是土生土长的淄川人。略有不同的是，张全没有在农村生活过。张全出生在一个煤矿世家，爷爷、父亲与他都和淄川煤、山东煤乃至中国煤有着不解之缘。

第四章：美哉泱泱齐风

2019年12月中旬的一天早上，张全拖着行李箱登上了济南遥墙机场飞西安咸阳机场的飞机，送他上任的是淄矿的总经理与组织部部长。空中飞行1小时45分钟，三人无话，各自沉思。

张全从小跟着爷爷、奶奶长大，确切地说，母亲生育了他，而奶奶养育了他。奶奶性格坚毅，做事一板一眼的，对大孙子的教养尤其上心，要求他尊敬长辈、谦让同辈。生活中更是要求他站有站相、坐有坐相、走有走相、吃有吃相，甚至对张全拿笤帚扫地的姿势都有要求。每当奶奶板着脸教张全这样那样的时候，姑姑就在一旁笑得乐不可支："娘，你这是要把你孙子养成小童养媳吗？男孩子可不是这样教育的！"

被严厉的奶奶带大的张全，从小就格外敏感，能在第一时间感知他人情绪并做出反应。他守规矩，知进退，不会一条道跑到黑，很小就理解了何为柳暗花明又一村。2013年，奶奶往生，悼词是张全写的，字字带泪，声声啼血。爷爷是奶奶的上门女婿，两个人相亲相爱了一辈子。爷爷性格平和，无条件地包容奶奶。爷爷识文断字，在淄矿上干了一辈子预算、决算。只可惜爷爷去世得早，1992年就走了，那一年张全只有10岁。

小时候，爷爷经常给张全讲"五四采煤队"的故事，那个时候他年龄小，似懂非懂。长大之后，他才知道爷爷讲的是1950年6月在洪山煤矿山三井组建的一支全部是年轻人的采煤队，1952年7月31日被正式命名为"五四采煤队"。那是一群敢教日月换新天的年轻人，爷爷对他们赞不绝口。1975年10月，在北京召开的全国煤炭采煤掘进队长会议上，淄博矿务局洪山煤矿"五四采煤队"被煤炭工业部树为全国煤炭系统"十面红旗"之一，被授予"永葆革命青春的五四采煤队"锦旗。

多年之后，当张全可以亲手触摸这面锦旗时，昔日的鲜艳已经褪色，但淄矿人艰苦奋斗的精神从未褪色，一直在这片红色沃土上悄然传承。张全的父亲是淄矿建设济宁北矿区的第一批建设者。20世纪90年代初，淄博矿区煤炭资源濒临枯竭，煤炭储量已跌至不足400万吨，11对矿井中先后有7对注销了生产能力。彼时，煤炭部又取消了政策性亏损补贴，淄矿10万职工家属面临生存困境。

天无绝人之路，1991年8月，国家能源部批准将济宁北矿区作为淄博矿务局的接替矿区。一时之间，济北成为淄矿的救命稻草。没有钱，便发动职工家属集资，一条条涓涓细流汇聚成了4000万元集资款。背水一战的人们拿出了吃饭的钱，抱定了成败在此一举的信念。皇天不负苦心人，置之死地而后生的淄矿人在28个月、24个月和23个月之后分别建成了3座救命矿。人们喜极而泣。此后，好消息不断，万众一心、和衷共济的济北矿区把淄矿这个即将破产的企业重新送回全国企业500强的行列。

创业维艰，成功背后总是要付出代价的。"床边犹听妻女怨，夫走黄泉儿不回。"一批批济北建设者用铁脊梁扛着济北五矿拔地而起，而身后却是对家人的无限愧疚。对于父亲的怨言和不理解，张全是到亭南煤矿工作后才彻底放下的。

那天，总经理与组织部部长一起送张全到亭南煤矿上任。他们在咸阳机场下了飞机，又驱车两个小时才抵达目的地长武县，这里是陕西的西大门，也是亭南煤矿的所在地。亭南煤矿对山东的煤炭企业是有特殊意义的，是淄矿人率先走出省门开发创业的新起点。

作为亭南第五任负责人，上任后的张全很快就感受到了肩上的压力。2012中国经济奖获得者宁高宁曾说过一句话："所谓'领导力'，就是一把手做了什么，对团队起了什么作用。"张全对这句话深以为然。

彼时的淄矿正处在爬坡过坎、攻坚突围阶段，需要亭南煤矿发挥主力矿井、效益大矿的作用来支撑淄矿发展。但亭南是一座集冲击地压、水、火、瓦斯等多灾害叠加的耦合矿井，地方安全监管力度大，弥补欠账任务重，安全生产压力巨大。张全觉得自己是滚石上山的西西弗斯，不敢有一丝一毫的松懈。在很多场合，他都反复抛出一个问题，让大家思考：谁为亭煤担当？亭煤为谁担当？

不可否认，亭南煤矿十多年的高速运转，为淄矿集团和地方经济发展立下了汗马功劳，但它自身存在的缺陷也是显而易见的。这些历史欠账早补比晚补强。山东能源集团给了亭南煤矿两年整治期。在系统思考、统筹谋划后，张全提出了思路：补安全投入，稳安全形势；补掘进欠账，稳生产接续；补洗选软肋，稳煤质效益；补民生短板，稳职工队伍；补装备欠缺，稳长远发展；补学习弱项，稳能力提升。同时列出了"补欠账清单"，根据清单逐条逐项整改，先后启动了选煤厂升级改造、矿井水扩容改造、通风系统改造、二四盘区排水系统建设等一系列工程，解决了一批制约亭南安全生产、长远发展的基础性、根源性、系统性和瓶颈性问题。

一代人有一代人的使命，一代人有一代人的担当。从"七匹狼""十八罗汉"最初的艰苦创业，再到几代亭南人的拼搏奉献、接续奋斗，如今的亭南煤矿已是西北矿业的主力担当矿井、陕甘区域标杆示范企业，被评为全国煤炭工业双十佳煤矿、国家级安全质量标准化煤矿、全国文明煤矿、中国最美矿山等，更是山东能源省外开发建设的一面旗帜。

"亭南能有今天这个样子，离不开每一位亭南人的汗水和付出。"张全是第五任矿长，也是最年轻的一任矿长。他在亭南煤矿工作了三个年头，两个春节都是在那边过的，三年没休过一天年假。一年只回家三趟，短时三天，最长不超过五天。工作就是他的生活，生活里也全部是工作。

2021年3月的一天晚上，张全在宿舍院子里散步。路灯不算明亮，偶遇几个员工，他们并没有认出张全，仍旧在那里谈笑。

"咱张书记真是好样的！咱休假，人家也不休，天天长在矿上。"

"那是，对咱们一线职工太好了，事事考虑周全！"

"要不人家怎么叫张全啊！"

张全并不是有意偷听，而是职工们聊天的声音大得让他无法忽视。他悄无声息地离开，免得被认出来彼此尴尬。那天晚上，张全心里暖暖的。

2021年5月，带着省外创业的经历，张全被山东能源选派到清华大学进行两个多月的进修学习。家乡淄博有一场更大的挑战正在等待着他。

位于淄博市淄川区龙泉镇渭二村东侧的柳泉石矿，是当地人传说中的"宝藏"，也是淄矿集团东华水泥用来生产水泥的备用矿山。这里的石灰石品位高、质量好，氧化钙含量高达54%，在江北地区首屈一指，其储量更是高达9000万吨。20世纪80年代，曾经有日本企业专门过来考察过，也曾有意投资开发，项目最终因为种种原因下马。

随着东华水泥蜕变为山东能源集团新材料有限公司东华科技，从"水泥"到"科技"，一词之差，天壤之别。随之而来的变化则体现在对柳泉石矿的全新开发利用上，它不再仅仅是烧制水泥的原材料，而是摇身一变成为钙基新材料。钙基新材料是炭黑、钛白粉、玻璃纤维等传统材料以及碳纳米管等新型材料良好的替代品，同时也是多种新兴复合材料的重要母料，广泛应用于冶金、建材、食品、医药等30多个行业领域2000多个产品。石灰矿石每吨价格在100元左右，加工成传统的重质碳酸钙后每吨约600元，但加工成纳米碳酸钙等高端钙基新材料后，可升至每吨3000元，有的还能达到每吨1万元的价格。柳泉石矿宛若东华科技向新材料转型的宝库，堪比金山。但这座山要有序开发，一口一口吃，细嚼慢咽，梯次利用才能发挥它的最大价值。

结束清华大学的脱产进修，张全履新职担任东华科技董事长。山东新旧动能转换风起云涌，张全欣然接受了挑战。

2022年8月，国务院印发《关于支持山东深化新旧动能转换推动绿色低碳高质量发展的意见》，赋予山东建设绿色低碳高质量发展先行区的重大历史使命。山东能源（淄博）钙基新材料产业园的规划蓝图也在张全的脑海中日渐清晰，那是一张绿色的蓝图。

爷爷、父亲为之倾尽心血的是煤产业。煤，乌黑油亮，是黑黝黝的金子。黑金的色泽是美的，只是这种独一色的美有时会显得单薄而纤细。暗无天日的年代，黑金也曾被殷红的鲜血浸染，惨烈至极。作为煤三代的张全，着实要比他的祖辈、父辈幸运得多，在百年未有之大变局的今天，他从黑金的单色之美中解析出了多元的绿色产业之美。绿色，那是生命的颜色，是能带给所有人希望的颜色。

第五章：
风雷激荡齐鲁

于建勇　供图

三面钟时间：1919年5月4日，青岛

三面钟声：1919年5月4日，3000多名学生在天安门前振臂高呼着"外争主权，内惩国贼""誓死力争，还我青岛""废除二十一条""拒绝在巴黎和约上签字"的口号。五四运动标志着中国新民主主义革命的开端。

第一节
齐鲁的星火

那一年的7月，在上海法租界望志路106号，在浙江嘉兴南湖空蒙的烟雨中，13位中国共产党"一大"代表低声呐喊："第三国际万岁！""中国共产党万岁！"

红船起航处，东方欲晓时。

13位"一大"代表中，有唯一一位少数民族代表，他叫邓恩铭，来自山东济南。与他一起代表山东参会的还有比他年长3岁的王尽美。

王尽美是遗腹子，山东省诸城市枳沟镇大北杏村人。父亲在他出生前就去世了，他只得跟母亲与祖母相依为命，艰难度日。1905年，7岁的王尽美意外获得了一个读书识字的机会。村里的"见山堂"地主王介人在家中给自己的儿子请了私塾先生，需要一个聪明伶俐、有眼力见儿的孩子当伴读。王尽美分外珍视这个难得的机缘，在尽心尽责地给"见山堂"小少爷陪读的同时，自己也勤勉好学。私塾先生为他起了学名王瑞俊，字灼斋。奈何好景不长，"见山堂"小少爷生病不治而亡，王尽美随即失去了读书的机会。翌年，他又成为"谋耕堂"地主家少爷的伴读，孰料这个少爷也生病而亡，王尽美再次失学在家。四年后，1910年春，大北杏村办起了村塾。12岁的王尽美跟随塾师张玉生先生学习，是所有孩童中最为聪慧的一个。两年后进入大北杏村初级小学四年级学习，品学兼优的王尽美被指定为大学长。1913年，王尽美升入枳沟镇高级小学读书，接受了王新甫老师的进步思想，从此确立了救国救民的远大志向。1918年，王尽美考入山东省立第一师范北园分校，离家赴济南求学。途经乔有山，他口占一首壮怀激烈的七言绝句："沉浮谁主问苍茫，古往今来一战场。潍水泥沙挟入海，铮铮乔有看沧桑。"

在济南，王尽美结识了与他志同道合的革命战友邓恩铭。

邓恩铭，字仲尧，贵州省荔波人，水族。在山东亲戚的资助下，邓恩铭考入济南省立第一中学，在那里，他接触和了解了马克思主义先进思想。1919年五四运动爆发后，邓恩铭被选为学生自治会领导人兼出版部部长，主编校报，组织学生参加罢课运动。在组织学生运动期间，邓恩铭同省立第一师范的学生领袖王尽美惺惺相惜，从此成为并肩前进的革命战友。

齐鲁通讯社成立后，出售宣传新思想的报纸与杂志，王尽美、邓恩铭经常相约在此买书、读书，探讨马克思主义。

1920年10月，李大钊在北大红楼发起成立北京共产党早期组织，他派人到济南与王尽美、邓恩铭等联系，指导成立共产党早期组织事宜。同年11月21日，王尽美与邓恩铭等在济南商埠公园发起成立"励新学会"。一个月后，励新学会创办《励新》半月刊杂志，王尽美任编辑主任。

1921年元旦，王尽美在《励新》上发表了《山东的师范教育与乡村教育》，抨击当时的教育制度，提出要进行农村教育改革。"当我之入师范，对于师范教育本抱有极大的希望、无穷的信仰……师范里一位学生就是发达教育的一个孢子，将来能把我四万万同胞的腐败脑筋洗刷净尽，更换上光明纯洁的思想……"

这一年春天，王尽美、邓恩铭在上海共产党早期组织和北京共产党早期组织的帮助下，顺利成立济南共产党早期组织。7月，23岁的王尽美、20岁的邓恩铭作为济南中共党组织代表，赴上海出席中国共产党第一次全国代表大会，见证了中国共产党初创的伟大时刻。1922年1月，邓恩铭、王尽美再次结伴共赴莫斯科参加共产国际召开的远东各国共产党及民族革命团体第一次代表大会。

返回山东之后，邓恩铭、王尽美二人分别在胶济铁路的始发城市青岛与终点城市济南，紧密配合，遥相呼应，甘当火种，引燃山东革命的熊熊烈火。

1922年春,根据中央局的指示,王尽美的工作重点主要是发展党的组织。几年间,他的足迹遍及山东,从胶东半岛到鲁中平原再到鲁北丘陵,秘密建立了一大批党团组织。他还成功领导了京奉路全路工人罢工,建立了京奉路全路总工会,参加了开滦五矿大罢工……在日复一日的奔波忙碌中,王尽美感染肺结核,1925年初在济南病倒了。即便卧床养病,王尽美也放心不下他的亲密战友,远在青岛的邓恩铭。

这些年,邓恩铭的战场一直在青岛。1923年,邓恩铭奔赴青岛创建党组织,先后任中共直属青岛支部书记、中共青岛市委书记。1923年底,邓恩铭化名"丁又铭",进入胶济铁路四方机厂,目的在于改造机厂内的工人组织"圣诞会"。

1923年1月1日,北洋政府从日本手中正式接收被日本占领八年多的胶济铁路。不久,青岛四方机厂一个名叫"圣诞会"的民间组织浮出水面。

"圣诞会"的发起人叫郭恒祥,山东章丘人。郭恒祥长得浓眉大眼,一表人才,是个典型的山东大汉。他从小失去父母,是哥哥嫂子把他拉扯长大。他从小跟着哥哥闯关东,曾经在辽阳南满铁工厂当过学徒工。1913年,郭恒祥回到山东,在青岛四方机厂找了份工作。从小走南闯北乞讨的郭恒祥能言善辩,有很强的组织能力。胶济铁路收回后,他先是组织铁匠成立了"老君会",后来又分别游说木工的"鲁班会"和油工的"葛仙翁会",三个会合并成"圣诞会"。郭恒祥担任会长,还推选出了副会长、评议长,制定了章程,以农历二月十五太上老君的生日为"圣诞日",每年这一天,会员捐献一日薪水作为活动经费。"圣诞会"报请胶澳商埠警察厅及胶济铁路管理局备案,是一个可以公开活动的工人行会团体。很快,"圣诞会"就成为四方机厂工人的依靠。

彼时,中国共产党领导的京汉铁路"二七大罢工"惨遭失败,中国工运陷入低潮。在与资本方争取正当权益的斗争中屡屡获胜的"圣诞会"自然引起了党组织的关注。顺利接近郭恒祥并取得他的信任之后,邓恩铭因势利导,将一个封建行会组织改造成了先进的工人运动组织。1924年2月,郭恒祥去北京参加了全国铁路工人第一次代表大会，并当选全国铁路总工会执行委员会副委员长。在邓恩铭的介绍下，郭恒祥加入了中国共产党。

1925年2月，胶济铁路管理局上层发生内讧，病中的王尽美协助邓恩铭，以"圣诞会"为主体，成功发动四方机车厂工人大罢工。

1925年8月19日，王尽美带着对党未竟事业的遗憾溘然长逝，年仅27岁。临终前，他委托中共青岛党组织负责人笔录了他的遗嘱："全体同志要好好工作，为无产阶级和全人类的解放和共产主义的彻底实现而奋斗到底！"

邓恩铭痛失战友。

1925年11月，山东地方委员会机关被破坏，邓恩铭被捕入狱，不幸在狱中染上肺结核，得以保外就医。1929年1月19日，由于叛徒出卖，邓恩铭在济南再次被捕入狱。

1930年12月5日，狱中的邓恩铭写给母亲一封家书：

母亲大人：

　　来示收到了，敬悉一切。

　　离家十余年，一事无成，不但没有尽到丝毫子职，反使老人受累受惊，并且祖母和父亲之丧，儿都没有在家，这是多么不成器多么不孝呵！但是儿之本心又何尝如此，不过为环境所使耳。但愿母亲长健，儿病无恙，则将来总有使母亲享福之一日，如陆治平等之孝养其母其志可嘉，儿今后应努力效之，但其平凡之职务，儿实不屑为也。

　　与王家退婚之举，实出于往年儿不得已之主张，且云仙对儿之痴情，亦非儿所料及，故民十四儿闻三婶言及，即有信与父亲，主张把云仙娶过来，但总未得复。现在母亲既旧事重提，儿为人道起见，且不忍辜负云仙情意，仍主张在儿未回家之前，把云仙先接过来，一则使母亲有人伴侍，二则可以安其心。但不知王岳母赞成否？接到此信后，望与王岳母商议后复儿一信。至要至要。

　　家门不幸，二叔又弃儿等西去矣，印寿早有电回去，想均知道。

儿心伤不能再写矣。现闻将有大赦，儿多少总能蒙恩万一，则儿或许能在不久之将来恢复自由，诚天幸也。儿颈病经内服外贴后，日渐全（痊）愈，乞勿念！

母亲喘病近年犯否？十分惦念！小印、年弟、六弟都应照常读书，千万勿辍。并盼每人在下次亲写一信给儿为要。谨此敬请福安。王岳母同此请安并将此信送与她一看。三叔、三婶、四婶、大姑母、三姑母、大奶，均此请安。

你不孝的儿子　伯云谨禀
十二月五日

1931年4月5日，邓恩铭被押至济南市纬八路刑场，慷慨就义，时年30岁。

一个英年早逝，一个英勇就义，但他们拼尽全力，用生命点燃了山东革命的星火。星星之火，可以燎原。

风起胶济

第二节
喋血的"菊与刀"

2022年，刘学陶102岁。孝顺的孩子们把他照顾得很好，身体基本没出现什么大问题。人老了记忆出现衰退属于正常现象，晚上睡觉前可能已经不记得早饭是喝的大米粥还是吃的西红柿鸡蛋面，但有一段记忆从未衰退，像是焊在了大脑主管记忆的海马体上一样。儿子特意买了一楼的房子，虽说没有院子，但从阳台推门而出就是小区的花园。不是自家的院落却胜似自家的院落，花园里四时有鲜花和绿植。健身路径上，会有跑步的年轻人，也有调皮玩耍的小孩童。晴好天气，小辈们会用轮椅推着刘学陶在花园里转一转，呼吸新鲜空气。但他更喜欢坐在阳台的竹藤圈椅里静静地看外面生动的一切。

刘学陶陷入沉思的时候，家人是不会打扰他的。他们知道，此时的他早已神游到那段喋血的"菊与刀"霸占青岛的时光里。虽然苦，虽然痛，却刻骨铭心。

"一战"爆发后一个月，日本就向德国政府发出通牒，要求德国军舰立即撤离日本水域和中国海，无法撤离的军舰须解除武装；德国政府应于9月15日之前将从中国租借的青岛无条件、无补偿地移交日本政府，而非中国政府。

日本对1895年德俄法的"三国干涉还辽"怀恨在心，1904年日俄战争爆发，日本战胜俄国后卧薪尝胆十年，"一战"的世界形势让日本看到了向德国复仇的希望。1914年8月23日,日本正式对德宣战。德国的军事力量在欧洲左支右绌,对青岛局势无暇顾及。北洋政府竟然划出潍县以东区域作为日本与德国的交战区,第一次世界大战的远东战争即将在山东大地上打响。日本部队在距离青岛二百多公里的龙口登陆,军队集结完毕后向西行军,占领潍县后继续向西,军事目标很明显就是省府济南,继而占据整个山东。日本人夺取了铁路的指挥权,胶济铁路成为他们便捷的运兵通道,由此出现了一支特殊的部队——山东铁道联队。这支部队可以修建轻便铁路,也可以抢修恢复铁路为战争服务。

从9月最后一周"青岛围城"至11月7日德国投降,对青岛这座城市毫无情感可言的日本人与英国联军放开手脚实施大规模轰炸。德军在青岛的战斗兵力不超过4500人。其中,驻守青岛的常备军通常为1800人,但实际上缺编约200人。日德战争在中国战场上便分出了高下。日本人出于羞辱德国人的心态,处心积虑选择了1914年11月14日进入青岛。因为1897年的这一天,德国人进驻青岛。至此,德国人在青岛的百年大计被日本人彻底斩断。

陷落后的青岛满目疮痍,像经历了一场超强台风。轰炸摧毁了马路,已经看不出原先的宽阔与整洁。德式建筑要么消失得无影无踪,要么只剩下断壁残垣,建筑物的外墙上千疮百孔。街道的绿化树被爆炸的气浪连根拔起,玻璃被震得粉碎。街道空无一人,港口空无一人,火车站空无一人。德国旗帜降了下去,日本国旗升了起来。

日本人的野心不止于此,窥破袁世凯称帝野心的日本人用支持帝制作为交涉引诱条件,把袁世凯吸引到"二十一条"的谈判桌前。

美国历史学家杰弗逊·琼斯对"一战"后中国作为一个主权国家"即将走向消亡"做了这样的阐释:

> 在世界历史上,还从未有过任何一个主权国家向另一个主权国家递交过类似日本于1915年1月18日向中国递交的"二十一条"要求的文件。中国是无辜的受害者,但日本却赤裸裸地向其递交了一份剥

夺天朝一切主权的文件。这是一起对世界具有重要影响的事件，但美国和其他列强却将注意力投放到世界上其他地方发生的悲剧上，而忽视了日本对中国的致命打击，以及这个世界上最古老的国家即将走向消亡的事实。

日本最初不希望"二十一条"公之于众，但其内容还是不胫而走。澳大利亚悉尼《每日电讯报》记者威廉·亨利·端纳在袁世凯的政治顾问、英国《泰晤士报》驻华首席记者乔治·沃尼斯特·莫理循的协助下，率先披露了袁世凯与日本人的密约，轰动中外，世界为之哗然。日本在美国、英国、俄国出于本国利益考量的干预下对"二十一条"做了修正。1915年5月25日，中日双方在北京签订了"二十一条"的修正案《中日民四条约》。丧权辱国的条约签署后，中国朝野始终抵制，日本并没有得到实惠。

1914年11月14日，日军占领青岛后，山东铁道联队从德国人手中接管了山东路矿公司，正式接管了对胶济铁路的常规管理，开始了对胶济铁路的第一个八年侵占。1923年1月1日，北洋政府从日本人手中接收了胶济铁路。但好景不长，1937年卢沟桥事变爆发，日本全面侵华后再度侵占了胶济铁路。直到1945年8月15日，日本宣布战败投降，又被日本人侵占了八年的胶济铁路才算是真正回到中国人手中。

1920年出生的刘学陶，在胶济铁路被日本人统治的第二个八年里，成为胶济铁路机务段的一名工人。

那年，父亲花了7块大洋，辗转托了好几个人才跟日本人的翻译官搭上关系。刘学陶是见过真正翻译官的人，所以每次看到电视里演员扮演的在日本人面前点头哈腰、又胖又蠢的翻译官形象时，总是不自觉地摇头。这样的翻译官肯定有，但他见过的那个张翻译官不是电视里的样子。据说张翻译官是在日本留的学，娶了两个老婆，一个中国的，一个日本的，平时的穿戴跟日本人一模一样，单从外表上看不出来是中国人，只有代表日本人说话时，一口高密腔才会暴露他真正的身份。日本人投降后，就再也没有人见过他了。

刘学陶还是感激张翻译官的，虽然收了钱，但人家毕竟办了事，给自己在胶济铁路的机务段找了份学徒的工作。

学徒工没有工资，也不管饭，每天需要自己带着饭去上班。家里兄弟姐妹六个，刘学陶行三。饭也不是好饭，除了地瓜就是地瓜干。

学徒工从擦火车头开始干起，蒸汽机车的火车头脏得像个煤球，爬上爬下地擦完火车，自己也脏得看不出原来的模样。驾驶室里三个人，一个司机，一个副司机，还有一个司炉。司炉师傅待刘学陶很和善，会把他带来的地瓜煨在炉子边上，这样小家伙干完活后就能吃口热乎的地瓜。初到陌生的环境里，十几岁的年轻人很多时候摸不着头脑，找不到干活的门道。日本人的山东铁道联队可不是吃素的，张口就骂，抬手就打。第一次挨打，刘学陶的腮帮子肿得老高，晚上回到家，他哭着对父亲说："我不想干了！"

"咱找这么个活计不容易，花了整整7块大洋，你不去干活，那钱就相当于扔进黄海打了水漂。你这个不懂事的家伙！"父亲抄起扫地的笤帚，恨铁不成钢地把刘学陶打了一顿。没办法，第二天，脸还没消肿的刘学陶就又骑着脚踏车去上班了。

家距离上班的地方有15里路，父亲去旧货市场给刘学陶买了一辆旧脚踏车，方便他上下班。刘学陶每天往返30里路，五冬六夏都得去上班。学徒工虽没有工资，但每月给20斤粮食，有小米、黄豆和橡子面。每当刘学陶把粮食拿回家，父亲那天的脸色就好看一些，也算是在儿子身上的投资见到了回报。粮食要用钱买，粮食也是钱哪。

有一件事，刘学陶每每想起来都觉得后怕。有一天上午，日本人发现少了一根焊枪，就把机务段所有人集合起来审问，但没有人承认。气急败坏的日本人把所有人关进了锅炉里，查不出结果来就不让吃饭，不让喝水，不让回家。锅炉里面黑洞洞的，日本人不时用铁棍在外面敲打，声音震得耳朵生疼。人挨人，人挤人，不吃不喝可以挨着，但活人不能让尿憋死，实在忍不住的就只能在里面尿。日本人没有完全关闭锅炉的闸门，但是锅炉透气性也不好，逼仄，拥挤，空气流通差，有人扛不住，晕倒在锅炉里。直到晚上10点钟，日本人才把机务段的所有人从锅炉里放出来。后来才得知，其实是他们自己点数的时候数错了，焊枪压根儿没有丢，但日本人对是对，错也是对，犯了再大的过错他们也不会向工人们道歉。2023年是中国人民抗日战争暨世界反法西斯战争胜利78周年。时至今日，日本政府也从未真正深刻反省历史，反思自己的侵略罪行，不曾向自己伤害过的国家和人民道歉。

  动荡的岁月里，刘学陶忍受着屈辱在日本人的手下讨生活。擦了两年火车之后，他开始成为一名手脚麻利的司炉，干了几年成为副司机。

  1949年6月，青岛解放，中国人民解放军青岛市军事管制委员会铁道部接管了青岛铁路办事处及区域内所有站段。一个月后的7月1日，1536次列车由青岛开往济南，胶济铁路全线通车。

  1950年，刘学陶成为火车司机，开上了新中国的蒸汽机车。

第三节
夏日雨夜话华工

盛夏燠热，午睡被热醒，盼一场送清凉的雨。果然，老天厚道，晚饭过后便开始集结乌黑的云层，沉闷的雷一声紧似一声，最终酣畅淋漓的雨从天而降。雷声、雨声，遮蔽了蝉声，将大地的燠热之气暂时压制了下去。

手边有两本书，一本是孙干先生的《华工记》；另一本是中国台湾学者陈三井的《华工与欧战》。

1914年，第一次世界大战爆发。关于中国是否参战有截然对立的意见，一派主战，一派强烈反对。两派相争不下，更有外部势力日本的掺和，直到1917年8月14日，北洋政府才对德国宣战。鉴于当时国内的政治与经济形势，中国实际并未向欧洲战场派遣正规军队参加实战。结果便是国际社会认为中国"宣而不战"，国内人士则认为"战而不宣"。日本在1919年巴黎和会上更是公开嘲讽中国"未出一兵，宣而不战，应不下请帖，不为设座"。

事实真如日本所说，中国没有为"一战"的胜利做出贡献吗？

1897年，英国《泰晤士报》驻华首席记者乔治·沃尼斯特·莫理循到达北京。他在中国生活了二十多年，是近代中国一系列重大历史事件的亲历者。1912年，中国政府聘请莫理循担任袁世凯的政治顾问。欧战爆发后，他力劝袁世凯加入协约国参战，并预言协约国一定会取得胜利。等战争胜利之后，中国就有资格以战胜国的身份参加和会，可以趁此机会要求废除与战败国签订的一系列不平等条约，顺便打消日本对德国势力范围的觊觎，彻底解决山东问题。但袁世凯暗中有自己的考量，并未采纳莫理循的建议。

欧洲战争如火如荼，同盟国势头凶猛，协约国疲于应对。协约国之法国、英国、俄国三国的青壮年大都奔赴前线战场，工厂里缺工人，农场里缺劳力……劳动力的严重短缺影响到了生产、生活的正常运转。法国最先做出了招募外国工人入境的决定，意大利、希腊、西班牙和葡萄牙工人优先考虑，后范围扩大到非洲殖民地工人，进而扩展到中国工人。

法国公使康悌拜会了时任税务处督办的梁士诒。梁是主战派，作为袁世凯的心腹，他也曾像莫理循一样力劝袁世凯宣战，终因各种原因搁浅。法国公使的提议让梁士诒豁然开朗，他适时提出了"以工代兵"的构想。陈三井在《华工与欧战》中将这一构想总结为四条："中国财力兵备，不足以遣兵赴欧，如以工代兵，则不独国家可省海陆运输饷械之巨额费用，而参战工人反得列国所给工资，中国政府不费分文，可获战胜后之种种权利；德国军械潜艇，世无其匹，然以一德而抗全世界，战争经年，恐终为协约国所击败，故以工代兵，应助协约各国；欧战以法国为最前线，法国壮丁既少，伤亡尤重，则需要华工应以法国为最急，如派遣华工，应先与法国签订优待条约；是时中国尚在中立时期，既不袒德，亦不应袒法，断不能由我政府与法政府直接交涉，只可由商人出名，代政府负责，于契约上亦不能有片言只字以工代兵，以免德国报复，及残害我国海外华侨。"

梁士诒的"以工代兵"既能明守中立，又能暗事参加，看似精明，实则也为列强否定中国在"一战"中的贡献埋下了伏笔。"以工代兵"策略使得中国得以成为"一战"特殊参战国和战胜国，但在战后的巴黎和会上未能受到平等对待，也未能实现莫理循与梁士诒的预定目标。"一战"中的中国是真正的参战国，同时也是一个受屈辱的战胜国。

步法国招募华工之后尘，俄国、英国也相继来中国招募华工。"一战"期间，近20万华工效命于欧洲战场，其中法国、英国有14万之多，而其中半数以上是来自胶济铁路沿线的山东人。他们散落在各地的铁路、公路、船坞、兵工厂、军火库、草料厂等部门，有的甚至直接上了战场，挖战壕，修筑工事，参与救护，保障通信，掘埋尸体，装卸给养，堪称"一战"的无名英雄。战争结束后，按照合同，大多数华工被遣送回国，也有部分长眠在了欧洲的华工墓园。在当时的欧洲，华工们的牺牲和付出，并没有得到主流社会应有的承认和尊重。实际上，中国劳工被西方忽略了近百年。直到1988年，"一战"胜利70周年，法国政府首次公开了有关华工的文献，这段尘封已久的历史才重新进入人们的视野。2017年11月，英国第四频道电视台首次播放纪录片《英国被忘却的军队》，这是英国主流媒体首次制作纪录片回顾"一战"中国劳工的历史。

写下《华工记》的孙干是淄博博山人，时年36岁，受过良好教育的他，已经是三个孩子的父亲。孙干一直都有走出去看世界之心。当他得知英国在周村设了华工招募处后，便去报名应征，在首次应募时因为身材羸弱落选却不灰心，几经努力终于为自己争取到了机会。孙干的华工编号为"契约华工第102战场运输工程队63484号"。

1917年6月27日，孙干在胶济铁路博山站乘火车到沧口体检。这一天天降大雨，孙干在车站遇到了一百多名等候火车的华工。像事先约好的一样，没有家人前来为华工送行，但这场送别的倾盆大雨凝聚了每一位华工家人滂沱的泪水。然而，在25天后，英国运送华工的船只才靠港，孙干等人随即登船出发。经日本津轻海峡渡太平洋至加拿大温哥华，转乘火车至加拿大东岸，再从哈利法克斯乘船渡大西洋到利物浦，再换乘火车经伯明翰、曼彻斯特、伦敦到多佛尔，过英吉利海峡，经法国，最终抵达阿兹布鲁克战场。有文化又兼任基督教会公职的孙干在异国他乡身心并未受到摧残，他于工作间隙坚持撰写日志，这就是《华工记》一书的雏形。

1919年9月15日登船回国，历时两个月，11月16日下午3点钟，孙干回到阔别两年多的家乡。1961年10月25日，孙干先生逝世，享年79岁。往事随风，借由孙先生的记录，今天的我得以撕开历史的一角，窥探当年的真实。窗外雨势渐弱，屋内一室清凉。每次阅读中国近代史都会令我心生寒意与愤懑，这一本《华工记》亦不例外。

1919年1月18日，在巴黎凡尔赛宫召开战后协约会议，27个战胜国参加了这次会议。苏维埃俄国没有受到邀请，德国、土耳其、保加利亚、奥地利等战败国也被拒之门外。

巴黎和会被美国、英国、法国操控，世界秩序将由掌握话语权的三国重新划定。日本堂而皇之地提出要继承德国在中国山东的所有权益，理由是他们出兵在中国战场打败了德国，并且与中国政府签订了"二十一条"。

"民国第一外交家"顾维钧凭借对国际法深厚的研究据理力争，然而，日本已经与英国、法国签署秘密约定，美国也被迫支持日本的要求。巴黎和会"三巨头"一致同意将德国在山东的所有权益转让给日本。

1919年6月28日，巴黎和会的最后一天，也是全体战胜国在《凡尔赛和约》上签字的一天。作为战胜国的中国代表没有出席会议，拒绝签字。

以青岛和胶济铁路为核心的山东问题成为巴黎和会留下的悬案，直至1921年华盛顿会议的召开。经过艰苦谈判，中国于1922年以5340.6141万金马克赎回胶济铁路及其支线，铁路的一切附属产业亦移交中国。

1923年1月1日11点半，胶济铁路移交仪式在胶济铁路管理局隆重举行。至1月31日，胶济铁路管理权及行车权由中方路局全权接管。

第六章：
风筝扶摇

于承森 摄

北京时间：潍坊站 12∶03

孔祥配：人间四月，风筝扶摇。北京时间 12∶03，"行走百年胶济·高铁环游齐鲁"专列停靠潍坊站。2020年 8 月，潍莱高铁联调联试，我在潍坊一住就是两个月，写下"难得糊涂"的郑板桥也曾在这里主政过七年。他是否也像我一样喜欢吃清白分明、又脆又甜的潍县萝卜？

第一节
等待被活化的坊子站

孙强今天休息。作为坊子站的车站值班员，他的作息时间非常有规律。一个白班和一个夜班之后就可以休息一天。白班早上 7 点半出门，下午 6 点下班回家。上夜班的时候早上早起去买菜、做饭，下午好好睡一觉，傍晚 6 点前去接班，然后一直工作到第二天早上 7 点半同事来接班，之后就可以休息一整天。绕着这样的时间轴旋转，周而复始，已经很多年了。同事们也都非常自觉，很少换班，除非有意外事情发生。

今天是小雪节气，孙强想去买点羊肉片，再来点配菜，陪着老母亲和媳妇在家舒舒服服地吃个火锅。自从买了山地车，休息日他就会独自骑行。是的，独自，一个人骑行。也不是孙强不想约骑友，而是成团骑行的人大多是在周末，他不行啊，他上的是倒班，玩不到一块去。

坊子不大，至少孙强记忆中的坊子不大。2022 年是孙强的本命年，他 48 岁了。从记事到现在，坊子的变化太大了。

第一次骑行，完全是无意识的，等到孙强猛然醒悟时，发现自己还是骑到了车站周围，坊子站已经近在咫尺。真的是习惯了！不穿工作服，不进站场，孙强第一次用"外人"的视角认真打量着自己早已习以为常的坊子站。

说起来，孙强的家庭算得上是铁路世家，三代铁路人，如果再算上在山东职业学院铁路通信专业上学的儿子，用不了多久就是四代铁路人了。

坊子因煤而兴。坊子煤田原叫潍县煤田，是山东唯一生成于中生代侏罗纪的煤田，距今约一亿八千五百万年到一亿三千万年。清朝后期，潍县煤矿、枣庄煤矿、淄川煤矿并称山东三大煤矿。虽然现在坊子煤矿已经停止开采，但孙强总觉得整个潍坊地底下全是宝贝，坊子有煤，诸城有恐龙，昌乐有蓝宝石……说不定将来哪一天技术更先进了，还能从潍坊地底下发现更大的宝藏。

德国人占领胶州湾后，1899年6月14日成立山东铁路公司，8月25日胶济铁路正式动工。10月10日，山东矿务公司成立。两家公司均由德华银行投资，组织架构与运营模式万殊一辙。实际上《胶澳租界条约》签订之后，德国便派出勘探队到潍县勘察煤田，探明煤层。山东铁路公司与山东矿务公司互相通报工程进展，相得益彰。毕竟铁路就是为了沿线资源而铺设的，铁路进入潍县黄旗堡后，向西南拐至峍山、南流，经坊子后再继续向西，下一站是二十里堡，再下一站是潍县城。之所以拐出来这样一个增加施工难度和驾驶难度的弧线，目的只有一个——坊子地底下的煤炭。1902年6月1日，胶济铁路修到了潍县。当年的10月，坊子炭矿开始出煤，150吨煤炭从坊子站装上火车，"轰隆隆"被运抵青岛，图谋了近半个世纪的德国人终于得偿所愿。

胶济铁路共设60个车站，其中干线56个车站，包括9个大站、7个中等站、32个小站、8个停靠点；支线4个车站，包括2个中等站、2个停靠点。干线各站之间的平均距离为7.2公里，支线各站之间的平均距离为9.8公里。每个车站都建有1—3个道岔，大中车站铺设了侧线，以满足日后经济发展的需要。坊子火车站是按德国二级标准站建设的，设施完备，功能齐全，承担着车辆维修、车头转向、货物中转的功能，胶济线上的火车都会在这里停车加水、加煤，停车时间在15分钟以上。当年胶济线上的火车站，无论是大站还是小站甚至是停靠点，虽然造型各有不同，但整体都是典型的德国建筑风格，个别站点加入了一些中国元素，主色调都是黄色的墙面、红色的瓦。

视线落在远处那座高高的水塔上，如今早已年久失修，岁月的风吹酥了时间的砖石，轻轻一碰，就会化为齑粉。原来能够淘沙的不只有大浪，时间也可以。孙强知道，那座水塔曾经是姥爷工作的地方，他老人家是坊子站给水所的工人，给途经坊子站一列列东走西行的蒸汽机车加水。那可是个力气活。姥爷如果活到现在，应该整整一百岁了。

　　父亲是在1958年招工时进了机务段，开了一辈子火车，1996年底退休。记忆里的父亲经常不在家，有时候甚至三四个月不回家，说是去执行任务，一回到家，除了吃饭就是睡觉。孙强很羡慕那些有父亲带着玩的同学，多年后，当他也成为一位父亲，却依然重复自己父亲与孩子相处的模式。不是不爱孩子，只是羞于表达，不会表达。父亲退休的第二年，胶济线上的蒸汽机车退出了历史舞台。第一列内燃机火车开到坊子站时，父亲还专门回来看了一眼。多年之后，孙强还记得父亲眼中的光芒，那是一个真正热爱火车的人才有的眼神。那一点光芒耀眼，神圣。孙强不得不承认，自己对职业的热爱不及父亲的十分之一。

　　依稀记得自己第一次坐火车是去青岛。那是1984年，那年孙强10岁。暑假里，比他大8岁的哥哥带着他去青岛玩。从坊子站上火车，到青岛七个半小时。火车上人挤人，孙强有点害怕，总担心跟哥哥走丢。走走停停，最初的新鲜感过后就是百无聊赖，哥哥板着脸叮嘱他不能乱跑，其实他也不敢。到青岛下了火车就是大海，青岛的日头比坊子毒辣，风潮乎乎的，吹在身上不舒服。他们也没去别的地方，在栈桥转了一圈就坐车返回坊子。早出、晚归，回到坊子，怎么下的火车，孙强都不记得了。哥哥说是他把孙强背回家的。这一年，济铁路线弯道取直，胶济铁路路线图上擦去了一道美丽的弧线。同时坊子站也结束了胶济线二等站的使命，降为四等站，不再承担客运，只负责货物运输存储。

　　坊子站南30米处的万和楼，青砖红瓦歇山顶，是个砖木结构的二层小楼。这是姥爷口中的招手楼，是胶济铁路日占时期最红火的妓院万和楼。

　　火车站向南，依次为一马路、二马路、三马路……这里是孙强出生、成长的地方。几条马路中，当年最繁华的是三马路，各色商号、理发馆、书店都集聚于此。中段的协成利绸布庄，是这条街上最高的建筑，有十几米高。听老辈人说协成利绸布庄老板叫曹协五，坐着火车沿着胶济铁路走了一趟，最终决定留在坊子做布匹生意。他脑筋灵活，生意做得风生水起，赚了钱买了地，盖起了这栋楼。

坊子地下有煤、地上跑火车，战略地位不言而喻。1920 年，日本人第一次侵占胶济铁路时就在坊子设立了出张所，日语的"出张所"即"办事处"。日本驻青岛领事馆坊子出张所是当时日本在坊子的最高外事机构。曹协五利用自己在坊子商界的地位与声誉，号召了一批爱国民众，瞅准时机，放火烧了日本驻青岛领事馆坊子出张所。日本人吃了亏，岂能善罢甘休，一番追查后抓捕了曹协五，把他和参与放火的其他爱国民众一起枪杀于二马路街头。

一马路、二马路、三马路……尤其是三马路，孙强闭着眼睛也能找到家门。"南北三条马路，东西十里洋场"的繁华只停留在老一辈茶余饭后的聊天里，孙强只觉得小时候的三马路是热闹的。面积不大的三马路小学里有孙强的童年时光，虽然记不清很多事情，闭上眼睛就觉得那段日子在记忆深处闪光。1991 年，读到高二的孙强考了技校——淄博铁路运输技工学校。坊子站客运早就停运，他坐着公共汽车到潍坊，从潍坊站坐火车到淄博。从小在铁路边长大，见过铁路上飞驰的火车，也爬上过停在那里不动的火车，有时候也会趁大人们不注意，跟小伙伴偷偷溜进火车站场玩耍，扇形机车车库、机车维修车间、机车转盘、上煤平台、给水所……调皮的孩子们总是无孔不入，当然也少不了被发现后挨大人一顿打。挨打也不后悔！小孩子的傻乐无人可懂。

人总是因为无知才自信，这个道理是孙强到了淄博铁路运输技工学校才懂得的。老师在课堂上讲的知识，除了道岔、信号灯，其他原本他司空见惯的东西，其背后的技术支撑、运行原理，孙强却一无所知。没办法，他只能死记硬背，也算是学了一肚子铁路运输知识。毕业后，孙强在潍坊东站工作了 10 年，2004 年调到坊子站当车站值班员，一干就是 18 年。刚来的时候，坊子站有 80 多人，现在只剩下 30 多人了。车站值班员肩上的担子很重，18 年来从未出过错的他如今愈发谨小慎微，用他自己的话说，就是越干越害怕，越老越小心。坊子站的货运量是逐渐递减的。2016 年底，新方煤矿关闭矿井停止产煤，坊子站随即也停止了装车业务。如今的坊子站已经等同于一个停靠点了。

带着坊子弧度的胶济铁路1904年通车，1984年弯道取直，80年的时光见证了它因路而兴同样也因路而衰的历史。胶济铁路改线之后，坊子站完成了它的历史使命，身上的光环一点点隐退，直到完全收敛隐匿。2013年，"坊子德日建筑群"与"济南纬二路近现代建筑群"同时入选第七批全国重点文物保护单位名单。"坊子德日建筑群"文物活化被正式提上日程。

文物活化是保护文物的一种方式方法，通俗地讲，就是让文物以一定的展现形式重新回到人们的生活中，让它"活起来"。2022年2月15日，潍坊市政府与中国铁路济南局集团有限公司签订《关于胶济铁路坊子站区文物保护利用合作框架协议》。坊子站区的文物活化，未来可期。

孙强觉得做一件文物也挺好的，自己48年的人生乏善可陈，一切都在按部就班。那些文物不一样，它们每一个都装满了故事。凑近了，盯久了，它们仿佛就在开口说话。自己离退休还有十几年的时间，即便退休了也不影响时不时过来看看这些文物，听它们讲那过去的故事。

第二节
不结果的百年银杏

每当接到讲解任务，邹玉先都会提前在坊子炭矿博物馆门口迎候客人，无论是青少年研学团，还是党性教育培训班，抑或是其他客人，他都一视同仁，微笑着等候在大门口。在开始参观之前，他通常会建议他们在博物馆的门口合一张影，因为参观不走回头路，出口在另一个方向。室内室外参观一圈，大约需要一个半小时。邹玉先最多的时候一天走过六圈，金牌讲解员也不是人人都能当的。虽说人老腿先老，但邹玉先腿脚还行，就是长时间讲解，话说得有点多，声带充血，嗓子会哑。毕竟1951年出生的邹玉先已经71岁了，岁月不饶人呀。

潍县地底下的煤，早在三百年前的明朝就已经被发现了。但没有官府的许可，平民百姓是不许私自开矿采挖的。

太史公在《史记·外戚世家》中记载了窦广国入山作炭一事，窦广国是第一位在历史文献中留下姓名的采煤工人。但两汉时期并没有形成大规模的煤炭开采业。虽然唐代著名诗人白居易的《卖炭翁》千古传诵，但真正出现专门管理煤炭生产与税收机构的是在两宋时期。潍县煤田被发现时已是明末，明代对于煤矿最主要的管理方式是"抽税"，按照朝廷规定对营业额进行一定比例的税金抽取。但潍县煤田并未在明朝出现大规模的开采，直到乾隆年间的"广开煤炭"运动，逐渐形成了由官府主导、私人资金投入的合作型煤矿，拓展了煤炭业发展的形式，增加了政府税收。清代时潍县煤田有官窑、民窑、军窑，但是开采方式都很落后。

1869年4月下旬，李希霍芬考察潍坊煤田，乌黑明亮的煤块让他兴奋异常。他以一个地理学家的专业眼光做出了精准的判断：潍县煤田目前开采的仅是最上面的薄层，往深处挖掘，一定会有更优质的矿层。事实上，觊觎潍县煤田的不仅仅是德国人，早在两年前，英国伦敦布道会传教士韦廉臣就曾到潍县煤区考察，他利用传教的机会搜集整理了一份山东各地矿产资源调查递交给英国政府。英国驻烟台领事马奇雅木也曾到过这里。他们在潍县煤田看到的是同一个景象：一个又一个的矿坑，五至七米见方，深度最多五六米，矿工在坑内沿煤层向四周开采埋层极浅的露头煤。矿坑里的地下水，矿工会用辘轳提上来，但如果地下水渗出得太快，矿主便放弃这个坑，再去开挖新坑。水坑与煤坑是当时潍县煤田的一个特殊存在。看到此情此景，李希霍芬在内心暗暗感慨暴殄天物，他深信凭借德国高超的采煤技术，一定能解决矿井的排水问题，也一定能采挖到更高质量的煤。即便是山东东部第一大煤矿潍县煤矿的"丁家井"，在李希霍芬眼中也是落后的。

果然，从1898年至1902年，德国人在中国开挖了第一座矿井，也是近代中国第一座德式机械凿岩矿井——坊子竖坑。1902年8月，在坊子竖坑深处发现了4米厚的优质煤层，同年10月1日开始正式采煤。矿井工程设备和机器，全部由德国进口。

德国人在井下建造了一座排水泵房，安装了一台德国制造的大型往复式水泵，汽缸34英寸，水缸8.5英寸，每分钟往复28次，扬程220米，排水量每分钟2立方米；在井下交道口，安装了一台每分钟效率为2000立方米空气的通风机。井底车场坐落在煤层底板，向南开拓200米，沿煤掘进东、西大巷；向北开拓100米，沿煤掘进东、西大巷。顶板支护采用梯形木支护或木点柱，巷道掘进采用风钻或手锤打炮眼，甘油炸药爆破后用木制V型滑道或人力拖筐将煤装入平巷矿车，再由马（骡）拉矿车到井底车场，用汽动绞车提升到地面。

在德国人开采潍县煤田之前，这里并没有"坊子"这个地名。当时潍县通往安丘、诸城的官道旁有一家专供过往行人吃饭住宿的旅店,名叫"坊子店",远近闻名,也算是一个过目不忘、耳熟能详的地理标识,德国人就以此定名坊子炭矿。有了以"坊子"命名的炭矿,便也有了以"坊子"命名的火车站——坊子火车站。那时,车站还不叫坊子站,叫张路院站,直到1915年才改名为坊子站。

德国人在矿区内建造了一条南北两公里的铁路支线,与胶济铁路直接相连。1902年10月30日,首列运煤火车10节车厢装载着坊子竖坑出产的150吨煤炭驶抵青岛,德国驻青岛总督府举杯欢庆。1905年,坊子竖坑开始大批量外运煤炭,14艘轮船载着11380吨优质煤首运至芝罘、天津、上海和香港。这些煤首次被冠以"山东煤"的品牌。1906年,8艘轮船再次载着10193吨"山东煤"销往芝罘、上海、香港以及海参崴。德国人的"山东煤"声名鹊起。

1898年至1914年,坊子竖坑被德国开采了16年;1914年至1945年,坊子竖坑被日本从德国手里抢过来之后又开采了31年;1945年至1948年,抗战胜利后,国民党接管了坊子竖坑,继续开采,直到1948年坊子解放。1949年新中国成立后矿井统一编码,坊子竖坑被称为"一立井",但坊子煤矿人还是习惯地称呼它为南井。

既然有南井,那就顺理成章地有北井。

就像南井一开始不叫南井一样,北井最初的名字也不叫北井。

坊子炭矿有三大竖坑,即坊子竖坑、安娜竖坑和敏娜竖坑。那"北井"是安娜还是敏娜呢?

安娜与敏娜明显是两个姑娘的名字。她们是谁?

1904年6月,德国驻坊子炭矿经理克力克,邀请德国驻青岛总督奥斯卡·冯·特鲁伯出席矿坑的凿井奠基仪式,并请他给矿井起名字。6月6日这天,特鲁伯携夫人安娜和妻妹敏娜,从青岛乘坐火车到达坊子。意气风发的特鲁伯现场高调宣布:"这座矿井将以我夫人的名字命名为安娜竖坑!"

特鲁伯的坊子之行,还促成了坊子炭矿经理克力克与他的妻妹敏娜的一桩姻缘。1905年5月6日，又一座矿坑奠基，这一次命名权交由德国驻坊子炭矿经理克力克做主。他便效仿特鲁伯，也用了妻子的名字，将新矿坑命名为"敏娜竖坑"。

安娜竖坑就是今天的北井，而敏娜竖坑就是今天的二立井。2016年底，安娜竖坑关闭矿井，作为国家重点文物保护单位，它穿越百年仍巍然屹立在胶济铁路原主线坊子火车站西北一隅。敏娜竖坑则成为坊子炭矿博物馆矿井遗址馆的一部分，向来访的游客展示着昨日云烟。每次讲到这里，邹玉先的意识都会控制不住地开一下小差。

第一次来北井时，邹玉先只有12岁。父亲1958年从老家高密来到坊子煤矿工作，从农民成为一名矿工。父亲最初在南井，后来去了北井，1976年退休时，邹玉先的弟弟根据当时的政策接了父亲的班，也成为一名矿工。

那年到北井，邹玉先是跟着同村的李婶一起去的。父亲与同村的李叔都在坊子煤矿干活，李婶要去探亲，邹玉先的母亲家里有事走不开，就拜托李婶带着孩子去矿上长长见识。这是邹玉先第一次出远门，第一次坐火车。他们从梁家屯到拒城河公社，再从公社赶到高密站火车站。李婶不识字，出门在外全靠一张嘴打听，从哪里上车，到哪里下车，下了车再怎么走。在高密站还发生过一件让邹玉先至今都难以忘怀的事情。那天，他们到了高密站，李婶去买票，让12岁的邹玉先原地不动等着她。李婶千叮咛万嘱咐："不要动！听见了吗？一会儿我回来找你。"车站人来人往，一会儿工夫就吞没了李婶的身影。第一次出远门的小玉先满眼看不到一个熟悉的人，他心里很慌，很想追着李婶去。但一想到李婶的叮嘱，双脚就生了根不敢乱跑。李婶虽然以前也坐过火车，但那时是自家的男人带着她，心里有个依傍。这回只能靠自己，心里难免也有点慌。她急匆匆地买上票，人一多她也迷了方向，直到快上车的时候才回到原地。这时的小玉先已经急得小脸通红，一副快要哭了的模样。两个人有惊无险地到了坊子火车站，又步行四里地才到了坊子煤矿。

1973年，坊子煤矿招工，邹玉先报名参加。高密来了23个人，体检合格的只有8个。邹玉先是其中之一。高中毕业的邹玉先是同批青年工人中学历最高的，不久就当上了团支部书记。在来煤矿工作之前，邹玉先曾经在拒城河公社干过一年文书，所以写文章、整理资料对他来说是手到擒来的事。知识改变命运，邹玉先是非常典型的一个案例。他只在井下工作了很短的时间，就调到了坊子煤矿办公室，此后就一直从事与文字相关的职业。1993年，机缘巧合下，邹玉先主持编纂了《山东坊子煤矿志》，从1740年一直编写到1990年。正是这个机会，让邹玉先系统、全面地了解了坊子煤矿的前世今生。

　　日德战争爆发第三天，日军就以没收德国资产为由，占领了坊子及坊子炭矿。在日军铁道联队占领期间，坊子炭矿所有矿井停产，三大立井（坊子竖坑、安娜竖坑、敏娜竖坑）内积水淹没所有巷道，无法恢复生产。日军山东铁道管理部矿山课接管后，准备恢复坊子竖坑、敏娜竖坑，多次派员勘察水情，并请了一名在坊子炭矿工作过的德国工程师出谋划策。他们在坊子竖坑做了排水实验，但积水太多，耗资巨大，日本当局认为这不符合他们的掠夺式经营方针，决定放弃坊子竖坑和敏娜竖坑恢复生产计划，随即将许多矿山机械设备拆移军用。虽然三大矿井无法恢复生产，但日本侵略者又新开和恢复了一批小煤井大肆掠采。随着小煤井储量下降，恢复大井生产无望，日军集中力量投入淄川炭矿，将坊子炭矿租给日本私人资本开采，他们将坊子炭矿各炭井按所处自然地理位置划分为东、南、西、北、中5个小炭矿，向外出租。至1919年出租完毕，承租者皆系日本人。承租后，少数矿井由日本人直接经营，多数矿井划分区域转租给中国矿商，日本人坐收渔利。从1914年9月至1945年8月日本宣布无条件投降，日本在侵占开采坊子炭矿期间，共掠采煤炭422万吨。

　　赶走了日本人，坊子炭矿的天空依然没有放晴，煤矿工人继续在暗无天日的缺氧、高温和各种事故频发的矿井里艰苦劳作。1948年，坊子煤矿终于回到人民手中，煤矿工人才得以以崭新的面貌投入火热的新中国建设中。新中国成立后，坊子炭矿虽然迎来了新生，但是近半个世纪的高速采掘甚至是破坏性开采，给这块生成于中生代侏罗纪时期的煤田造成了不可挽回的戕害。自1953年起，坊子煤矿就开始出现亏损迹象，特别是20世纪80年代后期，物价上涨，成本增加，煤炭销售价格却不理想，计划经济向市场经济转变期间的各种阵痛，像一座座大山压向坊子煤矿，终于在2001年9月，不堪重负的坊子煤矿启动了破产程序，改制成为山东新方集团。一个"新"字暗含了多少人的期盼与希冀！

2013年，包括坊子煤矿在内的坊子德日建筑群入选全国重点文物保护单位。2014年11月19日，坊子炭矿博物馆正式面向社会开放。邹玉先作为坊子煤矿的"活字典"，全程参与了博物馆的筹备、运营。

德建坊子炭矿办公楼一侧有两棵高耸入云的银杏树，那是1898年德国人初到此地时栽下的。枝繁叶茂，却从未结出过果子。邹玉先咨询过专家，原来银杏树是雌雄异株的树种，要想结果，必须有正常开花的雌、雄两种树同时存在才行。一年又一年，银杏树叶子黄了又绿，绿了又黄。尤其是落叶缤纷的深秋时节，一地金黄，煞是好看。在碧云天、黄叶地的绝美风景中，历史长河里的坊子炭矿像流星一样滑过。这样的命运与结局，是不是从这两棵不结果实的银杏树种下时就注定了呢？

第三节
志在蓝擎

不是因为 Land King 译作"蓝擎",王树军才喜欢蓝色。"蓝擎"只是一个音译,与色彩不搭边。他只是单纯喜欢蓝色。黎明前的东方既白是一种淡淡的蓝,晴朗的天空是蔚蓝一片,夕阳西下会有短暂的日暮蓝。大海是蓝色的,那是世界上最广阔的自然地理景观。当然,王树军最钟爱的还是自己的蓝色工装。

对于这身工装的热爱与接纳,支撑着王树军在曾经的离岗大潮中坚持了下来,其中也有父亲与姐姐的坚持。老王家父亲、女儿、儿子都曾是潍坊柴油机厂的职工,如今,老父亲和姐姐早已退休,王树军还在坚守着。他离退休还早着呢,再说了,即便退休了,也可以退而不休。

潍坊柴油机厂是中国较早一批生产柴油机的厂家之一。1984 年,中国国家发展计划委员会及中国国家经济委员会确认潍柴厂为研发及生产斯太尔 WD615 系列柴油机的定点厂之一。同年,国家经济委员会发出《关于同意潍坊柴油机厂变更隶属关系的复函》,确认潍柴厂为重型汽车配套柴油机的定点厂之一。1989 年 10 月,潍柴生产线顺利通过了国家组织的竣工验收,重型汽车用 WD615 系列柴油机于同年开始投产。

王树军老家是潍坊诸城。诸城古称密州,是千古第一文人苏轼笔下"老夫聊发少年狂,左牵黄,右擎苍"的密州,也是他登上超然台"诗酒趁年华"的密州。不过,王树军骨子里没有曾经的密州太守的诗性,他为人朴实、踏实,长得结结实实。7 岁那年,王树军就跟着父亲王廷春从农村老家到了潍坊生活，在潍柴子弟学校读小学。那时候住房紧张，王树军和父亲住在潍柴老厂区的集体宿舍里。父亲的工友大都跟父亲一样，没有受过很多的教育，但都是踏踏实实干活的人。与他们相处久了，王树军发现虽然父亲这代人文化程度不高，嗓门大，爱喝点小酒，但他们绝不是简简单单的大老粗，反而个个身怀绝技，有着自己的拿手绝活。干活不能靠蛮力，得用脑子琢磨，这是王树军在父亲的集体宿舍里学到的第一条人生智慧。

20世纪80年代，潍坊的市中心在白浪河西岸。民生东街占地800亩的潍柴老厂区占据着城市的黄金地段，周围县区的来这里逛趟百货大楼，才算不枉进了趟潍坊城。

初二上学期的时候，王树军全家才得以团聚。厂里给他家在潍柴东宿舍区分了房子，直到这时候，父子俩才搬离了集体宿舍。

1993年，父亲退休，高中毕业的姐姐符合顶替政策，接了父亲的班。而三年前考上潍柴技工学校学习模具钳工的王树军也很顺利，分配到了潍坊柴油机厂的615厂，主要生产可以供发电机组、工程机械及船舶用的不同型号WD615系列柴油机。王树军是维修工，并不参与柴油机的制造，他负责照顾生产柴油机的机床的安全，让它们正常运转，可以又快又好地生产柴油发动机。

彼时正值计划经济的末尾红利期，潍坊柴油机厂的订单有增无减，一直以来都是风平浪静的好日子，工资一年比一年多，没有人有危机感。

潍坊城区的道路，东西为街，南北为路。王树军记忆中的中央马路一直是车头连着车尾，从民生街一直排到健康街。有些车一停就是好几天，等着柴油机下线、出厂。这种拥堵的境况一直持续到1996年，开始陆续有空的停车位了。1997年，车越来越少，工资发得不及时，总是拖，最多的时候拖过三个月。又熬过一年，1998年的中央马路从民生街看出二里地去，也没有一辆来提货的车。

那一年，潍坊柴油机厂负债3亿多元。

那一年，一万多名职工半年没有发工资。

那一年，王树军所在的615厂很多人选择离开，自谋职业。这也是没办法的事，人总得吃饭吧，柴米油盐酱醋茶，哪一样能从天上掉下来？

其实，那个时候的王树军也动过离开的心思。原本他上技校的时候，专业成绩非常好，三年稳居全班第一。专业课老师就希望他留校，因为学历的问题，需要先送他去济南高等技工学校学习两年再回潍柴技工学校教实践课。王树军回家跟父亲一商量，父亲不同意。老人家觉得，一来两年后再就业会有许多变数，二来儿子的文化够用了，专业课成绩那么好，赶紧进厂工作才是正事。1998年工厂没了效益，但学校还能基本维持，那时的王树军说不后悔是假的。多年后，当"王树军劳模创新工作室"设立，他手把手地带学生教徒弟，还频繁登上首席技师大讲堂，并且录制的教学视频在潍柴的学习平台上播放时，他才多少弥补了没有留校任教的些许遗憾。王树军的学生和徒弟中，7人获得技师资格证书，5人获得高级技师资格证书。2018年，两个徒弟分别获得全国机器人大赛、自动化控制大赛二等奖。看着小徒弟学有所成，王树军比自己获得"齐鲁工匠""大国工匠"称号还要开心。

那段时间，当王树军跟退休的老父亲说，自己的同事有的离开去了私人企业，有的去摆摊做小买卖时，父亲的一席话就断了王树军的念头："那是他们，你是你，你不能走！我就不信，这么大的厂子能垮了？做人得讲良心，日子好的时候削尖脑袋往里钻，日子不好了就撂挑子走人。做人哪能只同甘不共苦呢？他们走他们的，你必须给我留下！"

王树军默不作声。其实他也知道厂领导从来没有放弃过努力，那个时候的老书记亲自去自来水公司交水费，去电业局交电费，为的就是能减免一点是一点，恨不能一分钱掰成两半花。

多年之后，王树军也在想当年潍柴的窘境真的仅仅是单纯的产品不适应市场吗？似乎不尽然，至少不是全部。记得当年工厂的电话号码表里，管理部室占到了80%还多，而专业厂只有寥寥数家。人浮于事，平均下来，十几个大大小小的干部才领导着一个工人，这哪里是工厂该有的样子。随着厂领导的变动，潍柴的管理模式也随之面目一新。52个部室缩减到12

个，贷款补发了工资之后启动裁员……那段时间真是几家欢乐几家愁。无论是离开的还是继续坚守的，每个人心里都不是滋味。有大本事、大能力的背水一战，离开半死不活的潍柴去勇闯天涯，留下的一部分是实在没有门路迫不得已的，另一部分便是对潍柴怀有百分百忠诚的，企业一天不宣布破产关门大吉，这部分人便会坚守一天。王树军就是这一种。

大刀阔斧的改革并没有立即看到效果，但是留下来的人在看到企业宁可贷款也要给职工补发工资后，他们觉得新一届的领导班子是真正把职工冷暖放在了心上，而且新领导一上任就公开砸毁了100多台有缺陷的发动机。虽然有缺陷，却也价值不菲，而正是这些有缺陷的设备一度成为压垮潍柴的那根稻草。就像青岛海尔创始人张瑞敏1985年砸烂76台存在各种缺陷的冰箱一样，当时一台冰箱800块钱左右，相当于一名职工两年的收入，但也正是张瑞敏怒砸冰箱之举，才让海尔得以涅槃重生。那一鼓作气销毁100多台有缺陷发动机的潍坊柴油机厂呢？它也会迎来新生吗？

所有人都在拭目以待，王树军也不例外。很长一段时间上班没事干，没事干也得去。往昔热热闹闹的厂区里，一片死寂。头顶的天空依然很蓝，只是蓝得有点百无聊赖，蓝得有点让人心里发慌。

转机出现在1999年的下半年，那时陆续有订单上门，厂区里开始有不大不小的动静，慢慢地开始上产量了。设备运转起来就少不了维修，王树军只觉得浑身有使不完的劲，这不是他自己独有的状态，而是置之死地而后生的所有潍柴人共同的感受。

转眼之间，王树军在潍坊柴油机厂工作已经十个年头了。十年树木，这十年，是他打基础、练胆量的十年。王树军以一当四，担任了615厂四个维修车间的维修班长。2001年，他还利用业余时间，回到当年的潍柴技校回炉深造了一番，等到再次回到工位上时，原来已经炉火纯青的技术又精进了几分。王树军最喜欢看机床上的齿轮顺畅咬合的过程，每一个零件都是有生命的，它们组合在一起就是一个神奇的生命体，可以制造出无数的奇迹。

2003年，王树军离开615厂，进入技术改造部，参与筹建潍柴新工业园一号工厂，开始接触高端的进口设备。一扇全新的大门缓缓在他面前打开。2005 年 3 月，潍柴推出了中国第一台具有完全自主知识产权的符合欧 III 排放标准的蓝擎系列发动机 WP10、WP12，这标志着中国内燃机行业正式迈入了自主创新的"中国动力"时代。

一号工厂是潍柴重要的高端发动机制造基地，先后从德国、日本引进了当时世界上最先进的海勒、丰田、格林数控加工中心和加工单元。2004 年夏天，王树军参与了日本丰田设备的验收，他在日本爱知县整整工作了 44 天，在对方许可的前提下，每天跟着日本的工人参与设备的组装。王树军买了一本电子词典，每天自学十个单词，他用心观察设备的每一个零部件。他知道这批设备一旦启程回国，照顾它们的重任就会责无旁贷地落在自己肩上，他不敢有一丝懈怠。其间，他还跟同事去参观了丰田博物馆，看到了历史悠久的丰田纺纱机。第一次世界大战后，日本占据青岛，日资在青岛开设了九大纱厂，丰田纱厂正是其中之一。那天正好是中秋节，没有吃到月饼的王树军，仰望天上的一轮圆月，思绪万千。

"进口设备"曾一度是国人心中质量无可挑剔的代名词。但随着设备的运转、使用，一些问题也开始显现，尤其是海勒加工中心光栅尺频频发生故障，产品废品率高达 10%。光栅尺是数控机床的精密部件，相当于人的神经，一旦损坏只能更换。采购备件不仅要花费巨额费用，还会严重影响生产节拍。

王树军连续几天钻进设备内部，仔细研究管线的分布，对照设备的构造。在反复查阅设备图纸、比对废品、拆解废弃光栅尺后，王树军鼓足勇气，说出了自己的想法："我怀疑这批设备存在设计缺陷，所以才会导致光栅尺频繁损坏。"面对老师傅与德方专家的质疑，王树军立下军令状："给我一周时间，我会向你们证明我是对的。"

一周之后，王树军拿出了直接的证据，还将自己的改进方案一并放在大家的面前。他把核心部件的刚性支撑改为弹性支撑，彻底解决了平面加工超差的问题，还把产品的废品率控制在了 0.1%。王树军的新方案，成功攻克了海勒加工中心光栅尺气密保护设计缺陷难题，打破了国外垄断神话，填补了国内空白。本就实力非凡的王树军，一战成名。

2014 年，王树军仅用 10 天时间，成功改进了进口双轴精镗床，解决了产品新工艺刀具不配套的加工难题；2016 年，他又用 50 天时间主持完成了气缸盖两气门生产线向四气门生产线换型的改造，获得国家实用新型发明专利，累计节省采购成本 1024 万元，每年还能创造效益 500 余万元。在发明创新的路上，王树军像台永动机一样不知疲倦。

"齐鲁工匠""齐鲁首席技师""大国工匠""全国五一劳动奖章""全国劳动模范""全国技术能手"……声名在外的王树军自然引起了国内外知名制造企业的关注，猎头公司悄悄联系他，给他开出了十分诱人的高薪待遇。此时的王树军，已经无须再征求父亲的意见，他拒绝得很干脆。在不知不觉间，他早已像父辈那样热爱自己的职业和企业。这份爱赤诚而炽烈。

工作之余，王树军最喜欢站在一号工厂的柔性车间。这是一个无人的全自动化车间，机械手不知疲倦地执行着计算机的指令。虽然是高度自动化，但产能并不高，这个投资 1.2 亿的柔性车间仅仅是半人工半自动化的刚性车间产能的三分之一。但王树军知道，这就是企业的未来。如今，潍柴的物流园早已重现了当年中央马路的繁华场景，又是一番车头连车尾的盛景。

2022 年 10 月 16 日，王树军作为产业工人代表，前往北京参加中国共产党第二十次全国代表大会。在北京民族大厦，他巧遇了中车青岛四方机车车辆股份有限公司的郭锐。差不多的年纪，相似的奋斗经历，惺惺相惜的两个人互相留了联系方式。

"中华技能大奖"是中国技能人才的国家级最高荣誉，每两年组织一次。2022 年，王树军获得第十六届中华技能大奖。全国 30 人，王树军是山东省的唯一。

今天的天气不错，秋高气爽，天空蓝得几近透明。大朵的云彩睡着了一般，静止不动。王树军把车停好，一身轻快地走向车间。地面刚喷过防尘、防静电的地面漆，也是蓝汪汪的一片。一会儿还要去换上被浆洗得有点泛白的工装，即便颜色再浅也是一抹蓝。车间里已经有勤快的小徒弟在打扫卫生，看到这些朝气蓬勃的新生代，王树军就有说不出的开心。就是嘛，志在蓝擎，又岂止他一人！

风起胶济

第四节
胶济烟云

① 第一支烟

  他点燃一支烟。这是一支晾烟。

  他刚送走一拨来参观的客人，陪着他们走遍了整个 1532 文化产业园，还去了保存至今的胶济铁路二十里堡火车站和旁边的车站村。以他的职位，他其实完全不必事必躬亲。园区里专业的讲解员有好几个，解说词背得比他流畅得多，但他只要有空，还是喜欢客串一下。他只是单纯地喜欢这种向他者讲述那段百年历史的感觉，虽然不知道听众有多大的收获，但于他而言，每一次讲解都能在悠远的烟草气息中品咂到不一样的质感。"一切向前看，都不能忘记走过的路；走得再远，走到光辉的未来，也不能忘记过去，不能忘记为什么出发。"

  他把自己的职业生涯划分为两段。1996 年，从东北财经大学会计系审计专业毕业后，最初双选去了烟台水产公司，在那里实习了一个月。他喜欢那座城市，也有了在那里扎根发芽的打算。实习结束回到学校，发现与他一起考到东北财经大学的潍坊籍同学大都选择回了老家。在同学不间断的规劝下，他申请改了派遣证。他被分配到潍坊烟草公司，离老家昌乐只有四十多公里。虽然比同学们晚上班，但好歹是回了潍坊。

  入职培训的地点是在与潍坊烟叶复烤厂区一墙之隔的烟草公司的培训中心。彼时，一道高高的围墙遮住了他的视线，他不知道围墙内有着怎样惊心动魄、荡气回肠的历史。刚上班的时候，他被公司安排到下属的酒店产业工作，从财务主管做起，三年一个台阶，工作风生水起，曾经承接过2005年10月召开的山东省科学发展观现场会的会务，并全程接待了与会的党和国家领导人。他还参与了《中国烹饪文化大典》的编纂，策划设计的"齐民要术宴""板桥宴"入选中华名宴。正当他要在餐饮界大展拳脚时，一纸任命把他放在了另一个起点上。他跨过14年前那道围墙，来到潍坊烟叶复烤厂的厂区。这一年是2010年。

早在十年前，从2001年12月开始，潍坊烟叶复烤厂就进行了改制，由山东省烟草公司、颐中烟草（集团）有限公司和潍坊烟草有限公司共同投资组建山东惠丰烟叶复烤有限公司，也就是原廿里堡复烤厂南厂，改制后的惠丰公司继续着烟叶复烤与经营业务；同时组建山东廿里堡烟叶复烤有限公司，也就是廿里堡复烤厂北厂，主要从事多元化经营。改制时大部分的精干力量去了南厂，北厂背着沉重的包袱艰难前行。

他来接手时，公司已经更名为潍坊鑫叶实业有限公司。实事求是地说，这是一个烂摊子。之所以把他放在这个位置上，是希望他能盘活这盘棋。上任的时候，领导给了他四个字的尚方宝剑——闯、创、冒、试，让他在法律法规许可的范围内尽可放手一搏。那年他37岁，正是干事创业的好年华。班子成员9个人，除他之外，其余都是五十多岁每天盼退休的老干部。

那段日子真是不好过。这边他正在会议室里开着会呢，那边离退休的、买断工龄的、下岗离职的职工指名道姓地要见他。总是有层出不穷的问题，刚按下葫芦，又起一个瓢。陈年旧账要翻一翻，各种原因的历史欠账也需要理一理。他步履沉重地走在北厂偌大的院落里，走过一排排库房，两栋废弃十年的欧式乡村风格别墅。库房有租赁给上海卷烟厂的，也有出租给青岛卷烟厂的，厂区里密密麻麻堆满了烟垛，杂草丛生，野芝麻、龙葵、苍耳、野蒿等，小时候在昌乐老家田野里随处可见的植物，居然在厂区里面长势良好。蚊虫鼠蚁一样不缺，野兔、野鸡、野猫、松鼠，甚至猫头鹰也时常光顾这里。

他承认他不了解这里的过去。不了解历史，如何规划未来？

他找来厂志，一页页读；他找来《胶济铁路史》，一页页读；他找来

《中国烟草史》，一页页读。他还去了坊子小镇，托朋友带他进入坊子火车站，站在老胶济线的铁轨上，看好几条铁轨在目力不能及之处交汇成一个点；他还去了坊子炭矿旧址，最后回到了与厂区比邻的车站村与早已废弃的老胶济线上的二十里堡站。

至此，他方才意识到，原来这片围墙里曾经有过这样一段蕃昌岁月。

② 第二支烟

他又点燃了一支烟。这次是烤烟。

1904年，胶济铁路全线通车。这一年，英美烟公司的子公司大英烟公司派技术人员到中国开始了长达十年的调查与试种美种烟试验，他们的目的只有一个——谋求廉价的烤烟原材料。

美种烟又称烤烟、熏烟，在英美烟公司引入烤烟之前，中国种植的全部是土烟，又称晒烟、笨烟。美种烟原产美国弗吉尼亚州，香味浓、品质好，烤制后呈现金黄色，是制造卷烟的上等材料。

英美烟公司先后在山东潍县、河南许昌、安徽凤阳等地试种烤烟。1913年，英美烟公司从德国人的山东矿务公司以每亩5元的价格，租赁了从坊子至二十里堡之间的60.8亩土地。山东潍县二十里堡试验农场的美种烟率先试种成功，这里成为中国最早试种美种烟成功的烟区，开启了山东乃至全国大规模烤烟种植的先河。此前，英美烟公司的技术人员还曾在威海试种，并未获得成功。即便是试种成功，威海相较潍县也并无优势可言，后者有胶济铁路提供便捷的交通运输，还有坊子煤矿丰富的煤炭资源，这些都是威海不具备的。

潍县种植烟草的历史可以上溯到明朝万历年间。春天育苗，夏天移栽，秋天成熟后将叶片割下晾晒，回潮、分层、压实、发酵，当烟叶片呈现棕红色后切丝，或者塞进烟袋锅子，或者用纸卷实，就可以美美地吸上一口醇厚的晾烟了。在第一棵美种烟播种在潍县的土地上之前，这里晾烟的种植面积最多时能到1.5万亩。除去在本地销售外，这些油分足、香味浓的晒烟还沿着胶济铁路东到青岛、西到济南，甚至还远销上海。

英美烟公司的中国买办与潍县官员沟通，希望当地政府能选派经验丰富的烟农，由公司免费提供美种烟烟苗和所需肥料，公司种植专家指导烟农具体的种植方法。英美烟公司承诺，烟农种出的美种烟烟叶，他们会如数收购。相较于种植笨烟，烟农的确能够获得比以前更多的收益。很快，大部分烟农就放弃了传统种植的晒烟。同样是土里刨食，同样是一亩地，改种美种烟就能获得更多的利润，何乐而不为呢？甚至还有不少农民弃粮种烟，只为多赚点钱。彼时的二十里堡周围也曾经是烟田如海，从绿莹莹到黄澄澄，硕大的烟叶在烟农眼中宛若一片片可人的金叶子。

有了原料就要加工，就地取材、就地加工、就地销售是最经济的方法。1914年，英美烟公司在坊子租赁180亩土地，建起了美种烤烟试验场，并在坊子、二十里堡设收烟场。1917年在二十里堡建设了烤烟厂北厂，1919年又在北厂的南边建设了南厂。南北二厂布局大致相同，别墅、账房、厂房、收烟厂、烟库，两个厂区之间有铁路相连，铁路还可以直通胶济铁路二十里堡站。这里是中国建厂最早、规模最大的烟叶复烤地，开创了美种烟中国深加工的纪元。英美烟公司烟叶部与烟叶仓库随即由坊子迁至二十里堡。从此，二十里堡成为山东烟叶的收购、加工中心，复烤后的烟叶沿着胶济铁路运出，在天津、上海、青岛、香港加工制造成各种卷烟，为英美烟公司创造着源源不断的巨额利润。

在没有铁路、没有烟草之前，二十里堡不过是一个偏僻的小镇，常住居民六七百人。铁路与烟草在很短的时间内为二十里堡积聚了人气，一时间商号云集。每年的收烟季，南北客商纷至沓来，外地来的临时工人数远超这里的当地人。临时工要穿衣吃饭，要住宿，要日常消费，相应地，商业随之兴起，小饭馆、大饭庄、小旅店、大客栈，三教九流闻风而来。有的临时工干完一季就拿着工钱回家，明年再来；也有一些人干脆留在了二十里堡。有钱的盖几间像样的房子，没钱的搭个窝棚也能遮风挡雨，各色人等会聚成了一个小村落，就是现在的车站村。一个不大的村落，粮油店、棉麻店、玉器店、洋布店甚至勾栏酒肆一应俱全。

英美烟公司在二十里堡的巨额收益，自然会吸引其他烟草公司对这里的关注。南洋兄弟烟草公司于1924年在坊子建了烤烟厂，日商米星烟公司、南洋信行、华商上海烟草公司、有利烟草公司也在潍县境内的胶济铁路沿线虾蟆屯车站、潍县车站、益都车站设立烤烟厂牟利，分一杯羹。

1937年，日本全面侵华，潍县烟草种植面积大幅下滑。日伪当局设立了华北烟草株式会社，绞尽脑汁妄图重现烟草盛景，奈何战乱下的烟农无心生产。1941年12月7日，日本偷袭珍珠港，随后美国对日本宣战，太平洋战争爆发。英美烟公司在华企业遭受日本管制，英美籍管理人员相继被逮捕，关进了潍县乐道院集中营。

乐道院是美国传教士狄乐播及夫人于1883年在潍县传教时修建的。1942年初，日本占领乐道院，把这里改建成了集中营。整个战争期间，被关押在乐道院里的外国侨民最高时多达2000人，是当时中国乃至整个亚洲最大的同盟国集中营。时任燕京大学校长、美国驻华大使司徒雷登，曾任蒋介石顾问的雷振远，美国第二任驻华大使恒安石，第八届巴黎奥运会400米冠军埃里克·利迪尔，齐鲁大学教务长戴维斯以及英美烟公司销售经理狄兰都曾被关押在这里。1944年6月，恒安石与狄兰成功越狱。

抗战胜利后，解放战争的战火燃起，二十里堡的如海烟草胜景再难寻觅。1948年4月27日，潍县解放。烟草生产亟待振兴。"爱国烟"让烟农们看到了一线生机，烟叶种植面积扩大至49.3万亩，远超解放前最高水平。山东潍坊、河南许昌、云南曲靖、贵州贵定并列为全国四大烤烟产区。

党的十一届三中全会后，拨乱反正，潍坊的烟叶又开始发芽、萌绿、转黄，复烤烟产量逐年回升。1983年产量达到8.35万吨，创造产值24722万元，占潍坊工业总产值的十分之一。然而，辉煌不是永恒，在改革大潮的阵痛中，百年老企的痛感更加鲜明，改制、重组迫在眉睫。由南厂衍生出的山东惠丰烟叶复烤有限公司在市场站稳了脚跟，而脱胎于北厂的山东廿里堡烟叶复烤有限公司却步履维艰，只得再次分家重组为潍坊鑫叶实业有限公司。

他微微皱眉，掐灭手中的烟蒂。读史可以明智，知古方能鉴今。此时的他，已经在心中画好了一张图，接下来就是正式进入谋篇布局的实战环节了。

③ 第三支烟

这是他今天抽的第三支烟，一支混合烟。

与他一起共事的人都知道他是个急性子的行动派，说话语速快，脑筋转得更快。2012年，潍坊鑫叶实业有限公司更名为潍坊泰山壹伍叁贰实业有限公司，发展战略做了重新调整，重心放在大物流业务板块，扭亏为盈不说，还跑步前进跨进了全省前列。

就在大家为他这一剂猛药叫好时，新一轮的头脑风暴再次席卷而来。这是因为厂区内的大英烟公司旧址不仅被评为山东省级文物保护单位，还入选了山东省首批历史文化街区。这样丰富厚重的历史文化资源摆在那里不做文章，岂不是暴殄天物！

他没有贸然行动。厂里的一千多名退休老职工，如今健在的还不到一半。生命逝去的同时也带走了他们昔日的苦难与荣光，他安排专人给那些头脑依然清晰、表达流畅的老人做了口述实录，整理成册留存，这是非虚构的真实历史。他专门组了一个班底，大家分头外出专项考察依托老工业厂区建设文化园区的成功范例，如北京798艺术区、新华1949文化创意园、南京1865创意产业园、泉州源和1916创意产业园、成都东郊记忆、淄博1954陶瓷文化创意园、景德镇陶溪川陶瓷文化创意园……那段时间，他们几乎走遍了中国大陆成熟的老工业厂区文化创意园，他们还去台湾参观了台北华山1914文化创意产业园区、台北眷村文物馆、台北剥皮寮历史街区、台中市文化创意产业园区等。这些文化创意园区，无一例外都是在保留历史遗迹原貌的基础上，延伸打造出自己的特色文化，集文化传播、艺术展览、休闲娱乐、消费购物多种功能于一体，实现了经济效益与社会效益的双赢。

2017年，潍坊1532文化产业园开工建设。这座百年烤烟厂在他的眼前一点点蜕变，即将破茧成蝶。为此，他还赋诗一首：

廿里堡百年烟厂蝶变记

昔日烟城名远扬，废兴百载历沧桑。

  青松每忆西风烈，碧瓦常闻黄叶香。
  蝶舞翩翩霞与彩，巢栖恋恋凤和凰。
  独将胜景留天地，豪迈歌来引兴长。

  那段时间，隔三岔五就有好消息传来：大英烟公司旧址被工信部评为国家级工业遗产；大英烟公司旧址被确定作为申创潍坊"国际和平城市"的物质载体之一；1532文化产业园入选第二批"山东省工业旅游示范基地"，170家不同规模的文化创意企业入驻园区。

  2021年2月3日，国际和平城市协会主席弗雷德·阿门特向全球宣布新一期国际和平城市名单，中国潍坊市荣登榜单，成为继南京之后中国第二座"国际和平城市"。

  "国际和平城市"是指在特定的城市行政区内，继承城市的和平传统，倡导和平与和解，联合政府、高校、社会团体和城市市民以和平为城市发展理念，融合历史、记忆、遗迹中的和平元素，通过和平维护、和平创建、和平构建的途径，实现多维度的和平项目创建，全面提升城市发展并推动国际和平的一种城市形态。国际和平城市协会是全球唯一得到联合国正式认可的和平城市协会，由六大洲60多个国家地区300多个和平城市构成。潍坊以大英烟公司旧址、潍县西方侨民集中营旧址、坊子德日建筑群等文化遗产为载体传播国际和平理念，践行人类命运共同体的伟大构想，入选"国际和平城市"亦在情理之中。

  消息公布的同时，潍坊城市上空响起了悠扬的钟声，上千只洁白的和平鸽凌空飞翔，空灵而壮观。那天，他也在现场，作为潍坊市潍县集中营研究会成员，他深度参与了潍坊申请"国际和平城市"全过程。2023年初，潍坊市潍县集中营研究会换届选举，他全票当选理事长。虽然是一个社会兼职，但做的都是实事。

  他叫王传勇，潍坊泰山壹伍叁贰实业有限公司党委书记、董事长、总经理，潍坊市潍县集中营研究会理事长。

第七章：
忽如一夜春风来

中车四方股份公司　供图

三面钟时间：1952年8月1日，四方

三面钟声：1952年8月1日，中国第一台自制火车头"八一"号，在青岛四方机厂举行落成典礼，结束了中国不能自行制造机车的历史。

第七章：忽如一夜春风来

第一节
百年信物："八一"号

青岛，市北区重庆南路 48 号，这里住着一位深藏不露的收藏家——张成。退休前他是中车青岛四方机车车辆股份有限公司的职工。他得意的藏品有两套：一套与他的兴趣爱好相关，台湾版 112 本山东文献，耗时八年收集全；另一套与他的职业相关，六张 1952 年发行的报道"八一"号蒸汽机车试制成功的报纸。其中，最贵的是《人民画报》，那是张成花了七百块钱从别的藏友手中盘过来的，《人民日报》《文汇报》《大公报》一百块钱一张，《青岛日报》《云南日报》《察哈尔日报》价格稍微便宜一点，八十块钱一张。当年都是几毛钱、几块钱的报纸，只因它们承载了"八一"号的历史，便成了一件弥足珍贵的信物。

1952 年 8 月 1 日，《青岛日报》一版刊发消息：

四方铁路工厂职工
完成我国自造的第一个新火车头
中央铁道部命名为"八一"号机车

四方铁路工厂工友们，在伟大的增产节约运动中，以无比的劳动热情，制造了新中国第一个火车头来迎接八一建军节。崭新的火车头已在七月二十六日试车，成绩良好，质量达到百分之百。铁道部特命名该车为"八一"号机车，并于八月一日举行落成典礼。

文末署名的杨富贵，是四方机厂的工会干部、《青岛日报》的通讯员。关于这段历史，张成的父亲在世时经常跟他讲起。

张成的父亲生于 1936 年。1952 年，父亲先是在四方机厂干了半年临时工，翌年 1 月成为四方机厂的正式职工。彼时，张成的父亲才 17 岁，正是用懵懂的眼光看世界的年纪。新中国成立初期的工人阶级有着火一般的建设热情，那团火在父亲的心中埋下了一粒火种。他不是"八一"号历史的参与者、缔造者，但他是旁观者、见证者。多年后，当 2000 年前后四方机厂陷入困境有人选择离开，张成也在尝试着向外寻找机会时，对四方机厂怀有不贰情感的父亲断然打消了儿子的念头。

作为胶济铁路的附属设施，四方机厂承担着胶济铁路全部机车车辆组装、制造和维修的任务。1899 年 9 月，铁路施工伊始，四方机厂也跟随其后开始谋划建厂。在盖德兹方案中，这座工厂被设计在了潍县，而锡乐巴则把工厂改在了青岛的四方。1900 年 10 月，四方机厂开工建设，工厂边建设边生产，当年就完成了 13 台蒸汽汽车的组装。两年后竣工的四方机厂分机器房、主车间、锻工车间和锯木车间四大区域，不分昼夜地维持、保障着胶济铁路上的机车、客车与货车的安全运转。

历经一百多年，德建时期、日占时期、民国时期以及新中国成立后，四方机厂的名字几多变更：

> 德建时期的胶济铁路四方工场；日占时期的山东铁道青岛工场；民国时期的交通部胶济铁路管理局机务处四方工厂、交通部胶济铁路管理局机务处四方机厂，简称胶济铁路四方机厂；日本再次侵占后的四方铁道工场、华北车辆株式会社青岛工场；抗战胜利后国民政府接管的交通部津浦区铁路管理局四方机厂；1949 年新中国成立后的铁道部四方铁路工厂；1953 年更名铁道部机车车辆制造局四方机车车辆制造工厂、第一机械工业部机车车辆工业管理局四方机车车辆制造工厂；1958 年再次更名铁道部四方机车车辆工厂；1970 年更名交通部四方机

第七章：忽如一夜春风来

车车辆工厂；1975年更名铁道部四方机车车辆工厂；2002年7月22日，四方机车车辆厂建厂百年之际，成立了南车青岛四方机车车辆股份有限公司和南车四方机车车辆有限公司；2015年9月28日，中车集团公司成立，公司更名为中车青岛四方机车车辆股份有限公司。

无论名称如何更换，唯有"四方机厂"这四个字是所有人的共识。

1949年6月2日，青岛解放。两年前，胶济铁路中断。一年前年底，四方机厂濒临倒闭。

究其根源，还要往上追溯到七七事变之后，南京国民政府为保存经济命脉，将沿海厂矿、企业、商业等向内地迁移，铁道部饬令胶济铁路四方机厂拆除重要机器设备装运南迁，部分西移。时任四方机厂副厂长的顾楫和几个工程师向胶济铁路管理委员会建议，员工与机器都应全部撤离，易地生产，决不能让日本人利用。彼时的胶济铁路管理委员会委员长葛光庭却未及时采纳顾楫的意见。

1937年8月，形势变得更加恶劣。顾楫再次征求胶济铁路管理委员会的意见，获得许可后，他火速找来车间负责人开会，趁着夜色，连夜装车，一共装了满满三列车。实在太大带不走的机器设备，他们准备撤离后炸掉，一点有用的东西也不留给日本人。10月上旬，顾楫带着六十多人护送三列火车辗转到了株洲机厂安顿。还有部分员工和设备分散到了京汉铁路江岸机厂、洛阳机厂和西安车辆厂。

一个设施完备的四方机厂被拆解得七零八落，元气大伤，多年积累一朝化为泡影，怎不令人痛心？然而，这个当时看来自断经脉的举措，在许多年后却能以星星之火而成燎原之势。或许没有当年的化整为零，就没有21世纪中车集团全面开花的大繁荣。

新中国成立后，四方机厂在慢慢一点点地恢复着，但满目疮痍是真，百废待兴更是真。当接到要自主制造新型蒸汽机车的任务时，四方机厂每一个人的内心都澎湃不已。任务无比艰巨，但必须要完成，自力更生，艰苦奋斗。彼时正值抗美援朝关键阶段，中国以前从来没有自己制造过机车，铁路上飞驰的都是外国产的机车，中国的工人们只能用国外进口的零件组装和修理。一百多年的半殖民地半封建社会形态，造就了中国铁路"万国机车博物馆"状态，机车型号接近二百种，分别出自九个国家的三十多家工厂。

虽然四方机厂当时的状况不容乐观，但它也有与生俱来的独特优势，德建、日占时期积累造就了一大批经验丰富的技术人员与成熟的老工人，所以说，中国自主制造蒸汽机车的重任，四方机厂责无旁贷。

作为一个历史爱好者，张成会在父亲的讲述与自己搜集到的历史资料中寻找一个平衡点。记忆会变形、模糊，资料也会有谬误和误差。

1986年7月21日，四方机厂客车系统改扩建工程在棘洪滩举行了奠基仪式。当时需要大量的人才，父亲建议张成调到四方机厂来工作。彼时张成还在青岛自行车工艺公司的流水线上当装卸工，他自我感觉良好。父亲觉得四方机厂的未来一定比自行车工艺公司要好，自行车无动力不能体现现代化，而火车才是标准的现代化方向。张成不仅遵照父亲的建议换了工作，还听从父亲的建议读夜大拿到了文凭。被分配到客车车间的张成，跟着师傅从头开始学技术。他年轻，有干劲，被选到青年突击队里，三天三夜加班加点，吃住都在车间里。就在他觉得自己已经是拼尽全力的时候，车间里的老师傅却告诉他，他们这干劲比起50年代那些造"八一"号的"拼命三郎"们可差远了。

当年的境况，张成在一本青岛原四方区政协资料中看到了一点端倪："工厂组成由厂领导、技术人员、老工人组成的设计组，查阅各种机车资料，到作业现场与一线工人解决难题，到胶济铁路线上测量时速、风向、牵引力等数据，反复设计、论证，才完成了蒸汽机车图纸设计。总共加工制造了一万多个零部件，才把机车成功制造出来。"

1952年8月9日《人民日报》在二版头条位置刊登的稿件，对"八一"号是这样记录的：

第七章：忽如一夜春风来

> 这是一台新型的火车头，它具有强大的牵引力，能带动载有三千吨以上货物的列车快速运转。经过严格的检验和试车证明，这台新火车头的质量已达到了应有的标准。由于每一个工人都以主人翁的态度来关心着它的质量，因此，每一个配件都经过精细加工和缜密的检查。……月牙板是机车牵引的重要机件，为了这块东西大家费透了心机；开始曾有人说："这玩意儿过去向来是外国造的，咱制不得。"经过老技工丁学文多次的试验，才解决了渗碳对料问题。

报纸上说的"月牙板"是一种特种钢材，是决定机车牵引力大小的关键。机械制造，材料是关键。老技术工人丁学文站了出来，他吃住在厂里，不是几天几夜，而是连续几个月用有限的原料进行反复试验。科学方法也用，传统土办法也用，一次又一次地尝试，一次又一次地失败，最终攻克了难关，使月牙板渗碳处理达到了设计要求。中国机车人自主创新精神在那一刻觉醒了。

1952年7月26日傍晚，青岛四方机厂的南广场上挤满了人。一声声汽笛伴着轰隆隆的车轮声由远及近，所有人都屏住呼吸，聆听着这美妙的工业和弦。试车员停好车，从车上跳下来，用尽全身的力气向人群喊着："跑得很好！跑得很好！"短暂的沉默之后，整个广场彻底沸腾了。人们相互拥抱，跳跃，笑声与哭声交织，新中国第一台"解放"型国产火车头试车成功了。已经是7月底，这辆机车当即被命名为"八一"号，向建军节献礼。落成典礼的当天傍晚，"八一"号便匆匆开赴抗美援朝的战场。从此，"解放"型蒸汽机车成为中国20世纪五六十年代铁路运输动力的主型货运蒸汽机车。

1992年5月，"八一"号在淮南机务段光荣"退役"，由中车大同公司保存。2010年，中车大同公司将"八一"号作为庆祝建厂110周年的礼物送给中车四方股份公司。在外漂泊了58年的"八一"号回家了，终点回到起点。在新家中车四方棘洪滩厂区，它用衰老的汽笛呜咽着发出最后一次长鸣后，便安心地匍匐在大地上。此心安处是吾乡。

第二节
大鲍岛的几张旧影

这几年约朋友聊天、见面，张岩习惯性地把他们约在四方路文化街区的洛川家美术馆。2017年老城翻新后，洛川家美术馆是这里启动的第一个商家。美术馆的开馆展览就是张岩的《大鲍岛——一座城市文化发祥地的影像》。

这栋建筑大有来头，它始建于1905年，主人是瑞蚨祥的掌门人孟洛川。1904年胶济铁路通车不久，孟氏家族就在青岛的胶州路与海泊路附近购置土地建设府邸。现在的洛川家美术馆是孟家的"蚨字楼"，仅仅是当年孟氏宅邸的一隅。

作为摄影家的张岩，身上最明显的一张标签是"航拍"。虽然不是青岛建置以来的航拍第一人，但从1996年开始涉足航拍之后，空中拍摄、俯瞰青岛便成了张岩再也无法割舍的摄影创作方式，一拍就是20年，平均每隔两三年就会航拍一次。第一次被安全带拴在直升机舱门边御风而行时，张岩内心还有些许的恐惧与慌乱，但持续不断地航拍了20年之后，他是真的爱上了鸟瞰青岛。各种型号的直升机、三角翼滑翔机和动力飞行伞，都曾经是张岩遨游青岛上空的坐骑，即便因为航拍遇过险、受过伤、住过医院、做过手术，他依然不放弃，依然一次又一次地升空去飞翔。每一次航拍，张岩都能看到青岛的变化，哪怕这种变化只有一点点。

从某种意义上来说，父亲是张岩摄影路上的引路人。张父是新中国成立初期的新闻摄影师。青岛刚解放的时候，张岩的父亲张秉山从家乡掖县到青岛找工作，没钱坐车，步行了两天两夜才到青岛。他幸运地在青岛日报社印刷厂谋到了份差事，工作中经常接触照相制版技术，遂对照相产生了浓厚的兴趣。张秉山买了一台属于自己的照相机，经常向制版师傅请教摄影技巧。在老家的时候，张秉山曾经读过几年书，在印刷厂干活时，他也一心向学，经常关注报纸上的新闻，尤其是新闻图片。一有时间，他就出去拍照片。等照片洗出来之后，再请有经验的摄影记者指出自己的不足。张父还曾经给当时的青岛日报社社长沙洪当过通讯员，后来在《青岛日报》摄影组急需用人时，顺理成章地成了一名摄影记者。父亲去世后，张岩整理父亲留下的摄影资料，总共有一万多张照片，涵盖了从新中国成立初期到改革开放时期青岛社会的大变迁。

得益于父亲的影响，张岩很早就学会了使用照相机。1979年，16岁的张岩在青岛栈桥边发现了摆小摊的商贩，他随手拍了一张照片。父亲张秉山表扬他在无意间捕捉到了青岛自由市场的萌芽。1980年夏天，张岩在青岛航海运动学校的小码头上，拍到了当时不为人熟知的帆板运动，甚至连父亲张秉山都惊诧儿子拥有一双发现的眼睛，完全是青出于蓝而胜于蓝。父亲把张岩拍摄的照片投给报社，很顺利地被采用了。这是张岩第一次发表摄影作品。多年后，张岩也进入了《青岛日报》，像父亲一样成为一名摄影记者。除了航拍，他也像父亲一样把关注点放在记录大时代变迁上，不过，张岩的镜头更细微，更精准，他的镜头里有生动具体、有名有姓的小人物。

关于记录大鲍岛的照片，张岩手头最早的一张是2000年在江宁路拍摄的《劈柴院旧影》。

关于大鲍岛的历史，还得从1897年说起。德国侵占胶州湾后，立即着手规划城市与港口。德国人将胶州湾东侧南邻大海的丘陵地带，确定为未来欧洲人生活与居住的城区。在欧人区北侧，也就是大鲍岛村的位置，德国人规划了一处华人商业与居住区，称之为"中国城"。棋盘状独特的路网结构，是大鲍岛区别于青岛其他城区的最为显著的标志。当时的大鲍岛与台东、台西两镇，形成了青岛道路最为密集的三个区域。大鲍岛中国城的建设速度，远超德国人最初的预计，从1898年9月青岛市区第一版规划图纸公布，到1901年大鲍岛的楼房建设数量占到了青岛整个欧人区和华人区总和的三分之二。

从胶州路上早期的商业平房，到德国祥福洋行建设的用以出租、出售的住宅，到孟洛川家族的合院式住宅，再到中国最早的现代商会齐燕会馆、三江会馆与广东会馆相继破土动工……中国传统建筑的南风北渐，东西方建筑的中外交融，最终在大鲍岛杂糅成了别样的建筑模式——里院。里院脱胎于德国建筑设计师阿尔弗莱德·希姆森的设计，华洋折中。里院大多平行于街道而建，其外部轮廓通常由城市街道走向决定，方形或多边形，四周合围，中心形成公共的天井，房屋两到三层，底层用作商业，二层以上为住宅。在这里，城市商圈与市民家居合二为一，公共性与私密性无缝衔接，开放包容，兼收并蓄。里院孕育了独特的青岛文化，它曾经是潮头的浪，最终却成了一朵干涸在沙滩上的花。

21世纪初，百年里院的破败以肉眼可见的速度极速蔓延，这是时代的挽歌，是无法抑制的摧枯拉朽式的坍塌。留不住，只能任它去。2000年，张岩开始用镜头记录大鲍岛的变化。他会定期去，拍下街巷市井、里院里人们的生活状态。下雪天、雨后初晴、盛夏时节，清晨、傍晚、正午时分，有时候只要一起心一动念，脑海中浮现"里院"二字，他就毫不犹豫地赶过去拍，哪怕随便拍一张。黄岛路、沧口路、劈柴院、学苑书店、平康东里、狗不理、马家拉面、胖姐烧烤、潍县路修鞋摊、靠活的搬运工、街边的顽童……一条条熟悉的老街，一个个熟悉的里院，一张张熟悉的脸庞。张岩把它们定格在某时某刻，它们也就永远留在了那时那刻。

在策划《大鲍岛——一座城市文化发祥地的影像》展览时，张岩选取的第一张照片是他拍摄于2017年的《雪后的大鲍岛》。这是张岩最擅长的高空视角，不是航拍，而是站在一个制高点去俯瞰大鲍岛。虽然依旧不能得见全貌，但已然是除航拍之外的最广阔的视角。雪不算大，地上并没有厚厚的积雪，只能算是一层粉，勉强可以把所有的屋顶薄薄地涂抹一层。这层雪覆盖了建筑原有的色彩，将原本的千差万别规整成了一种模样，洁白的初始的模样，像极了一种隐喻。那天很冷，高处更冷。张岩的手指僵硬，心被冻得生疼。

《搬家》其实早就开始了。关于"搬家"，张岩的镜头拍摄了无数张，最后只选取了四张，一张拍摄于2015年黄岛路17号里院，三张拍摄于2017年，分别是四方路19号的两张与四方路36号的一张。留在镜头里的无一例外都是青壮的搬运工与垂垂老矣的里院居民。年轻人能搬走的早就搬走了。留守到最后的要么是没有能力乔迁他处的，要么是从心底里不想离开这里的，符合这两个条件的唯有老人，老青岛人。张岩最后一次去黄岛路17号，那里已经空无一人，每一扇门旁边的白灰墙上都有一个硕大的"拆"字。空气中弥散着垃圾的腐臭，那是《最后的影像》。

去大鲍岛的次数多了，张岩有了一大批老年朋友，四方路19号的索大娘、陈大娘和孙大娘，黄岛路17号的董大爷和石大姐，芝罘路36号的彭大娘。从陌生到熟悉的过程，一直是一个谜，也许是张岩的真诚感动了老人们，也许是老人们内心太孤独所以才接纳了张岩。彭大娘、索大娘和陈大娘在泛黄的相册里翻找出年轻时的自己，张岩给她们翻拍、冲洗，而后再次登门拜访。青春与衰老，红颜与白发，昨日与今朝……张岩的快门按得飞快，他担心镜头里的大娘这一秒在欢笑，下一秒就会泪雨纷纷。

最后一张照片是《门》。现场展出的照片中，这张尺幅最大，照片中的门与现实世界里的那扇门尺寸不差分毫。门上贴着封条：青岛湾老城区改造工程市南区房屋征收现场指挥部　2016年11月1日。一个时代落幕了，一个新的时代即将开启。

儿子张鸣飞也喜欢摄影，与爷爷、父亲一样，作为一个媒体人，他也会职业性地拍图、记录。

2019年9月，跨越70年时光的《城市图志：一家三代人的青岛影记》出版发行。"这一张张穿过时光的老照片，存蓄着城市建筑的光影，记录着平凡生活的变化，留存着社会发展的变迁。"在新书首发式上，张岩说这段话时，父亲点头，儿子颔首。

第三节
没有机杼声的纺织谷

每天上班，王雷都要从"华秀1902"雕塑前经过，它矗立在纺织谷的入口处，用一把梭、一堆齿轮、一个年份向来来往往的人们传递着无言的讯息。那把梭，王雷更愿意理解为一面帆，那些齿轮在王雷的眼中更像是年轮。数字1902，就是1902年，那是青岛纺织扬帆启航的元年。

德国占领青岛之后，他们的"百年规划"中不仅仅有铁路与港口。青岛气候宜人，温度、湿度都适于纺织。山东主要的产棉区与煤炭矿区都在胶济铁路周边，铁路开通之后，加之青岛本就发达的海运、陆运，原材料运输以及产品外销都可畅通无阻。最重要的一点是，青岛有丰富廉价的劳动力。纺织是典型的劳动密集型产业，人力资本是投资者必须要考虑的关键因素之一。

清光绪二十八年（1902年），德国柏林蚕丝工业公司在沧口辟地350亩，建立青岛德华缫丝厂，创建了青岛最早的大规模机械化生产纺织企业。德华缫丝厂按照近代西方理念建设企业，引入欧洲工厂管理模式，创办职工学校，开展技能培训，普及生产知识，注重产品质量。1902年至1907年，先后有1700人通过培训进入生产岗位。德华缫丝厂的产品全部销往欧洲。德华缫丝厂把西方企业管理模式引入青岛，推进了青岛的工业化进程。1908年，因公司内部经营策略分歧，德华缫丝厂宣告停业。1910年，六名青岛、烟台等地的中国商人与德国合资经营，分工协作，由中国人负责恢复生产，德国人负责欧洲市场的销售，利润按照投资比例分成。但事与愿违，企业运作不久亦歇业。1913年8月，民族实业家周学熙以30万元的价格收购了德华缫丝厂，开办华新实业公司。周学熙何许人也？曾经的山东巡抚、两江总督周馥之子，与清末民初实业家、政治家、教育家张謇并称"南张北周"。

第一次世界大战爆发后，青岛大批纺织工人"以工代兵"奔赴法国参与"一战"。这是中国历史上第一次万人以上的大规模劳务输出，正是有了他们的参战，才为中国赢得了战胜国地位。然而，弱国无外交，积贫积弱的中国即便是作为战胜国，也没能保住自己的利益不受损。日本攫取了德国的在华利益，青岛的铁路、港口、企业无一不在日本人的掌控之中，日本纺织资本开始在青岛集聚、发展。彼时，日本人在青岛开设了内外棉纱厂、大康纱厂、富士纱厂、钟渊纱厂、隆兴纱厂、宝来纱厂六大纱厂。20世纪30年代，日商又投资开设了丰田纱厂、上海纱厂、同兴纱厂，形成了九家日资纱厂共居青岛的情况。唯一的中资纺织厂只有华新纱厂，以一敌九，华新纱厂的经营难度可想而知。

1937年7月，日本发动全面侵华战争，密谋进攻青岛。时任青岛市市长的沈鸿烈在日军进攻前夕，执行"焦土抗战"政策，炸毁了港口设施和日商的九大纱厂。愤怒之火燃烧三天三夜不熄，但未能改变青岛沦陷于日寇铁蹄之下的境况。1938年4月，青岛华新纱厂被日本商人强行购买，更名为国光纺绩株式会社。

青岛纺织博物馆有一台保存完好的丰田自动换梭织布机。他是由日本织机改革家丰田佐吉发明的，当时的技术达到国际领先水平，获得专利并在世界各国普遍应用。多年后，丰田佐吉的儿子丰田喜一郎创立了丰田汽车。

1945年8月15日，日本裕仁天皇通过广播发表《终战诏书》，宣布日本无条件投降。

1946年1月，中国纺织建设公司青岛分公司成立，负责接收日商在青岛设立的纺织厂及其所属事业，成为青岛纺织历史上第一个官方管理机构。中纺青岛分公司的成立是国民政府接收抗战胜利果实的产物。作为当时青岛市的支柱产业，各大纺织厂大都为"焦土抗战"后日本所重建，无论是厂房设计，还是机器设备，在当时都具有很高的水准。中纺青岛分公司先后接收、价购包括九大纱厂在内的 26 个单位，纱锭计 361716 枚，总资产达 750 亿元。大康、内外棉、隆兴、丰田、上海、钟渊、宝来、富士、同兴九个日资纱厂，分别改名为中纺第一至九棉纺织厂。积淀了近半个世纪的青岛纺织产业首次得到系统整合，为青岛纺织崛起于"上（上海）青（青岛）天（天津）"奠定了基础。

王雷一家三代都是纺织人。

1936 年，外公在同兴纱厂做工，头脑灵活的外公学会了驾驶汽车。因为技术好，给当时的日本厂长当司机。外公是同兴纱厂的第一批工人。同兴纱厂就是国棉八厂的前身。

解放前夕，中纺青岛分公司经理范澄川配合中国共产党领导的护厂运动，保护了青岛纺织基业，实现了平稳过渡。1949 年新中国成立，这一年青岛纺织业实现工业总产值 1.5 亿元，占全市总产值的 75.9%。

1951 年，中纺青岛分公司更名为华东纺织管理局青岛分局，以"中纺"命名的各棉纺织厂也随之改称国营青岛第一至第八棉纺织厂，印染厂和针织厂亦改称国营青岛印染厂和国营青岛针织厂。这一年，王雷的母亲通过招工进入国棉八厂，成为一名纺织女工。

要说起当时青岛最杰出的纺织女工，非郝建秀莫属。这个出生在青岛一个贫苦农民家庭的姑娘，童年一路艰辛，是新中国的红太阳给了她全新的希望。1949 年，郝建秀成为青岛第六棉纺织厂的一名学徒工，仅用了三个月，她就成为一名正式的细纱甲班值车工。虽然没受过特别好的教育，但郝建秀既聪明又爱思考，不仅动手能力强，还特别热爱学习，她独辟蹊径，创造出一套减少断头和白花的细纱纺织方法，被命名为"郝建秀工作法"，并在全国推广。"郝建秀工作法"是中国纺织工业也是全国工业与交通运输系统出现的第一个科学工作法，它不仅规范了纺织企业的操作管理，为总结各岗位工作法提供了范例，也推动了全国纺织生产的发展。

第七章：忽如一夜春风来

1951 年，郝建秀被授予"全国纺织工业劳动模范"称号。1953 年，刚到选举年龄的郝建秀就被普选为第一届全国人民代表大会代表。从纺纱女工到技术员再到领导岗位，郝建秀用她的人生故事诠释了一个城市的"母亲工业"，也可以成为生活在这座城市里的人们圆梦的舞台，不管出身如何，只要有梦想，就能够创造属于自己的传奇人生。

相比于郝建秀，王雷的母亲也许会显得普通而平凡，但这位勤劳的母亲为钟爱的纺织事业奉献了一辈子，最后积劳成疾倒在了工作岗位上。母亲去世时年仅 43 岁。母亲去世后，15 岁的王雷根据当时的接班政策，来到国棉八厂的清梳车间当了一名工人。

20 世纪 80 年代后期，青岛纺织业开始走下坡路。国棉八厂纺织的"纺"与"织"分离，织布转移到了胶州，纺布迁至台儿庄。台儿庄的纺织勉强支撑，而胶州的织布企业濒临破产倒闭。

1984 年 7 月，青岛市纺织工业总公司成立，后变更为青岛市纺织总公司。2002 年，在青岛现代纺织业百岁之际，青岛纺联控股集团有限公司（原青岛新纺织集团有限公司）作为青岛纺织百年历史文化的传承主体应运而生。2009 年 6 月，青纺联棉纺企业关停淘汰了 224 台落后的梭织机，进入"无梭化"时代。青纺联依托棉纺、印染、针织服装、海外实业、国际贸易和综合产业六大板块，成为一个融工贸为一体、产学研相结合、产业链配置完整的国际化综合性企业。

2008 年，面临转岗的王雷迎来了自己人生中的一个重大机遇——利用原青岛印染厂的仓库，筹建青岛纺织博物馆。彼时，国棉八厂已经成为历史，外公是开厂的元老，王雷则是最后的工人。一家三代见证了一座纺织厂从创立到消失的全过程。

一座博物馆从无到有，不亚于一位母亲十月怀胎一朝产子。王雷真的是把博物馆视作自己的孩子。他从小浸润在纺织厂的大环境中，自以为对这段历史了如指掌，但真的要系统梳理一番，才发现自己其实有很多的认知盲区。博物馆里大部分的展品是他千方百计收集来的，当然也有遗憾，没能将国棉六厂停产时的机器设备抢救出来，也没能把躲过"焦土抗战"

的同兴纱厂的厂牌留住。经过近一年的筹备，2009年9月29日，青岛纺织博物馆正式开馆，向中华人民共和国成立60周年献礼。

开馆前一天，王雷与同事们忙到深夜。他站在博物馆入口处的前言旁，沉默了良久。那是一块黝黑的花岗岩，"母亲工业"四个立体的黑体大字赫然挺立在正上方。二百多字的前言，他又认真地读了一遍：

> 发端于1902年的青岛纺织工业，成长于乱世烽火，积淀于建设时期，成熟于改革开放，历经百年风雨，铺就了青岛城市发展之路。
>
> 在百年历程中，青岛纺织撑起了青岛民族工业的脊梁，培育了岛城创优求精、诚信包容、和谐共赢的工商精神，见证了青岛由一个小渔村到国家沿海重要中心城市的华丽蝶变。"母亲工业""上青天"的美誉曾经是青岛最辉煌的"城市名片"，以郝建秀为优秀代表的纺织人，把创新拼搏、无私奉献的"火车头"精神带到各行各业，成为"青岛之魂"。

"母亲工业"，母亲！那一刻，王雷的心中五味杂陈。

2013年9月，纺织谷投资运营平台——纺织谷发展有限公司注册成立，次年12月纺织谷正式开园。

纺织谷所在地前身为始建于1934年的上海纺绩株式会社青岛支店，如今成为青岛百年"母亲工业"历史文化新的传承载体、青岛城市地标级网红打卡地。外地游客与本地市民闻风而动，这里成为中国又一个工业遗产活化的典范案例，与北京798艺术区、上海8号桥创意园一样，成为城市时尚文旅名片。历史在创造着历史。国家面料馆、纤维科技馆、衍纸艺术馆、1902美术馆、青岛纺织博物馆、谷里窑、剧本杀、咖啡俱乐部以及着眼未来智慧便捷生活的"样板间"集群等一百余个体验场景串联混搭，包豪斯建筑群与现代时尚建筑比肩而立。爆红的青岛纺织谷，成为青岛市工业文化新地标和国际时尚创意产业赋能平台。2015年7月2日，中国纺织工业企业管理协会正式发起成立中国功能性纺织品联盟,总部位于纺织谷。

现在的青岛纺织博物馆,是 2017 年移地纺织谷内再建的。王雷也全程参与了再建过程。

如今,青岛纺织博物馆是所有到纺织谷参观、游玩的人必定会去的地方。纵然今日耳畔不闻机杼声,但那声音并未走远。博物馆门前不远处,一株六十多年树龄的山桃树,每年春天都会迎来绚烂的花季。不管人面不知何处去,桃花依旧笑春风。

第八章：

海天一色

北京时间：青岛机场站 12：45

孔祥配：小时候父亲带我到青岛玩，第一次见到像画一样的风景，红瓦、绿树、碧海、蓝天。2007年，铁路第六次大提速，青岛成为首批进入高铁时代的城市之一。12：45，"行走百年胶济·高铁环游齐鲁"专列抵达青岛机场站。济青高铁青岛机场站是山东省第一个地下高铁站。每次车运行到这里，总有一种我在开地铁的错觉。

第一节
青史字不泯

2016年春节，于建勇带回家一份沉甸甸的礼物。礼物不多，一共7本；礼物也不重，薄薄的一册，只有130页。

《七十年来家与国》，于永录撰稿，于建勇整理。封面是于建勇的父亲于永录的一张照片，于永录坐在石头上看向未知的远方，眼神中充满了希冀。背景是一辆冒着浓烟正在疾驶的蒸汽机车——中国人自己制造的"解放"型蒸汽机车。

《七十年来家与国》是于永录的口述实录。在于建勇的提议下，于永录从2013年开始，耗时一年，一笔一画把自己七十多年的人生经历写了下来。写完之后，于永录就把一沓厚厚的手稿交了儿子，因为于建勇当初说过要把它编成一本书。彼时，于建勇已经从徐州调到济南，就在济南铁路局电视台工作，每天特别忙，忙着给铁路上的老领导、老职工拍摄口述历史。每次于建勇回家，父亲就问他："书稿整理得怎么样了？什么时候能做成书啊？"

"快了！快了！等我忙完手头这个片子就整理。"每次于建勇都语焉不详地找各种理由搪塞过去。有时候他在拍摄老铁路人时，也会突然萌生出给父亲也拍摄一段影像的念头，不过也仅仅是一个闪念而已，然后在心里对自己说："不着急，以后再说，反正有的是时间。"

真的有的是时间吗？

1958年，国家大力发展铁路事业，济南铁路局破例在农村招工，于永录幸运地被录取了。从小没出过远门的他跳出农门，成了铁路工人，成了村里同龄人艳羡的城里人。那天，于永录离开了生活二十年的家乡山东诸城埠头村，步行到县城，坐上拉煤的汽车先到坊子，又徒步十里地到坊子火车站。在坊子火车站，于永录遇到了很多与他一样幸运被录取的人。大家喜悦又忐忑地等到半夜才坐上火车到了蓝村，他们将在蓝村进行为期两个月的业务培训。蓝村的学习结束后，于永录又去了城阳继续培训，直到1958年底才结束。

　　1959年初，于永录被分派到徐州工作。他跟同事一起乘坐青岛到浦口的慢车，早上7点出发，夜里2点多才到徐州。他在徐州正式上岗，成为一名列车员。

　　1958年之前，徐州没有列车段，只有徐州车务一段、二段。津浦线列车由一段担当，南到蚌埠市郊、淮河以北的徐家港小站，北至兖州站南4公里的汤家林站；陇海线列车由二段担当，东至连云港，西到商丘。二段只设一个乘务室，担负着徐州至连云港的一趟混合列车的接车任务。所谓混合列车，就是在货物列车上附挂几节客车，无风挡，只在端门外两边挂铁链子。徐州至济南算是正式客车，其余有徐州至枣庄、徐州至贾汪两趟市郊车，全段乘务室还不到200名乘务员。于永录在客运岗位干了七年，1965年改职运转车长。运转车长的主要工具是两面信号旗、一盏信号灯，外加响墩、火炬等安全防护用品。当然，还有必不可少的饭盒，猪腰子形，满满当当装了一大包。于永录就是背着这个乘务包，一年四季连轴转，不分春夏与秋冬。

　　在徐州工作时，于永录一年才能回家一趟。于建勇对父亲的印象是一分神秘、二分想念与三分惧怕。父亲每次回家都是穿着一身藏青色的铁路制服，头戴一顶同样颜色的大盖帽，跟样板戏《红灯记》里的铁路扳道工人李玉和有几分相像。每次父亲的身影出现在村头，左邻右舍就会大声喊："李玉和回来了！"于建勇会在第一时间跑到大门口去迎接久别重逢的亲人。

　　于建勇第一次坐火车，是母亲带着他和姐姐去徐州探亲。那一年于建勇只有4岁，正是对一切懵懂好奇的年纪。姐姐比他大4岁，眼睛一眨不眨地看着他，生怕于建勇在火车上调皮捣蛋。看着窗外的房屋、河流与树木纷纷倒退着闪离视线，于建勇大惑不解。在餐车吃饭的时候，他趁母亲和姐姐不备，想把头伸出窗外看一眼，看看那些后退的景致到底去了哪里。哪承想，头猛地一伸，生生把窗户上的纱窗给顶出去了。吓得母亲一把把他拉住，于建勇自己也吓了一大跳。母亲打也不是，骂也不是，只得牢牢牵着他，再也不敢松开手。

于永录从事的运转车长的工作很繁重，主要职责是接发列车，保证列车编组顺序表与现车相一致，指挥和监护列车的安全运行，起到发现问题、防止事故和减少事故损失的作用。后来列车尾部安装了新型列尾装置，司机在驾驶室内就可以独立完成查询列尾风压、试风和发车作业，就不再需要运转车长了。1992年7月9日，济南铁路局取消了货运列车运转车长值乘制度。客车运转车长值乘制度则一直持续到2014年10月15日零时，普速客车全部开通使用尾部安全防护装置后才被取消。至此，运转车长这一百余年的工种彻底退出中国铁路的历史舞台。

1987年，于永录为了儿子就业而办理了退休顶替，回到故乡，回到了心心念念的土地。儿子于建勇顺利子承父业。

那一年于建勇高考落榜，正是心灰意懒的时候。大学的门对他关上了，好在父亲的提前退休给他开了一扇职业的窗。在徐州兢兢业业工作了十四年之后，于建勇作为一个成熟的记者调到了《济南铁道报》。原本在徐州的时候，他有机会离开铁路系统调到《彭城晚报》去工作。在征求父亲的意见时，老人家坚决反对，孝顺的于建勇也就放弃了。多年之后，再回想当初的决定，于建勇不后悔。尤其是回到山东之后，作为记者，穿梭往返在胶济铁路上，于建勇发现了一个全新的审视历史的视角——胶济铁路。

胶济铁路像一扇窗户，推开它，犹如推开了中国近代史的窗户。透过这扇窗，于建勇看到了屈辱与艰辛、压迫与抗争、腐朽与新生。胶济铁路也是一座舞台，你方唱罢我登场，西方列强、东亚强盗、中国枭雄……直到一唱雄鸡天下白。胶济铁路还是一本皇皇巨著，记录了苦难中国的涅槃重生，从晚清、民国到新中国，这条铁路没有成为时代的弃儿，反而与时俱进，保持了蓬勃的生命力，成为一道耐人寻味的风景。

从2007年起，于建勇开始挖掘中国铁路建设的人文景观，他想写一本站台景观史，积累了很多资料，写写停停，停停写写，却有心栽花花不开。2013年，在参与筹建胶济铁路博物馆的过程中，随着搜集、发现的资料越来越多，于建勇开始一篇一篇地在《人民铁道》上发表图说胶济铁路故事，直到中国铁道出版社的编辑找到他，无心插柳柳成荫。原本是计划出版上、下两册，上册出版之后，发现手中留存的资料特别多，只得改为《图说胶济铁路故事》上、中、下三册。有一次，于建勇去拜访胶济铁路老站长庄景元的后人庄上士时，赫然发现在庄上士的书架上端端正正地摆着自己的书。一番攀谈之后才知道，原来众多的胶济铁路迷都将这套书奉为圭臬，这让他兴奋不已、激动不已。随后，他又乘兴创作了《胶济铁路风云》，获评2023年第二季"书香铁路 我喜爱的好书"重点推荐图书。

2018年6月，于建勇调整到青岛客运段工作。

青岛这座城市，对于建勇来说有着特殊的意义。从爷爷那一辈开始，于家四代人都与青岛渊源甚深。爷爷曾经挑着担子，从诸城走到青岛讨生活，屡屡碰壁之后黯然回乡。父亲成为铁路职工之后长期奔驰在徐州至青岛的线路上，父亲曾经试图从徐州调到青岛工作，却未能如愿。"在青岛安家落户"终于在于建勇这里得偿所愿。就在他到青岛客运段任职的两个月之后，于家的第四代——于建勇的儿子于子龙也顺利通过考试，入职青岛机务段。如今，儿子已经在青岛买了房子，不辞长做青岛人了。

与爷爷、父亲的经历相比，于建勇觉得自己与儿子是幸运的。尤其是父亲猝然离世，远在济南的于建勇未能见到父亲最后一面，再加上于建勇没有在父亲生前将他的口述实录编辑成册，这些遗憾一度压得于建勇喘不过气来。其实，脆弱的人生并没有多少可以任意挥霍的时间，尽情享受亲情的时间尤其短暂。回想少年时与父亲共同生活的时间太少，再联想到自己也曾经与家人分隔两地，对爱人、对儿子，于建勇生出了更多的责任感。

儿子正在信心满满地备战高铁司机的考试，一有时间，于建勇就给儿子打电话，聊得最多的还是关于铁路的话题。

1949 年，青（青岛）京（北京）列车开行，这是中华人民共和国成立后山东开出的首趟进京列车。新中国成立初期，青岛客运段（原青岛列车段）只有几对车、几百人，现在，拥有九十多对车、四千多人，其中高铁动车占 75% 以上，不仅跑出了中国速度，也跑出了中国骄傲。青岛客运段的历史，从一个侧面反映了青岛铁路的历史、山东铁路的历史乃至中国铁路的历史。

2019 年，为庆祝中华人民共和国成立 70 周年，于建勇做了一个重磅策划，面向离退休老同志征集老照片，以老照片为载体，讲述青岛客运段精彩的历史瞬间。一张老照片就是一个历史的碎片，一张张老照片汇集到一起，就会组成一幅波澜壮阔的历史长卷，这就是《"青"史"影"存》。

很快，一些重要的历史图片汇集到于建勇的办公桌上。1949 年 10 月 5 日"济南铁路职工学校第二期张坊段全体同学毕业合影"，这是迄今为止找到的青岛列车段职工最早的老照片；青岛铁路首个女子包乘组的列车长于大娟的照片；青京四组"餐车四姊妹"（张爱君、赵锦青、盖秀美、矫瑞兰）的照片；1979 年北京电影制片厂在青岛拍摄《第二次握手》时，青岛客运段列车员、公安干警与著名电影演员谢芳、康泰站在蒸汽机车前的合影；张店列车段运转"三八"班的照片；青岛列车段上海车队第一女子包乘组列车长解福华的照片；全国三八红旗手、青京 25/26 次特快列车第一女子包乘组列车长李淼香的照片……

于建勇非常谨慎、认真地对待征集到的每一张照片。最让他感到费心的是照片背后的历史查证工作，因为很多老照片的提供者是照片中人物的后人，他们通常对照片内容并不十分清楚。而照片里的主人公不是去世，就是年事已高，对往事记得不清楚、不详细或不准确。甚至有时两个人提供了相同的一张老照片，也会有两种截然不同的说辞。遇到这样的情况，于建勇会十分头疼，不知该采信哪一方，只能通过另外的途径去考证。他的书橱里摆着全套的《济南铁路局志》《青岛铁路分局志》《济南铁路局年鉴》《青岛铁路分局年鉴》等铁路志书。可即便是铁路志书，说法也不尽相同。他有时候只能喟叹：尽信书不如无书啊！

　　精心筹备了将近半年之后，从5月开始，"壮丽七十年·奋斗新时代"《"青"史"影"存》图片展先后在青岛、淄博、济南展出。

　　作为策展人，每一张照片都是于建勇精心挑选的，可谓是深入骨髓的熟悉与了解，但他又是每一场展览最认真的观看者之一。老照片在他眼中，不仅仅是溴化银的化学反应，还是岁月的光影，是历史的留痕。历史是什么？历史是过去传到将来的回声，是将来对过去的反映。历史是一条流动的河，人不能两次踏进同一条河流。一切皆流，无物常驻。一切过往，皆为序章。只有回看走过的路、远眺前行的路，才能弄清楚我们从哪儿来、往哪儿去。

　　2020年9月，大型精装画册《"青"史"影"存》正式结集由山东画报出版社出版。首发式在青岛市档案馆举行，画册被青岛市档案馆永久收藏。

　　古人日以远，青史字不泯。

第二节
穿梭在海星的心脏里

公维利的早晨是从下午 2 点钟开始的。不用闹钟把他喊醒，工作以来形成的生物钟会准时提醒他，该起床了！

"早饭"通常会非常丰盛，这一餐是一天中最重要的一餐，不能马虎。要有菜有肉有汤，还要有甜品和时令水果。好多年了，公维利一直保持着运动的习惯，散步、跑步、打篮球都能帮助公维利将身体里多余的能量代谢完毕。运动时，时间总过得比平时快许多。大汗淋漓之后，天色将晚，这时也就到了公维利的"午饭"时间，之后就是铁道信号维修人员的强制休息时间，所以"午饭"是不能多吃的。睡前，公维利会在手机上定好几个闹铃，尤其 9 点之后每隔 15 分钟定一个。他会在半梦半醒间体会一下赖床的小快乐，但晚上 10 点是他必须要起床的时间。对于大多数人来说，晚上 10 点却是上床睡觉的时间。

工作六年了，即便公维利的身体已经适应了这样的时间节奏，但是人类亿万年进化来的对睡眠时间的选择依然在做着本能的抵抗，这是后天现实与先天基因之间的角力。9 点的第一遍闹钟一响，公维利一般就醒了。借着公寓里的星点微光，他躺在黑暗里静静地等待最后一遍闹钟响起。起床前的倒计时是工作忙碌前的闲适，是可以虚掷的短暂光阴，是炭火上的一滴糖。"嘀嘀嘀"，最后一遍闹钟响了，公维利会一跃而起去洗漱，绝不拖泥带水，而后以最快的速度赶到岗位去做上班准备。

公维利的自律是大家公认的，但他自己浑然不觉。也许自律本就是他的一种生活态度。醒着却不起床的时候,恰好是公维利思维最活跃的时候。

自律的品格是与生俱来的吗?

不是。这是公维利认真思考过后的答案。

父亲在泰安新汶矿业集团工作,很少回家,母亲带着公维利在老家生活。6岁的时候,母亲带公维利坐火车去泰安看望父亲。那是他第一次坐火车。父亲住的矿工宿舍窗外就能看到火车,刚刚学会数数的公维利最开心的事情就是坐在窗边数火车车厢。自己数不过来的时候,就央求妈妈帮他一起数。父亲的同事都夸父亲做事板正。6岁的公维利并不理解"做事板正"意味着什么,他只记得父亲的宿舍收拾得整整齐齐,虽然没有硬性要求,但父亲在他人看不到的地方依然恪守着无言的规矩。

参加工作后,公维利曾经在山西吕梁至山东日照的瓦日铁路实习过。瓦日铁路穿越晋豫鲁三省,与京广、京沪、京九等七大干线铁路互联互通,是一条连接我国东西部的重载煤运入海通道。在这里,公维利遇到了自己踏入职场的严师白廷国。白师傅比徒弟公维利只大9岁,当时已经是工长。白师傅对公维利的要求不是一般的严,几近严苛的程度。"你觉得我对你严,是吧?你在抱怨之前先看清楚,我要求你做到的,我有没有做到?我不要求你做得比我好,能达到我这个水平就行!只要你能做到像我这样,我就不再管你了!"

看着白师傅用诚恳的眼神盯着自己,公维利的怨言被卡在嗓子眼,一句也说不出来。的确,白师傅对他的要求看似严厉,其实不过就是白师傅的日常工作标准。"小公,我做的这些并不是最高标准,充其量是平均标准。高铁信号运行无小事,要想万无一失,就要对标最高标准。"从那之后,公维利自动把自己的工作标准向师傅看齐,甚至在达到师傅的标准后,偷偷努力着向最高标准靠拢。

2018年,济青高铁开通。这条铁路于2015年8月动工建设,2017年12月全线完成铺轨,2018年12月26日竣工运营。济青高铁是中国"八纵八横"高速铁路网青岛至银川通道的重要组成部分,是该通道最东端路段，西联济南枢纽，与京沪、石济、石太等高速铁路相连，东接青岛枢纽，与青荣城际、青连铁路等衔接，构成了连接济南、青岛间多个中心城市的快速客运主通道。济青高铁与胶济铁路、胶济客专在济南至青岛间形成"三线并行"的铁路交通运输格局，形成了山东省内的"2小时交通圈"。从5月开始，公维利就参与到当时济青高铁红岛站的开站准备。早上8点到岗，跟施工单位一起工作，中午在工地吃盒饭，下午工作到5点，回到宿舍休息到夜里11点再返回工地，清晨5点吃个面包回宿舍休息，有时候累得连衣服都懒得脱下来。就这样整整连轴转了三个月，本来就不胖的他又瘦了一圈。

济青高铁上的青岛机场站是青岛胶东国际机场配套建设的无缝换乘站。济青高铁青岛机场站站厅层为地下一层，站台层为地下二层。青岛胶东国际机场实现了航空、高铁、地铁、陆路交通垂直零换乘。从空中俯瞰，青岛胶东国际机场航站楼如一只硕大的海星，这个海星造型关联着青岛的地域文化。2021年8月12日，这只"海星"正式通航。

就像三年前参与济青高铁红岛站开站一样，公维利又全程参与了青岛机场站的开站。不同的是，他这一次是以青岛电务段青岛机场信号维修工区工长的身份参与。从2016年新员工入职，自律的公维利用四年的时间蜕变成一名成熟的工长。

午夜12点过后，高铁列车入库，铁轨也打起了瞌睡。整个世界灯光在变暗，温度在降低，喧嚣沉寂，代谢放缓。打破平静的是公维利和他的团队。他们穿梭在青岛胶东国际机场"海星"的心脏地带，在地下19米的负三层，用手中工具、仪器为道岔、信号机和轨道电路做着全方位的"体检"。

青岛电务段青岛机场信号维修工区有9名工作人员，最大的1991年出生，三十出头，最小的2000年出生，二十出头。团队平均年龄28岁，公维利29岁，略高于平均数。在工作区的他们穿着铁路系统统一的工作服，回到办公室，他们还会集体换装，换上军绿色的青春迷彩。青岛机场信号维修工区是青岛电务段第一个实行军事化管理的工区。没有经验，没有参照，9 人之一的王珏是一名退伍军人，工作之余兼任了军事教官。公维利与小伙伴们摸着石头过河，他们的探索与实践将会成为未来青岛电务段所有工区军事化管理的标准与规范。

除了作为工长的公维利口袋里装着一部手机之外，其他人的手机都被放在手机存放箱里。这部手机是他们唯一的对外通讯联络工具，以备不时之需。偶尔，公维利也会给小伙伴们拍几张照片，留作纪念。

照片里一头卷发的同事叫李玺锐。

李玺锐比公维利小两岁，他三个月烫一次头，这个喜好从上大学的时候就开始了。李玺锐爱听德云社的相声，觉得于谦是个有大智慧的人。于谦的三大爱好"抽烟、喝酒、烫头"中，李玺锐觉得只有"烫头"这一项是自己可以效仿的。

2018 年 8 月，从大连交通大学毕业的李玺锐来到了国铁济南局青岛电务段红岛信号工区。三年后，他调整到青岛机场信号维修工区，成为公维利团队的一员。

李玺锐眼中的公维利是一个性格平和的人，温润有余，棱角不足。李玺锐现在是副工长，有时候面对公维利的工作安排，他认为不合理的就直接当面开口质疑。事后一个人独处时，他也会反思，如果他与公维利互换一下角色，是否能像工长那样和颜悦色地倾听团队里的不同声音。前段时间，青岛电务段安排胶东国际机场信号维修工区支援红岛工区，李玺锐连续上了四个夜班，好不容易能歇班休息了，结果下一组支援红岛工区的同事有一个意外受伤请假了，公维利便让李玺锐顶上。

"需要那么多人吗？"李玺锐脱口而出。他已经做好了休班计划，面对突如其来的加班，他的第一反应就是拒绝。

"我觉得需要。虽然那项工作三个人可以完成，但多一个人就多一份保障。"公维利制定工作计划的习惯是留出余地。

"轮到我休班，我不想加班。"李玺锐坚定地说。

"好，我知道了。"公维利笑了笑，不再与李玺锐计较。那天公维利自己顶替了受伤同事的工位。工长是工区第一生产责任人与安全责任人，生产与安全，哪一个都不能放松。公维利不认为李玺锐有错，敢于直抒胸臆的年轻人是可爱的，岗位不同，思维模式便不同。在副工长的位子上可以选择计较，但工长没有选择，他是为大家兜底的人。

自从工区实行军事化管理之后，除了每周集中一天进行军事化强化训练之外，还增加了每周一学，每个人分享自己的阅读。这期间，李玺锐读完了余华的《活着》，从中读到了坚持。最近他在读王阳明的《传习录》，当读到"不识私欲，便不识天理。识得私欲，去掉私欲，天理自现。功夫只有一个，念念去私欲存天理，无须外求"一段时，头顶恰好有一列车经过，共振效应晃动了李玺锐面前茶杯里的水，一圈圈涟漪荡漾。抬头去看同事，不经意看到了云淡风轻的工长公维利。他执拗的心忽然有了些许松动。

极少出现在公维利镜头里的是他们团队中唯一的女性——刘子欣。作为女性，她更多的时间是在室内浏览信号集中监测，与在"海星"心脏部位现场检修的同事们遥相呼应。刘子欣不仅是团队里唯一的女性，也是年龄最小的一个，她出生在千禧之年，只有22岁。刘子欣会成为一名国铁人，了解她家庭结构的没有一个人会觉得意外。

刘子欣的爷爷、大伯父、姑父、父亲都在兖州铁路上工作，且大伯父和姑父还都是火车司机。母亲这边呢，老姥爷、姥爷、舅舅、舅妈也都在铁路系统工作。高考时，无论家人还是刘子欣自己，都把铁路相关专业视为首选。其实从小到大，刘子欣的梦想都是成为一名火车司机，但铁道机车车辆专业基本不招女生，她只得选了轨道交通信号与控制专业。一到校报到，发现全班40个人，只有8个女生。

2020年毕业时，恰逢北京铁路局客运段到学校招聘，刘子欣第一时间报名，却因为身高不达标而落选。后来参加济南铁路局的招聘，录取后被分配到青岛电务段。

入职后，刘子欣先去淄博培训基地接受实训。在实训基地，她第一次近距离地在轨道旁看着道岔缓缓被拨动。一个小小的道岔可以左右火车前进的方向，虽然这是在课堂上早就背得滚瓜烂熟的理论，但课本上的白纸黑字与生活中的真实场景还是有巨大差距的。刘子欣觉得神奇极了！

刘子欣以实习生的身份参加了红岛信号工区的建设，她的认真与好学，公维利全部看在眼中。实习结束，刘子欣正式进入青岛机场信号维修工区，成为工区唯一的女信号工。她的工位是驻站联络员，白班时，在机械室浏览信号集中监测，发现问题后录入问题库下发；夜班时，配合在现场维修的同事，根据他们的工作进展远程控制道岔，协助他们完成维修任务。与同龄的女孩子相比，刘子欣性格明显沉静、成熟许多。她声线柔和，吐字清晰，偶尔遇到电台信号不好，她也不慌，一字一句重复，直到信号恢复。

如今每日坐着高铁通勤的刘子欣，会仔细体会列车的每一个转弯与每一次停靠，那是乘客看不到的道岔、信号机和轨道电路共同发力的最优结果。

"前方到站，青岛胶东国际机场站！"

随着人流下车的刘子欣，很快就摆脱了众人，走向工作人员的专属通道。按下负三层，几秒钟之后，她就能与同事们在这只硕大无朋的"海星"心脏中会合了。

第三节
胶州湾的早晨

油画《胶州湾的早晨》在青岛很有名，各种宣传青岛的画册上随处可见它的翻拍图片。王崇山早已不记得自己是在什么地方见过这幅画了。

这幅油画画于 1898 年，作者是德国画家卡尔·伍德克。在来青岛前，卡尔·伍德克已经游历过很多城市，埃及的开罗、底比斯，意大利的坎帕尼亚、那不勒斯、罗马，每到一处，画家都会用手中的画笔记录他眼中的城市风貌。这次的青岛也不例外。这趟中国之行，画家是应德国东亚舰队司令海因里希亲王的邀约而来。于是在 19 世纪末的一个胶州湾的早晨，卡尔·伍德克再次用画笔记录了他的足迹。

虽然记不清楚何时在哪里看过《胶州湾的早晨》，但王崇山始终无法忘记第一次看到这幅画的感觉，诡异而又神秘，是青岛，却不是王崇山习以为常的青岛。画里有山有水，那山、那水也不是王崇山眼中青岛的山与水。在王崇山的认知里，青岛的水是开阔的、包容的，青岛的山是形态各异的，尤其是崂山的石头，都是会说话的石头，而不是画幅中水潭一样的水面和坟茔一样的山包。卡尔·伍德克的画笔下有插着红色旗帜的瞭望所和身穿朝服、头戴官帽的清朝官员。看着图片，王崇山心想，当年侵占胶州湾的德国人也是清王朝的掘墓人之一，毕竟由胶州湾被德国人侵占而引发的风暴潮最终漫卷了整个中国近代史。德国人处心积虑、费尽心力在中国建设的"模范殖民地"的梦想终究化为泡影，臆想中蓝图上的百年大计在经过短短的十七年之后便灰飞烟灭。"一战"败，"二战"再败，《胶州湾的早晨》占据最大画幅的那座坟茔一样的山，是否就是历史的伏笔与谶言？

家住青岛市北区的王崇山，从小看着胶州湾的日出日落长大。有研究青岛的专家说，不论是从1891年清政府在胶澳修筑炮台设防，还是从1898年德国人占领之后开始大规模地规划建设，青岛，这座肇始于小渔村的城市，从起步就完全避开了中国乡村的固有形态，或许"城市"本就该是这片土地的原貌。从王崇山家的窗户里就能看到浩瀚无垠的胶州湾，海面上总有远远看上去似乎静止的轮船，以及永远在吞吐货物的港口码头。那是一个对王崇山充满吸引力的地方。

1990年，王崇山如愿考上青岛港湾学校的港口专用机械专业，学校在黄岛。那时候既没有胶州湾海底隧道，也没有胶州湾大桥，去上学需要坐轮渡。在学校里，他终于近距离触摸到了桥吊。抬头仰望，几十米高的桥吊让人心生畏惧。班主任老师对新入学的学生说："要想成为一个优秀的桥吊操作手，首先要克服恐高。"可能是担心新生望而生畏，班主任就笑着鼓励大家："桥吊上的风景可比在地面上好看一百倍！"

四年后，21岁的王崇山从青岛港湾学校毕业，被分配到青岛港集装箱公司固机队，成为一名轮胎吊司机。真正上班之后，王崇山发现学校里学的东西过于理论和理想化，但幸运的是，他遇到了最好的启蒙老师许振超。

1995年的青岛港，28米高的大桥吊只有5部，那是青岛港最高的设备。当时能熟练操控设备的大桥吊司机比现在的航天员都要少。一个成熟的桥吊司机，最少得工作三年才能游刃有余、气定神闲地应对各种突发状况和意外情形。相对而言，轮胎吊三个月就能熟练操作。三个月之后，王崇山申请学习桥吊。他有四年在校的专业学习打底，再加上本身就是个胆大心细之人，从自身条件来说视力又特别好，所以适应得特别快。当时许振超师傅正在推行无声响作业，利用操作技能，降低对设备和货物的损耗。有的人不理解，觉得许师傅的精益求精是吹毛求疵。作为徒弟，王崇山对师傅的教诲言听计从，许师傅要求他做到的他无条件服从、执行。严师出高徒，一年之后，王崇山的桥吊驾驶技术已经像模像样了。就在他志得意满的时候，发生了一起事故。那天，王崇山起吊的集装箱突然出现了仓盖板自由落体，虽然正好落在了该落的位置，但是速度过快，明显不符合操作规程。于是这起事故被认定为司机操作不当，责令王崇山停工配合调查。自己的徒弟，自己了解，凭借多年来带队伍的经验，许振超不认为问题出在王崇山身上。他据理力争，认为还有一种可能是电机设备问题，虽然这只有十万分之一的可能。在许师傅的坚持下，最终查明问题的确是出在设备上。许振超不仅仅是王崇山的师傅，更是他的贵人、恩人。许师傅与自己相处的点点滴滴，王崇山都默默记在心上。多年之后，当王崇山也成为带徒弟的师傅时，当年许师傅怎么带他，他也怎么带徒弟。不仅如此，他还会给刚入职的同事讲全国劳动模范、全国优秀共产党员、改革先锋、最美奋斗者许振超师傅创造享誉世界的"振超效率"的故事。

1950 年出生的许振超，初中毕业后到青岛港当了一名码头工人。当时他跟着师傅学习如何操作门机。在当时，门机算是最先进的起重机械。只用了七天的时间，许振超就掌握了技术要领，成为同批学员中第一个能够独立操作门机的工人。他勤学苦练，练就了"一钩准"的绝活，装卸铁矿石时门机钢丝绳走起来就是稳稳的一条线，一钩矿石吊起，正好装满一车皮。不仅如此，在向货运列车装卸散粮的作业中，他还开创了"一钩净"的绝活，使装卸工人们的二次劳动强度大大减轻。

1984 年，业务精湛的许振超被选为青岛港第一批集装箱桥吊司机。当时桥吊的核心技术掌握在国外厂家手中，当机器故障停机时，企业只能高薪聘请外国专家来修理。许振超暗下功夫，每天下班后钻研桥吊控制板，把其中的电路图一笔一笔自己画了一遍。弄通搞懂后，他不仅仅会开也能修，成了非科班出身的桥吊专家。许振超将自己开创出的绝活毫无保留地传授给他的徒弟，从"一钩准""一钩净"到"无声响操作"，并亲手带出了一批具有社会影响的工作品牌。王啸在集装箱桥吊装卸作业中，吊箱起落技术精湛，如飞燕般轻灵、稳健，被命名为"王啸飞燕"；吊车司机赵显新操作吊具从 40 多米的高空急速下行，能在 1 分 30 秒内将固定在桥吊吊具上的钢筋插入地面上的矿泉水瓶口中,被命名为"显新穿针"。

1997年,许振超用他的"无声响操作"将一艘装满剧毒化工危险品货船的集装箱安全、高效地卸载下来。此前,这艘货船已经在好几个港口申请了靠岸卸载,基于技术与安全考虑,那几个港口都不敢接手。2003年4月27日,在"地中海法米娅"轮的装卸作业中,许振超带领他的团队创造了每小时单机效率70.3自然箱和单船效率339自然箱的世界集装箱装卸纪录,这就是"振超效率"。此后,他们又先后9次打破由自己创造的"振超效率"集装箱装卸世界纪录。

王崇山算是许振超师傅最得意的弟子之一,他在许振超班组干了十年,这也是他成长进步最大的十年。

2013年,青岛港开始建设全自动化集装箱码头,这是一个全新的领域。让谁来担纲青岛港自动化码头筹建项目组的组长呢?这个人选要符合多个条件,既要懂集装箱技术和自动化控制,又得懂生产业务,才能担当这一事关青岛港未来发展的重任。张连钢成为不二人选。

1960年出生的张连钢大学毕业后被分配到当时的青岛港务局安技处。青岛港专用集装箱泊位开始建设时,他主动报名参加了青岛港第一个集装箱泊位——8号码头52泊位的建设。此后的三十年,他一直在港口一线,从事集装箱码头管理工作。在这期间,张连钢曾经到国外的半自动化和全自动化港口码头学习考察。但对方不准考察团下车,更别说拍照,在询问对方技术数据和相关信息时,对方也是三缄其口。这份屈辱与不甘,张连钢深埋于心。

面对天降大任于自身,即便已经53岁,即便做过肺癌手术,张连钢依然接过了青岛港自动化码头筹建项目组组长的重担,这是他的梦想,他要把它变成现实。

自动化码头是集物联网、云计算、人工智能等技术于一身的庞大系统工程,但自动化码头到底该怎么建,20多名技术骨干组成的项目组,包括张连钢在内没有一个人知道。摆在他们面前的只有一片蜿蜒的海滩和一个待回填的水湾。珠穆朗玛峰就在那里，需要攀登者一步一步去登攀。动员会上，作为"连钢创新团队"带头人的张连钢庄严承诺："依靠自主创新，建设中国人自己的自动化码头！"

坐在台下鼓掌的人中也有王崇山，此时他也是青岛港自动化码头筹建项目组的成员之一。王崇山一边鼓掌一边暗自思忖，桥吊司机真的能够被替代吗？此时的他对自动化桥吊的认识是零。当初抽调他过来的时候他以为是来驾驶，进了项目组之后才发现是让他来提供人工驾驶的技术参数、操作难点、注意事项，协助制造、装配、调试无人驾驶的桥吊，用电脑代替人脑、机械替代人工，从而实现自动化无人操作。

在上海振华重工工作的半年时间里，王崇山的生活基本上是两点一线——宿舍，桥吊；桥吊，宿舍。他没去过一趟市区，整天跟制造方"打"成一片，有争执，有争议，有妥协，有协作。一些人工操作时可以随机应变的问题，在设备自动化过程中就成了难点，有时候仅仅为了安装一个摄像头、一个激光扫描仪，因为位置的设置，双方争执不下，只能看实验效果，用事实说话。设备制造出来，先在码头试运行，一旦发现缺陷立刻反馈给制造商整改，反反复复，青岛港自动化码头完全是摸着石头过河的探索成果。王崇山涉及的自动化桥吊仅仅是其中的一项，而张连钢作为总负责人，从土建、供电、信息系统、物联网、云计算到人工智能，事无巨细，一一过问。每当士气低迷时，张连钢总会激励团队："不能退缩，要坚决拿下，否则我第一个跳海！"

2016年底，青岛港自动化码头三大设备基本成型。王崇山参与的自动化桥吊顺利运行，装卸效率翻倍；由1978年出生的修方强主导的全自动轨道吊顺利运行，且能够实现恶劣天气"一键锚定"；由1988年出生的张常江主导的自动导引车顺利运行，创新研发的自动充电无限续航技术世界领先。2017年5月，青岛港自动化集装箱码头一期投产，创下世界自动化码头开港作业效率最高纪录，为智慧港口建设运营贡献了"中国经验"和"中国方案"。在自动化码头二期工程建设中，青岛港没有简单复制一期方案，升级核心系统197次，优化功能2200多项，自主研发、集成创新的"氢+5G""全球首创机器视觉+自动化技术"等多项科技创新成果，再次以"中国智造"为全球港航业打造了"中国样本"。

  作为许振超的徒弟、连钢创新团队的成员，王崇山近距离感受着许振超的拼搏进取与张连钢的无我之境，他们不同，但他们又相同、相通。还有年轻一代的修方强、张常江以及更年轻的山东港口的建设者们，一代人有一代人的使命，一代人有一代人的担当。正是因为有了这份使命与担当，山东港口才能够在全球自动化码头竞争的浪潮中，抢占了属于中国人自己的一席之地。

  卡尔·伍德克的那幅《胶州湾的早晨》早已被历史收藏，落满了尘埃。今天的胶州湾的早晨，太阳刚刚跳出海平面，天朗气清，这里的每一天都是崭新的。

第四节
海港的夜晚静悄悄

半个月亮爬上来，海浪温柔地把水中的月亮撕碎、打散，一颗颗平铺在海面上，任碧华随波荡漾。今天晚上贺照鑫上夜班。自从2019年来到山东港口青岛港物流危品管理中心，成为一名危品理货员，他早已适应了在白班与夜班之间来回切换的工作节奏。

就贺照鑫的工作而言，港口的夜晚与白天其实没什么不同。如果有船靠岸或者离港，就会有作业任务，否则码头就会有暂时的宁静，尤其是夜晚的时候，偌大的岛城也会打瞌睡。当然，也总有不眠的人在维持着一座城的基础代谢。危品管理中心货场内的集装箱都安装了单体测温设备，可以实现远程终端监控，但他们依然一小时一巡检、两小时一测温，科技与人力相结合对于港口的危险品管理来说是双保险，是安全之上的再保障。

贺照鑫感受过港口一年四季的风，风向、风速、风的温度，甚至风的味道都是不同的。作为一个"港三代"，他赤诚地热爱着这片辽阔大地。每次巡查结束，他都会放慢脚步，凝神远望，在目力可及的幽蓝处，是这片港口、码头的百年源头。

这座城市与这个港口同名且同龄，它们是一个共同体，港依城而建，城因港而兴。据《胶澳志》记载："（胶州湾）湾阔而水深，方向位置举得其宜，外当黄海之门户，内通中原之奥区，固天然之商业地也。且黄海舟楫之利，秦汉已然。"传说为秦始皇求取长生不老药的徐福就是从胶州湾西岸的徐山启程远航的。东晋时期的高僧法显在印度求得佛法，归来时则在胶州湾东侧的崂山一带登陆。至元明时期，胶州湾已经形成海港群落，塔埠头、金家口、女姑口、青岛口已经在南北方海运交流中具有一定的知名度。明代在此地设了鳌山卫（辖浮山所、雄崖所）、灵山卫（辖夏河所、胶州所）。

"匹夫无罪，怀璧其罪"的胶州湾因其得天独厚难自弃的"天生丽质"引来了饿狼环伺。彼时，曾出使过法、德、意、奥、荷五国的大臣许景澄，是清醒看世界的晚清外交官，他目睹了海防和港口建设在国防中的重要性。1886年3月13日，许景澄回国后向朝廷上书，明确提出了山东胶州湾"宜及时相度为海军屯埠"的主张。五年后，1891年6月，李鸿章在检阅完北洋水师演习后乘船南下视察胶州湾，不久后上书光绪帝，计划在烟台、胶州择址建筑炮台。1891年6月14日，光绪皇帝颁发圣旨，批准在青岛建置设防。后世普遍认为这一天就是青岛建市的起始时间。1892年，登州镇总兵章高元率四个营移驻胶澳，总兵衙门也移驻此地。有了驻防的海军，随即也就有了码头。

抵达胶澳后，章高元在天后宫西侧的海边开始修筑码头，即位于小青岛西北的前海栈桥。码头修建所需石材全部取自青岛当地的花岗岩。当地花岗岩，具备硬、韧、纯、细等特点，不易风化，能够长久保存，并且其底色均匀分布着黑色和白色斑点，也是制作碑心石的不二之选。半个多世纪之后，青岛浮山的花岗岩进入人们的视野，它被确定为人民英雄纪念碑碑心石的石材，从青岛到北京，历经九九八十一难，最终昂然屹立在北京天安门广场上。浮山石材、大港码头、胶济铁路，当时还从胶济铁路北关车站到泺口车站修了一条京胶联络线，专门为运送人民英雄纪念碑碑心石而建。如今，那条京胶联络线的供电吊臂依然伫立在老胶济线一侧，无言静默，看着胶济线单线变复线，看着济青高铁从无到有，看着火车一点点加速，再加速，直到迈进高铁时代。万物有灵，风中的供电吊臂挥手致敬的姿势已经保持了七十多年，且腰不弯、背不驼，昂首挺立，已然成为胶济大通道沿线的一道风景。历史从来都是环环相扣的，没有单一孤立的存在。大历史观正是从历史长河、时代大潮、全球风云中分析演变机理，探究历史规律，人们会发现每一种历史的耦合，无一不在验证着恩格斯的论断："世界不是既成事物的集合体，而是过程的集合体。"

1897年11月14日，早晨，海雾弥漫中德国人侵占了胶州湾。11月的青岛是宜人的，海风不冷，势态却令人胆战心寒。秋风拂过，泱泱大中华的山与海却成了德国人的"模范殖民地"。德国人抱着前所未有的野心来建设青岛的港口。1898年，德国国会通过了高达500万马克的拨款计划，不久又追加350万，总计拨款850万马克，专门用于建设港口，甚至还鼓励德国的私人资本参与其中。1901年，小港码头竣工，大港码头即刻开工。1906年，大港二号、四号、五号码头相继完成，完全取代了清政府修筑的前海栈桥。

大港以一个圆形防波堤围绕而成，堤高5米，港上修筑铁路，与胶济铁路相连，此举可以很好地实现海铁联运。堤上有煤炭堆积所和造船所以及16000吨的浮船坞。船坞长约125米，外宽39米，内宽30米，深13米，可容145米长的万吨以上的大船。浮船坞建成后，德国将在前海的造船所迁入此地。这座浮船坞是当时东亚设备最大、最齐全、最先进的船坞。大港第一码头供普通的商船停泊，第二码头专供德国海军船舰停泊，第四码头用以装卸煤、盐等散货。大港以南、小港以北的船渠港主要为存放、保管修造码头及筑港工具之用。小港则担负着国内民船和帆船的集中停靠。当时德国按照意大利热那亚港的模式在胶州湾内新址设计青岛港，青岛港规划科学、设计合理、技术设备先进，尤其是配备了当时在世界上比较先进的电话线配线箱，可供船舶靠岸时和陆地通话。这是当时步入资本主义强国的日本也不曾有的。青岛港的吞吐量在1911年至1914年"一战"爆发前，增长率明显高于天津港，超过了烟台港、牛庄港、大连港，成为北方增长速度最快的港口。

1914年，第一次世界大战爆发，又是一个11月，控制青岛城、青岛港的接力棒从德国人手中转到日本人手中，青岛城、青岛港刚出狼窝又入虎口，躲过一灾又逢一难。1914年至1922年，日本在青岛港的建设重点是小港，完成了对小港的扩建工程。1937年，日本帝国主义全面侵华。1938年1月，日军再次侵占青岛。这一次的侵占，建设不再是重头戏，日军将青岛港作为内外物资运输交通枢纽，对港口实行血腥统治与严密封锁。1945年8月15日，日本宣布无条件投降。9月11日，美国海军第七舰队在青岛登陆。青岛港成为美蒋进行反革命内战的重要战略要地。在解放战争后期，青岛是美蒋在山东的最后一个据点。

1949年6月2日，青岛解放，青岛港随之也迎来了崭新的时代。六月的海风很温暖，初夏的温度正在一点点上升，就像满目疮痍的旧中国正在阔步进入繁荣昌盛的新中国一样。

贺照鑫的爷爷、姥爷分别在1948年和1949年进入青岛港口，成为港口的装卸工。出生在旧社会的两位老人都没有文化，而新中国成立初期时的青岛港也没有大型机械设备，爷爷与姥爷的劳作方式是肩扛与背驮，是人海战术，生产效率全靠一副强有力的肩膀与两只粗壮的大手支撑。

党的十一届三中全会之后，改革的春风自南向北吹拂，风从海上来，带来了蓬勃的春消息。1982年初，中共中央、国务院做出了《关于国营工业企业进行全面整顿的决定》。1983年1月，青岛港推行《包保核责任制方案》和《实行包保核责任制的奖惩办法》，结束了奖金吃"大锅饭"的局面。

贺照鑫的父亲、母亲分别在1982年和1983年进入港口，成为技术工人。父亲初中毕业，几经努力成为大港公司的一名调度；母亲高中毕业，是港口的一名理货员。作为改革开放初期的码头工人，父母亲眼见证了码头一步步实现着机械化。对讲机里的声音此起彼伏，海风强劲，要嗓门大一点才能被另一端的人听到，机械在轰鸣，也是时代的最强音。机械化作业的背后是技术工人的技能支撑，青岛港从培训、考核、激励三种机制入手培育技术工人，给技术工人创造良好的培训学习机制，提供展示比武的平台，涌现出来的佼佼者将会获得晋升奖励。三大机制相互促进辅助，不分主次。对技术工人的创新成果不仅重奖，而且记入个人荣誉档案，既有现实利好，又有长期"红利"。人才永远是生产力中最活跃、最积极的因素。踩着时代发展节拍的青岛与时俱进，2014年6月6日上午9点30分，青岛港在香港联交所主板成功上市，正式登陆国际资本市场。2019年1月21日，青岛港国际股份有限公司在上海证券交易所挂牌上市。

  2019年2月，贺照鑫通过笔试、面试，正式成为一名危品理货员。青岛港还是那座港，但也不再是祖辈、父辈为之奋斗的那座港，现在是山东港口集团，分布在山东沿海的青岛港、日照港、烟台港和渤海湾港，四港合一，化零为整。青岛港六号码头中心毗邻新建的邮轮母港客运中心，高203米的青岛港新地标山东港口大厦，风正一帆悬，蓄势启航！

  午夜时分，劳作了一天的风也累了。它逐渐静下来，海面的月亮瞅准时间迅速修复着自己的脸庞。整整衣衫，贺照鑫快步向监控室走去。此刻，海港是宁静的。

第五节
干杯！TSINGTAO1903

面前是六杯啤酒，从左至右颜色由浅至深，酒精度由低到高。

第一杯纯生，鲜、活、净、爽，低温膜过滤，口感鲜活、清爽；第二杯皮尔森，色泽金黄，软水、大麦、酒花、酵母四种最简单的原料组合保证了原始、纯净的风味，口感柔和饱满、苦爽回甘；第三杯白啤，朦胧如云雾状悦目的酒体，第一口便与众不同，有妙俏的微酸，也有丁香花的香气；第四杯原浆，不过滤，不稀释，不杀菌，有丰富的活性酵母菌，口感醇厚，麦香浓郁，如同果树上刚摘下来的新鲜水果；第五杯印度淡色艾尔，琥珀红的酒体极香极苦，浓郁苦爽中更有果香与花香；最后一杯黑啤，黑曜石般的色泽，充溢着焦香、咖啡香，酒体饱满醇厚，宛若一杯黑牛奶。

品鉴完六杯酒，根据个人口感与喜好从中择取最喜欢的那一个，换大杯，迅速倒出绵密的气泡，屋内瞬间各种香气交织、碰撞，宛若神仙打架。

你好，青岛！

干杯，朋友！

啤酒果然还是要大口喝才更有滋味。不是所有人都能在喝完六杯小样之后还能面色如常，啤酒会激发骨头里深埋的本性，那种春天般无法压制的生机在萌发，快乐叫嚣着从脚底的涌泉穴向上、向外喷涌，且源源不断。而姜卫却一直保持着克制的从容与清醒，作为青岛啤酒博物馆的原馆长，带朋友品尝青岛啤酒、传播青啤文化是她的日常。

在青岛，没喝过一口青岛啤酒的青岛人几乎是不存在的，无论男女还

第八章：海天一色

是老幼。仅有的差别也不过是酒量的大小以及第一次喝酒时年龄的大小。一百多年的漫长时光，已经将啤酒文化与风俗镶嵌进每一个青岛人的基因里。20世纪七八十年代，青岛的年轻人坐在马路边用大海碗、罐头瓶子喝散装啤酒，青岛人还发明了用塑料袋打啤酒回家喝，这是青岛一道独特的风景：也许是两鬓斑白的老人，也许是一身疲惫下班回家的中年人，也许是一身潮牌的年轻人，他们当中有的人趿拉着拖鞋，有的穿着奢侈的私人订制皮鞋，人群中的他们是那么不同，但当他们同时拎着塑料袋装啤酒游走在青岛街头时，又是那么和谐。海风水润的胶州湾赐予了青岛人天堂般的幸福——喝啤酒、吃蛤蜊、洗海澡。

生活在啤酒厂宿舍大院里的姜卫，从小到大，听父亲和邻居叔叔伯伯们聊的都是关于青岛啤酒前世与今生的传奇故事。

1897年德国人占领了青岛，第二年强迫清政府签署了《胶澳租界条约》。很快，众多德国军人、侨民就来到了青岛。德国人热爱啤酒，跟俄罗斯人热爱伏特加、中国人热爱白酒一样，都是深入骨髓般的热爱，甚至可以说除了水，啤酒是德国人消耗最多的饮品。身在青岛的德国人迫切想要喝到纯正风味的德国啤酒，于是在1903年8月15日，英国、德国商人共同出资在登州路56号建设了一家啤酒厂——日耳曼啤酒公司青岛股份公司，年设计能力2000吨。彼时，德国人根据邮政式拼音将青岛拼写为TSINGTAU。1958年，汉语拼音方案诞生之后，邮政式拼音不再使用，但青岛啤酒早已注册且成为广为人知的老字号，于是也就没有多此一举去更改。

啤酒厂之所以选址在登州路56号，其中的缘由通过1906年的首张青岛市手绘地图，可以一目了然。早在1901年，德国人就把这个区域规划为工业区，此处靠近胶济铁路与港口码头，交通方便，有利于啤酒销售时的运输。德国人建设啤酒厂酿造啤酒的目的主要是供驻青岛的德国军队和侨民饮用。当时生产的慕尼黑黑啤酒和皮尔森风味黄色啤酒，除了供青岛的德国人消费之外，还通过来往船只销往大连、烟台、天津、香港等沿海地区。1906年，青岛啤酒在德国慕尼黑博览会上荣获了中国啤酒业的第一枚世界金奖，名扬海外。"一战"爆发，德国战败退出青岛时带走了这本获奖证书。此后，几代青啤人从未间断过对它的找寻。直到2003年青岛啤酒博物馆建馆，根据一位德国友人提供的信息，这张弥足珍贵的证书历经近一个世纪的沧桑，终于回到了青啤人的手中。

1914年，第一次世界大战爆发，日本军队占领青岛。1916年9月16日，日本人以50万银圆买下啤酒厂，更名为大日本麦酒株式会社青岛工场，并使用过麒麟、朝日、札幌、福寿、青岛等多种品牌，并将"青岛"的拼写改为TSINGTAO。直到1945年8月15日抗战胜利，啤酒厂由国民政府接管经营，更名为青岛啤酒厂。

1949年6月2日，青岛解放，啤酒厂回到人民手中，更名为国营青岛啤酒厂。1950年，青岛啤酒厂的工人们在青岛李村开辟试验田试种啤酒花，培育出优质的"青岛大花"。这是青岛啤酒厂建立后中国第一家啤酒花基地，从此彻底结束了啤酒花长期依赖进口的被动局面，青岛啤酒也终于完成了本土化。

1954年，恢复出口的青岛啤酒，远销到了香港和澳门地区，成为为数不多的高附加值的出口产品，出口创汇额占全国出口创汇额的1%，是全国同行业的98%。在当时香港、澳门地区的报纸杂志中都能见到青岛啤酒的营销广告。1963年，在新中国第二届评酒会上，青岛啤酒荣获了第一枚国内金质奖章，被评为国家名酒。1964年，轻工业部在唐山召开全国第五次酿酒会议，会上提出了"啤酒行业学青岛"的口号。中国轻工业部组织专家对青岛啤酒工艺技术进行全面总结，汇编成《青岛啤酒操作法》，向全国啤酒行业推广。

1979年初，姜卫的父亲姜希英在青岛啤酒厂新成立的接待室开始从事接待工作。在这个岗位上，老父亲一干就是18年。他所做的一切都是为了宣传青岛啤酒。父亲告诉姜卫，当时的接待室总共只有三人，接待程序也相对简单，客人来了之后就带他们去接待室品尝啤酒，介绍酒厂的基本情况，然后再带客人进入生产车间现场参观。那个时候进厂参观需要经过青岛市政府外办或侨办的批准。父亲还跟姜卫讲过一个小故事，很多年后她都记得。1985年，青岛市与美国加利福尼亚州长滩市缔结友好城市。青岛市政府代表团第一次到长滩市进行友好访问时，气氛一开始并不热络，直到翻译介绍说青岛啤酒的产地在青岛时，会谈气氛马上变得热烈起来。从那时起，青岛人才意识到青岛啤酒比青岛市在世界上的知名度要高，青岛啤酒是青岛市对外宣传的一个好窗口。有人说，外国人认识中国通常有两个途径，一个是两千多年前的孔子，另一个便是青岛啤酒。2015年中国外文局发布的《中国国家形象调查报告》中，青岛啤酒是唯一一个在发达国家比发展中国家更被熟知的中国品牌。

每年夏天，青岛都有一个非常隆重的节日"青岛国际啤酒节"，它位居中国十大节庆活动之首，是亚洲最大的啤酒盛会。1991年，青岛啤酒厂主办了首届青岛国际啤酒节。这一年，姜卫正式进入青岛啤酒厂工作，她在准备车间的流水线上整整工作了十年。这十年，姜卫读山东师范大学的夜大，拿到了中文专业的大学文凭，又读青岛广播电视大学的会计班，考出了会计证，日子过得紧张而忙碌。口才好、形象好的她还经常参加工会组织的各种演讲和演出。1999年底，姜卫通过全厂范围的竞聘上岗，从准备车间调到接待室，像二十年前的父亲一样在青岛啤酒厂的窗口部门从事接待工作。从小就深得父亲真传的姜卫，懂得接待工作的重要性，多年来耳濡目染，她知道自己身上的责任与使命。其实，酒厂的接待室与青岛国际啤酒节本质都是一扇窗，以啤酒为媒介，彰显青岛的历史与魅力。现在青岛啤酒节已遍布西安、兰州、成都等50多座城市，成为城市夜经济的"流量引擎"和时尚IP。2019年12月，"活力青岛·干杯世界——青岛啤酒节香飘丝路行"首站活动在非洲利比里亚首都蒙罗维亚举行。这是青岛啤酒节第一次走向海外，走进"一带一路"。

1993年6月，青岛啤酒在香港上市，这是改革开放之后第一家在港上市的内地企业。从香港联交所成立那天起，所有公司上市后都是在现场开香槟酒庆祝，唯独青岛啤酒上市的那一天，用青岛啤酒举杯欢庆、开怀畅饮。

2003年8月15日，在青岛啤酒百年华诞之日，位于登州路56号的青岛啤酒博物馆正式开馆。它是中国第一家以啤酒为主题的博物馆，由最初建厂时的糖化大楼和办公楼改建而成，是中国工业遗产保护再利用的成功典范。青岛啤酒博物馆现在已经成为全国重点文物保护单位、国家一级博物馆、国家4A级旅游景区、首家全国工业旅游示范点、全国工业旅游创新单位。2021年，青岛啤酒博物馆以251.56亿元的品牌价值正式晋升为中国品牌300强，是唯一入选的工业旅游品牌，连续七年引领行业发展新高度，被誉为"中国工业旅游旗帜"。

2022年，姜卫离开接待室，成为青岛啤酒博物馆的第一批讲解员。其中，姜卫年龄最大，又是唯一的党员，开馆准备期间，脏活累活她抢着干。在背诵博物馆提供的解说词的基础上，她也主动搜集一些背景资料作为补充，姜卫的解说总是最精彩、最引人入胜的那一个。从拿起讲解话筒的那天，从一名普通的讲解员，到接待部经理，到副馆长，到常务副馆长，到馆长，姜卫接待了多位国家领导人及海内外来宾，为青岛啤酒赢得了荣誉。就连内部多次听过她讲解的同事也由衷地佩服，忍不住好奇地问她："姜馆长，你是怎么做到常讲常新的？"

姜卫笑而不语。她觉得自己在与青岛啤酒一起成长，因为TSINGTAO BEER是一杯有生命的水。

啤酒的成分中90%都是水。建厂之初啤酒的酿造水采自厂区内的四口井，井水来自崂山水系矿泉水，水质柔软且碳酸盐含量低。德国人曾经把崂山水带回国去化验，发现崂山水的水质足以媲美法国阿尔卑斯山的水，也就是现在闻名的"依云"水。无论是青岛的山还是青岛的水，德国人都用经济的眼光保持着索求式的探究。1900年，德国商人福格特在崂山余脉的太平山麓打猎时，意外发现了一汪清爽甘甜的清泉，经过分析化验，确认这汪泉水有很高的医疗和保健价值。1930年，德国商人罗德维在福格特发现的泉水处打井，打成了中国第一口矿泉水水井——刺猬井。随后，罗德维在这口水井附近投资建设生产矿泉水的专业工厂，生产出了中国第一瓶矿泉水——ALAC健康水，也就是崂山矿泉水的前身。崂山矿泉水不仅是百年名泉水，更是青岛啤酒的纯净血脉。

2021年3月15日，世界经济论坛在瑞士日内瓦宣布，"全球灯塔网络"迎来新的成员，具有118年历史的青岛啤酒厂成功入选，成为全球首家啤酒饮料行业工业互联网"灯塔工厂"。"灯塔工厂"被称为"世界上最先进的工厂"，是由达沃斯世界经济论坛和麦肯锡咨询公司共同遴选的"数字化制造"和"全球化4.0"示范者。与青岛啤酒一道入选的还有博世、惠普、强生、宝洁、西门子、富士康等公司。2022年7月，第十九届"世界品牌大会暨中国500最具价值品牌发布会"在北京召开，青岛啤酒以2182.25亿元的品牌价值，连续19年蝉联中国啤酒行业品牌价值首位。

又是一年啤酒节，凉爽的海风，新鲜的啤酒，还有更加热爱生活的芸芸众生。"中国啤酒之都"花落青岛，青岛成为中国啤酒产业地标。除了一年一度的青岛国际啤酒节，青岛还有散落在城市各个角落风格不同的TSINGTAO1903，每天上演着永不落幕的啤酒节。

音乐响起，姜卫给自己点了一杯皮尔森。这是青岛啤酒最初的两种酒品之一。暖暖的黄色里包裹着青岛啤酒的流金岁月，苦爽回甘。

干杯，青岛！

干杯，TSINGTAO1903！

第九章：
复线复兴

梁兆福 摄

三面钟时间：1990年12月28日，东风站

三面钟声：1990年12月28日，胶济铁路复线全线贯通。"东风吹，战鼓擂，现在世界上究竟谁怕谁？"

第九章：复线复兴

第一节
一项持续近 32 年的工程

  刘建新是山东东营人。很多年来，他早已习惯了一件事，那就是自我介绍之后还需要做补充说明，只因"东营"这座城市的知名度太低。看着对方眼中明显的疑惑，他只能再补充道："东营，黄河入海的地方，胜利油田所在地。"

  这个时候，对方脸上通常就会浮现出一丝原来如此的了然表情。黄河是中华民族的母亲河，在东营入海；胜利油田是全国第二大油田，它的生产基地在东营。

  1989 年底，高中毕业的刘建新遇到了一个非常好的契机，济南铁路局最后一批社会化大招工，其中有一个东营专场招聘。刘建新姨家表哥就在铁路上工作，他专门打电话咨询了表哥应该报哪个工种。表哥的话言简意赅、通俗易懂："车务段是管车站的，机务段是管火车的，车辆段是修车皮的，工务段是修铁路的，水电段是供水供电的，通讯段是管信号的……工种有差别，但都不容易，看你自己喜欢啥想干啥。"最终，刘建新选了车务段，由于考试成绩不错，他被顺利录用了。

  上班第一年的 1990 年底，作为铁路战线的新兵，刘建新见证了胶济铁路复线的通车。这是一项旷日持久的工程，建设一波三折，1959 年开工，1961 年停工；1974 年复工，1977 年再次停工；1978 年再复工，终于在 1990 年 12 月 28 日竣工，其间历时近 32 年。

  胶济铁路的第三次复工建设，对胜利油田意义重大。胶济线上于 1965

231

年建立的东风站,在成立之初就是作为胜利炼油厂的配套站点而设立。这条铁路、这个车站,刘建新从小就听家里的大人说,耳朵都听出茧子了。

1966年4月25日,由东风站接轨的胜利炼油厂专用线开通启用,12月,东风站至铁石站之间的联络线"东铁线"建成通车。从此,滚滚原油和炼油厂的各种产品开始经由东风站顺利运输。1984年,胜利炼油厂30万吨乙烯项目在淄博临淄开工建设。济南铁路局在胶济铁路复线建设的同时,对东风站进行扩建,1984年9月,东风站扩建工程完工。至此,胶济铁路这条因煤资源而生的铁路,又增加新的能源运载——石油,成为一条实至名归的能源大通道。

1904年,胶济铁路全线通车时是单线铁路。所谓单线铁路,就是运输区间内只有一条正线的铁路,在同一区间或同一闭塞分区内,同一时间只允许一列车运行,对向列车的交会和同向列车的越行只能在车站内进行。

在普铁时代,特别是改革开放以前,复线铁路在中国很是罕见。复线铁路是指有两条或两条以上正线的铁路,分上行列车与下行列车。上下行是以北京为中心,靠近北京方向为上行,远离北京方向为下行;以干线为支点,靠近干线方向为上行,远离干线方向为下行。

1958年10月,济南铁路局将拟修建胶济铁路复线的报告呈报铁道部,两个月获得批准。前期勘测设计工作完成后,1959年胶济复线开工建设,到1960年12月,建成了黄台至历城段的6.584公里。1961年起,国家大幅度减少了拨给铁路基本建设的投资。资金短缺,材料紧张,胶济铁路复线建设不得不停工。

1974年,胶济铁路复线建设迎来短暂的霞光一现。1974年7月1日,中共中央发出《关于抓革命、促生产的通知》,旨在解决工业生产领域中的产能下降问题。当时的现状是,煤炭比去年同期下降6.2%,铁路运输量比去年同期下降2.5%,钢比去年同期下降9.4%,化肥比去年同期下降3.7%。

这一次复工，有了重新的规划设计。山东省和铁道部组成了山东省胶济复线工程指挥部，沿线各地市、青岛铁路分局也成立了指挥部和办公室组织施工。1974年，建成峠山至黄旗堡、淄河店至辛店两段铁路，金岭镇至湖田、周村至明水间部分区段路基和桥涵工程亦建设完成。1975年4月25日，胶济铁路复线上全长606.24米的淄河大桥建成，与全长470米的老淄河大桥遥相呼应。可惜，1977年，胶济铁路复线建设因国民经济计划调整被迫第二次停工。

好在这一次的停工等待期不长。1978年12月，党的十一届三中全会胜利召开。这次会议结束了1976年10月以来党的工作在徘徊中前进的局面，将党领导的社会主义事业引向健康发展的道路，揭开了党和国家历史的新篇章。

一股强劲的东风吹来，东风拂面寒冰解，敬待春始万物生。乘着东风，胶济铁路复线工程再度上马，1980年2月被铁道部列为国家重点工程。工程分两步走：1978年至1984年完成济南至蓝村的一期工程，1986年至1990年完成蓝村至青岛的二期工程。

一期工程的实施，直接改变的是两个火车站以及两个城区的命运走向。胶济铁路复线建设线路取直改道，坊子站由正线车站变为支线车站。这座建于1902年的胶济线上的二等区段站，1984年复线建成后改为坊子支线终点站，客运停止，成为只办理客货业务的三等站，1990年又降为四等站。因路而兴、因煤而富的工业小镇坊子褪去了光环，在时代的洪流中黯然失色，悄然退场。与之截然相反的是东风站。这座原本仅仅是为配合胜利油田炼油厂的开发而建，不办理货运业务的五等站，随着胶济铁路复线的建设，于1984年9月扩建为二等站，后改为段管一等站。石油被称为工业的血液，而煤被称为工业的粮食。彼时，也正值火车机车从蒸汽机车向内燃机车迭代的阶段，从煤炭到石油，中国经济这列列车开始提速了。1984年7月21日，胶济复线建设济南至蓝村间复线开通并投入运营。一期工程顺利完成。

1985年，青岛港口年货运吞吐量达到2610.2万吨，年增长69%，胶济铁路运能与运量矛盾更加突出。国家第七个五年计划提出"七五"期间铁路建设"北战大秦、南攻衡广、中取华东",其中胶济铁路复线建设二期工程被列为国家"七五"重点项目。二期工程的主战场在青岛,关注度最高的是青岛火车站改造项目。

青岛站始建于1899年,是一座标准的德式建筑。改造过程中,老站基本拆除,在原址以南,按照老站的风格重建了一座新青岛火车站,比原站更大更高,尤其是新钟楼足足增高了3米。

1990年12月28日,胶济铁路复线全线贯通。

第二节
不老的东风站

作为济南铁路局淄博车务段东风站的货运检查员，1963年出生的赵杰马上就要退休了，要脱下这身穿了半辈子的铁路蓝，说实话心里还是有点异样的感觉。职业终有涯，好在老赵还有一个无涯的事业，而那个事业也跟铁路相关，也算是可以调节、疏解一下告别职场的失落。赵杰爱收藏，收藏老物件，他所钟情的倒不是古玩字画那些价值不菲的东西，而是铁路老物件。如今，他手头有50多种100多件铁路物件。以前工作忙，没时间整理，以后退了休有大把的时间，就可以一件一件地收拾、把玩，在这些老物件里看中国铁路的发展与变化。虽然离铁路空间距离远了，但心理上的距离更近了。

赵杰从小生活在淄博矿务局的岭子煤矿，岭子煤矿曾经是淄博矿务局最大的矿。父亲是一名救护队员，母亲是煤矿上的一名捡矸工。

煤矸石是在成煤过程中与煤层伴生的一种含碳量较低、比煤坚硬的黑灰色岩石。煤质好市场才能好，煤质的提升不仅靠设备，也要靠捡矸工把夹杂在原煤中的矸石和杂物拣选出来。这就需要捡矸工练就一双火眼金睛，第一时间靠目测区分煤与煤矸石，还要凭手感确定。一般来说，煤的颜色黑，分量轻；而矸石的颜色发灰，比较重。捡矸工工作时站在煤炭运输皮带的两侧，需要一直低着头。看运动的物体时间久了人会产生错觉，会感觉不是皮带在动而是人在行走，就会产生头晕、呕吐、冒虚汗一系列类似晕车的身体反应。严重的甚至下班回到家躺在床上，一闭上眼睛还是觉得自己在动。有的捡矸工一个月能适应，有的大半年才能调适过来。

初中毕业后的赵杰在岭子煤矿待业，跟着母亲从事拣选煤矸石，这一干就是三年。1984 年，赵杰就是在这一年的年底通过招工来到了东风站。

东风站是胶济铁路上的区段编组站，为一等站。站型为双线横列式，正线为外包式；设上行场到发线 8 条，下行场到发线 9 条，编组场编发线 16 条，I 级制动位机械化驼峰 1 座，东牵出线 2 条和西牵出线 2 条，共计站线 37 条、41.332 公里；货场总面积 24800 平方米，货场站台 1 座 3900 平方米，货运房舍 7 栋 272.16 平方米；客运站台 2 座各 300 米。

在东风站，赵杰最初从事的工种是清扫员，就是擦道岔。一星期擦三次。那个时候他们两班倒，早 8 点到第二天 8 点，上 24 小时再休息 24 小时。工作不觉得累，就是有些无聊。毕竟是有三年工作经验的人，老师傅带赵杰一个班他就学会了基本功。有时候擦着擦着，脑子开小差，手上的功夫就会打折扣。老师傅带徒弟严苛到骨头里，骂起小徒弟来丝毫不留情面。从此他擦道岔时再也不敢偷奸耍滑，学着老师傅的样子，每次都是一丝不苟、认认真真地完成。

两年后，赵杰成了一名扳道员。当时，东风站外的道岔已经更换为电动道岔，而站内的道岔还是手动的，需要扳道员手工操作。"扳道员，青铁东站 37"是赵杰的工号，也是他人生的第一枚铁路藏品。其实那个时候，他并没有所谓的收藏意识，只是恰好与大多数人不怜惜旧物的习惯相左而已。赵杰觉得每一个旧物都有时间的印记，旧物会说话，把它们拿出来看一眼，像坐上时光隧道的列车，一下子就能回到曾经的时光。回忆，在回忆中检视自己过往的得与失，就好比曾经作为捡矸工把煤矸石从煤炭里分离出来一样，抛却坏的，留下好的。这个扳道员臂章，赵杰使用了 15 年。

后来，赵杰转为货运检查员。货车进站、编组，赵杰需要核对车号以及货物的装载情况，检查篷布有没有破损，一次性的施封锁是否完好。20 世纪 80 年代，改革开放之初，那个时候铁路尚未提速，铁道也非封闭式管理，铁路沿线偷盗行为猖獗，敞车运输的煤炭丢失、篷车的物品被盗是经常发生的，既有外人明偷暗抢，也有内部人监守自盗。尤其是后者，那些知法犯法的人也曾经腐蚀、拉拢过赵杰，在诱惑面前赵杰不为所动。父母对他的教育就是人可以穷，但决不能发不义之财。他反过来规劝同事，却被同事奚落嘲笑为"胆小鬼""死脑筋"。失了底线的同事案发被开除后才懂得赵杰的良苦用心，可惜悔之晚矣。"货运检查员，淄车段02"是赵杰的第二件铁路藏品，也是他堂堂正正做人做事的纪念章。

随着货运量的增加和铁路新技术的迭代更新，东风站也进行过多次技术改造。2004年，东风站有线路47条，其中正线2条，到发线11条，调车线12条，编发线4条，机走线2条，迂回线4条，牵出线6条，货物线2条，禁溜线1条，专用线3条；道岔196组；机械化驼峰1座；24800平方米货场1处，3900平方米站台1座，货运房舍7栋272平方米；客运站台2座300米。2005年10月11日，东风站电气化扩能改造工程顺利完成。

上班时全力以赴工作，下班后则一心一意搞自己的收藏，赵杰的工作与生活两手抓，两手都硬，日子过得有滋有味。他还加入了全国铁路系统收藏群，在一个更广阔的平台上向全国的铁路藏品爱好者展示胶济铁路的历史与文化。2019年12月31日，新式铁路服即将配装前夕，淄博车务段东风站专门举办了赵杰的"岁月印记·铁路情怀"铁路老物件藏品展，最吸引人的藏品就是一路沿革至今的铁路服装。

新中国成立初期的第一代铁路制服就是最简单的白衬衣、深色裤子。1951年，制服改为灰色斜纹布。1953年改为蓝棉华达呢，冬服改为马裤式、西服式两种，女职工夏服上身为西服，配女裙，冬服上身为双排扣式。20世纪60年代的制服采用军装样式，深蓝色，胶质"路徽"图案纽扣，男职工戴有檐布制软帽，女职工戴无檐布制软帽，帽子上缀有"路徽"标志的五角星。20世纪70年代，当时的铁道部对铁路制服进行了大改革，以西服样式为基础，春秋服为蓝灰色纯涤纶，冬服为藏青色涤纶华达呢，夏服为蓝灰色棉的确良，加发白色小翻领制式短袖衫，领带为枣红色和绛紫色各一条，帽子为大檐帽。20世纪80年代的铁路制服是藏蓝色纯毛面料，猎装样式，双排铜扣红色领带，佩戴麦穗齿轮的"路徽"图案大檐帽。

从1994年开始，铁路制服逐渐注重面料质量，服装的做工亦变得精致，尤其是肩上佩戴了代表职务标志的肩章，94式铁路制服堪称里程碑式的服装变革。后来的98式、2002式、2006式，都是在94式的基础上做了小调整、小改动，春秋两季的服装面料采用了藏青色的毛料。

2017年5月1日，全国铁路从业人员启用2015式铁路制服，最大的变化是从略显呆板的军装款式过渡到极具国际范儿的时尚款式，铁路制服变得越来越有时代感，唯一不变的是一抹铁路蓝。2019式只是在2015式的基础上稍作改良，面料用色略微加深，更换为全新的铁路标志标牌。

中国铁路的发展史，是一部从追赶到领跑的励志史，身处其中的胶济铁路亦不例外。机车、速度、车票、轨枕、服装……唯一不变的是变化本身，变化无处不在。

2023年，赵杰就要离开工作岗位了。在告别东风站之际，这座他工作了一辈子的车站迎来了建站以来最大的变化。

8月20日，胶济线东风站编组场迎来综合大修，这是自1984年东风站改扩建至今近四十年来最大的一次维修施工。淄博车务段、淄博工务段、济南工务机械段、青岛电务段、济南西车辆段、淄博维管段六家单位共同参与作业，对东风站驼峰编组场进行了大修列换枕、人工换枕、道床大修、成段更换钢轨、成组更换峰下道岔等一系列施工。9月17日，经过29天不间断的施工，胶济线东风站编组场综合大修胜利告捷，更换钢轨17公里、水泥轨枕2.6万余根，对编组场道床进行大修、道砟清筛，同步更换2220个减速顶、19组道岔、16组可控停车器、4台车辆减速器等。东风站线路质量大幅提升，解编效率得到提高，站场货运能力有效增强，可以更加从容地应对胶济线中段、张东线、辛泰线的货物列车到发和列车解编任务。

2023年，无论对东风站还是赵杰，都是重要的时间节点。一座货运站的新生，一个普通铁路人的新生活。东风站用全新的面貌挥别了赵杰，就像更换一组陈旧的道岔。不老的东风站，流水的铁路人。

第三节
家在铁石

铁石小区距离铁石站步行不到十分钟。1964 年出生的王太敏腿脚轻快得不像快 60 岁的人，他在前面走，跟在他身后的人只有追赶的份儿。别看是快退休的人，他每天依然忙得跟陀螺一样。谁让他是淄博车务段铁石站的副站长，官虽不大，责任却不小。2017 年之后大宗原油运输主要靠管道，原油专列比以前少了很多，但一个车站的琐事依然不少。

这几年，铁石小区的居民越来越少，年轻人搬走了，像他这个岁数的人退了休也基本搬走了。将来王太敏会不会搬走，他自己也没想好。儿子儿媳在济南开餐馆，将来退了休他也许会去济南找儿子。至少目前不会，一是因为工作，二是因为母亲也住在这个小区里。父亲于 2019 年因心脏病突发去世了，只留下老母亲。王太敏与母亲都住在铁石小区的 4 号楼。母亲 80 多岁了，除了有点高血压，身体还算硬朗，能自己做饭，有时候母亲做好饭还会喊王太敏他们过去一起吃。为了哄着母亲多吃点有营养的肉蛋奶，他就谎称是自己想吃，央求母亲去做。

相比跟母亲和谐相处的模式，王太敏跟父亲却亲近不起来。中国人大都情感内敛，尤其是男性。父亲出生于 1938 年，20 岁时赶上铁路大招工，从日照老家到了青岛，在胶济线上的沙岭庄站工作。工务段所有的工种父亲都干过，后来调到东风站，建设铁石站的时候，父亲就到了铁石站，从此再也没有离开过。

1983 年，高中毕业的王太敏在齐鲁石化炼油厂的聚丙烯酰胺厂干了三年临时工。直到 1987 年父亲退休，王太敏才离开炼油厂，接替父亲进入铁石站工作，穿上了他从小到大都觉得帅气、神气的铁路蓝制服。

　　1966 年 4 月 1 日，山东胜利炼油厂在临淄大虎山破土动工。当初建厂时，最初的基本思路就是在黄河以北选址，围绕胜利油田生产基地选址，当时黄河以北的三个地市德州、滨州、东营都是备选项。最终令人大跌眼镜的是，德州、滨州、东营都没有入选，而是选择了距离胜利油田较近的群山环绕的淄博市淄川区大虎山一带。关于当年选在此处的原因，一直众说纷纭，其中的"三线建设说"应该是最接近当时原貌的。20 世纪 60 年代的大背景是"备战、备荒、为人民"，全国备战，大批国家重要部门、工矿企业都要迁往三线。当时国家为战备需要，将沿海沿边的重要工厂陆续内迁（即"大三线"）；各省自行规划的战备区域，要求"工厂进山""分散隐蔽""确保军工"（即"小三线"）。德州、滨州、东营这三个城市各有各的优势，但它们有一个共同的劣势，即都是平原地区。在备荒备战年代，安全是第一位的，一旦发生战争，必须确保工厂不能轻易被发现、被破坏，平原地区显然做不到这一点。按照"靠山、分散、隐蔽"的原则，山东的"小三线"便建在了当时的淄博市淄川区的大虎山一带。

　　铁石站与东风站一样，是一根藤上的两个瓜，从它们诞生那天起就都是服务于新型能源石油的。当时的临淄还叫辛店，从铁石站引出铁路往辛店热电厂运煤，铁石站的铁路又往北和胶济线上的东风站、往南和辛泰铁路的南仇站连起来，铁石站不远处设了铁石车辆段。相较于"东风站"命名的由来，"铁石站"的站名更具时代感，它是铁道部与石油部结合之后的产物。

　　王太敏在小学五年级的时候才从老家日照搬来淄川。他发现父亲口中的城里与他们老家几乎没有差别，低矮的平房周围，到处是散发着青草香的庄稼地与撂荒地，深深浅浅、纵横交错的水沟里有三三两两不知名的小鱼。有别于日照老家的是这里空气中有淡淡的工业的味道。三兄弟与父母一家五口挤在两间低矮的平房里。铁石小区距离齐鲁石化第一小学有三公里的路程，家里没有多余的自行车。三公里，走二十分钟，一天往返四趟。

健步如飞是王太敏的童子功，那是从小练就的。

刚参加工作时，胜利油田的原油占齐鲁石化原料油的80%，每天需要接发3个专列，每个专列52个油罐。现在每天只有1列，更多的是采用地下管道运输。目前，胜利油田供应给齐鲁石化的原料油已经下降到45%。

小时候，王太敏远远地看过父亲调车，偌大的车场上，银灰色的油罐车像一个又一个长了脚的胖胖的大蚕茧。父亲一只手拿着小红旗，另一只手抓着车栏杆，嘴里吹着轻快的小哨子，像电影《铁道游击队》里的大队长刘洪一样身形矫健，一会儿纵身飞跃上车，一会儿跳下车，双腿像刀一样稳稳地扎在石渣路上。说不钦佩是假的，但父亲早就告诫过王太敏，溜放作业的车场里面非常危险，不能偷偷跑进去玩，弄不好是要出人命的，轻了也会致残，搭上自己的一辈子。那个时候，父亲也经常受伤，没有大伤，但小伤不断。等到王太敏接替父亲上岗后，才明白父亲绝没有危言耸听。

铁石站刚建成的时候，只有4条线路。王太敏参加工作那年，扩建到了13条。即便是现在工资调整了很多回，但铁路职工的整体工资依然比齐鲁石化的低一些，以前是，现在也是。王太敏三兄弟中他与三弟在铁路系统工作，二弟在临淄做点与化工相关的生意。哥仨里还是老二的日子过得好。受齐鲁石化的产业关联效应，临淄周围的石油、化工、炼化企业大大小小，鳞次栉比，但小石化企业不舍得在环保上投资，它们没有齐鲁石化那样的财力与格局，在繁荣经济、拉动消费的同时也污染着环境。早在2018年1月国务院正式批复《山东新旧动能转换综合试验区建设总体方案》之前，山东各地市已经动起来了，临淄关停小煤矿、小炼油、小水泥、小玻璃、小火电"五小企业"的力度一年强过一年。

"五小企业"陆续关停后，王太敏最切身的感受是，冬天老母亲的慢性支气管炎不怎么发作了。天空透亮，空气也变得比前些年清冽了几分。

铁石小区里跟儿子一般大的年轻人不多，只在逢年过节时，小区里才会出现停车位一位难求的泡沫繁荣。也就是一顿饭的工夫，泡沫就破了。年轻人哪里来的还回哪里去。

儿子在铁石小区出生、成长，读完大学就扑棱着翅膀飞去了济南。看这架势，儿子小两口是不会再回临淄了。孙子一断奶就跟着王太敏与老伴生活。也许是隔辈亲的缘故，王太敏觉得孙子既聪明又乖巧，学习成绩也不错。

各种球类运动，王太敏都能拿得出手。这天，他带着孙子打羽毛球。他挥拍而去，羽毛球飞远了。孙子跑去捡球，蹦蹦跳跳的背影让王太敏有一瞬间的失神，想起来多年前他也曾带着儿子打过羽毛球。孙子很快也会长大，用不了多久也会像他爸爸一样离开这个小区。王太敏应该不会离开，他只希望那些从这里离开的孩子能记得，他们的家、他们的根在铁石。

第十章：
谁不说俺家乡好

庄正 摄

北京时间：临沂北站 14：35

孔祥配：前方到站，临沂北站。2019年，作为鲁南高铁联调联试团队成员之一，我在这里住过两个月。作为临时办公地点的酒店大堂时不时就会响起《沂蒙山小调》那动听的旋律。沂蒙精神在今天仍然熠熠生辉。2019年11月26日，日兰高速铁路日曲段全线开通。高铁开进沂蒙山，山东高速铁路网加速成型。

第一节
还缺一本驾驶证

作为一个出生在济南的临沂人，虽然久居济南，但鲁南高铁开通的消息仍然令薛军开心不已。1986年，临沂才通火车，只有一条单线运行的兖石线，直到2002年才完成双线建设。虽说动车高铁时代，临沂算是在末班车序列，但好在正在修建中的京沪高铁第二通道，临沂北站也是一个重要的站点。

"最后一口粮当军粮，最后一块布做军装，最后一个儿子送战场……"在临沂老区，适龄青年参军入伍无须动员，那早已成为一种印刻在血脉里的自觉。薛军的父亲就是这样被他的爷爷奶奶送去当兵的。父亲复员分配工作安置在了济南，认识了母亲，母亲在济南食品厂工作。薛军从小是喝着糖水长大的，家里零食从来不缺，钙奶饼干、高粱饴、娃娃酥、橘子汁。父母收入并不高，但对家里三个孩子爱得毫无保留。

薛军的家在济南槐荫区北大槐树街，毗邻济南西市场。

据《槐荫区志》记载，1928年，济南历城仲宫商人刘晋卿与其结拜兄弟李九龄商定，由刘晋卿在此处租地9亩，李九龄出资，盖三排东西走向的平房180间，对外出租。同年9月，刘李二人与商贩集资，择吉日，请来木偶戏班庆祝酉市场开业。为什么叫西市场呢？因为这里地处济南商埠区西边。西市场开业后，鲁西各县、郊区客商以及全国各地的大小商号纷纷来此开店，形成了济南商埠区之外的又一个繁华的商业区。鲁安大戏院、振成舞台、三乐茶园、民乐茶园、四合轩茶园、西新舞台无声电影院，南北曲艺名角但凡在济南演出，必到西市场唱上一台。

津浦铁路从北大槐树庄北部穿过，打通了商埠区与外界联系的通道，使得北大槐树片区真正地融合在商埠区之内。济南西市场的繁华持久不衰，是济南市民心目中商品种类最齐全的平价市场。它在1958年、1965年、1984年、1989年和2006年，经历过五次大范围的改造，如今依然延续着平民市场的格调，成为众多老济南心中的一道白月光。

这里就是薛军从小出生、成长的地方。他经常诙谐地说自己小学读的"北大"，而后一本正经地把全称"北大槐树第三小学"一字一顿地说出来，小学离家5分钟；初中就读济南第二十六中学，离家10分钟；高中就读的济南第三十七中学是一所职业高中，薛军选的专业是机械制图，高中离家10分钟；工作后的济南机务段，离家15分钟。从小生活在津浦铁路旁边，经常会看到蒸汽机车呼啸而过，庞大的火车头吐着黑烟，喘着粗气，呼哧呼哧，费力地拉着长长的一列又一列的车厢。驾驶室里透着火红的炉光，司机探着半个身子向外张望。从地面仰视过去，火车司机显得格外伟岸。从第一次抬头仰视火车司机，薛军就下定决心长大之后要成为一名火车司机。

1985年，济南铁路局招工。薛军咨询了在铁路系统工作的姥爷。姥爷知道外孙从小的梦想，鼓励薛军选择机务段。招工的负责人说他们这一批将来要在兖石线上工作。薛军觉得挺好，至少能在工作时经常路过老家。虽然回去得少，但他骨子里对老家临沂还是有着深深的认同感与归属感。

两年后，19岁的薛军被分到蒸汽机车班组。司炉工，是薛军入路的第一个工作岗位。带他的正司机是王维贞师傅，副司机是马家驹师傅。三个人分工明确：王师傅驾驶机车并负责全组工作；马师傅负责瞭望、确认信号；薛军的职责是焚火，为蒸汽机车提供足够的动力。一个班下来，要烧6吨煤，即便是正当年的薛军也有点吃不消。马师傅比薛军大10岁，他也是考上副司机之后才放下了那把司炉专用的添煤铁锨。副司机与司炉可以分区段进行交替焚火作业。马师傅把如何当一个好司炉的诀窍毫无保留地教给了薛军。蒸汽机车上没有速度表，对于火车速度的判断全凭经验。王师傅也把自己的真经传给薛军：当目测铁轨两旁的石渣个个分明时，火车时速大概是10公里；当石渣连成一条线时，火车的时速在20公里左右；当石渣成为一个平面时，时速就达到30公里左右，再快也就勉强40公里。

取得司炉证之后，在司炉岗上工作满两年或安全行驶6万公里可以考副司机。在副司机岗位上工作满三年或安全行驶9万公里才可以考正司机。每个在外人看来气定神闲的蒸汽火车正司机都是一公里一公里的安全里程累积出来的。蒸汽机车的速度已经无法满足铁路运输与人民需求。其实，济南铁路局从1973年开始配属内燃机车，东风3型、东风4型和东风5型，其中东风4型内燃机车功率3300马力，工作速度客运时速120公里，货运时速100公里。速度翻倍，无论是驾驶还是乘坐感觉都发生了翻天覆地的变化。1983年10月，胶济铁路开始使用内燃机车牵引旅客列车，到1985年2月，胶济铁路旅客列车牵引动力全部实现内燃化。1991年11月，胶济铁路直通货物列车牵引也全部实现内燃化，只有小运转和部分摘挂列车仍由蒸汽机车牵引。

1989年底，取得了蒸汽机车钳工证的薛军还没来得及真正驾驶蒸汽机车，便转到了内燃机车上，但他不遗憾。从脏、苦、累、险的蒸汽机车，跨到柴油发电的内燃机车上，工作环境大幅改善。单单衣服领子不再像以前那样整日黑黢黢这一点就让薛军很开心。

在蒸汽机车上工作时，薛军的机车组执行的是小运转。以济南为中心，向东到章丘枣园站，向北到禹城站、德州站，向南到泰安的界首站、大河站和泰安站。进入内燃机时代，薛军的机车组飞驰在津浦线上，运行济南经徐州到蚌埠的483公里一段，一个往返就需要消耗3000升柴油。内燃机车的工作环境虽然好了一些，但漏油和漏水是司空见惯的故障。以前工服上是煤灰，现在成了油渍，更难洗了。内燃机车的驾驶室内只有正司机与副司机，正司机负责驾驶机车，副司机这一边也有辅助开关，当然主要任务还是负责瞭望。随着内燃机车机型、数量不断增加，蒸汽机车被逐步淘汰，2000年4月11日，济南铁路局最后一台蒸汽机车在兖州机务段退役。

247

至此，整个济南铁路局实现列车牵引动力内燃化。

在薛军眼中，一列内燃机车上自带四季。如果把驾驶室比作温暖宜人的春天的话，离开驾驶室就是电器间，电器间的基本要求是保持干燥，所以这里就是秋季，干爽干燥。再往前就是机械间，这里是典型的"三高"环境，高温、高压、高噪音，不停运转的机械产生的热能让机械间一年四季都是夏天，一个字——热。与之一墙之隔的是冷却间，这里面四季恒温，也是一个字——冷，如同冬天一样的冷。维修人员进去工作，即便是夏天，也得全副武装做好保暖。

2006年，济南铁路局开始配属电力机车，电气化时代来临。与内燃机车相比，电力机车功率大，速度快，整备作业时间短，维修量少，能源利用率高，运营费用低，而且清洁环保、噪音低，在加减速和最高速方面都要优于内燃机车。对于新技术，薛军一直保持着稚子般的好奇。从内燃机车转行到电力机车，薛军感受着火车一点点提速时身体的变化，当时速达到180公里时，打开车窗，耳膜会有鼓胀的感觉。薛军心下了然，火车是真的快了！此时的薛军，已经手握四本驾驶证：蒸汽机车钳工证、内燃机车副司机证、内燃机车正司机证和电力机车司机证。

没有最快，只有更快。

2007年4月18日，胶济铁路首次开行动车组，即墨至高密区段达到时速250公里，济南至四方运行时间2小时24分，标志着中国铁路既有线提速跻身世界先进铁路行列。2008年京津城际铁路开通运行，这是中国第一条设计时速350公里的高速铁路。2009年京广高速铁路武广段开通，列车运行速度达到了时速350公里，中国正式进入高铁时代。

薛军想开更快的车。同事对他的想法不以为然，纷纷劝他："咱这电力机车也不比动车组差到哪里去，司机室里有冰箱、微波炉，冬天有电暖气，夏天有空调，冬暖夏凉。动车组就是比咱快一点，又能快到哪里呢！"

"我虽然不会开汽车，但是我觉着捷达与奔驰开起来感觉肯定不一样！"遵从内心想法的薛军报名参加了动车组司机的选拔、考试。笔试需要学懂弄通《安规》《技规》《行规》《操规》等十几本规章制度相关书籍；实作需要在规定时间内完成机车上万个零部件的检查，并查找出预先设置的故障处；路考需要驾驶列车起停平稳，停车位置精准无差距，列车运行速度把控准确……薛军考了两次，终于顺利通过，拿到了动车驾驶证。

圆了动车梦的薛军，被别人问起第一感受时，他第一时间想到的是，工作这么多年，终于可以穿白衬衫上班了，而且穿一天领口与衣袖也一尘不染。

"开最好的火车，做最好的火车司机"，是薛军从踏上蒸汽机车的第一天就镌刻在心中的工作准则。保持初心，方得始终。开火车三十多年来，薛军先后驾驶过"前进""东风""韶山""和谐号""复兴号"等系列在内的29种车型，从时速40公里的蒸汽机车，到时速350公里的复兴号高铁列车，到底经历了多少困难和挑战，只有薛军自己知道。他连续24年在家里的月历牌上绘制所担当的值乘交路图，妻子与儿子都觉得他开火车开得有点魔怔了。许多个除夕夜，薛军都是在值乘的路上度过的，也难怪妻子会埋怨他，儿子小时候会不理解他。父子之间冰释前嫌还是在儿子工作之后，毕竟职场人的辛劳与无奈只有同在职场的人才能心领神会。继2020年获得全国劳模后，2021年薛军又被授予"全国优秀共产党员"称号。再高的荣誉也无法弥补薛军内心的缺憾，疫情期间，济南铁路局机务段对执行值乘任务的机车成员集中管理，以确保铁路运力。80岁的老母亲病危，同在一个城市却不能在床前尽孝，只能通过手机视频与母亲见了最后一面。在忠孝之间，薛军选择了大义与大爱。

2023年，1968年出生的薛军55岁了，到达退休年龄。只因他如今还有一个高铁司机教导员的身份，要传帮带一批新的火车司机，所以延迟退休一年。

薛军现在有7本不同速度等级的火车驾照：1987年取得的蒸汽机车钳工证；1992年取得的内燃机车驾照；1998年铁路大提速时取得的内燃机车快速驾照；2006年电力化改造升级时取得的电力机车驾照；2009年取得的200—250km/h速度等级动车驾照；2011年取得的动车组300—

350km/h 驾照；2015 年国家铁路局颁发的可驾驶所有车型机车的 J1 驾照。马上要退休了，他还亟须一本新驾照——汽车驾驶证。

科目一对爱学习的薛军来说没有任何难度，但科目二这一关却一直跨不过去。开火车养成的职业习惯已经成了肌肉记忆，动车组脚底下有一个无人警示踏板，动车司机每隔 30 秒就要踩一下来确认自己的状态。这个习惯性的动作导致薛军的脚放在刹车上总是会不自觉地踩一下，又踩一下。汽车在他那里开得跟电脑网速不好时卡顿的画面一样。教练看着直摇头："薛老师，这不是火车！您老别把汽车当成火车开啊。"于是，科目二考一次挂一次。

没办法，薛军暂时放下了汽车驾驶证的考试。他想好了，等退了休缓缓再学也一样。考出驾照来，他要买辆电动汽车，这是大趋势。

第二节
老家临沂

2007年，从青岛市委书记手里接过封面烫金的户口簿，皮进军正式成为青岛新市民。他的心情激动得难以用语言形容。皮进军实现了自己刚踏上青岛时许的心愿：在青岛安家落户，过上城里人的日子。在这之前，皮进军回老家临沂市沂南县辛集镇苗家曲村办理户口迁移手续时，老父亲语重心长地提醒他："不管你人在哪里，都得给我记住老家是临沂！"

皮进军兄弟姐妹六个，两个姐姐、三个哥哥，他是家里最小的孩子。小时候家里的日子不算好过，姐姐们早早出嫁，哥哥们外出打工。皮进军从小聪明，脑子灵光，初中时学习成绩原本不错，但他压根没想读高中考大学，只想着初中毕业早点自食其力。家里有块菜地，父母又在旁边开了块荒地，连成了一大片菜地，种农家最常吃的露天蔬菜：茄子、辣椒、西红柿、芹菜、菠菜、香菜、黄瓜、丝瓜、豆角……刚开始父亲带着皮进军去卖菜，掌握了基本诀窍后，他就独自骑着三轮车去卖菜。皮进军不太会吆喝，到了地方就把菜往地上一摆，碰上买菜比较挑剔的人，任他们挑挑拣拣也只笑不说话；遇到爱贪小便宜的，算完账再顺手牵走两个辣椒、三棵香菜，他也只是呵呵一笑。皮进军夏天卖菜，冬天卖豆腐。豆腐也是父母在家自己做的，用的是自家地里种的大豆。时间长了，常来买菜的顾客愈发喜欢这个沉默寡言、爱笑的小伙子，无论是蔬菜还是豆腐，皮进军都卖得又快又好。

父母觉得摆摊卖菜总归不是个正事，就让皮进军跟着哥哥到建筑工地上学点手艺。刚去时只能干小工，推沙子、推水泥、推砖，和水泥、和沙子，给工地上的大工打下手。在工地上干了两年小工，有一年春节，在上海打工的大哥回老家过年，春节过后就把皮进军带去上海见见世面。大哥托老乡把他送进了一家生产玩具的工厂。老板见皮进军长得身强力壮，就安排他负责送货。上海的人太多，马路太宽，弄堂太曲折，皮进军只干了三个月就辞职了。三个月里他在送货路上至少迷路了十次。他实在受不了老板数落他时那轻蔑的眼神与鄙薄的口气。无奈之下，大哥只好给皮进军买了车票让他回老家。

1988年，青岛与临沂的沂南县建立了对口扶贫联系。当时的沂南县人多地少，农村劳动力资源富余，劳务输出是沂南的一项重要产业。沂南劳务工一半以上去了青岛港，从事装卸工、装卸司机、维修工或者消防员。

1991年7月，青岛港再一次到沂南招工，父亲给皮进军报了名。去体检的前一天晚上，皮进军特别紧张，辗转反侧没休息好。他太重视这次机会了，他知道只要过了眼前体检这一关，他就能去青岛那个只听说却从未去过的海滨城市，那是沂蒙山里多少人向往的大城市啊。他的心扑腾扑腾乱跳，激动的心情一时半会儿无法平复。量血压的时候，更是紧张到手足无措。结果可想而知。父子俩垂头丧气地离开了体检现场。路边有一个卖西瓜的摊子，父亲掏出口袋里不多的钱，挑了一个半大不小的西瓜，爷俩沉默着吃完。血压高，体检不合格，去大城市的希望落空，皮进军反而平静了下来。父亲摸了摸他的脉搏："军啊，咱们再去量量试试，实在不行，咱就回家！"皮进军的血压竟神奇地降了下来，他通过了体检，可以去青岛了。

去青岛的路上，皮进军像做梦一样。接受了一个月的岗前培训后，皮进军正式上班。到了青岛港，他被分配到原北港公司坑道一队，从事煤炭装卸。每天的工作就是在30多米长的坑道里用漏斗车装运煤炭。干一天活下来，从坑道里出去时全身白的地方只有牙齿和眼白。脏是真的，累也是真的，不过皮进军却挺乐呵。周围临沂老乡挺多，沂南的更多，大家干一样的活，凭力气凭本事吃饭，没有高低贵贱之分，没有歧视与白眼，累一点怕什么呢，在这里干活心里敞亮。休班的时候，皮进军偶尔出去玩一玩，去青岛火车站周围转一转，去看看栈桥、小青岛，去逛逛青岛中山公园。

站在海边，海风轻拂脸庞，远方是海天一色，满眼的蓝色。皮进军曾经向学问高的工友请教过大海为什么是蓝色的问题，工友说了一大堆，什么光的散射啊，水分子对光的吸收啊，海水的深度啊，水中的浮游生物啊，把皮进军听得云山雾罩的。皮进军的想法很简单，海纳百川，有容乃大，蓝色就是包容的颜色、青岛的颜色。他在心里对自己说："我要在青岛安家落户，我要成为这座城的一分子！"

在青岛港，"人人都可以成才"不是一句假话、空话，谁能干就让谁上，不唯学历，不唯职称，不唯资历，不唯身份，不唯年龄，农民工在这里真的可以成为队长、班长甚至职位更高的经理。青岛港出台了一系列激励机制，如农民工转合同制、优秀农民工特殊激励、员工职业发展通道激励等，每年都会公开选拔一批优秀农民工转集团合同制。每年年终总评，"十佳农民工"获得者便会披红戴花上台领奖。青岛港还开全国之先河，拓宽农民工发展通道，在装卸工人中实行技术等级评聘，按在岗装卸工人数的1%、2%、5%的比例评聘装卸工艺师、助理装卸工艺师、装卸工艺员。户口政策不是一个企业所能解决的，青岛市出台了政策，全市技能大赛获奖选手以及各行业拔尖人才都有机会转为城市户口。皮进军逐渐意识到原来真的有机会留在青岛，成为真正的青岛人！

1996年，皮进军调离坑道队，来到大港分公司继续从事装卸工作。人扛肩抬，体力消耗极大。90公斤一袋的红糖或玉米，80公斤一袋的大豆，50公斤一袋的化肥……皮进军与工友们每天一起忙忙碌碌地装，又一起忙忙碌碌地卸。那个时候港口装卸用的劳动力很多，大家干活的时候都很投入，无暇思虑太多。忙碌的间隙，大家偶尔也会聊天，有的人觉得满足、知足，有的人也在担心将来机械化设备多了就用不了这么多装卸工人了。皮进军话不多，他愿意听工友们聊天，有道理的话就记在心里慢慢琢磨。未来机械化、自动化是一定的，装卸工仅靠力气肯定远远不够。下班没事的时候，工友们约着去打打牌、喝杯小酒。皮进军不去，他到图书馆学习，工作中发现的一些不合理的设计他希望能搞清楚原理，如果能一次性解决就更好了。

皮进军在大港分公司主要是装卸散货，散货灌包是他们经常要面对的工作。灌包就是将散装的大宗货物，比如玉米、大豆等用麻袋或者编织袋装上。灌包作业有时是因为收货人要求收到的货物是有包装的，所以在装船前就由装卸工将散货装包。还有一种灌包作业是出于船舶安全行驶的需要，大量的散装货物在船舶遇到风浪时可能发生移动，从而影响船舶的重心和稳性。灌包是软的，每次作业都需要有人跑上跑下地用钩子钩住，衔接不当、效率不高的同时还存在安全隐患。

只要是问题，就一定有解决的方案。青岛港一直鼓励创新，皮进军挑头成立了"进军青年突击队"，与工友们一个动作一个动作地演练，改进站位和套袋的方式，在安全的前提下创造了省时省力的新的作业方式，每灌一包从原来的12秒缩减到9秒，一个班下来可以多灌包350吨，单班单箱效率最高达到1306吨。在青岛港首批员工品牌命名大会上，这项成果被授予"进军灌装"员工品牌，皮进军成为青岛港第一个用名字命名品牌的农民工。

2006年，皮进军被任命为装卸队的副队长。如何提高装卸效率，在单位时间内创造更多效益，成为皮进军新的突破点。他带着团队练习"码垛一刀切"，确保团队中的每一个成员都能掌握技巧与技术要领。2006年5月17日，他们用3小时4分完成了"贝尔轮"7509吨纸浆的接卸任务，创造了单舱每小时卸率1150吨，综合每小时卸率2278吨的世界纪录。这一世界纪录被命名为"进军高效"。

几年间，皮进军和他的团队创造了5个以他的名字命名的青岛港口作业技能品牌："进军大件""进军冻鱼""进军装车""进军灌包""进军码垛"。

2012年，皮进军首次当选为党的十八大代表，代表码头产业工人光荣出席了盛会。2017年，皮进军又再次当选党的十九大代表。此外，他还获得了全国十大学习型班组标兵、全国五一劳动奖章、全国劳动模范、第十二届中国青年五四奖章标兵等一系列"国"字号荣誉。有时候皮进军看着一本本烫金的大红证书，回想自己初来青岛时的忐忑，真有一种做梦的感觉。如果他没有走出沂蒙山，没有离开临沂老家，没有来青岛，这一切都不会发生。

父母依然固守着老家的一亩三分地，树高千丈根也在萝卜白菜附近。皮进军给父母安装了摄像头，客厅有，院子里也有。父母老了，田里的菜地种不了了，就在院子里种菜。皮进军工作忙，只有逢年过节，一家人才回老家住上几天。皮进军经常在手机 APP 上与父母隔空对话，闲话家常。2019 年 1 月 21 日，青岛港国际股份有限公司在上海证券交易所挂牌上市，皮进军作为工人代表参加了鸣锣仪式。父母在电视新闻里看到了一身橘红工装的儿子。

2019 年 11 月 26 日，皮进军看到高铁开进沂蒙山的新闻，本想着下了班跟父母通话聊一会儿，孰料很少联系自己的老母亲主动打来电话，言语间满是兴奋："真好啊！今年过年，你们就能坐着高铁回老家了！"

第三节
我手画我心

鲁南高铁临沂段开通在即，一幅名为《"中国速度"推动老区高质量发展》的漫评作品在各大网络媒体的客户端传播。一位笑得合不拢嘴的老农，站在盛开的油菜花田里，怀中抱着一个装满了五彩果蔬的大箱子，背景则是一列正缓缓驶来的火车。配文：从1986年蒙山沂水间第一条铁路通车到现在形成"十"字形铁路网主骨架，铁路的快速发展，直接推动了沂蒙地区经济的大跨越。鲁南高铁让市民城际出行更加便捷，京沪一日游、山东一日游、跨境双城生活均可轻松实现，更是创造了无限的价值潜力，彻底融入中国"八纵八横"铁路网。

这幅画的作者叫傅娇睿，编配文字的是她的搭档高明旗。

当孙滢已经离开车站值班员岗位时，初出茅庐的傅娇睿却刚刚把她的职业理想定位在考取车站值班员的小目标上。与孙滢略有差别的是，傅娇睿选择的是货运方向。

雨后的空气中弥散着一股淡淡的甜，如果恰好是一个无花果鲜果爱好者，此刻齿颊的甜就那样若有若无地悬浮在周遭。而这一丝丝甜中还裹挟着若隐若现的椰奶香，深呼吸，仿佛置身于层峦叠嶂的迷雾中，穿过迷雾，前方是一棵高大的昂首栉风沐雨的雪松，在它的根部铺垫着松软的蓬勃的青苔地毯。这是傅娇睿在自己的香水宝箱中历经一番选兵点将，最终为自己选定的今日份香水——蒂普提克无花果淡香水。今天是一个特别的日子，要用心准备。

第十章：谁不说俺家乡好

湖田站建于1903年，是胶济铁路上的一座老站，已经在风风雨雨中运转了一百多年。

一百多年间，胶济线上的小站一个又一个被时代的巨轮抛弃，湖田站虽跟跟跄跄，却没有被落下太远。每天，山里的山货土特产会在这里聚集运到外面，星夜兼程，第二天一早就齐齐整整地堆在农贸市场或者码在超市的生鲜货架上。每天，还有最美慢火车7053次列车慢悠悠地在站台停靠、驶过。车上的人上上下下走亲访友，串个门，吃个饭，喝一杯小酒，再赶最晚的一班车微醺着回家去。

2022年3月，傅娇睿第一次到湖田站，以实习生的身份来这座百年车站实习。彼时，她还是山东职业学院铁道交通运营管理专业的一名学生。那时的她并未意识到，再过几个月，胶济线上的这座小站就会成为她职业生涯的真正起点。

傅娇睿与胶济铁路的缘分，要从她4岁时说起，那应该是她第一次坐火车。傅娇睿的父亲叫傅生，在淄博车务段工作，他们一家三口就住在铁路小区院内。铁路小区与铁路最近处相距不到五百米。各式各样的火车是傅娇睿生活中一个个非常具体的存在，内燃机车、电力机车、动车组，一列又一列火车在铁路上飞驰而过，直观的变化就是火车的声音越来越小，通过的速度越来越快。

"你爸爸是干什么的呢？"

每当听到有人这样问自己，傅娇睿就会仰起像花朵一样的脸，大声说："我爸爸是给火车指路的人！"

小时候的傅娇睿见过爸爸工作时的样子。那时候妈妈特别忙，爸爸上倒班，遇到妈妈不在家的时候，爸爸就只能把傅娇睿带在身边。

行车室里，爸爸千叮咛万嘱咐："你就在这里乖乖坐着，不要乱跑！"小娇睿是个听话的孩子，爸爸不让她乱动，她就乖乖坐着等爸爸下班。只见爸爸伸出食指和中指做手势，一会儿向左，一会儿向右，嘴里还念念有词。伴随着爸爸的手势，窗外火车一趟一趟地驶过。童年的傅娇睿，跟着爸爸上过白班，也陪着爸爸上过夜班。上白班时，她肚子饿得咕咕叫也不敢出声打扰爸爸工作；上夜班时，她困得像小鸡啄米一样，就在椅子上坐着睡着了。下班路上，如同港湾呵护着停泊的小船，爸爸把女儿放在自行车的大梁上，爷俩一路欢声笑语地回家。

"爸爸，每次火车开过来，你做那个手势，火车司机能看见吗？"

"看不见啊，但是爸爸给司机叔叔打电话了！"

"为什么要打电话呢？"

"爸爸告诉开火车的叔叔要怎么走啊！"

"是不是司机叔叔不知道去哪里，爸爸你给他们指路啊？"

"嗯，娇睿真聪明！"

"爸爸，你可以让火车去北京吗？"

"可以！"

"那去南京呢？"

"当然也可以。"

"爸爸，我长大了也能指挥火车吗？"

"没问题！"

"爸爸，那我能开火车吗？"

"只要我们娇睿想，就一定可以的。"

"爸爸，我还是喜欢画画。蜡笔快用完了，再给我买一盒新的吧！"

"好，爸爸这就带你去买。"

画画是傅娇睿从学会拿笔一直坚持到现在从未放弃的爱好。她的第一套画笔其实是妈妈的口红、眉笔，第一张画图纸是客厅刮了瓷的大白墙。待到父母发现时，口红的艳丽与眉笔的灰黑在白色的墙壁上呈现出各种抽象的线条，或直或弯，波浪式起伏，螺旋式跳舞，更有许多不规则的圆圈，一环套一环，循环往复。

"娇睿，你这是画的什么呀？"妈妈蹲下来，询问着女儿。

没有等来预想中的呵斥，小娇睿得意地给父母讲起了故事……傅娇睿人生中的第一张画，在客厅的墙上堂而皇之地"挂"了很长时间。

第十章：谁不说俺家乡好

画着画着，小娇睿长大了。实习期结束后，傅娇睿正式入职湖田站。湖田站是一个年轻人扎堆的地方，员工的平均年龄不到四十岁。这里人才辈出，管理层人员更新流动速度很快。朝气蓬勃，是这座百年小站的基调。每一个年轻人都使出浑身解数展现着自我，傅娇睿也不例外。

拿起画笔，一幅从小就印在傅娇睿脑海中的画面出现在眼前：苍翠碧绿的大树掩映着隧道，一列长长的内燃机车轰隆隆地从隧道深处开过来。它声音很响，惊天动地；它气势磅礴，明亮的车前大灯发出耀眼的光芒。

黑色的碳素笔勾勒出轮廓，傅娇睿在慢慢地选色：浅淡黄、鲜绿、亮绿、中松黄、浅黄绿、深黄绿、兰地绿、墨绿和黑墨绿。近处的枝叶用浅淡黄做大面积晕染，局部用鲜绿、亮绿、中松黄加深加厚，树干用兰地绿，绿意的镂空处用墨绿和黑墨绿填充。一片深深浅浅的青青世界里，一列火车由远及近，傅娇睿将它命名为《"植"此青绿，和谐长存》。这是她创作的第一幅时评漫画。

时评漫画独到的优势就是作家用图画传达思想，可以批评针砭，也可以倡树引领，它能很积极地去做出评论。相比阅读长篇文字，更多的人喜欢通过图片分析事件。这正是近年来"一图读懂""图说"系列书籍风靡市场的原因所在。

一画惊人。傅娇睿的时评漫画在东北新闻网平台上发表后，被多家媒体转载。紧接着五四青年节，她画的《中国青年勇当时代先锋》在中安在线平台刊发。

从《"中国速度"推动老区高质量发展》这幅作品开始，高明旗和傅娇睿不再仅仅是工作上的搭档，还成为生活中的伴侣。合作在继续，中国共产党第二十次全国代表大会召开之际，二人合作完成了《发挥头雁力量，承载历史使命》。

一年一度的电商"双11"购物节，全国掀起网购热潮。济南铁路局新增了高铁快运业务办理站，开行高铁列车快件预留车厢及快递柜等高铁快运服务，安排普速旅客列车行李车、特快货物班列等普速铁路快运服务等，为"双11"电商网购高峰提供安全高效、方便快捷的铁路快运服务。傅娇睿画笔一挥，一幅《"双11"，让速度与温度并存》一气呵成，"双11"电商网购高峰期的铁路快运服务场景跃然纸上。

又是一年春节到，万家团圆灯火时。铁路是远方游子春节回家的首选。"肩扛安全的重担，托举回家的希望。这个春运，铁路人用心守护回家旅程，守护万家团圆。"这是高明旗的文案核心。自从两个人合作以来，有时是傅娇睿先画，高明旗再配文；有时则是高明旗先确定文案主题，傅娇睿再围绕主题进行漫画创作。这一次他们合作的《传递思乡愿景，守护万家团圆》被中国青年网采用，转发、转载量超过了以往所有的作品。

当领导通知要让傅娇睿独立负责一场以劳动保护为主题的漫画展时，她有点不相信自己的耳朵："真的吗？我的个人漫画展？"

"需要我再重复一遍吗？"领导笑眯眯地看着她。

"不用了！"

"需要给你调班专门搞创作吗？"

"不用！"

漫画展的主题是劳动保护，目的是提高职工安全保护意识。指向明确，傅娇睿要做的就是把概念化的规章制度用图说的方式一一展现出来，"严禁在钢轨上、枕木头、道心里坐卧""班中手机按规定保管""严禁在道心行走""货物应堆放稳固，防止倒塌""严禁在运行中的机车车辆前面抢越""班中按规定着装""职工眼中车站的样子"……那段时间，与男朋友的约会取消，与闺蜜的逛街取消，与亲友的聚餐取消，除了上班，其他的时间傅娇睿全部用来画画。

湖田车站将傅娇睿的画展特意安排在新建机房施工的围栏处，这里是职工上下班的必经之路，不仅方便阅览，还可以美化站区环境，又能起到安全警示作用，一举多得。

画完之后，装帧，悬挂，傅娇睿没有缺席任何一个环节。终于，画展开幕的日子到了。这一天早上，傅娇睿极其认真地选了自己最喜欢的一款香水。她开着车，迎着朝阳去上班。上班路上熙熙攘攘，这是特别的一天，也是普通的一天。

第十一章：
济青高铁

马星魁　摄

三面钟时间：2018年12月26日，"复兴号"G9217/G9218

三面钟声：2018年12月26日9时08分，济南东至青岛北的"复兴号"G9217次列车和青岛北至济南东的G9218次列车对开启动，济青高铁开通运营。胶济通道实现济青高铁、胶济客专、胶济铁路"三线并行"。

第一节
2小时交通圈

  济青高铁通车的消息，于延尊是在电视新闻里看到的。这些年，他一年里有一半的时间在出差。那天他算了一下，2007年出差了整整150天，已经连续8个春节没在家度过。不出差的时候他一大早坐班车去上班，中午不回家，就在公司就餐，晚上加班也是常态。

  电视画面里的"复兴号"是CR400AF型动车组，可实现时速350公里运营。这款"复兴号"车型主打概念是"飞龙"，车头即龙头，左右两侧各有两条中国红飘带，那是飞扬的龙髯。CR400AF型动车组的外观相比以前的车型线条更优雅，全新低阻力流线型头型和车体平顺化设计，跑起来也更节能。电视里首趟济青高铁列车上的记者、乘客正在兴奋地试验着"硬币立50秒不倒""水杯里有一圈圈的波纹但水不会洒出来""时速300公里时高铁Wi-Fi依然保持着畅通的信号"等，记者情绪激昂地陈述着，乘客开心地笑着，整个车厢满载着语笑喧阗。这一切，于延尊都经历过，之前他参加过多趟线路的联调联试，这些试验早已做过无数遍。

  他最常读的是与铁路、机车相关的论文集，很少涉猎其他类型的书籍，文史哲偶尔看一点，小说几乎不读，空余时间还要写工作日志。记工作笔记这个习惯从2006年3月24日第一列整列进口动车组CRH2A-2001在总装分厂组装那一天开始，于延尊从未间断过，如今已经累计近百万字了。偶尔查看以前的日志，随意翻一页，上面写的仅是时间、地点、天气、工作内容，没有华丽的辞藻，没有形容词，只有用动词、名词、数词与量词记录的问题与现象，好的坏的都有。外人看起来估计会索然无味，但于延尊自己读得津津有味，每一个字，每一个词，每一个数字，都是满满的回忆。最关键的是，现在回头看当时的工作日志，那些当时不堪重负以为无法逾越的拦路虎，现在早已不是问题。中国高铁，轻舟已过万重山！

1964年出生的于延尊，老家莱州，他是他们东泗河村第一个大学生，也是兄弟姐妹五个中唯一一个被知识改变命运的幸运儿。1980年，于延尊以高出一本线50分的成绩进入西南交通大学电机系自动控制专业学习。那一年，西南交大自动控制专业只录取了两位山东籍考生。1984年大学毕业后，于延尊被分配到四方机车车辆厂。报到后，厂里直接把他这个高才生安置在工厂的技工学校从事教学。学校的日子波澜不惊，在教了两届学生之后，于延尊找到厂长说了自己的诉求，他希望能到工厂的一线工作，从事设计研发。

彼时，厂里的设备处刚刚成立微机组，正好需要人手。既然于延尊要求，厂长也就顺水推舟让他加入了微机组，从事设备的微电子技术改造。于延尊在微机组整整工作了12个年头，这12年里，他像一条放归大海的鱼儿一样，海阔凭鱼跃。名牌大学毕业，人又年轻精力旺盛，他使用TP801单板机将普通车床改造为经济型数控车床，用8031单片机改造钢板开卷机流水线，研制电瓶车快速充电机，用PLC改造1250吨热压机流水线，引进数控加工中心……于延尊把自己大学所学的理论知识尽情应用到生产中，每天都有一种时不我待的紧迫感，他的每一项技术革新都在提高着生产效率，减轻着一线工人的劳动强度。

1997年，济南铁路局开始配属东风4D型和东风11型提速内燃机车，担当旅客列车牵引任务。

同样是在1997年，四方机车厂已经启动了交流传动机车的电气设计工作。这一年，于延尊被抽调到机车设计处从事机车电气设计，参加一个铁道部立项的课题——NJ1型交流传动内燃调车机车项目。在这之前，内燃机都是直流传动。课题启动前，于延尊去当时的上海铁道学院学习了三个月。NJ1 型交流传动内燃调车机车项目历时三年才完成。这是中国首个投入铁路运用的交流传动机车项目，2003 年该项目获中国铁道学会科学技术奖一等奖。

在于延尊调到机车设计处电气组之前，1995 年，23 岁的梁建英从上海铁道学院毕业，来到中车四方股份公司，成为一名电气系统设计技术员。梁建英给于延尊留下的第一印象是她身上有一种浑然天成的静。她既有东北姑娘的泼辣与爽利，说话干脆、干活麻利，也有工科女性特有的坚定与执着。理不辩不明，在技术问题面前她没有半点含糊，无论设计思路还是方案，有不同意见一定要争论一番，无论是别人说服她还是她把别人说服，必须有定论、有结果。梁建英的很多思路都很独到，有优化提升的传统思路，也有独辟蹊径的创新思维。有天赋又肯努力的人想不成功都难。一般的设计师从毕业到能独立设计整车的电气原理图，至少需要六年的时间，而梁建英仅用了三年。多年之后，当梁建英担任国家高速列车青岛技术创新中心主任，成为高铁列车技术专家，中国高速列车整车研制、系统集成创新领域的技术带头人和领军人物时，于延尊一点都不意外，这是顺理成章的事情，舍她其谁？

从 1997 年至 2006 年，中国铁路成功实施了五次大提速，在优化运输产品结构，改进铁路服务质量，适应人们快节奏、多样化的运输需求方面取得了明显效果，但出行难的问题依然十分突出。

2003 年统计资料显示，全国铁路开行的旅客列车每天约提供座席 241 万，而日均实际运送旅客则高达 305 万，许多线路列车常年拥挤，特别是春运、暑运和黄金周期间，火车票更是一票难求，出行难问题已成为共识。当时有一个形象的说法，人均铁路长度只有 5.5 厘米，还不足一根香烟的长度。

放眼国外，高速铁路已有多年发展历史。1964 年 10 月，日本先于其他国家开通了世界第一条高速铁路——东海道新干线，最高运行时速为 200 公里。此后，日本陆续开发系列高速动车组，最高运营速度逐步提升至时速 320 公里。法国第一条高速铁路线——TGV 东南线于 1983 年投入运营，运用 TGV-PSE 电动车组，最高运营时速为 270 公里。1990 年法国大西洋线正式通车，采用 TGV-A 电动车组，最高运营时速为 300 公里。德国于 1985 年试验制造了 ICE 型高速列车。2010 年，德国第三代动力分散型高速列车 ICE3 正式投入商业运营，最高运营时速达到 300 公里。

2004 年 1 月，国务院常务会议讨论并原则通过了《中长期铁路网发展规划》（以下简称《规划》）。《规划》提出，到 2020 年，全国铁路营业里程达到 10 万公里，客运专线达到 1.2 万公里以上。4 月，国务院召开专题会议，研究铁路机车车辆装备有关问题，提出"引进先进技术、联合设计生产、打造中国品牌"的我国铁路机车车辆装备现代化总体要求，而引进时速 200 公里及以上高速动车组技术就是其中的主要内容。中国发展高速铁路的帷幕就此拉开。7 月，国家发改委和原铁道部联合印发《时速 200 公里及以上动车组技术引进与国产化实施方案》。根据该方案，时速 200 公里及以上动车组项目采用国内招标方式，通过面向国内采购动车组，确立了国内企业在项目执行中的主体地位。在全面技术引进的基础上，按照分阶段、分层次和有重点的原则，系统有序地实现动车组国产化。

2004 年 8 月，原铁道部公布招标结果，四方机车车辆股份有限公司获得 60 列时速 200 公里高速动车组订单。自此，四方机车车辆股份有限公司开始了全面实施高速动车组的引进、消化、吸收、再创新的征程。2005 年，随着动车组项目的进行，于延尊来到技术工程部从事动车组调试，人生轨迹与高铁发展轨迹同频共振，开启了神奇而又玄妙的为动车组"问诊、把脉、开药方"的旅程。每一个新车型首先要通过调试专家近乎严苛的测试、调试，百分百的安全、百分百的完善之后才会出厂亮相。

2006 年元旦刚过，于延尊就带着 23 人的团队飞往日本川崎重工业株式会社。沐浴着太平洋海风的川崎要比黄海之滨的青岛略显温暖、湿润。于延尊他们此行的任务是接收 9 列动车组，前 3 列整车进口，后 6 列散件回国组装。在为期五周的培训中，他们像海绵吸水一样学习。最初给他们授课的讲师过于敷衍，在他们的强烈要求下，更换了一位真正愿意传道解惑的讲师。他们住在一家离川崎重工不远的宾馆，每天有班车接送他们往返,与日方之间的沟通需要翻译来协调。那年,于延尊与同事们在日本过了一个春节,没有鞭炮,没有饺子,除夕夜大家一起吃了顿饭,一人喝了一壶寡淡的清酒,彼此说了一句"过年好",第二天照常去参加培训。年在日复一日的忙碌中悄然过去。年,从来不是终点,只是节点,新旧交替,总有新桃换旧符。

2006年3月24日,第一列整列进口动车组CRH2A-2001开始在总装分厂组装。从那一天起,于延尊开始为动车组写日志,记录它一点点成长、壮大以及蜕变的历程。这个阶段,于延尊把它概括为"引进、消化、吸收"阶段。这一阶段耗时两年,四方机车厂技术团队完成对所有原始图纸、资料和技术标准的消化、吸收以及全面试验、验证,并根据中国铁路运营环境完成了110项"适应性"优化设计,用6万多公里的线路运行试验解决了引进技术"水土不服"的难题。在消化、吸收了动车组系统集成、铝合金车体、转向架、牵引变压器、牵引变流器、牵引电机、牵引控制、制动系统和列车网络系统9项关键技术和受电弓、辅助系统、空调系统等10项重要配套技术后,四方机车厂建立起了中车青岛四方动车组持续研发平台,形成了一条完整的国产化制造产业链。

2006年开始,中车青岛四方在自主创新领域发力,正式启动时速300公里动车组的自主研发,迈出了打造高速列车自主创新能力的重要一步。时年34岁的梁建英被委以重任,担任主任设计师,带领团队设计完全自主创新的高速动车组。他们成功突破制约速度提升的关键技术,将速度等级从时速200—250公里提升到时速300—350公里,CRH2C动车组在四方诞生。2007年12月22日,首列时速300—350公里动车组在公司诞生。中国成为世界上继日本、法国、德国后第四个能够独立研发制造时速300公里及以上动车组的国家。紧接着,CRH2B长大编组(座)动车组、CRH2E长大编组卧铺动车组也相继问世。中国高速动车组随即进入全面创新阶段。

2008年2月,科技部和原铁道部共同签署了《中国高速列车自主创新联合行动计划》,构建"政产学研用"协同创新联盟,推进高速列车技术创新，引领高速列车技术发展。其中一项核心内容就是自主研制新一代时速 350 公里及以上高速列车。在科技部和原铁道部的统一组织和指导下，四方机车车辆股份有限公司开始了 CRH380A 高速动车组的研制。2010 年 12 月 3 日，在京沪高铁枣庄至蚌埠试验段举行了 CRH380AL 上线仪式，并于当日进行高速试验。16 辆编组的 CRH380AL 动车组从枣庄西站始发，列车一路加速疾驰，用了 9 分钟，时速就升至 420 公里，试验人员汇报：试验动车组安全性、舒适性各项指标全部正常！随后，列车继续加速，481、482、485……

486.1 公里！刷新了世界铁路运营试验最高速！

CRH380A 是中国"和谐号"高速动车组集大成之作，标志着中国铁路客运装备的技术水平达到了世界先进水平，中国也由此成为世界上少数几个能够自主研制时速 380 公里动车组的国家。科技是国家强盛之基，创新是民族进步之魂，持续驱动中国高铁跑出"加速度"。2012 年，"复兴号"动车组研制启动。高铁是设计出来的，更是反复试验验证出来的。2015 年 6 月 30 日，中国标准动车组正式下线。于延尊和一百多人的试验团队，辗转北京环铁试验线、大西客专、郑徐客专、哈大客专做线路试验。每天从清晨 5 点工作到深夜 11 点，只为获得不同气象条件下的试验数据，料峭的初春、三伏天、清冷的秋以及滴水成冰的寒冬。一年零三个月，运行里程六十多万公里，五百多项仿真计算，五千多项地面试验，两千多项线路试验……"复兴号"，这是中国标准动车组的名字。2017 年 9 月 21 日，"复兴号"中国标准动车组在京沪高铁实现时速 350 公里运营，中国成为世界上高铁商业运营速度最高的国家。这是中国高铁，这是中国速度！

奔驰在济青高铁上的一列列"复兴号"，用速度说话，用 300—350 公里的时速串起了山东省内 2 小时交通圈、经济圈。

没有最快，只有更快。面向未来，高速磁浮应运而生。轨道交通装备由于轮轨黏着、弓网受流、牵引功率、噪声及运营效率等因素，安全运营速度极限时速为 400 公里。而高速磁浮系统因无接触、车辆抱轨、地面同步牵引等天然优点，安全运营速度可达到时速 600 公里。目前世界上许多发达国家都在进行重点研发。德国的高速磁浮最高试验速度达到时速 550 公里，日本的高速磁浮实现了 603 公里的试验时速。

2016 年，国家重点研发计划"先进轨道交通"项目启动，目标是攻克高速磁浮核心技术，研制具有自主知识产权的时速 600 公里高速磁浮工程化系统，形成高速磁浮产业化能力。2019 年 5 月，高速磁浮试验样车问世。2020 年 6 月，时速 600 公里高速磁浮试验样车成功试跑。2021 年，高速磁浮工程样车正式下线。高速磁浮离产业化尚有一段漫长的路要走，但这是方向。

2016 年 5 月，西南交通大学举办建校 120 周年校庆活动。已经是中车青岛四方首席设计师、全国五一劳动奖章获得者的于延尊，作为优秀校友受邀回校参加系列庆祝活动，但当时工作任务繁忙，走不开，只得缺席。

六年后的 2022 年 3 月 28 日，西南交通大学再次郑重邀请于延尊作为"建功'芯'时代大讲坛"的嘉宾，他欣然赴约，做了题为《人生理想之花在中国高铁事业绽放》的线上演讲。演讲开始前，学校做了充分的宣传预热，那天，众多新老校友争先上线，一睹于延尊的风采。

每年新员工入职，只要有时间，于延尊都会去给他们讲一堂入职课，传承、赓续四方精神：追求卓越，诚信四方。

中车青岛四方的员工每年有一定比例的离职率，对于企业而言，这是不可避免的。像 20 世纪 80 年代四方机车厂难以为继那段时间，共事多年的同事选择离开，而于延尊却选择留下与四方同舟共济。如果把制造动车组的中车青岛四方也比作一列高速列车，有人上车直达终点，有人会在中途下车换乘。每个人都有自己的选择，也都有自己取舍的理由，没有是非与对错，只是选择不同。愿意留在中车青岛四方，让自己人生理想之花在中国高铁事业绽放是一种选择，当意识到人生轨迹不适合在这里，那离开便是更好的选择。无悔就好。

第二节
人生配速

2023青岛海上马拉松落幕，郭锐心里有些许遗憾。两年前的"海尔·2021青岛马拉松"，他们一家三口参加了五公里的迷你跑，完赛奖牌如今还端端正正地摆在家里。青岛海上马拉松是目前中国唯一的跨海大桥马拉松。奔跑在胶州湾上，脚下是波澜壮阔的大海，御风而行的感觉与《天龙八部》中的凌波微步如出一辙。

今年看到2023青岛海上马拉松报名启事时，有那么一瞬间，郭锐想报名再跑一次，转念又想到自己手头的一大堆工作，虽然自己体能不错，但是21.0975公里的半程马拉松，还是需要科学锻炼与日常恢复性训练的。看看这个月的出差日程安排表，郭锐随即强按下了自己的冲动。

1986年，四方机车厂投入近亿元，在棘洪滩制造基地开始了工厂新中国成立以来最大规模的一次技术改造——客车系统扩建工程，并实现了"两年建成并达到试生产"的目标，创造了铁路工业建厂史上的奇迹。1988年，郭锐的父亲来到棘洪滩客车分厂试工，三年后，也就是1992年，14岁的郭锐跟随母亲从黑龙江嫩江平原来到了青岛棘洪滩四方机车厂的新厂区，一起住在了职工家属楼里。

棘洪滩在胶州湾的北岸。大江再宽阔也能看到岸，大海没有边际，海的尽头是天。有一种观点认为生命起源于海洋。在郭锐的理解里，胶州湾的确在某种程度上孵化了青岛，这片海域里的一朵浪花最终翻滚成左右了中国近代史走向的惊涛骇浪。

第十一章：济青高铁

  郭锐在东北度过了无忧无虑的童年，现在回忆起来依然觉得快乐无比，最快乐的事莫过于冬天坐着自己亲手做的滑冰车在厚实的冰面上驰骋。上小学时，郭锐已经可以自己动手做滑冰车和溜冰鞋了。家庭是孩子的第一个课堂，父母是孩子的第一任老师。在东北滑冰、溜冰从来就不是小孩子专属的快乐，冰雪运动是东三省群众基础广泛的全民体育活动。父亲天生有一双巧手，又有很多奇思妙想，能用别人眼中的边角废料做出各种实用的玩意。现在回想一下，东北的冬天漫长而又寒冷，几乎吃不到新鲜的蔬菜。刚到青岛的时候，冬天能吃到绿油油的芹菜、香菜、韭菜，这在郭锐看来是十分纳罕的事儿。在四方机车厂家属院长大，父亲以及周围的叔叔伯伯都是四方机车厂各个车间的工人，平时接触的人、聊的话题都跟四方、跟机车有关。身边的小伙伴也就天经地义地认为将来他们也会成为四方机车厂的一分子。郭锐也是这样想的。

  中学的时候，郭锐成绩中等，主要原因是偏科。他的数学成绩很好，几何成绩尤为突出，每次考试都能考 95 分以上。几何老师习惯每次课后在黑板上留一道思考题，郭锐是班级里为数不多每次都能解答出来的学生，他的大脑能轻轻松松构建一个立体的几何世界。

  1994 年，郭锐考上了铁道部四方机车车辆厂技工学校，学习内燃机车钳工专业。技校的教学模式是学习两周的理论，然后进行两周的实操训练。半个学期之后，郭锐与班级里其他学生的差距就逐渐拉开了，他的动手能力，尤其是对于零件加工的长宽高比例的掌控能力明显优于其他人。一年级下学期的一天，实操老师安排大家用整块圆钢制作一个铆锤，郭锐第一个完成，实操老师拿起来看了看，在手上掂了掂，一言不发直接拿着郭锐做的铆锤去了办公室。

  "你们看这件做得怎么样？"

  办公室里的其他实习老师伸手接过来，仔细看了一下，反问道："这是你们上届毕业班学生做的？"

  "错。一年级！94 级内燃机车钳工班郭锐做的。"

  "哦！"众人一听，又拿起那个铆锤认真看了一圈，纷纷惊叹，"一年级能做到这样，这手艺不得了啊，好多年没见过这么有天赋的孩子了！"

"那是！听说郭锐那孩子9岁时就能敲白铁了！"

"你听谁说的？"

"他父亲啊，总装分厂的郭师傅，也是一把好手呢！"

"这就叫老子英雄儿好汉，根上带着呢！这么好的苗子，你可得好好培养！"

果然，毕业上班后的郭锐依然不同凡响。新员工实习期半年，他三个月就出徒了。别的学员还在跟着师傅吭哧吭哧学习时，郭锐已经从容地跟着师傅干活了，还不是给师傅打下手，而是直接上手干活。收了这么一个得意的徒弟，郭锐的师傅心里也美滋滋的。

1997年刚工作时，郭锐在四方机车厂的液力传动分厂，主要从事机车车辆核心部件液力变扭箱的组装、试验工作。他在液力传动分厂整整工作了九个年头。现在回过头想一想，郭锐的人生轨迹验证了标准的竹子定律。竹子蛰伏地下缓慢积蓄能量，四年里，竹芽只能长3厘米，但等到破土而出后，每天能以30厘米的速度拔节生长。那时他所有的心思都在工作上，单身，家又离公司近，每天第一个到车间、最后一个离开车间的总是他。这九年里，郭锐从中级工到高级技师仅用了七年，27岁那年他获得青岛市"钳工状元"称号，连续4次蝉联青岛市职业技能大赛钳工第一名。

郭锐破土而出的时间节点是2006年。这一年，四方机车车辆股份有限公司引进了时速200公里动车组项目，郭锐被调入转向架分厂。这是一方全新的、前所未有的大舞台。

高速动车组转向架是动车组的核心组成部分，就像高速列车的"腿"和"脚"，承载着列车的整车重量，也承载着乘坐动车出行的旅客的生命与安全。一列高速动车组的转向架，光装配的直接相关部件就有上千个，装配尺寸数据记录更是有上万个。公司曾经分批次、分工种选派人员前往国外参加学习培训，外方也有技术专家现场指导装配流程，但他们往往只是演示如何装，至于装配原理概不涉及。大部分工人处在只知其然不知其所以然的状况中。

第十一章：济青高铁

被人掐着脖子呼吸的感觉一点都不好。对于动车组技术，四方机车车辆股份有限公司的原则是引进、消化、吸收、再创新。这四个阶段既可以循序渐进，也可以同步进行。此时的郭锐已经成长为管理几十个人的班长。强将手下无弱兵，那段时间，郭锐与工友们像是把自己种在了车间里，一门心思研究转向架装配的关键技术，一遍不行就两遍，甚至可以十遍，反正机械原理不变，只要围绕根本及时变通思路就一定能掌握里面的诀窍。试验达不到想要的结果时就采取逆推思维，反向思考如何达到目的。不到两个月，在做了一千多次装配论证试验之后，郭锐和工友们验证了所有的数据，工作笔记、查阅的资料堆起来比郭锐还要高，他们完全掌握了转向架装配的关键技术。

2007年4月18日，中国第六次铁路大提速正式展开，CRH动车组大规模上线运行，列车运行时速达200公里，其中部分区段时速达250公里，中国从此进入了高速铁路时代。CRH是"中国高速铁路"的英文简称，是中国铁路总公司对中国高速铁路系统建立的品牌名称，所有引进国外技术、联合设计生产的CRH动车组车辆均命名为"和谐号"。

2007年、2008年、2009年，是郭锐出差相对集中的三年，参加新线路开通、新车型的联调联试，他的出差轨迹很多是与梁建英、于延尊重合的，总设计师、首席设计师出现的地方，大国工匠的身影也是不可或缺的。

中国第一代高速动车组工人的消化、吸收、再创新的能力与高速动车组的速度也是完全匹配的。依据大量的试验数据，郭锐牵头编写了《高速动车组转向架装配作业要领书》，这样一来就有了现场作业的标准，有效提高了装配效率。从2006年开始，从"和谐号"到"复兴号"，从运营时速200公里到350公里各个速度等级的高速动车组转向架装配生产体系、装配技术标准，都被郭锐和他的团队一点点建立起来。郭锐独创的《动车组齿轮箱G侧游隙检测先进操作法》，使转向架齿轮箱检修效率提高了30%，获中国中车集团有限公司先进操作法一等奖；他独创的《动车组转向架四点等高支撑调整作业先进操作法》，使转向架的装配效率提高了3倍，装配精度和装配质量大幅提升，仅此一项，累计为公司创造经济效益

1200万元。

2012年开始，公司成立"郭锐技能大师工作室"；2013年成立"郭锐劳模创新工作室"。郭锐带领的工作室自成立以来，完成了492项攻关课题，解决了356项技术难题，为公司创造效益6000多万元。

2018年，郭锐当选为第十三届全国人大代表。这一年的全国两会首次开启了"代表通道"。3月5日，首场"代表通道"的10位亮相代表中就有郭锐。

记者现场向郭锐提问："现在，中国高铁已经进入350公里的时代，您作为参与了'和谐号''复兴号'高速动车组研发和生产工作的成员，'复兴号'已经奔驰在祖国广袤大地上，您有什么感受？"

郭锐微微一笑："我出生在一个铁路之家，我的祖辈、父辈都是铁路工人。能像他们一样亲手制造火车，是我从小的梦想。也正因为这个梦想，我有幸成为中国第一代高铁工人。'复兴号'是中国制造迈向中国创造的一个过程，如果要让更多的中国品牌成为世界品牌，除了有一支好的研发设计团队，还要有一个具有工匠精神的高技能人才队伍。'复兴号'动车组上有50万个零部件，这就要求我们把每一个零部件都干成精品、干成艺术品。我现在所从事的转向架的关键部件，也就是转向架分体式轴箱组装，其装配的精度完全可以控制在0.04毫米以内。也正是因为如此，才有了中国高铁的快速发展，才让中国制造的高铁居于世界领先水平……"

2018年12月26日，济青高铁通车，郭锐参与装配的"复兴号"CR400AF动车组上线运行。

2022年3月，郭锐收到中国劳动关系学院人力资源管理专业的录取通知书，他将在这里脱产学习两年。班里的同学年纪最大的58岁，最小的只有24岁，都是来自全国各个行业的优秀代表，不是全国劳模就是全国五一劳动奖章获得者。从他们身上，郭锐看到了自己的影子。学习期间，有几门课程让郭锐受益匪浅。在学习《人力资源管理学》这门课程时，郭锐想到的是人力资源管理对劳模工作室创建的促进作用；在学习《马克思主义原理》时，郭锐思考的是劳模精神、劳动精神、工匠精神之间的辩证关系；《综合素质》学科的学习，让郭锐第一次意识到诗歌、散文、小说对生命的滋养，艺术是灵魂之上的无用之用；《组织行为学》在郭锐面前打开了一扇研究组织当中人和事物一般规律行为的大门，让他从另一个维度了解了个体与群体的相互关系与组织中个人的行为和心理的规律，再结合自己带团队时遇到的一些管理问题，这些看似晦涩难懂的理论与实践一旦结合，即刻便能驱散长久以来的困惑。

现在郭锐带徒弟的心态非常平和，在他的言传身教下，11人成为公司高级技师，12人成为公司技师，13人成为中车核心技能人才。他耐心观察着，像养护一棵棵竹苗，天赋固然重要，但勤奋与持之以恒的努力更加重要。竹子定律的奇迹依然有可能在这群年轻人中发生。也许，就在明年的春天。

2023年10月，郭锐当选为中国工会十八大代表。10月9日，中国工会第十八次全国代表大会第一次全体会议在北京人民大会堂召开。说来也巧，坐在郭锐旁边的是同样来自青岛的山东港口的代表皮进军。郭锐与皮进军分别兼任山东省和青岛市总工会的副主席，他们相识多年，也算是老友。郭锐对皮进军这位用创新引领港口发展的老大哥充满了敬意。虽然同在青岛，但两人在各自的领域里奔忙，鲜有机会相聚。

会议结束，回到青岛时，海上马拉松已经结束，胶州湾大桥恢复了通车。郭锐想象着，当高铁列车从胶州湾大桥旁经过时，自己奔跑在桥上的感觉，他嘴角含笑。虽然没有参加马拉松的比赛，但作为一个曾经的跑步爱好者，郭锐知道身体在0至21公里之间的各种反应，其实这种感觉与职场人工作状态类似，从工作之初到工作5年、10年、20年、30年后，从开始的跃跃欲试期到适应后的平静期、难以突破的瓶颈期、无所谓的怠倦期直到退休，很少有人能够一直保持昂扬的上升阶段，除非是职业马拉松选手。

科学的马拉松训练常常会用到一个概念——配速，即每公里所需要的时间。理想的运动状态是匀速，运动员在匀速的状态下，才能更好地发挥自己的实力，取得好成绩。马拉松比赛讲求配速，人生的赛场不也是如此吗？

第三节
恋爱通勤

刘士玉6岁的时候，爸爸妈妈带他看过一场电影，是一部文艺片，名叫《周渔的火车》。他看得昏昏欲睡，后来怎么回的家都不知道。记忆里，巩俐阿姨坐在火车的车窗边上，单手托腮，若有所思，眼神空洞而迷离。风吹拂着她的发卷，一颤一颤的。

2018年，从辽宁铁道职业技术学院毕业的刘士玉入职济南铁路局，被分配到淄博站从事客运值班。这一年的年底，济青高铁开通，不过运营线路是经停淄博北站。淄博到济南坐动车需要54分钟，淄博北站到济南东站只需23分钟。那时候刘士玉并未多想，新开通的济青高铁会与他有什么渊源。

刚到山东时，刘士玉有诸多的不适应。他的老家在辽宁营口鲅鱼圈区的一个小渔村，毗邻渤海，骑自行车15分钟就能到海边，海风润泽，不干不燥。而淄博处于鲁中山地和华北平原的过渡地带，多山，多丘陵，有平原，也有盆地，唯独少了一分水韵。淄博的冬天并不比营口的冬天暖和多少，体感干冷干冷的；夏天更难熬，从早到晚都被一股热浪包裹着，天地之间像是一个巨大的笼屉，人人都是待蒸的馒头和包子。老家则不一样，太阳一落山，风从海上吹来，瞬间就能驱走炎热，唯余清凉。作为东北人，适应山东的气候倒也不是什么难事。来山东好几年了，唯一没有调整过来的是饮食习惯，从小吃米饭长大的刘士玉，无论如何也吃不惯山东的馒头与煎饼。

第十一章：济青高铁

刘士玉入职后的第一个工作岗位是售票员。听师傅说，从事客运的95%要从售票员干起。别小看那一扇小小的窗口，从那里面可以看到一个缤纷繁杂的现实世界。那是一扇观察与发现的窗口，也是一扇洞彻人性的窗口。

刘士玉上白班，他刚与同事完成交接。窗口外排队的人群中突然掀起一阵骚动，一张男人愤怒的脸凑了上来，不由分说就破口大骂。从他愤怒的不成句的话里，刘士玉听明白了缘由，原来这位乘客是在淄博站换乘，但因为上一程的火车晚点，等到淄博站时他要换乘的车已经发车了。他应该是在咨询处咨询过了，无论退票还是改签都需要到售票大厅专门的窗口办理。而刘士玉所在的普通窗口并不受理他这项业务。刘士玉能理解这位乘客的恼火与愤怒，他再三解释，让乘客去一旁的专门窗口办理，可那位乘客就是赖在窗口不离开。直到被影响了正常买票的旅客纷纷开口谴责，他才走了。那位意难平的乘客临走时还回过头来恶狠狠地瞪了刘士玉一眼。理解归理解，刘士玉依然觉得一个不能很好管理情绪的成年人是可悲的。

暑假开始前与结束前都会出现一波客流高峰。2019年开学季，一前一后两个1997年出生的女性，给刘士玉留下了深刻的印象。排在前面的女人伸手把身份证递给刘士玉，她是来办理退票业务的。她怀里抱着一个孩子，后背上还背着一个。她只比刘士玉大一岁，但已然是一脸沧桑，眼睛里没有一丝光亮。胸前的孩子不停地哭泣，鼻涕快要流到嘴里了。刘士玉从纸巾盒里抽出几张纸从窗口递给这位小妈妈。紧随其后的也是一位1997年出生的女生，她递过来自己的身份证和学生证，是北京大学的学生证。同样的年纪，不同的人生，看得刘士玉感慨不已。

换班的时候，刘士玉会跟师傅汇报自己在卖票时遇到的印象深刻的人或事。师傅姓黄，快50岁了。黄师傅认真听完，说："嗯，挺好，多听多看多观察，磨磨性子，练好眼力，等你将来去了站台，需要处理的事情还多着呢！"

培养一个成熟的客运值班员大概需要五年的时间，需要一个岗位一个岗位地轮岗学习，从票房的售票员，到综控室，到站台，再到服务台。在黄师傅的鼓励下，刘士玉一边在票房工作，一边利用休班和业余时间开始学习中控员业务。单位的微机室里有专门的中控员考试题库，一有空，刘士玉就把自己深埋其中。工作两年后他就开始参加淄博车务段的技术比武，每年两次，他已经连续拿过多个第一名，也曾代表淄博参加济南铁路局的比赛，目前最好成绩是全路第八名。

在票房的售票员岗位上工作了三个年头之后，刘士玉轮岗到综控室。综控室相当于火车站的"大脑"，综控室调度员必须24小时在岗，一边拿着对讲机与站台工作人员对话，一边紧盯着调度客运业务显示屏，随时更新指令，确保列车顺利进出车站。除了需要明确传达列车进出站时间和轨道位置外，还要配合控制车站广播和候车厅检票闸机的开启和关闭，保障旅客有序上下车。作为综控室的新人，刘士玉还不能独立担纲调度员的重任，他现在负责车站的广播业务。每天广播最多的就是失物招领，总有那么一部分粗心的旅客会弄丢自己的身份证和包，幸运的能被人捡到交到服务台，当然也有找不回来的。在综控室，刘士玉也有师傅，杨师傅，跟票房的黄师傅年龄差不太多。

师傅们除了教授刘士玉业务知识，还操心他的婚姻大事。给好学上进的刘士玉介绍女朋友不是什么难事。淄博站一个同事的女儿刚好跟刘士玉年龄相当，那位同事先过来相看了一番"准女婿"，觉得不错，就托刘士玉的师傅把自己女儿的微信推给了刘士玉。

女孩比刘士玉大一点，性格稳重，处理事情有条不紊，是个有主意、有见解的姑娘。她大学毕业后回到淄博，后来参加公务员考试去了济南工作。两个人很快确立了恋爱关系。周五下午女孩会坐火车回淄博，周日下午再返回济南上班。

用不了多久，刘士玉就会轮岗到淄博火车站的站台迎候旅客。这是一个客运值班员的必由之路。

淄博火车站1903年1月开始建设，1904年正式投入使用，当时的名字是张店站，1987年更名为淄博站。2002年淄博站北广场改造完成。2022年新建的淄博站南站房正式启用，车站房的外立面参照了齐国宫殿的建设样式，强调对称与中轴线布局，旅客由远及近缓缓步入大厅，齐风古韵扑面而来。刘士玉热切盼望着自己早日轮岗到站台去开始新的工作探索。尤其是张华师傅勇救小女孩的事情发生后，刘士玉对自己的新岗位更多了一份期待。

2023年1月14日19点40分，杭州东开往青岛的G283次列车在淄博站停车2分钟。列车关门前的一刹那，一名小女孩突然从13号车厢前门跑了出来。列车门随即关闭，缓缓启动。正在15号车厢位置立岗送车的客运员张华看到这一幕，52岁的他拼尽全力跑向小女孩，一边跑一边大喊："小朋友，不要动！"此时的小女孩也发现了车门关闭，她刚要抬脚扑向列车，千钧一发之际，张华赶过来一把将孩子抱住，带到了安全线以外，避免了一场悲剧的发生。

随后赶来的客运值班员刘志勇一边与张华安抚小女孩，一边紧急联系G283次列车长，很快联系上了小女孩的妈妈。母女二人从杭州坐车回青州过年，列车到淄博站，妈妈转身收拾行李的空当儿，孩子一个人跑下了车。女孩的母亲到青州站下车，第一时间与孩子的舅舅一起开汽车到淄博站接孩子。母女二人哭泣相拥。

张华的救人视频在自媒体海量传播，播放量几亿次。敏锐观察、迅速施救、得当处置，这是一个优秀客运值班员的职业反应。刘士玉也在为成为一个优秀的客运值班员努力着。

如今，刘士玉已经在省城济南买了房子，与女朋友也已恋爱期满，即将步入婚姻殿堂。他的工作是倒班制，上二休二，一个白班、一个夜班之后可以休息两天，休息的时候他就坐火车从淄博去济南。有时候从淄博站出发，有时候从淄博北站出发，无论是胶济客专还是济青高铁，都是刘士玉的恋爱通勤班车。

第十二章：
有朋自远方来

杨国庆 摄

北京时间：曲阜东站 15：13

孔祥配：前方到站，曲阜东站，这里是京沪高速、日兰高速的枢纽站。作为孔氏子孙，曲阜对我而言具有特殊的意义。孔府、孔庙、孔林，我参观过三次，每次都有不同的感受。孔子创立的儒家学说以及在此基础上发展起来的儒家思想，对中华文明产生了深刻影响。我为自己的姓氏自豪。

第一节
有山有水有圣人

穿过地下通道，路遥便从曲阜东站的京沪高速铁路站场来到了日兰高速铁路站场。曲阜东站是"一站两场"的格局，南北走向的京沪站场与东西走向的日兰站场分居线路两侧，通过地下通道实现连通。曲阜东站是京沪高速、日兰高速的枢纽站，于2011年6月30日投入运营；2019年11月26日，曲阜东站日兰站场投用。

济南铁路局济南电务段曲阜高铁车间负责日兰高铁的信号维护、维修，而曲阜东高铁车间则负责京沪高铁的信号，两个车间也是通过地下通道互通有无。

路遥现在是曲阜高铁信号车间的助理工程师。几年前在曲阜东信号车间泰安工区担任工长时，朋友、同学偶尔还会问他是不是经常有机会去爬爬泰山，路遥一本正经地跟他们解释说自己工作的地方其实离泰山远着呢，再说工作忙得昏天黑地的，哪里有时间去爬泰山。虽说路遥的家安在泰安，但除了小学三年级的时候学校组织他们爬过一次泰山外，成年之后再也没去过，只能高山仰止，望泰山而兴叹。

"一山一水一圣人"是山东的经典名片，如今路遥从有"一山"的曲阜东信号车间泰安工区，来到了有"一圣人"的曲阜高铁信号车间，工作内容不变，只是换了一个环境。路遥现在的日常工作就是维护、维修日兰高铁的信号设备。

日兰高速铁路是国家"八纵八横"铁路网的重要连接通道，线路全长494公里，设计时速350公里，东起山东日照，向西经临沂、曲阜、济宁、菏泽，在河南与郑徐高铁兰考南站接轨。这是一条山东省有史以来建设里程最长、投资规模最大、建设条件最复杂、惠及人口最多的高速铁路。

路遥出生在一个铁路世家，太爷爷、爷爷与父亲都是铁路人，受他们的影响，路遥从小的职业理想就是成为一名铁路工人。

据说太爷爷是一名水电工，给蒸汽机车加了一辈子水。没有多少文化的爷爷是个调车员，在路遥的记忆里，爷爷甚至连自己的名字都写得歪歪扭扭的。似乎爷爷那一代的铁路工人文化程度都不高，但他们干劲十足，"都有一颗红亮的心"。爷爷在磁窑站干了39年调车员，一辈子没有受过大伤，没有违章作业，直到退休。

关于磁窑站的历史，爷爷曾经给路遥讲过一些，不过那时候他还小，有很多已经记不清楚了。磁窑站最初并不叫磁窑站。1912年，津浦铁路通车，在东太平村设东太平站。1949年，津浦铁路改建，火车站名遂改为磁窑站。1962年，东太平村更名为磁窑。1983年才设立磁窑镇。1984年，路遥就出生在泰安市宁阳县的磁窑镇。这是他度过无忧无虑童年时光的地方，也是他扣好人生第一粒扣子的地方。

1938年日本人占据了胶济铁路之后，津浦铁路同样沦陷。上小学的时候，路遥还能在磁窑站见到日本人盖的纯木质的售票房，售票房的小窗户还能艰难地推拉。等到他上中学的时候，那些木质建筑已经被全部拆除，不见了踪迹。

爷爷退休之后，父亲根据当时的就业政策接班进入铁路系统，刚开始干着与爷爷当年一样的工作，成为一名调车员。父亲初中毕业，在同龄人当中算是文化程度比较高的，后来奋斗成一名车站助理值班员。父亲的幸运在于他完整地经历了中国铁路的大发展时代，铁路线路的改造、火车机车的迭代、车辆的更新、通信技术的升级、电气化改造、铁路里程的飞速增长以及中国铁路的六次大提速。2017年，在亲历了中国铁路第六次大提速之后，父亲退休，回归家庭，尽可能地弥补以前对妻子和孩子的亏欠。

父亲上班的时候很忙，忙得忽略了家庭。路遥从小一直跟着母亲生活，母亲对他的照顾仅限于吃饱穿暖、磕不着伤不着。无论父亲还是母亲，对路遥的学习都没有太上心，这是铁路职工家庭的普遍状态，并非路遥家独有的现象。

2000年，路遥参加中考，被武汉铁路运输学校的综合电信专业录取。他在武汉生活了整整四年，他喜欢武汉。

武汉铁路运输学校就在长江边上，每天的汽笛声不绝于耳。无论是上课的时候，还是在宿舍里半梦半醒之间，总会有那么一两声轮船的汽笛声从江面上传来，深沉、浑厚，一下子就能把路遥的思绪抛出去很远、很远。透过教室的窗户能看到长江二桥，那是汉口与武昌区的过江通道。白天平平无奇的一座双塔双索面斜拉桥，当夜晚的灯光次第亮起，就成了散落在陆地上的美得夺人心魄的彩虹。路遥的宿舍在六楼，阳台是最佳的观赏点，在无数次的远望、凝视后，会神奇地产生对这座城市的归属感。在武汉的那几年，路遥买了无数张明信片寄给山东的朋友与同学，与他们分享武汉的美。

武汉大大小小的湖泊有一百多个，它们星罗棋布，遍布武汉三镇。湖水映照着天空的影子，或绿或蓝，延展成一幅青绿叠波的画卷。学校旁边的四美塘公园是路遥最喜欢去的地方，清晨跑步，周末漫步，闲暇时信步而行。湖边的空气是有重量的，仿佛握一把在手中就能变成晶莹的水滴。潮湿、润泽的气候把山东大汉沁润得水灵、通透了几分。这样的城市，如何能不爱？

四年的时间很快过去，路遥却没能留在武汉。重要的一个因素是，父母希望作为独生子的路遥能够回到自己身边。路遥是个听话的孩子，泪别长江，回到了泰山脚下。

那一年，路遥20岁。他被分配到济南铁路局兖州电务段磁窑信号车间的南驿工区。他的师傅姓宋，也是南驿工区的工长，只比路遥大4岁。这么年轻的工长并不多见。宋师傅自有他的过人之处，他是济南铁路局技术比武的第一名。磁窑信号车间的年轻人很多，业务好的比比皆是，有24岁的工长带头做表率，人人都跃跃欲试，他们的出发点简单而又纯粹，只要学好业务有真本事，宋师傅的成功或许是可以复制的。

在南驿工区实习了九个月，路遥深刻地意识到一个问题，那就是自己在短时间内比肩宋师傅的可能微乎其微。一个人的成功，天时、地利、人和缺一不可。天赋异禀的人，就有机会少年成名，但毕竟是少数。大多数人还是一步一个脚印，量变累积成质变，将铁杵磨成针才会迎来崭露头角的机会。路遥觉得自己是后者。他先后在南驿工区、磁窑工区、检修队、泰安工区、济南东站、曲阜东站工作过，每到一个地方，开展每一项工作之前，他都提醒自己要时刻保持空杯心态。从2004年参加工作，到2017年担任工长，路遥走过了不短的13年的积累期。2018年，他获得济南电务段"优秀共青团员"和"优秀班组长"两个荣誉称号。

曲阜东站在投入运营之前，路遥就已经提前介入信号车间设备的安装与调整。工作这么多年了，单位也换了好几个，但很少有一个地方会在短时间内让路遥产生这样的一种情愫，他希望自己能够留在曲阜东站工作。这些年，路遥还先后参与过京沪高铁、石济客专、济青高铁和鲁南高铁的其他建设任务，一度保持着济南局集团公司电务职工参与高铁线建设数量的最高纪录。2020年4月，他获得了一块含金量颇高的奖章——中华全国铁路总工会颁发的火车头奖章。

2019年11月26日，曲阜东日兰场正式投用运营。路遥也如愿以偿地留在了这里。他觉得自己是幸运的，出生在泰山脚下，年少时曾经在长江岸边徘徊、游历，如今又能在距离万世师表仅有12公里的地方工作、生活。路遥曾经在《人民日报》上读到过一篇文章——《尼山的月光》。他反复读了很多遍，其中有几段甚至能背诵：

> 人类揖别猿类走到今天，并非一切都比过去先进、比前人文明。高精武器使这个地球血色斑斓、腥风突起，何谈文明？中外先哲对天人关系的深沉思考、对和谐世界的蓝图描摹，几人能及？孔子等古代

先儒对道德精神的建树与自律，谁能超越？

孔子是唯一能让炎黄子孙天下归心的集结号，是中华儿女血气相通的文化脐带，是中国社会核心价值的"定盘星"，是中华民族的"床前明月"。

……

又是一个夜班，天上一轮明月高悬。现在路遥每个月除了白班外，大概还需要上十个夜班。晚上10点到岗，清晨5点下班。

前几天路遥刚听一个朋友说，大沂河的尽头是长江。此时此刻，风清月朗，想必大沂河上也是清辉一片吧。

第二节
当时明月在

一轮明月从尼山的山坳里不紧不慢地跃出，大沂河上顿时清辉闪耀。今人不见古时月，今月曾经照古人。

鲁襄公二十二年八月廿七，公元前551年9月28日，尼山脚下，坤灵洞内，一声嘹亮的啼哭划破苍穹。那一天，挟泥裹沙、浩瀚浑浊的黄河水，忽然变得澄澈透亮。据说那一天世间还出现了诸多异象，神奇的，玄妙的，被居住在尼山周围的人们世世代代口耳相传。尤其是尼山南侧山坡下大沂河畔的鲁源村，故事最多。

① 新月

累了三天，从鲁源新村开车回到曲阜市区的家里，颜培俊浑身如同散了架一般，大脑皮层却依然兴奋异常。半躺在沙发上，她细细回味这两年发生的看似不可思议却又顺理成章的一切。许是怕影响颜培俊的思绪，一弯新月小心翼翼、探头探脑地悄然升起。

2012年，山东省重点文化旅游项目尼山圣境一期工程在曲阜市尼山镇启动时，周边毗邻的鲁源村、夫子洞村、圣源村、西官庄村、北东野村等几个村庄着实喧哗、欢腾了一阵子。虽然那时方圆十几里的老百姓对这个功能定位"文化修贤度假胜地"和"世界级人文旅游目的地"的项目并不十分了解，但那条醒目的宣传语"孔子的世界，世界的孔子"让他们隐约

第十二章：有朋自远方来

有个预感，他们的生活会因为尼山圣境的建设而发生巨大的改变。

月亮东升西落，缺缺圆圆，一晃五年过去了，尼山圣境大致轮廓初现。随着二期工程进入实质操作阶段，鲁源村的整体搬迁也终于被提上了议事日程。

消息传来，鲁源村像火炉上一壶100摄氏度的开水，翻滚着咕嘟咕嘟的水花沸腾着！拥护者有之，占大多数；观望者有之，是少数人；反对者亦有之，属极个别。颜培俊和丈夫刘德坤是占大多数的拥护者。

刘德坤比颜培俊整整大10岁，他们曾经是曲阜球霸制球公司的同事。在认识颜培俊之前，刘德坤有过一段短暂的婚史，离婚后独自带着儿子生活。颜培俊性格活泼，率真开朗，她的笑声里有温度也有热度，她人在哪里，哪里的气温就会比另外的地方高出几度。颜培俊就像上苍赐予的拯救者，成了刘德坤生活中的一抹亮色。刘德坤铆足了劲追求颜培俊，从公司追到家里，好女怕缠郎，一缠再缠，终于抱得美人归。

很多年了，颜培俊也无法忘记第一次去鲁源村婆家的经历。这种经历是所有嫁到鲁源村的外来媳妇的共同经历。

那天，坐在刘德坤的摩托车上，被崎岖的山路颠簸得七荤八素时，颜培俊忽然想起了鲁迅先生的名言："世上本没有路，走的人多了，也便成了路。"这哪里是正经八百的路哟，一条羊肠小道，曲里拐弯，半边黄土半边砂石，一个坑连着一个洼，但这确确实实是千百年来进出鲁源村唯一的路。

鲁源村，顾名思义，鲁水之源。水之源头在昌平山，汩汩清泉汇入沂河，一路向西。鲁源村是一个大自然村，包含东鲁源和西鲁源两个行政村。颜培俊是农家女，从小生活在农村，一路上，她以自己的农村生活经验想象着刘德坤的家。

三间石头房，进门的时候要低下头，否则会碰到低矮的房檐。木头的窗棂子上糊着一层塑料纸，经年累月地烟熏火燎，被油渍、烟渍浸染得看不出以前的样子。刘德坤的大哥结婚另立门户，二哥二嫂与父母住在一起。床不能算作床，只是一块铺板而已。昏黄的电灯，叶片上糊着一层厚厚的油泥、转起来"吱呀吱呀"作响的电风扇，除此之外，家里再无其他家用电器。刘德坤偷偷告诉颜培俊，从记事起他就没在自己家睡过觉，而是到处借宿，今年在这家，明年在那家，抑或这几个月在这家，几个月之后再换到另一家。

去了一趟婆家的颜培俊彻底打消了回鲁源村长住的念想，哪怕后来他们在村里盖了房子，除了年节，她也极少回去。夫妻俩在曲阜市工作，也就顺理成章地住在了市区。习惯了城市生活的颜培俊与刘德坤，2017年在面对鲁源村拆迁的选择题时，毫不犹豫地投了拥护票。

鲁源村是整体易地搬迁，新村在老村以北1.5公里左右。不管是拥护的、观望的，还是反对的，一户、两户、三户……村民三三两两搬离了村庄。彻底腾空不久，旧村便在推土机的轰鸣声中轰然倒塌。与此同时，鲁源新村的新址地基上塔吊林立，打桩机日夜不息，不舍昼夜。那段时间，建筑工地周围时常会聚拢一拨又一拨探头探脑的村民，鲁源新村是在万众期待、万众瞩目下，一砖一瓦、一草一木建成的。2019年11月5日，鲁源新村公开选房。

拿到钥匙后，颜培俊家的房子是村里第一批装修的。两口子有商有量地选了时下流行的新中式风格，典雅，端庄，配了全套的实木家具，装修材料也全部用绿色环保的。之所以拿到钥匙就装修，原因就在于鲁源新村东面不远处的尼山圣境在盛夏七月推出了"文化夜游季"，一辆又一辆旅游大巴载着旅游团迎着夕阳的光影逶迤而来，观赏完华彩光影水幕、无人机秀、浪漫烟火、真人实景表演后再踏月而归。除了旅游团，还有一部分自驾游的游客进入尼山圣境景区，他们需要在景区停车场停好车后统一乘坐尼山圣境的电瓶车进入景区。而鲁源新村就在停车场对面，新颖的建筑群吸引了过往游客的注意，不止一人，不止一次，循着鲁源新村的村碑牌楼走进村里探察、询问。

"这里是鲁源新村？这些别墅都是村民的吗？"

"你们村里有民宿吗？"

……

第十二章：有朋自远方来

"民宿"一词逐渐成了鲁源新村的热词。尤其是 2019 年国庆节投入运营的曲阜三孔文旅与西鲁源村合作运营的里仁美宿，毫不夸张地说，它开启了一扇让鲁源村民看见迥异于自己日常生活的大门。里仁美宿一度成为鲁源村民的"民宿小课堂"。尤其是 2019 年 11 月 26 日，日兰高速铁路日照至曲阜段开通运营后，日兰高铁与京沪高铁在曲阜相遇，儒家思想传播进入高铁时代，越来越多的游客来到这里，对民宿的需求量与日俱增。

颜培俊去里仁美宿参观完之后，慢吞吞地从西鲁源踱回东鲁源东四胡同 6 号院自己的家。就在这段不长的路上，颜培俊打定了主意：新房自己不住了，改做民宿！

丈夫刘德坤并没有想象中难以说服。结婚这些年，他越来越信任甚至是依赖自己的小妻子。作为继母，颜培俊是合格甚至优秀的，她对刘德坤的儿子视如己出，送他去读书，去参军，儿子如今已经是二期士官、优秀士兵。每一张喜报，颜培俊都倍加珍惜，专门找了一个箱子装起来。作为妻子，2013 年刘德坤查出糖尿病并伴有并发症，视力下降几近失明，家庭的重担全部落在了颜培俊的肩上。作为母亲，颜培俊把她与刘德坤的女儿教育得明事理，知进退。女儿在曲阜城区的中学读初三，明年就要面临中考。为了女儿上学，他们暂时不会回鲁源新村长住。房子空着也是空着，如果能开起民宿还能有一份收入，何乐而不为呢？对于妻子的想法，刘德坤百分百支持。

2020 年元旦，装修工程接近尾声。元旦过完不久，春节也快到了。两口子盘算着冬天民宿没有生意，准备工作可以慢慢来。可突如其来的疫情使得尼山圣境景区也随之关闭了。景区关了，旅游停了，没有游客，民宿没了客源。颜培俊的民宿创业蓝图八字还没画一撇就结束了，未始即终。唉，怎不叫人沮丧？

"没事，没事，好事多磨嘛！"刘德坤抚慰着焦躁的颜培俊。

一月、二月、三月，日子一天天过去，疫情硝烟日渐平息。这期间，颜培俊得知可以在网上申报民宿营业执照，她半点也没犹豫，直接在线申请了"鲁源印象民宿"的名字。鼠标点击"提交"时，她的心扑通扑通狂跳不已。仅仅三天之后，颜培俊的申请就顺利通过了。看着"核名通过"的提示，颜培俊湿了眼眶。哭什么呢？这不是离自己的梦想更近了一步嘛，该高兴才对！

颜培俊在网上搜索"民宿挂哪个平台推广好"，根据搜索结果，她在携程旅行、美团榛果民宿、OYO、途牛、途家等多个平台上逐一登记上传鲁源印象的图片和简介。每完成一个网站的登记，颜培俊都会心一笑。

2020年4月，全国各地的景区陆续开放，尼山圣境也重新迎来久违的游客。

一天晚上10点钟左右，一家人正准备休息，颜培俊的电话陡然响起来。

"喂，您是鲁源印象民宿吗？"

"啊……是……是啊！"惊喜来得猝不及防，颜培俊迅速调整着心态，努力平复着内心的激荡。那一刻，她只有一个信念，一定要促成这来之不易的第一单生意。

打电话来的是河南一个年轻的创业者，他要带着他年轻的团队到尼山搞团建，让自己的小伙伴们感受博大精深的儒家文化。

"我们有18个人，都住单间，一共需要18个房间！"

"没问题。"

"早餐怎么吃？"

"民宿有厨房，你们可以自己做简单的早饭，也可以去村里的早餐店吃。"

"我们分两批入住，第一批大概20号中午到，第二批稍晚一点。"

今天是19号，20号不就是明天嘛。颜培俊略一迟疑，依然说了一声："没问题！"

颜培俊一口一个"没问题"，听得丈夫刘德坤心惊肉跳。有没有问题，他们两口子心知肚明。虽说不是什么大问题，但解决起来也得费点功夫。自家的鲁源印象只有4个房间，其余的14间房要联系村里其他从事民宿经营的人家。家里的民宿硬件设施齐备，但房间的布草并没有到位，主要

第十二章：有朋自远方来

是担心铺设好了无人入住，时间一长落灰还得清洗。好在还有时间！一大早，夫妻二人分头行动。一个赶往鲁源新村落实房源，顺便再打扫一遍卫生；另一个去商店拿回早已订好的物品。

时间一分一秒过去，颜培俊争分夺秒收拾着屋子，心里急得像燃着一把火。不等丈夫刘德坤带着床上用品赶过来，第一批河南客人已经到了鲁源新村。所幸对接的另外几家民宿万事俱备。这边刚安顿好第一拨客人，刘德坤也到了。又是一阵手忙脚乱，刚刚铺好床想倒杯水喝，第二批客人也到了。

河南客人在鲁源印象住了三天，在携程网上给了5分的好评。

5分是最高分！不过颜培俊知道客人给她打出的这个5分更多的是鼓励分，而非真正意义上的满分。但不管怎么说，鲁源印象正式开张营业了，而且还是一个不错的开始。

送走客人，把鲁源印象恢复如新，颜培俊的肩膀才彻底松弛下来。她不想吃饭，只想靠在沙发上好好歇一歇，哪知没一会儿就睡着了。丈夫不忍心叫醒她，拿来一条毯子轻轻盖在颜培俊身上，蹑手蹑脚地关了灯。

窗外，一弯新月如钩。

② 蛾眉月

月上中天，新月吐蛾眉。今夜尼山升起的是一弯俏丽的蛾眉月。月光清凉如水，树影婆娑似梦。

同样作为鲁源村的媳妇，王闰夏的家在河北沧州盐山县，比颜培俊的家远得多。从唐山职业技术学院会计专业毕业后，王闰夏没有回老家，而是留在了天津东丽区的一家企业。缘分天注定，情窦初开的少女在天津遇到了她命中注定的爱人，来自山东曲阜尼山镇鲁源村的刘强。

刘强是家里最小的孩子，比王闰夏大两岁。两个人认识时，刘强已经在天津闯荡了十年。鲁源村像刘强这么大的年轻人绝大多数都在外务工，甚至连他们的父母一代也都在外务工，村里只余年迈的老人和年幼的孩子。

结婚前，王闰夏跟着刘强回了一次家。中国的曲阜，世界的孔子。作为蜚声中外的旅游名城，曲阜令王闰夏深深向往。京沪高铁、日兰高铁是这座古城飞翔的双翼。下了高铁换长途汽车再倒公共汽车，路况越走越差，柏油路、水泥路、砂石路、土路……王闰夏的心越来越凉。

不管是像颜培俊这样的曲阜本地媳妇，还是像王闰夏这样的外省姑娘，对鲁源村给她们的第一印象都是一样的，偏僻、贫瘠，她们都不会对这个山谷深处交通不便的村庄产生归属感，也不会放弃自己已经熟悉的生活贸然回到这里。在繁华的都市里，哪怕是临时租赁的一席之地，也比鲁源村自家的房屋对她们有吸引力。

刚结婚那会儿，王闰夏与刘强在工作之余也尝试过创业，小夫妻晚上在天津无瑕街的银河公园摆摊卖石膏玩具。生意好的时候，一晚上能赚三百多块钱，生意差的时候不过百元。忙的时候，两个人分头招呼客人。没生意的时候，他们就坐在小桌前看银河公园的景致，艳丽的碧桃，四季常绿的油松，柳绿花红。远处有高楼，近处是别墅。

"我们能在这个城市安家吗？什么时候能在这万家灯火中有一个家？"两个人面面相觑，各自在心中喟叹。

夜市经济受天气影响太大，北方的春天寒气逼人，夏季并不漫长，再去除大风与雷暴天气，出摊的日子屈指可数。秋分之后天黑得越来越早，气温越来越低，晚上出来的人也越来越少。一吨石膏粉还没用尽，王闰夏与刘强的第一次创业就下马了。

儿子出生没多久，鲁源村整体搬迁的消息传来。这对于王闰夏与刘强来说无疑是天大的好消息。新闻里关于返乡创业的报道此起彼伏，两个人第一次正式考虑返乡回鲁源村，但顾虑也有很多，比如，在什么时候回？回去能干什么？失去土地后的鲁源村民未来要靠什么生存？他们将要迎来一种怎样的生活？

2019年9月，刘强带着妻儿回到家乡。鲁源村已经蜕变成鲁源新村。彼时一栋栋联排别墅还没有分房到户，不知道哪一户才是自己家，但房子摆在眼前，其中的一户在不久的将来就会真真切切地属于自己。

王闰夏与刘强也是拿到新房钥匙就开始动工装修的。眼瞅着村里的民宿一户户开起来，小两口给自家的民宿起名"清源民宿"："清"字取自鲁源新村周边有山有水，空气清新，山清水秀；"源"就是鲁源村的"源"，源头活水，象征着流动的财富。

颜培俊家的鲁源印象4月迎来第一批客人，而王闰夏家的清源民宿直到7月才正式开张。不同于颜培俊经营的鲁源印象是整套房交给客人，王闰夏一家三口住在一楼，二楼与三楼才是客房。一楼就相当于前台，王闰夏还在网上购置了超市里码货的货架，摆上日用百货与方便面、面包、火腿肠等便捷食品。住家与民宿一体的经营模式，让"近距离全天候服务"不再是一句空话。清源民宿的二次入住率非常高。2020年7月暑假里的第一批客人，一家八口虽然只在这儿住了一个晚上，但2021年暑假，这家人再一次在携程上下单预订了清源民宿。客人临走时告诉王闰夏，之所以二次入住她家的民宿，是因为自家的老人孩子都喜欢喝王闰夏熬的八宝粥，用料讲究又实在，味道香甜可口。不经意间的细节往往最打动人心。

从天津返回鲁源新村四年了，王闰夏早已接受了自己鲁源新村村民的身份，外来的媳妇终于对这个不是自己家乡的地方有了归属感。

月是故乡明？其实也不然，王闰夏觉得尼山上的这一弯蛾眉月也是俊俏的，魅惑迷人的。

③ 上弦月

月亮一天比一天丰满，在今夜，长成了弦在左、弓背在右的上弦月，一半明媚一半晦暗。

接到第二届YFB教育者生态公益大会主办方预订住房的电话时，孔凡玲开心得像个孩子。她是鲁源新村的两委成员，还是妇女主任兼计生主任，如今又多了一重身份——鲁源新村民宿联盟服务队队长。

2019年鲁源村整体搬迁后，在原有村名中加了一个"新"字，成为"鲁源新村"。原先一个大自然村、两个行政村的规制未变，鲁源新村依旧分为东鲁源与西鲁源。村委会大楼前的文化广场是鲁源新村的中心,以此为界,东侧为东鲁源村,西侧是西鲁源村。

孔凡玲的娘家在距离尼山镇二十多公里的时庄镇。高中毕业后她就去了曲阜北关的一家五金厂务工,在那里遇到了自己的丈夫。别看时庄镇与尼山镇相距只有二十几公里,两个镇的地形地貌却相差甚远。时庄镇地势平坦,旱能浇涝能排,土地肥沃,农民以种植小麦为主。孔凡玲家境虽不算富裕,但也是从小吃着白面馒头长大的。反观丈夫家鲁源村这边,地是山地,田是梯田,不下雨时地里干得冒烟;雨势一大,原本就贫瘠的地表土就会被冲刷殆尽,使得土壤墒情更加糟糕。生活在这方水土的人们纯粹靠天吃饭。

丈夫温言慢语地给孔凡玲讲过他小时候靠山吃山的经历:春天有嫩嫩的荠菜、婆婆丁、香椿芽和榆钱,榆钱无须做熟,可以直接捋来吃,齿颊留香。五月槐花香时,香气萦绕山野,美中不足就是吃多了会头疼,拌上棒子面撒上盐巴,上锅蒸最好。采来酸枣树刚长出的新芽,热锅焙一下就成了酸枣叶茶,清火气,助安眠。夏天的雷能炸出地下蛰伏的蘑菇。秋天山林里有黑黝黝、红彤彤、黄澄澄、绿莹莹的果子,有毒无毒看飞翔的鸟儿吃不吃就行。冬天上山挖仓鼠洞,绝对不会空手而归。丈夫口中的鲁源村宛若世外桃源,只是隐约闪躲的眼神泄露了他心底的彷徨,他的讲述仅仅是山里人"谁不说俺家乡好"的本真。

初夏时节,第一次来到鲁源村,那是孔凡玲第一次在生活中近距离接触梯田,以前只是在课堂上的书本里读到。随着山势的起伏,梯田在太阳下呈现出不同的颜色,黄绿、青绿、墨绿。也许在别人看来那是道风景,但对于同样从小生活在农村的孔凡玲来说,她知道高低错落的地势落差,意味着在搬运农具、收获庄稼时需要比在平坦的田间劳作付出更多的汗水。这里的农作物以玉米和红薯为主。平时作为辅食吃一吃,能调节口味,成年累月地把玉米、地瓜当饭吃,哪怕换着花样上锅蒸、烤着吃、晒干磨粉摊煎饼,但玉米就是玉米,地瓜就是地瓜,怎么也吃不出来小麦的香气。

孔凡玲自1990年结婚之后就一直住在娘家。那些年,左邻右舍,丈夫的本家，都会暗暗猜测这只"金凤凰"何时才会真正飞来鲁源村"筑巢垒窝"。直到儿子上幼儿园时，孔凡玲才姗姗来迟，从娘家搬到了"穷乡僻壤"的婆家。

当年的孔凡玲绝对是嫁进鲁源村的高学历媳妇代表，她性情直爽，说话办事周到利索，一毕业就在企业上班，也算得上是见过世面。到鲁源村长住的第二年，她就进入组织视野，成为鲁源村的村委委员，妇女主任与计生主任一肩挑。孔凡玲干得如鱼得水，游刃有余。

照顾着家庭，看护着孩子，忙活着地里的活计，从事着村里的工作……转眼间儿子长大成人，读大学，工作，结婚，给孔凡玲娶回来一个秀外慧中、知书达理的安徽儿媳妇，生了一个孙子一个孙女，凑成了一个"好"字。

孔凡玲的儿媳妇叫胡享享。作为同样嫁到鲁源村的女人，儿媳胡享享显然要比婆婆孔凡玲幸运得多。胡享享虽然是远嫁，从江淮大地、八皖之乡安徽嫁到孔子故里、东方圣城曲阜，但她所嫁之地的鲁源已是脱胎换骨的鲁源新村。

青砖灰瓦白墙的联排别墅，房前屋后是乔灌草的复合式绿化。鹅黄的迎春花带来春消息，人间四月天牡丹芍药斗艳争芳；炎炎夏日有火一样燃烧的石榴红；秋风瑟瑟起，菊花开过百花杀；北风萧萧雪花飘飘，天地一片苍茫，一剪寒梅傲立独放……鲁源新村四季皆有赤橙黄绿青蓝紫的七色花开。

胡享享嫁到鲁源新村，在尼山圣境找了一份销售工作。工作在景区，家住在景区，鲁源新村早已融合为尼山圣境风景区的一部分。

鲁源新村的民宿经营方兴未艾，村里成立了民宿联盟服务队，孔凡玲被推举为队长。各家各户的民宿都在携程、去哪儿等中介平台上各自为战。偶尔出现大型团体集体入驻时，民宿联盟服务队就会派上用场发挥作用。目前东鲁源村登记在册的民宿73家，西鲁源村50家，这120多家民宿总接待能力在五百人以上。鲁源新村的承接能力刚好符合第二届YFB教育者生态公益大会主办方的要求。初春时节，浩荡的不仅仅是春风，更有一辆接着一辆的旅游大巴，全国各地的教育人云集鲁源新村。孔凡玲忙得脚不沾地，那三天每天的午饭都是下午 3 点钟才能吃到肚子里。

晚上一家人吃过晚饭，儿媳妇胡享享收拾家务，婆婆孔凡玲则辅导四年级的孙子和二年级的孙女做功课。

"奶奶，妈妈，天上的月亮快圆了！"

可不是嘛！一轮半圆的上弦月，距离满月为时不远矣。佳期如梦。

④ 满月

一轮明月从尼山的山坳里不疾不徐地升起，月光不敌圣水湖畔的灯光。月光清冷，灯光炫目。高 72 米、重 1136 吨，世界上最大的孔子雕像矗立在尼山圣境的最高处，在月华与灯晕的双重映照下，不动声色地俯瞰着人世熙攘与蕃昌。

2500 多年过去，尼山脚下圣人出生时的坤灵洞如今已经更名为"夫子洞"。当年那个第一声啼哭响亮的婴孩，终成被千秋万代尊崇、敬仰的万世师表。只是，那位独自分娩、怀抱婴儿的母亲，在流淌的历史长河中，多半只以"孔夫子的母亲"这样的身份出现，她甚至没能像孟子的母亲那样留下一个三迁为儿的智慧故事。即便最后母凭子贵，被加封为启圣王夫人，但以今天的视角看来，也终究有几分意难平。其实她原本是有名字的，鲁国颜氏，颜徵在。

《史记·孔子世家》中写道："孔子生鲁昌平乡陬邑。其先宋人也，曰孔防叔。防叔生伯夏，伯夏生叔梁纥。纥与颜氏女野合而生孔子，祷于尼丘得孔子。鲁襄公二十二年而孔子生。生而首上圩顶，故因名曰丘云。字仲尼，姓孔氏。丘生而叔梁纥死，葬于防山。防山在鲁东，由是孔子疑其父墓处，母讳之也。孔子为儿嬉戏，常陈俎豆，设礼容。孔子母死，乃殡五父之衢，盖其慎也。陬人挽父之母诲孔子父墓，然后往合葬于防焉。"一百多字的叙述囊括了颜徵在从恋爱、生子、教子直至死去的一生。

孔子的父亲叔梁纥，名纥，字叔梁。字和名放在一起称谓，不提姓氏，是当时对人尊敬的称呼。其实他应该叫孔纥，尊称为叔梁纥。叔梁纥是一个大英雄，他青史留名被人津津乐道的故事，一个是"力举城门"，一个是"护送臧纥"。这两次战功使得叔梁纥擢升为陬邑大夫。

千百年来，太史公笔下的"野合"一词屡屡撩拨着后来人的神经。汉语言从仓颉造字的古代汉语到现代汉语一路变迁，文字与书写载体演变的同时，诸多词汇的含义与词性也在悄然发生着变化。汉代画像砖拓本就有"桑林野合图"，似乎从一个侧面佐证了司马迁的叙述。然，若按照女子妊娠期仔细推算一下，就知道"纥与颜氏女野合而生孔子"中的"野合"，绝不会是"交之于田野，桑间濮上"。孔子生于公元前551年9月28日，那颜徵在受孕应是在上一年的腊月。北方的腊月，数九寒天的芜野之地，怎么看都绝非适合郎情妾意的时节与场所。

司马贞在《史记索隐》中这样释义："今此云'野合'者，盖谓梁纥老而徵在少，非当壮室初笄之礼，故云野合，谓不合礼仪。"这段文字也算是为曾经的花季明媚少女颜徵在正名了吧。

2012年在北京长安大戏院公演的新编京剧《孔圣母》，开场前画外音诵读一首七言律诗："一代贤母姓名香，寒门育孤世传扬。托起巨人双肩上，万世师表出门墙。齐鲁大地金沃壤，孔圣蒙师是高堂。时轮未减光万丈，儒学源头万古芳。"这首律诗概括了一位外柔内刚、百折不挠的母亲短暂而宏远的一生。

花鼓铙钹响起，京胡清亮悠扬，颜徵在粉衣登场。她蜂腰款摆，莲步轻移，洁白的水袖撒花似的飞扬开来，风拂杨柳般一扬一荡，一摆一掸，一叠一搭，露出皙白皓腕，摇花手，轻吟慢唱。"百花开，东风拂，人间春满。赏美景，聆鸟鸣心，泛波澜。数芳龄，更岁月何人为伴？待字女自择婿，不羡官宦，不慕钱权。年纪何限？贫富何关？只求个情投意合赤诚儿男。多少个王孙公子提亲来遣，有一个孔纥将军占我心田，他举城门救同胞与鲁国的好汉，愿与他结鸾凤相偕百年。"唱罢退场，颜徵在亮相完毕，一个有着独立自我意识的女性形象立在了舞台中央。接下来孔纥上场……于是，17岁的花季少女与66岁的花甲英雄不合当时礼仪地"野合"

了。那是一个月圆之夜。花好，月正圆。

人有悲欢离合，月有阴晴圆缺，此事古难全。公元前549年，叔梁纥去世。这意味着颜徵在失去了丈夫，孔丘失去了父亲。"丘生而叔梁纥死，葬于防山。防山在鲁东，由是孔子疑其父墓处，母讳之也。"在有限的文字史料里，盛满了一个寡居女人带着年幼儿子生活的万种艰辛。"孔子母死，乃殡五父之衢，盖其慎也。陬人挽父之母诲孔子父墓，然后往合葬于防焉。"公元前537年，颜徵在去世，此时的少年孔丘痛失双亲，浩然天地间只余他孑然一人。不过，少年的智慧在这个时刻已经不可抑制地显露出来。"五父之衢"在当时的鲁国是曲阜东郊一条热闹的大道，是曲阜通往防山的必经之路。少年将母亲的棺椁停在五父之衢边上，停丧不葬，他要借助外力实现自己的诉求。结局是圆满的，聪慧的少年将母亲与父亲合葬，而他也终于得以认祖归宗，回归孔门。"吾十有五而志于学……"15岁的少年，从这里出发，踏上了成为至圣先师的第一步。那就是另外的故事了。

与所爱之人生同衾死同穴，颜徵在的一生应该是无悔无憾的。

鲁源，鲁水之源，无论是旧时的古昌平乡，还是今日之鲁源新村，在这片广袤的大地上生活过、生活着一位又一位至柔至刚的女性，无论是生于斯长于斯的女儿们，还是为爱奔赴而来的媳妇们，她们都是一块块丰饶丰腴的息壤，是她们让这片土地充满了生机，生生不息。

月上中天，一轮满月高悬。尼山圣境泮水湖畔的圣人双掌叠放，掌心朝内，左手在外，右手在内。他身躯微微前倾，这是虔诚恭谦之礼。礼敬九天神明，礼敬厚德大地，礼敬像大地一样的母亲。

月圆之夜，诸事圆满。

第三节
在曲阜

孔凯与房伟是朋友，一个是孔子第 76 代孙，国家级非遗项目祭孔大典最年轻的传承人，从 2013 年开始接棒鸣赞官站在大成殿上主持祭孔大典；一个是孔子研究院科研管理部副研究员、历史学博士，研究方向为文庙祭祀、中国儒学史。他们因研究、传播儒学而结缘，淡如水的君子之交，不常相聚，却长相忆。

①

博学而笃志，切问而近思，仁在其中矣。

——《论语·子张》

总会有人问房伟这样一个问题："房博士，您从小就是学霸吗？"房伟会连连摆手，赶忙否认。很多人以为他在谦虚，但只有他自己知道这是实情。2002 年高考的那一年，房伟只考了 500 分，被济宁师范专科学校的中文系录取。三年后专升本，考取了泰山学院，两年后考研，成为曲阜师范大学孔子文化学院教授杨朝明的得意门生，硕士、博士一路读下来，成为孔子研究院的学者。回望自己的求学之路，房伟认为坚持是自己一直以来做事的风格。与孔子论积土成山的"譬如为山，未成一篑，止，吾止也；譬如平地，虽覆一篑，进，吾往也"如出一辙。

房伟好学的劲头从小学就开始显露无遗，他喜欢阅读古今中外经典名著，他心中生出的十万个为什么自己会去书里找答案。房伟的家离周公庙很近，曲阜周公庙是全国三大周公庙中始建最早的一座，比名满华夏、世界闻名的孔庙还要早。庙里古树参天，遍布碑刻，石阶上布满翠绿的青苔，翻开碎砖烂瓦，便有受了惊吓的蟋蟀慌忙逃窜，引得少年雀跃追逐。周公庙也算是房伟童年的乐园，恰如鲁迅先生还是迅哥时的百草园。房伟的父母都是高中毕业，虽然他们希望儿子能接受更完整的学历教育，但他们并不苛求成绩，不干涉房伟的自由，让他遵从本心去读书。即便是房伟高考失利，父母也没有对他丧失希望，而是鼓励他坚持。

除了专升本的两年，房伟是在泰安度过的，其余的时间，学习、工作、生活，他都没有离开过曲阜，他也不想离开。房伟觉得自己的人生信条与曲阜这座城市的精神特质是相契合的。在曲阜这座历史感厚重的城市中，时间可以变慢，人们可以耐着性子等着竹子拔节，抑或静待花开。众所周知，山东鲁西南的发展速度一直是缓慢的，但若是因为走得太快，以致灵魂跟不上步伐，那脚步慢一点又有什么关系呢？

就像每年祭孔大典上的祭祀舞蹈八佾舞，纵横都是8人，共64人。舞者左手执龠，右手秉翟。舞蹈节奏平稳，一字一动，缓慢而有力量。观者无不被它的庄严肃穆而震撼。曾经的孔凯就是祭孔大典上的一名佾舞生。

孔凯属虎，比房伟小两岁。孔凯是"令"字辈，按照孔家的辈分，准确的称谓应该是孔令凯。在他8岁那年的清明节，爷爷带着小孔凯第一次去孔林祭祀先祖。爷孙俩在柏树林中穿梭，苍老的大手牵着稚嫩的小手。清明时节乍暖还寒，常绿的柏树遮蔽了阳光，肃穆中平添了几分阴冷。爷爷点着烧纸，一只只黑蝴蝶凌空飞舞，盘旋，摇曳，它们似乎对孔凯怀有特别的情愫，一个劲地往他身上扑，带着灼灼的余温。孔凯张开小手接一片如花朵绽放的纸灰在掌心，只停留片刻，须臾便被清风带走。

爷爷对孔凯说："小凯，你要记住，你姓孔，叫孔令凯，是孔子第76代孙。孔家人要记住我们的传统。"彼时的小孔凯虽然懵懵懂懂，并不十分理解爷爷的话，但他还是不住地点头。那时的他也并没有接触传统文化，《论语》更是一句也没有读过。此后，爷爷会在闲暇之时给小孔凯讲孔家礼仪、孔子故事。

1998年，曲阜举办孔子文化节，当时在曲阜文物局工作的父亲带着孔凯去现场参加活动。那天下着蒙蒙细雨，一群与孔凯年龄相仿的孩子穿着透明的雨衣站在大成殿二层月台的回廊上大声诵读《论语》。孔凯认识他们的校服，他们是孔子中学的学生。他早就听说曲阜实验小学、孔子中学开设了传统文化特色课，而他出生在曲阜市的息陬镇，虽说是孔子作《春秋》的地方，但他就读的舞雩坛中学并没有开设类似的特色课。12岁的孔凯看得入神，衣衫被雨水打湿了也浑然不觉。那天，父亲送给孔凯一本《论语》。这是他的第一本《论语》，只是12岁的孔凯并没有意识到这本书对他的意义与价值。

孔凯在济南读的大学，学的机械设计专业，毕业后留在济南工作了三年。2008年，曲阜市三孔文化旅游服务有限责任公司招聘，孔凯回到曲阜去应聘，在从事了一段市场营销后进入了演艺部，成为祭孔大典上表演八佾舞的一名舞生。

佾舞历史悠久，它源自河洛的"六代乐舞"，始于周公制礼作乐，是纯礼仪性质的雅乐舞，主要用于接待国宾、国家公祭和释奠先师等国家大典。八佾舞是中国古代最高礼仪之一。献舞时，诗、礼、乐舞三者并起，每个动作代表一个字，一节乐曲一组动作。佾舞中的"佾"指乐舞的行列，行数、人数纵横皆相同。佾舞方阵行列人数依层级高低严格规定，即天子八佾、诸侯六佾、大夫四佾、士二佾。祭孔大典采用的是"天子八佾"，八行八列64名舞者。

刚开始学习八佾舞时，老师傅就苦口婆心地对孔凯说，跳好八佾舞的前提是理解孔子，而要想理解孔子就要认真读《论语》，读《孔子家语》，不仅要读，还要能背诵。那时正值盛夏时节，7月的骄阳似火，排练场地在室外，头顶毒辣的日头，三个动作之后衣服就能被汗水全部浸透，没有一个舞生叫苦叫累。这是敬献给万世师表孔圣人的舞蹈，一举手，一投足，都是发自心底的虔诚。

2009年9月28日，孔凯在大成殿前随乐起舞。

> 自生民来，谁底其盛。
> 惟王神明，度越前圣。
> 粢币具成，礼容斯称。
> 黍稷非馨，惟神之听。

这是孔凯第一次正式参加祭孔大典演出，借古礼，达今意，以最高级别的礼仪向至圣先师表达最高级别的敬意。孔凯的位置正对着大成殿东侧的龙柱，那根无言的龙柱见证了他的蜕变，从舞生到引领迎送的礼生，再到击鼓的乐生。2013年，孔凯正式接棒鸣赞官，开始全面负责主持祭孔大典仪式的全部流程。2020年5月，34岁的孔凯被济宁市文化和旅游局评为市级非物质文化遗产项目祭孔大典代表性传承人。

2

> 三人行，必有我师焉。择其善者而从之，其不善者而改之。
> ——《论语·述而》

"启户……"每天早上7点半，万仞宫墙之上，伴随着鸣赞官孔凯洪亮、浑厚的声音，孔庙大成门缓缓开启。在这之前，孔凯必须做好所有的准备工作。开城仪式融合了吉时晨钟、乐舞迎宾、嘉宾入城三项传统礼仪，也是结合孔子"礼、乐、射、御、书、数"六艺思想改编而成的一项旅游演艺活动，既保持了传统礼仪的基本程序，又具备一定的观赏性、体验性和互动性，目前是游客游览"三孔"参与度最高的演艺活动。

孔凯的工作地点在曲阜孔庙，而孔庙这座儒家文化圣域又是房伟的研究对象。

孔庙作为祭祀孔子及历代儒家圣贤的场所遍及全国各地，这是中华传统文化的一大特色。在遍布世界的众多孔庙中，曲阜孔庙是祭祀孔子的本庙。作为所有孔庙的鼻祖，曲阜孔庙以其特殊的地位占据了孔庙文化的中心，由家庙而为国庙，规模日臻庞大，祀典日益完善，绵延至今，影响无与伦比，成为世界文化史上的奇观。两千多年来，曲阜孔庙一直延续祭祀，成为分布在中国、朝鲜、日本、越南、印度尼西亚、新加坡、美国等国家两千多座孔庙的先河与范本，是名副其实的"天下第一庙"。

房伟读硕士时研究方向是从祀制度。儒学一直在古代思想史上占据一定的地位，唐初历经波折后，在中唐开启了儒学的转型，确立了以孔子为主祀、以颜渊等为从祀的体系。宋代基于传统的心性之学改造儒学，孔庙从祀标准随之改变，包括孔门弟子和历代儒家圣贤在内的从祀人物已增至百余人。读博士的时候，房伟的研究方向拓展到文庙祭祀及其教化功能研究上。

2017年，房伟带着"文庙祭祀研究"的课题去台湾访学，参观台湾的文庙是访学的重要内容。那天，在台北孔庙大成殿外，刚要抬脚跨上台阶，猛一抬头，台北松山机场上空有一架飞机正在缓缓下降。片刻也没犹豫，房伟拿起相机拍了一张照片。波音777与琉璃瓦的重檐庑殿同时进入了画面，飞机与孔庙、传统文化与现代文明在那一瞬间交汇，重叠。房伟把那张照片命名为"守护传统与走向现代"。作为孔子研究院科研管理部副研究员，房伟一年要承担大量的讲学任务，他经常会把这张照片拿出来与学员分享，不下定论，只讲述这张照片的来历。在跟学员互动的环节中，他能收获更多视角碰撞出的思想火花。正所谓，三人行，必有我师焉。

3

莫春者，春服既成，冠者五六人，童子六七人，浴乎沂，风乎舞雩，咏而归。

——《论语·先进》

在曲阜，连河水都会臣服于孔圣人，不再万折必东。"夫子门前倒流水"的河是曲阜城南的沂河,它的源头在尼山,流经曲阜、兖州合于泗水,再流经济宁入南四湖,最终入淮河至长江。

如果没有孔子,曲阜可能只是一个寻常之地,随着鲁国的消亡湮灭在历史的长河中。但这里有孔子,他既真实地存在于古籍文献之中,又鲜活在民间传说和民间故事里。孔子的传说和故事如同滚雪球,不断地在扩充,在发展,直到今天依然蓬勃。夫子洞的传说、龙生虎养鹰打扇的传说等,不胜枚举。

如今,曲阜以孔府、孔庙、孔林"老三孔"为原点,以孔子研究院、孔子博物馆、尼山圣境"新三孔"为延伸,深耕文化沃土,古为今用,去粗取精,去伪存真,因势利导,在实践中激发着中华优秀传统文化的生命力,启迪新时代的哲思。守护传统与走向现代的生动实践,就像"行走百年胶济·高铁环游齐鲁"的列车,其疾如风途经曲阜东站一样。

闻道古今间,上下求索,咏而归。沂水春风浩荡,亘古千年,风从来没有停止过。

第四节
风乎舞雩，咏而归

　　《孔子与世界思想家》的演出已经过去一年多了，但那段时间超负荷的排练形成的肌肉记忆依然在，就像学会了游泳，无论何时跃入水中都能畅游一样。王阔偶尔也会在夜深人静时翻出保存在手机里的演出实况，重温一遍当时那份触及灵魂的颤动。他觉得自己何其有幸，能够在三十而立之年在舞台上再现伟大思想家孔子的艺术形象。

　　幽蓝的时空隧道缓缓开启，旋转，加速旋转，光速旋转，一位白衣胜雪的老者由远而近，他从两千多年前的过去，阔步向今天走来。此刻，暖场的音乐停止，所有的灯光熄灭。尼山圣境的泮水湖畔，只有他的声音在回荡，辽远雄浑，宛若天籁：

　　　　我跨越千年，向你们走来，看到了今天你们的样子，也看到了今天的世界。光阴流转中，我凝望家乡的这轮圆月，不曾想到沧海桑田千年间，这里会变成这样的一番景象！山、水、星辰，还有你们的微笑。知道吗？你们的现在，其实就是我们那时苦思冥想不懈探寻的美好未来。我曾想，那是一个以仁为美的大同世界。而一切的一切，从千年前的一刻开始……

　　台词是提前录制的，确保在空旷、开放的现场演出时有最佳的视听效果。这段台词，王阔练习了很久，也录制了无数遍。导演从其中筛选了最满意的一遍，在光影秀当晚呈现。那天风有点大，全息投影的水幕水花四溅，从时光隧道前面一步步走向舞台，不能太慢，也不能过快，要稳健不迟疑，要庄重不蹉跎。水花打湿了王阔身上的长袍、头上的头巾和脚下的步履。从水幕前走到舞台中央，台词刚好说完，时间节奏必须卡得精确，才能不影响接下来的表演。王阔近乎完美地完成了他的上场和下场。《小雅·鹿鸣》的歌声响起：

呦呦鹿鸣，食野之苹。我有嘉宾，鼓瑟吹笙。吹笙鼓簧，承筐是将。人之好我，示我周行。

呦呦鹿鸣，食野之蒿。我有嘉宾，德音孔昭。视民不恌，君子是则是效。我有旨酒，嘉宾式燕以敖。

呦呦鹿鸣，食野之芩。我有嘉宾，鼓瑟鼓琴。鼓瑟鼓琴，和乐且湛。我有旨酒，以燕乐嘉宾之心。

王阔一边下台，一边泪流满面。与他擦肩而过的舞蹈演员看了他一眼，他们只看到他一身水汽，不知道他面颊上流淌的是泪水。那是王阔为心中的圣人而流的眼泪。

8岁学艺，一朝登台，有多少人一辈子都在等待自己命中注定要扮演的那个角色。王阔的从艺之路其实也是为他的父亲圆自己年少时未酬的演艺梦。当年爷爷奶奶带着父亲从辽宁来到曲阜投亲，因为家境不好，父亲没上过几年学，但父亲天生有一副好嗓子，只苦于没有机缘，也就蹉跎了半生。王阔出生时，嘹亮的哭声给了父亲一丝隐隐的期待，此后就把圆梦的希望全部寄托在儿子身上。果然，王阔是个好苗子，天生嗓音洪亮圆润，音域宽广，极富表现力。在父亲的督促下，他考上了山东艺术学院表演专业，毕业后去了山东滨州京剧团，后因剧团改企业制度而遗憾离开。三年后，正值三孔文旅集团演艺部招聘祭孔大典演职人员，王阔思虑再三，决定回到曲阜工作。科班出身的王阔甫一亮相就技压群雄，迅速崭露头角。

但王阔也只是在三孔文旅集团工作了三年，2018年他签约成为尼山圣境的专职演员。

在孔庙工作的三年里，王阔每年都会参加祭孔大典，无论公祭还是家祭。每一支舞蹈，每一个揖礼，每一首雅乐，在王阔的理解里都可以用"庄重"来形容。这三年沉浸其中，王阔终于搞清楚了中国（曲阜）国际孔子文化节从创办之初到今天的来龙去脉。

在中国两千多年的历史上，儒家学说一直是社会中的主流思想，对我国的哲学、政治、经济、文化、教育以及社会生活、风俗习惯等有着深刻的影响，成为东方文化的重要标志。

1915年，陈独秀在《敬告青年》一文中宣称："名教之所昭垂，人心之所祈向，无一不与社会现实生活背道而驰。"1921年，《吴虞文录》序言的作者、新文化运动的代表人物胡适写道："我给各位中国少年介绍这位'四川省只手打孔家店'的老英雄——吴又陵先生！"由这篇序言衍生出了新文化运动的一句代表性口号：打倒孔家店。新文化运动的倡导者们认为，以孔子为代表的儒家思想是封建腐朽的，是中国社会进步的巨大障碍。

民国时期的哲学家张申府却有不同的见解，他提出了"打倒孔家店，救出孔夫子"的观点。张申府认为作为儒教糟粕的"孔家店"应该被打倒，但代表孔子精神的"孔夫子"依然应该被尊崇。李大钊也在《自然的伦理观与孔子》中论述道："余之掊击孔子，非掊击孔子之本身，乃掊击孔子为历代君主所雕塑之偶像的权威也；非掊击孔子，乃掊击专制政治之灵魂也。"

难道真如新文化运动先驱所言，传统文化一无是处吗？

答案当然是否定的。优秀传统文化是一个国家、一个民族发展的基础，如果丢掉了，精神命脉就被割断了。孔子创立的儒家学说以及在此基础上发展起来的儒家思想，对中华文明产生了深刻影响，是中华传统文化的重要组成部分。

1988年，诺贝尔奖物理奖获得者汉内斯·阿尔文博士说："如果人类要在21世纪生存下去，就必须回到2500多年前，去孔子那里汲取智慧。"

1979年，曲阜孔庙、孔府、孔林正式对外开放。1982年，曲阜被国务院命名为全国首批24个历史文化名城之一。1984年，曲阜为孔子像复原揭幕，同时启动了"孔子诞辰故里游"项目，即每年孔子诞辰期间举办一次国际性的专项旅游活动。1989年，"孔子诞辰故里游"改名为"孔子文化节"，每年9月26日至10月10日在曲阜举行。2005年，联合国教科文组织批准设立国际"孔子教育奖"。2007年，孔子文化节名称确定为"中国（曲阜）国际孔子文化节"，沿用至今。祭孔大典历来为"国之大典"，自1989年首届孔子文化节开始，每年9月28日都会隆重举行。

举办以孔子及儒家思想学说为主题的学术交流研讨是孔子文化节的重头戏。2010年9月，首届尼山世界文明论坛举办。按照尼山论坛双数年在国内举办、单数年在国外（省外）举办的原则，依次于2010年、2012年、2014年、2016年、2018年、2020年举办了六届尼山世界文明论坛活动，并在联合国总部大厦举办了纽约尼山论坛，在联合国教科文组织总部举办了巴黎尼山论坛，在泰国首都举办了曼谷尼山论坛，在北京举办了北京尼山论坛。从2020年开始，尼山世界文明论坛与中国（曲阜）国际孔子文化节融为一体，由教育部、文化和旅游部、国务院侨务办公室、中国社会科学院、中国人民对外友好协会、国际儒学联合会和山东省人民政府等单位共同主办，每年9月举行。

从2010年至2023年，尼山世界文明论坛已经成功举办九届，论坛主题从2010年的"和而不同与和谐世界"、2012年的"和而不同与和谐世界——信仰·道德·尊重·友爱"、2014年的"不同信仰下的人类共同伦理"、2016年的"传统文化与生态文明——迈向绿色·简约的人类生活"、2018年的"同命同运相融相通——文明的相融与人类命运共同体"、2020年的"文明照鉴未来"、2021年的"文明对话与全球合作"、2022年的"人类文明多样性与人类共同价值"到2023年的"全人类共同价值与人类命运共同体——加强文明交流互鉴共同应对全球挑战"，尼山世界文明论坛对促进世界不同文明之间的交流互鉴、推动建设和谐世界、构建人类命运共同体发挥着重要作用。

《孔子与世界思想家》光影秀是2022年尼山世界文明论坛的压轴演出。

高潮部分便是孔子与世界思想家的对话，王阔在这里有一段独舞，宽袍大袖，衣袂飘飘，如同沐浴在沂河浩荡的春风里。画外音响起：

孔子：黄河水不知何处去，人生不知何处归。何为我身？

老子：天道无为，顺应自然。大道无为，上善若水。

释迦牟尼：众生平等，恨永远无法止恨，只有爱才能够止恨。

托尔斯泰：爱是人类唯一的理性活动。

孔子：天下归仁焉。

苏格拉底：我与世界相遇，我自与世界相蚀。我自不辱使命，使我与众生相聚。

孔子：君子和而不同，德不孤，必有邻。

柏拉图：人不为己生，而为国家而活。我的理想国有正义的美德，有智慧、勇敢、节制的特质。

孔子：知者不惑，仁者不忧，勇者不惧。命运共同，协和万邦，天下归仁。

马克思：人类应该构建这样一个联合体，在那里，每个人的自由发展是一切人的自由发展的条件。

舞台上、聚光灯下，上演着当今世界面临的百年未有之大变局，政治多极化、经济全球化、文化多样化和社会信息化潮流不可逆转，各国间的联系和依存在日益加深的同时也面临着诸多挑战。至圣先师的内心波澜壮阔："其实，世界上一直有很多像我一样的人，触摸到了仁、德、善、爱的真谛。我们将我们的愿望、理想广播于世。今天我从远方来，看到千年后的你们，经逢盛世又奔赴时代潮头。我知道，我们正沿着这条路走向将来，人类命运共同体的理念已影响了整个寰宇世界。感谢今人能不负时光，毅然无我为中华奉献。我敬这山河秀丽，敬这星空浩瀚，敬这千载光阴！"

如同彩虹般斑斓却又比彩虹更加璀璨的烟花在泮水湖边绽放，临水照花，空中、水面相互映照，荣损与共，握手言欢。

人类只有一个地球。2012年，中国共产党第十八次全国代表大会报告向世界郑重宣告，合作共赢，就要倡导人类命运共同体意识，这包含相互依存的国际权力观、共同利益观、可持续发展观和全球治理观。十年后，破解世界难题的中国智慧、中国方案得到了全世界的认同，2022年11月，人类命运共同体理念被写入联大一委三项决议。

"浴乎沂，风乎舞雩，咏而归"，以自身人格的完善为前提，以万物各得其所为理想，达到讲仁爱、重民本、守诚信、崇正义、尚和合、求大同之境界。儒学思想在曲阜生发，生长，生机盎然，马克思主义基本原理同中国具体实际相结合，同中华优秀传统文化相结合，美美与共。这样的人类智慧融合共生奇迹，唯有中华，唯有中国。

终章：风起胶济

在2022中国（曲阜）国际孔子文化节暨第八届尼山世界文明论坛上，倾听圣人的心灵独白的第二天，我便启程去了济南，接受了山东文艺出版社的邀约，书写这本《风起胶济》。当我乘坐的高铁从曲阜东站缓缓驶向济南的那一刻，已经注定了"有朋自远方来的曲阜东站"就是本书的终章。历史的巧合，有时总是那么意味深长。

在青岛采访袁宾久先生，我们漫步在海边，他指着不远处的马蹄礁灯塔，向我悉数它的来历。之所以叫马蹄礁，是因为那块礁石呈马蹄形。礁石上的塔建于1904年，是当时的德占港务局设置的备灯立标。一百多年来，这座胶州湾内唯一保存至今的德建无人值守灯塔一直发挥着重要的作用。2011年维修灯塔时，修旧如旧，恢复其原貌。任何一套青岛明信片中，马蹄礁灯塔都是必不可少的那一张。

袁宾久在青岛船厂工作，家住市南区海边，推开窗，一边是火车站，另一边是栈桥。外祖父那时就在船厂工作，父亲、母亲也都在。袁宾久的大伯父从事建筑设计，每次到家里来做客，总会送他几支专业的绘图铅笔。袁宾久视若至宝。画铅笔画的爱好就是从那时开始的，大伯父偶尔也会指点他一下。

袁宾久酷爱美术与摄影，二十多年里他执着地将画笔和镜头对准青岛历史建筑，拍摄照片几万幅，绘画作品、摄影作品频频见报，获奖无数。他举办过个人摄影展、画展，出版了《欧陆风——青岛建筑（2008年周历）》《青岛德式建筑》《走过中山路》《青岛老建筑之旅》。"青岛"是袁宾久镜头里、画笔下永恒的模特。

漫步至青岛国际邮轮母港一侧的咖啡馆，一人点一杯咖啡，坐在室外的卡座上，侧耳倾听轮船呜呜嘶鸣的汽笛。11月的青岛海风慵懒，这是可以让一杯咖啡更香醇的季节。采访成了闲话青岛，袁宾久说他对青岛栈桥的建成时间存疑。有一年青岛遭遇特大台风，栈桥被巨浪冲断了30米之多，修复整整耗时一年，以现在的基建能力尚需一年。很多资料说，1892年清政府把旅顺船坞工程的剩余钢材运到胶州湾，开始建造这座码头，并于1893年竣工。仔细推算一下，这样的工程量在当时是不可能在一年内就完成的。

栈桥这座码头称谓很多，有海军栈桥、前海栈桥、南海栈桥、李鸿章栈桥、铁码头等。这座码头是中国工程师自己设计的，是青岛最早的码头。2014年，袁宾久在查证国内外大量史料的基础上，梳理出了青岛栈桥的基本脉络，解开了困扰他多年的历史谜团。他用老青岛地图上的"铁码头"图标作为微信头像，微信名则直接是"青岛铁码头"。

60岁的袁宾久已经办理了退休手续。活了一甲子，人变得通透了很多。绘画功力不减当年，他用碳素笔在我的采访本上快速画了一幅当年德国人建造的16000吨的浮船坞剖面图，速度之快、笔法之精令人叹服。

百年胶济的采访，从2022年10月暮秋开始，至2023年4月春末夏初结束，我的足迹遍布青岛、潍坊、淄博、济南、临沂、济宁6座城市的45个县区，面对面采访人物143人，认真思考与遴选之后，真正收入书中的人物不到采访量的二分之一。袁宾久原本并不在我的书写之中，孰料他

终章：风起胶济

却注定要成为《风起胶济》的"风语者"之一。

2023年4月5日，癸卯年的清明节，我坐着第一班济南开往青岛的高铁，去寻访百年前胶济铁路老照片中那位经纬仪测绘员的后人。当我来到约定的采访地点——胶济铁路青岛博物馆时，赫然发现，在那里等待我的竟然是袁宾久和他的表弟郝立文。

照片里的人叫郝永春，是袁宾久的曾外祖父、郝立文的曾祖父，平度郝家寨人士。郝永春有兄弟四人，以春夏秋冬取名，分别为郝永春、郝永夏、郝永秋、郝永冬。

少时，父母工作忙，袁宾久大多时间是住在外祖父家。外祖父对他说曾外祖父读过私塾，写得一手好字，手书的蝇头小楷比书本还要规范，不但有学问，还懂中医，望闻问切、中药配伍都不在话下。当年，平度知县辞官回乡，郝永春还曾署理过一段时间的平度政务。后来，山东铁路公司招聘测绘人员，郝永春不仅自己去应聘，还把三弟郝永秋、四弟郝永冬一并介绍去工作。郝氏兄弟在胶济铁路测绘完成之后就一起去了四方机车厂。

郝永春有四个孩子，其中一子郝寿嵩，即袁宾久的外祖父。外祖父11岁进四方机车厂当学徒，20世纪30年代中期至抗战时期曾赴重庆工作。外祖父在重庆结婚生子，所生育的孩子每个名字中都有一个"川"字，以纪念那段颠沛流离、四处逃难的日子。抗战胜利后，郝寿嵩一家从重庆回到青岛，在船厂找了一份工作。

青岛海军工厂的前身是德国人建造的水雷枪械修理厂，1914年日本侵占青岛后作为日军的海军防备队驻地，后改为洋灰方块厂。国民政府接收青岛后，于1927年将洋灰方块厂改为兵工厂，用于修理枪炮。1928年，兵工厂被渤海舰队司令部接收，改为青岛海军工厂。1934年至1935年，国民政府在海军工厂增建船坞和船台各1座。

1934年4月13日，万吨级船坞"青岛船坞"投入使用，先后承修"永翔"号炮舰等大型军舰，还承修过美国、意大利的远东舰船。1938年1月，日本第二次侵占青岛，将原竹内造船所、市河造船铁工厂和大洋海事工业所与青岛海军工厂合并，改组为浦贺船渠株式会社。日本投降后，1946年5月，国民政府将其收回，改为海军青岛造船所，直接隶属于国民党海军总司令部。1949年6月2日，青岛解放，几经易主的船厂终于回到中国人民手中。后来船厂也曾几度更名，此厂就是外祖父、父亲、母亲以及袁宾久三代人奉献了毕生热血与青春的中国人民解放军第4808工厂。

外祖父郝寿嵩早已作古，袁宾久留存着一份外祖父1960年10月的手记，其中写有曾外祖父郝永春二弟郝永夏的出生年份，后人只能以此大致推算郝永春的具体年龄。但问题是，无人晓得郝永春到底比郝永夏年长几岁。

2019年，《半岛都市报》刊登了一张胶济铁路测绘老照片，袁宾久的家人觉得照片中的"他"，与外祖父郝寿嵩年轻时的照片几乎一模一样，遂向报社打了一个求证电话。不知怎的，后来就演变成一个"后人认祖"的故事。袁宾久说，其实并没有明确的证据链条表明胶济铁路测绘老照片中的"他"就是自己的曾外祖父郝永春，因为郝家并没有一张郝永春的照片留存下来。"他"也许是，也许不是。

风起于青萍之末，浪成于微澜之间。真相隐匿在重重的历史迷雾之中，唯有运用大历史观才能拨云见日，端起历史规律的望远镜，见微知著。历史是智者，是最好的老师、最好的清醒剂、最好的教科书。世界潮流，浩浩荡荡，顺之则昌，逆之则亡。纵观世界历史，依靠武力对外侵略扩张最终都是要失败的，这就是历史规律。历史忠实地记录着一个国家、民族的足迹，胶济120年，有衰乱之世社会动荡的深刻教训，也有升平之世社会发展进步的成功喜悦。百年大胶济，风起潮涌，谱一曲人间正道是沧桑。

点绛唇·风起胶济

天道无为，新桃旧岁年年赋。光阴如许，胶济行迷雾。

秃笔一支，素墨书风雨。终章处，暗香如故，笑傲沧桑路。